Aus dem Englischen von
Claudia Geng

Lesley Glaister
Die Stunde der Glückseligen

Roman

editionLübbe

editionLübbe
ist ein Imprint der Verlagsgruppe Lübbe

Originalverlag: Bloomsbury Publishing Plc, London
Titel der Originalausgabe: SHEER BLUE BLISS

Aus dem Englischen von Claudia Geng
Textredaktion: Cornelie Kister

Umschlagfoto: DANAE von Gustav Klimt,
Sammlung Dichand, Wien

Satz: Kremerdruck GmbH, Lindlar-Hartegasse
Gesetzt aus der DTL Documenta
Druck und Einband: Friedrich Pustet, Regensburg

Printed in Germany
ISBN 3-7857-1527-7

Sie finden die Verlagsgruppe Lübbe
im Internet unter: http://www.luebbe.de

5 4 3 2 1

Die Stunde der Glückseligen

Für Joe –
viel Glück und Liebe für deine Abenteuer

Erster Teil

London

Kapitel 1

Wenn das Elixier in den Blutkreislauf eindringt, wirkt es unverzüglich. Dabei entsteht das Gefühl von Schwerelosigkeit und Leichtigkeit. Gewöhnliche Gegenstände können dann in einem bedeutungsvollen Licht erscheinen. Heiligenscheine sind keine Seltenheit.

Tony schließt die Augen und kneift sie fest zusammen, wobei er versucht, sich vorzustellen, wie es wohl sein mag. Sieht dabei explodierende Lichtkränze beziehungsweise ein Feuerwerk aus zarten Blütenblättern. Öffnet die Augen. Nichts Bedeutungsvolles an den gewöhnlichen Gegenständen hier, auch kein Heiligenschein in Sicht, obwohl er das Schimmern der Sonne auf den staubigen Blättern draußen vor dem Fenster wahrnehmen kann. Also doch bedeutungsvoll? Nur ein einziges Mal Magic Mushrooms probiert, von da an angewidert vom Geschmack und der seltsamen, glibberigen Übelkeit, die sie verursachen – ganz zu schweigen von dem Durchfall anschließend. Außerdem hat er, Tony, keine Drogen nötig, behält lieber die Kontrolle über sich. Auch ohne ist die Welt schon seltsam genug, wozu noch künstlich nachhelfen. Aber mit den Elixieren, mit denen würde sich etwas ändern. Sollte es sie wirklich geben, dann wird er sie bekommen. Darin besteht der einzige Grund und Zweck seines Daseins.

Er erhebt sich von seinem Kissen auf dem Boden, drückt die Stirn gegen die Fensterscheibe. Licht auf den Blättern und unten auf den Autos und darunter die Straße voller Milchtüten, Zigarettenschachteln, Hundehaufen. Das Gemeindezentrum mit seinen maschendrahtvergitterten Fenstern wirft einen unförmigen Schatten, in dem gerade zwei Rastas mit ihren typischen, bunten Mützen herumalbern. Zurückgeworfener Kopf, funkelnder Goldzahn, durchdringendes Gelächter. Tony weicht zurück, fährt nachdenklich mit dem Finger durch den Abdruck, den seine Stirn auf der Scheibe hinterlassen hat.
Dort draußen brüllt der Tag, Lachen und Licht und der Lärm des Verkehrs. Dann das gleichmäßige Blechdosenscheppern der Rathausuhr. Er zählt bis drei. Der Nachmittag hat begonnen. Kann was zum Futtern vertragen, etwas Kohlenmonoxid für die Lungen. Ha. Streift Jeans und ein Hemd über, weißes Hemd, alle Knöpfe noch dran. *Sauber.* Riecht am Baumwollstoff. Nichts Besseres als der Geruch von sauberer Baumwolle. Niemals Polyester, nicht einmal Mischgewebe, auch wenn Donna immer meint, es sei pflegeleichter. Nichts da, hundert Prozent reine Baumwolle, weiß, und er leistet es sich, seine Hemden und Laken in die Wäscherei zu geben. Steht nämlich auf Gestärktes, auf den Geruch, auf die Art, wie es sich in den Armbeugen anfühlt, wenn er die Arme anwinkelt. Dazu gehört schon einiges, um Hemden und Laken zu stärken, wird in der heutigen Polyester-Zeit immer seltener geboten, kein gewöhnlicher Dienst für einen so gewöhnlichen Menschen wie Tony, nein, keineswegs.
Ordnung ist ihm wichtig, ordentlich sein – und sauber. Ein ordentlicher Mensch weiß, wo er steht, was was ist. Wobei das Bett, ja, das ist das Allerwichtigste. Jeden Morgen macht er das Bett auf seine besondere Art. Schlägt die

Kissen, um die Federn aufzulockern, streicht und streicht mit der Handkante über das Laken, um sämtliche Hautschuppen oder Haare zu beseitigen. Schüttelt den Überwurf hoch in der Luft und lässt ihn dann heruntersinken, blendend, luftig weiß. Wenn es sich langsam legt, steigt vor ihm manchmal das verschwommene Bild eines Kindes auf, das inmitten der Luftkuhle, die sich unterhalb des Lakens auf es herabsenkt, gespannt den Atem anhält, um das kühle Gewicht der frischen Baumwolle auf seinen Gliedern zu spüren. Krankenhausnischen, Decken und eine anständige Tagesdecke, aus tiefgrüner Chenille. Mag keine Steppdecken. Hingegen schätzt Tony das Gewicht und die Enge von festgestopften Decken, schätzt sein morgendliches Bettenritual, vermutlich der einzige männliche Vertreter seiner Altersklasse, der Decken gegenüber Steppdecken bevorzugt. Nette Vorstellung. Wird von der flachen, festgestopften Form elektrisiert, ein Stück des weißen Lakens rechteckig über das Grün geschlagen. Genießt es, sich nachts allein in den engen, kalten, gestärkten Hohlraum zu zwängen. Würde niemals etwas mit ins Bett nehmen. Würde sich keinesfalls tagsüber aufs Bett setzen. *Würde* es als Sitzplatz benutzt, sagen wir, weil jemand in die Wohnung käme und sich aufs Bett setzte, müsste er es abziehen und die ganze Prozedur wiederholen. Nicht, dass er besessen wäre, schließlich hat er über obsessives, zwanghaftes Verhalten gelesen, das trifft es nicht. Es würde ihm einfach den Augenblick des Zubettgehens verderben. Und das ist ja eigentlich harmlos, oder nicht?

Draußen ist es warm, wärmer als in der Wohnung, eine bleierne, siedende Spätsommerhitze steigt von den Bürgersteigen hoch, löst sich dampfend aus dem Mauerwerk. Er geht die kreischende Straße entlang. Vorbei an mageren

Hühnern, die an ihren gummiartigen Krallen zu Bündeln zusammengeknotet sind, mit milchig weißen Augen, die kleinen Köpfe schlaff nach unten hängend. Grober Pfeffer, Wegerich, irgendwelches borstiges Wurzelgemüse, Yamswurzeln, Süßkartoffeln und an allen Seiten blitzende Zähne, schreiend bunte Stoffe, Lächeln, messerscharf blitzendes Chrom, Geschrei und darüber das Rattern eines Zuges. Der feuchte Geruch von Fleisch, Gewürze, ein Schweinshuf im Rinnstein, Ananas und Reggae, Reggae, Reggae, der aus Lautsprechern auf der Straße, in den Läden, aus offenen Fenstern dröhnt. Gott über ein Megafon. *Hab Acht, hab Acht.*

Was er braucht, sind Milch und Brot, auch Marmelade und Tabak. Überlegt, was er kochen soll – Fisch in Kokosnussmilch. Soll er? Kauft das ganze Zeug und dazu noch eine Zeitung, spaziert etwas umher, setzt sich mit Blick auf das Ritzy auf eine zerkratzte und mit Graffiti verschmierte Bank, beobachtet eine kurze Weile das sanfte Schaukeln der McDonald's-Tüten in dem Springbrunnen. Lässt den Kopf in den Nacken fallen, den Hals so weit in die Sonne gereckt, dass es ihm schwer fällt zu schlucken, brennende Sonne auf seinem Adamsapfel. Das Gewicht dieses Kopfes… schon eine Wahnsinnsleistung, ihn auf dem Hals zu balancieren. Denkt über solche Dinge nach, er, Tony, ist nämlich ein Denker. Hinter ihm hängen seine langen schwarzen Haare herunter. Er kann spüren, wie weich sie sind, jede einzelne Strähne, herrliche Haare, wenn sie frisch gewaschen sind, das sagt jede, die sie schon einmal berührt hat, Apachenmähne, hat einmal eine gemeint. Windet sich bei der Erinnerung an ein Mädchen, das die Hände in seinen Haaren vergrub, seine Stimme an seinem Ohr, während es zu seiner Bestürzung heftig in seinem Unterleib rumorte.

Anderes Thema. Schlägt den *Standard* auf. Was gibt's? Das Übliche: Mord, Vergewaltigung, Korruption, Umweltverschmutzung. Ein Rezept für Topinambur mit Zucchini – könnte man vielleicht mal ausprobieren. Als Nächstes der übliche Beauty-Mist – Augen-Make-up im Herbstlook. Ätzend. Und dann, nachdem er umgeblättert hat, scheint sein Herz stehen zu bleiben, bleibt tatsächlich stehen, bevor es stolpernd wieder zu schlagen beginnt wie ein altersschwacher Motor, der stotternd seinen Rhythmus findet. *Er* ist der Grund, *er* starrt Tony direkt an. Wahrhaftig, er ist es: Patrick.

Kapitel 2

Anfangs ist das Motorengeräusch nicht vom leisen Rauschen des Meeres zu unterscheiden. Aber es wird immer lauter. Kein Zweifel, ein Wagen, der näher kommt. Verflucht – hat sie tatsächlich zum Mittagessen gesagt? Die Fingernägel in die Handflächen gebohrt, steht Connie hinter der Tür, während sie auf das Knirschen und Rutschen der Kieselsteine, auf das Schlagen der Wagentüren, die plötzlichen Stimmen horcht. Wie konnte sie sich nur darauf einlassen?

Wiehernd schwingt das Gatter auf, und die Stimmen kommen näher. Eine davon gehört einer jungen Frau. »Was für ein herrlicher Flecken Erde, unglaublich.«

»Und erst die Luft – übrigens ganz schön stürmisch, was?«

Eine Männerstimme. »Bin mal gespannt, was es zu essen gibt.«

»Denkst du eigentlich auch noch an was anderes außer an deinen Magen?«

»Mann, und dieser Himmel hier.«

»Was ist, klopfst du jetzt endlich?«

Es macht Bumbum, und Connie versucht ein Lächeln aufzusetzen, bevor sie die Hand ausstreckt. Ihr Gesicht zieht sich zusammen, als hätte sie in eine Zitrone gebissen. Will nicht. Dennoch wandert ihre Hand in Richtung Tür, und jetzt erscheint auch ein Lächeln auf ihrem Gesicht, ein echtes. Beider Blicke senken sich gleichzeitig nach unten. Was dachten die denn, wie groß sie sei?

»Guten Tag.« Vor ihr ein junger Mann mit breiten Schultern, wie Connie sie mag, und einem kräftigen, herzlichen Händedruck, unter dem sich ihre Finger wie dünne Ästchen anfühlen. »Jason.« Sie tritt etwas zur Seite, um beide hereinzulassen. Schon lange her, dass ein Mann in ihrer Küche war.

»Miss Benson«, begrüßt die junge Frau sie. Was für rosige Wangen!

»Einfach nur Connie, bitte.«

»Ich bin Lisa. Ich habe mich so auf unser Treffen gefreut.«

»Danke, sehr liebenswürdig.«

Obwohl Connie sich vor dieser Invasion eigentlich gefürchtet hat, findet sie es nun fast angenehm, Gesellschaft zu haben. So viel junges Leben in ihrer Küche, und dazu noch das Parfum und der verheißungsvolle Geruch einer neuen Ledertasche.

»Interessantes Haus.« Mit zusammengekniffenen Augen, typisch für einen Fotografen, mustert Jason seine Umgebung, den roten quadratischen Tisch und all die Muscheln, die an die Wände und die Fensterrahmen geklebt sind. Auf dem Tisch stehen wilde Blumen in einem Krug. Connie hat sie am Morgen in einem Strandgestrüpp entdeckt: Grasnelken, Strandflieder, federähnliches Ährengras und eine einzige Glockenblume in einem Blau wie – nun, eben in ihrem besonderen Blau.

»Eigentlich ist es ein Fertighaus«, erklärt Connie. »War ursprünglich nur als vorübergehende Lösung geplant, so nach dem Krieg, verstehen Sie? Aber sehen Sie mal, wie stabil es noch ist.« Dabei stampft sie mit dem Fuß auf, sodass der Raum wackelt. »Die anderen dagegen sind schon vor Jahren zusammengefallen, schon vor vielen, vielen Jahren.« Sie versucht sich zu erinnern, wie viele es einmal waren, aber es kommt ihr so vor, als hätte sie schon immer als Einzige hinter den Dünen gewohnt. Beinahe unfassbar, dass sie einmal Nachbarn hatte.

Sie bemerkt Jasons Blick, der auf den Herd gerichtet ist. Nichts, das dort vor sich hinblubbert, kein Essensduft. Der Gedanke macht sie verlegen. Einen Mann muss man bekochen. Sie nimmt eine Flasche Whisky vom Abtropfbrett, und glücklicherweise sind dort auch noch drei Gläser.

»Einen Drink?«

»Ich muss noch fahren«, erwidert Jason, wobei er mit Bedauern auf die Flasche sieht.

»Nicht mal einen kleinen Schluck?«

»Also schön.« Grinsend gibt er nach. Ein wirklich gut aussehender Kerl. Connie wirft einen Blick auf Lisas seidiges Babyhaar und fragt sich, ob zwischen den beiden etwas läuft. Vermutlich nicht, offenbar hat es nicht gefunkt.

»Was ist mit Ihnen, Lisa? Sie sind beide wahrscheinlich hungrig?« Während Connie mit der einen Hand den Whisky einschenkt, kreuzt sie die Finger der anderen hinter dem Rücken, aber leider meinen beide ja, sogar ziemlich, durch die frische Meeresluft und so. Also öffnet sie den Schrank und greift nach oben. Ein paar Konserven, etwas Reis.

»Mögen Sie Reis?« Sie nimmt eine Packung Reis und eine nackte, silberne Dose heraus. »Die Schnecken fressen immer die Etiketten ab«, erklärt sie und schüttelt die Konserve dicht an ihrem Ohr. Irgendwas in Sauce.

»Was meinen Sie, was drin ist?«, fragt sie, wobei sie Lisa die Dose zuwirft, die, obwohl überrascht, diese sehr geschickt auffängt. Verstohlen werfen die beiden sich einen Blick zu, ihre Augenbrauen zucken. Na gut, Connie kann damit umgehen. Exzentrisch? Was auch sonst?

»Vielleicht Bohnen?«, meint Lisa zögernd. »Oder Tomaten? Pfirsiche?«
»Wir versuchen einfach unser Dosenglück, einverstanden?« Connie greift nach dem Dosenöffner. »Pfirsiche können es nicht sein«, versichert sie den beiden.
Während der Reis kocht, fließt der Whisky üppig und schnell. Wie sich herausstellt, enthält die Konserve Spaghettinester mit Sardinen, die zusammen mit dem Reis eine unerwartet ansehnliche Kreation ergeben. Erleichtert atmet sie durch, als sie probiert, ungeachtet des belustigten Grinsens auf den Gesichtern von Jason und Lisa. Es ist schon eine Weile her, dass sie Gäste bewirtet hat. Die Leute, die sie kennen, wissen, dass sie ihr Essen selbst mitbringen müssen. Für einen Moment haben die beiden sie in Verlegenheit gebracht, aber jetzt ist alles wieder gut.
Normalerweise legt Connie keinen Wert auf geregelte Mahlzeiten, sie lebt von Tee, Tabak, Fisherman's Friends, hier und da ein Würstchen, wenn sie sich dazu aufraffen kann, zu dem Spa-Markt im Dorf zu radeln. Auch mag sie Alkohol und Knabbersachen, alles, was salzig ist wie Nüsse, Chips, Studentenfutter, das ganze gelbe Zeug und vor allem diese knusprigen, neonfarbenen Kügelchen.
»Ich bin wirklich schon sehr auf Ihre Retrospektive gespannt«, sagt Lisa. »Ist das nicht ein komisches Gefühl... so viel Aufmerksamkeit nach all den Jahren...« Sie verstummt, vielleicht weil sie befürchtet, sie gekränkt zu haben, aber dem ist nicht so. Stattdessen genießt Connie die Plauderei und den Whisky, beobachtet, wie Lisas Wangen immer stärker erröten, als sähe man einer Frucht beim Reifen zu. Apropos Frucht, Jason gibt Connie einige Rätsel auf. Jetzt, mit dem Alkohol intus, hat er direkt etwas von einem Schwulen an sich – die leicht gekünstelte Gestik, das Kichern mit den Fingern an den Lippen, das Exal-

tierte und der Blick, der häufig theatralisch Richtung Himmel wandert. Für Connie ist das kein Problem, mit ihrem Hang zum Schrägen, schließlich lässt es sich mit Schwulen weitaus besser unterhalten – zumindest war das früher so.
Connie erhebt sich vom Tisch und steigt die Leiter hoch, um ihre Pfeife aus dem Atelier zu holen. In der stickigen Atmosphäre des sirupartigen Tageslichts bleibt sie einen Moment lang stehen, um Patrick anzusehen. Morgen sollen die Packer kommen, die ihn mitnehmen und zusammen mit ihren anderen Porträts in der *National Portrait Gallery* aufhängen werden, doch er, Patrick, wird der Star der Show sein.
Sie schnappt sich ihre Pfeife, stopft sie und zündet sie an, während sie dem Gelächter der beiden unten lauscht. Dann saugt sie an der Pfeife, deren Hals aus Elfenbein ist, mit herausgeschnitzten Händen, Putten-Händchen, die den kleinen Pfeifenkopf umklammern. Ein Geschenk von Patrick. Ihre Lungen füllen sich mit süßem, kühlem Rauch, der ihr tänzelnd in die Augen dringt, und es sieht so aus, als ob Patrick ihr zublinzelt.
Anfangs war es bloß ein Spaß, die Sache mit dem Pfeiferauchen. Damals zündete sie ihm gelegentlich seine Pfeife an, weil es ihr gefiel, an der Stelle zu saugen, die seine Lippen berührt hatten. Irgendwann besorgte er ihr dann eine eigene Pfeife, und aus dem Spaß wurde Gewohnheit. Heute ist es so, dass das kehlige Glucksen und die wärmenden Elfenbeinfinger sie ihm ein Stück näher bringen.
Als sie herunterkommt, äußern die beiden ihr Erstaunen über die Pfeife, die sie nur selten zur Mittagszeit oder vor anderen raucht. Doch mit dem Whisky in ihren Adern ist Connie das augenblicklich ziemlich gleichgültig. Sie spielt die von ihr erwartete Rolle, indem sie einen Stepptanz vor-

führt, sodass die Fensterscheiben in ihrer Verankerung klirren, indem sie skandalöse Dinge über die Toten und Verblichenen erzählt und indem sie ihnen mit erregter und rauchiger Stimme verkündet, was für ein fantastischer Liebhaber Patrick noch bis zu jenem Moment gewesen ist, als er verschwand.

»Nach 1965 habe ich mich nie mehr nackt ausgezogen.« Diese Offenbarung macht die beiden sprachlos. »Nach Patrick«, fügt sie erklärend hinzu.

»Wie romantisch«, schwärmt Lisa nach einem Moment des Schweigens. »Und ist es wahr, dass Sie danach auch nichts mehr gemalt haben... mehr als dreißig Jahre lang...?«

»Nicht mehr nach Patrick.«

Beeindruckt schüttelt Lisa den Kopf, dennoch fühlt Connie einen Stich wegen der Art, wie dieses rosig gesichtige Mädchen es gesagt hat. *Nichts* seit mehr als dreißig Jahren.

Unterdessen packt Jason seinen Kamerakram aus, große weiße Schirme und all das andere Zubehör, und Lisa bietet an, das Geschirr abzuwaschen. »Vielen Dank, meine Liebe. Sie müssen aber zuerst heißes Wasser aufsetzen.« Als sie Lisas erstauntes Gesicht sieht, muss Connie sich ein Lächeln verkneifen, offenbar hat das arme Ding erwartet, dass sie dankend ablehnt.

»Okay«, meint Jason. »Wir sollten besser anfangen, bevor das Licht weg ist.« Dann öffnet er die Eingangstür und stellt sich in Position, wobei er durch einen sonnigen Staubstreifen hindurch die Küche rundum ins Visier nimmt.

»Mir gefallen die Muscheln.« Lisa fährt mit dem Finger über eine staubige Herzmuschel, die über dem Spülbecken angebracht ist. »Haben Sie die alle selbst angeklebt?«

»In diesem Raum nicht«, antwortet Connie. »Oben schon.«

»Wie…«
»Die Leiter hoch.«
»Da kann doch gar kein Raum sein – wegen dem niedrigen Dach.«
»Kommen Sie, und sehen Sie selbst.« Erneut steigt Connie die Leiter hoch. »Es war Patricks Idee. Eigentlich hat man uns ja gewarnt, wegen der Stabilität und so, aber nichtsdestotrotz – voilà!« Während sie bereits oben steht, steckt Jason den Kopf durch die Falltür, geblendet durch das grelle Licht, das durch das Dachfenster dringt.
»Wahnsinn«, staunt er. »Ich bin wirklich beeindruckt.«
»Für mich geht es gerade noch«, sagt Connie, »aber Patrick konnte hier drinnen nicht aufrecht stehen. Lief hier immer gebückt wie ein Affe, wobei er sich ständig die Fingerknöchel am Boden aufgeschürft hat.«
»War aber bestimmt ziemlich lustig… und dann noch der winzige Lehnstuhl…« Jason betrachtet den mit gelbem Chintz überzogenen Kinderstuhl, der in der Mitte des Raums steht. Als er Patricks Blick wahrnimmt, verstummt er kurz. »Das ist also das Porträt, um das sich der ganze Rummel dreht? In der Tat, außergewöhnlich. Lisa, du musst nach oben kommen und dir *das* Porträt ansehen.«
»Sekunde«, ruft Lisa laut, um das Klappern des Geschirrs zu übertönen.
In ihrem Innern spürt Connie ein Ziehen, einen Ruck des Erinnerns. Das Bild von zwei Menschen, die sich in diesem Raum lieben, nackte Haut im hellen Tageslicht. Ja, mit diesen Augen hat es wirklich etwas auf sich, obwohl es nur Pigmente auf Leinwand sind, von ihr selbst aufgetragen, weder eindeutig braun noch eindeutig haselnussfarben. Auch sie erwidert den Blick. Ist das etwa ein leichtes Grinsen? Patrick hätte die beiden bestimmt gemocht.

Was für ein Theater, bloß wegen eines Berichts über ihr Zuhause in der Sonntagsausgabe. Als würde das jemanden interessieren.
»Wie ist es?«, ruft Lisa von unten.
»Einfach grandios.« Wieder kneift Jason die Augen zusammen und sieht sich nach einem geeigneten Winkel um. Jason und seine Kamera, durch die Falltür halbiert, fahl in der grellen Septembersonne.
Er steigt wieder rückwärts die Leiter hinab, um seine Ausrüstung zu holen. Connie setzt nochmals Teewasser auf. Mit der Zunge versucht sie, ein Stück Sardine vom unteren Tellerrand abzulecken, dann sieht sie im Sitzen Lisa beim Spülen zu. Durch den dünnen Stoff ihrer weißen Hose zeichnet sich die Unterwäsche ab, hübscher kleiner Arsch, knackig. Patrick hätte seine Finger bestimmt nicht im Zaum halten können.
Morgen wird Patrick von der Spedition abgeholt. Und sie wird nachkommen. Bei dem Gedanken, nach mehr als dreißig Jahren wieder nach London zu fahren, mit all den Hotels und Restaurants, dem Galeriegeplauder, dem Verkehr, Lippenstift, den Zähnen, Anzügen, dem Geplapper, Geplapper, Geplapper… sie muss die Augen schließen. Und sie muss sich unbedingt die Haare färben, die weißen Strähnen sind einfach unangemessen. Wird einen ziemlichen Trubel geben, hatte Deborah gemeint, ihre neue Agentin. Irgendwer hat irgendwie Connie ausgegraben, und zu ihrer Überraschung fühlt sie sich genau so, ausgegraben. Dennoch wird das Porträt von Patrick der Star der Show sein, die unbekannte Größe. Zitternd fährt ihre Zunge über ihren Plastikgaumen. Das knarrende Geräusch des Dachbodens unter Jasons Füßen überkommt sie wie eine dunkle Erinnerung.

Kapitel 3

Geblendet starrt Tony mit zusammengekniffenen Augen auf das Zeitungspapier in der Sonne. Eine billige, grau gesprenkelte Kopie, aber ohne Zweifel stellt sie Patrick dar, einen sehr veränderten Patrick, ohne Bart, jung. *Was?* Das Porträt stammt von Constance Benson und ist bislang noch nie ausgestellt worden. Obwohl er so anders aussieht, hat Tony Patrick sofort erkannt, als wäre sein Bild in seinem Herzen eingraviert. Und das, obwohl er Patrick nie begegnet ist, schließlich ist dieser an dem Tag, an dem Tony zur Welt kam, verschwunden: am 5. Juli 1965. Aber er hat all die Fotos, Gemälde – genauer gesagt die Reproduktionen –, zudem Zeitungsberichte und Patricks Memoiren, sämtliche Aufzeichnungen, die jemals von Patrick veröffentlicht worden sind. In seinen – unvollendeten - Memoiren beschreibt Patrick die Sieben Stufen zur Glückseligkeit. Auf die Tony aus ist und die er erreichen will. Und auch erreichen wird, weil Patrick irgendwie in sein Inneres gelangt ist, ähnlich einer inneren Stimme, genau, die ihn auf seiner Suche nach den Elixieren leitet. Ein Spiel mit der Zeit, seit er das Gefängnis verlassen hat – Tat gebüßt, wieder reine Weste – bis jetzt.

> *An diesem Wochenende beginnt die Retrospektive von Constance Bensons Werk in der National Portrait Gallery. Miss Benson, als Porträtmalerin*

umstritten und Geliebte des exzentrischen Spätphilosophen Patrick Mount, gestattete erstmalig die Ausstellung ihres letzten Porträts von Mount. Das Gemälde befand sich dreißig Jahre, seit dem mysteriösen Verschwinden Mounts, im Privatbesitz der Künstlerin.

Vorsicht, damit das Bild nicht zerknittert. Tony faltet die Zeitung zusammen und macht sich auf den Heimweg. Constance Benson, Geliebte. Er ist überrascht, mehr als das, er ist überwältigt. Constance Benson lebt noch und ist in London. Aus irgendeinem Grund hat er angenommen, sie wäre tot oder zumindest völlig in Vergessenheit geraten. In ihm tobt ein Gefühlschaos, aber er hält es in Schach. Ganz ruhig, Tony. Einfach zu der Benson gehen und sich die Elixiere schnappen. Die schließlich nur sie haben kann, wenn überhaupt. Oder auch nicht. Nein, ausgeschlossen. An so was darfst du nicht einmal denken, denn was dann? Nein, jetzt heißt es positiv denken. Patrick leitet ihn, und er muss ihm nur vertrauen. Tja, so steht's, jetzt ist es also so weit. Er hat die Fährte entdeckt. Er grinst seinem Spiegelbild in einem Schaufenster zu, ein cooler Kunde mit seinen langen schwarzen Haaren, dem weißen Hemd, das durch die Sonne und seine Körperwärme zwar an Steifheit, aber nichts von seinem Blütenweiß eingebüßt hat. Senkt die Nase auf die Schulter und atmet seine eigene Wärme ein, den gärenden Hefegeruch von sauberem Schweiß und von Stärke. Frauen mustern ihn im Vorbeigehen, Frauen und Männer. Er schwingt seine schmalen Hüften besonders auffällig. Dreißig, könnte auch locker für einundzwanzig durchgehen, könnte praktisch jeden und jede auf dieser Straße flachlegen, wenn ihm danach wäre, niemand würde nein sagen.

Einfach anziehend, charismatisch. Er hat dieses gewisse, undefinierbare Etwas, dem sich niemand entziehen kann. Mit angehaltenem Atem durch die Eingangstür des Wohnhauses, steigt über einen Stapel liegen gebliebener Post, das Treppenhaus hoch, dieses Niemandsland, das nie geputzt wird, weil sich keiner richtig zuständig fühlt, trockene und mit Staubmilben gefüllte Luft, nimmt zwei bis drei Stufen gleichzeitig und hat schon die Wohnungstür hinter sich zugezogen, bevor er wieder ausatmet. Lehnt sich dagegen, sicher. Nebenan Donnas Fernseher. Okay. Cool bleiben.

Als Erstes das Porträt und den Artikel ausschneiden. Später nachdenken. Als Nächstes Milch aus der weißen Kanne trinken. Dann eine Kippe drehen. Anzünden, inhalieren. Ja, heißer und sauberer Rauch. Queen Queen Nikotin.

Und auf einmal das Toktok von Donnas Knöchel, muss ihn auf der Treppe gehört haben, auch das Schlagen der Tür. Mit der Kippe im Mundwinkel öffnet er die Tür.

»So, ich bin jetzt weg.«

»In Ordnung.«

Sie steht da, als warte sie auf etwas. Auf was? Ihre Haare sind so straff aus ihrem bleichen Gesicht nach hinten gebunden, dass ihre Augen beinahe schräg stehen. Bis auf das Funkeln ihrer roten Glasohrringe gibt es nichts, was an ihr glänzt. Bei den Klamotten könnte man glatt meinen, sie ginge zu einer Scheißbeerdigung.

»Willst du mir nicht wenigstens viel Glück wünschen?«

»Klar ... Viel Glück.«

»Und du vergisst auch nicht, die Blumen zu gießen und was sonst noch anfällt? Den Schlüssel hast du?«

»Logo, ja klar, ganz viel Glück.« Ihm dämmert es plötzlich, irgendeine Krankheitssache, was mit dem Unterleib, irgendeine Operation.

»Mir geht vielleicht die Düse!« Lachend streckt sie die Hand aus, um zu zeigen, wie sehr sie zittert.
»Wird schon schief gehen. Hey, sieh mal.« Er macht einen Schritt rückwärts und hebt den Zeitungsausschnitt auf. »Erkennst du ihn?«
Angestrengt sieht sie hin, runzelt die Stirn, schüttelt den Kopf.
»Das ist Patrick.«
»Oh... klasse.« Sie lächelt. Durch ihren Glasohrring fällt Sonnenlicht und zeichnet einen schimmernden roten Fleck auf ihren Hals.
»Wird schon schief gehen. Mach dir keine Sorgen.«
»Hängt davon ab, ob es mir danach besser geht. Kommst du mich besuchen?«
»Mal sehen.«
»Hahaha. Bis dann, Tony.«
»Bis dann.« Beinahe hätte er ihr noch einmal viel Glück nachgerufen, verkneift es sich aber, schließt die Tür. Eigentlich müsste man doch dem Chirurgen Glück wünschen, damit er eine ruhige Hand behält. Er stellt sich ans Fenster und wartet, bis sie unter ihm auf der Straße auftaucht. Sie hat einen guten Gang. Nahtlos reiht sie sich in die Menge ein, unauffällig, unscheinbar, aber wenn man ihren Gang genauer betrachtet, erkennt man, dass er irgendetwas... Besonderes hat, sie bewegt sich wie eine Tänzerin, den kleinen Kopf hoch aufgerichtet, die Bewegung aus der Hüfte heraus, aus der Mitte. Dort, wo der Chirurg sein Messer ansetzen wird. Brr! Ekelt sich vor diesen Frauengeschichten. Zieht sich vor Übelkeit vom Fenster zurück.
Sein Blick fällt auf Patricks Augen. Muss zu dieser Ausstellung und das Porträt sehen. Constance Benson, die Geliebte. Muss zu ihr. Das ist es, worauf er die ganze Zeit gewartet hat, wofür er die ganze Zeit gelebt hat. Der Fetzen

Papier in seiner Hand gibt ihm die Gewissheit, dass er den passenden Schlüssel zu dem Schloss gefunden hat. Man muss nur aufmerksam sein, die Dinge sehen können. Und das kann Tony. Sie wird ihn sofort erkennen, wird erkennen, dass Patrick ihn zu ihr geführt hat, dass sie ihm vertrauen kann, was die Elixiere betrifft, dass Patrick sie für ihn gemacht hat.

Und was dann? Aber wozu sich über das Danach den Kopf zerbrechen. Schließlich wird danach alles klar sein. Sonnenklar.

Kapitel 4

Evakuierung. Anfangs war es einfach nur ein Wort, das während des Frühstücks fiel, wie viele andere, und dem sie kaum Bedeutung zumaß. Mutter, Vater und Alfie vor ihren Würstchen, Alfie, der unaufhörlich plapperte und ermahnt wurde, dies doch *nicht* mit vollem Mund zu tun, während Connie das Sonnenlicht beobachtete, das auf der Schale mit Zucker aus geschliffenem Glas tanzte. Während Connie morgens eine gewisse Anlaufzeit brauchte, eine Nachteule, wie Mutter immer sagte, stand Alfie grundsätzlich mit den Hühnern auf. Weiße Milch in einem grün getönten Glas, mint- beziehungsweise pistazienfarben wie das Eis auf der Feier damals – *Pistazie* verband sie mit der Vorstellung von langen, gezwirbelten Bärten, obwohl es sich um eine Nusssorte handelt, die Connie jedoch nie zu Gesicht bekommen hatte. Dennoch schmeckte die Milch wie Rahm und nach Kuheuter, sodass sie sie in raschen Zügen herunterschlucken musste, ohne zwischendurch Luft zu holen. Zwar hasste sie Milch, aber Kinder müssen Milch trinken. Mit ihren vierzehn Jahren war sie eigentlich kein Kind mehr, dennoch stand jeden Morgen das hohe grüne Glas mit Milch neben ihrem Teller.

Krieg. Bei diesem Wort ging ein Ruck durch ihren Körper, bekam sie in freudig-ängstlicher Erregung eine Gänsehaut. Alfie war natürlich ganz versessen darauf, mit seinen Spielzeugsoldaten und seinen Zeichnungen von Kanonen

und Gewehren. *Wir haben Krieg*, verkündete Vater eines Morgens feierlich, und Connie zuckte zusammen in der Erwartung, den Krach von Bomben- und Kugelhagel zu hören, aber außer dem Klappern von Mutters Löffel in der Kaffeetasse und dem Geräusch einer Fahrradklingel draußen auf der Straße drang kein Laut an ihre Ohren.
Aber jetzt war Evakuierung ein Wort, das immer häufiger fiel und immer bedeutender wurde: Es gab lange Diskussionen. Bei der bloßen Vorstellung traten Mutter Tränen in die Augen. Alfie war dagegen. Er sträubte sich, sich von seinem Zuhause, seinen Freunden, seinen Spielsachen und auch von Matty, der Perserkatze, zu trennen. Aber vor allem wollte er den Krieg nicht verpassen, sondern mittendrin sein. »Ich gehe nicht«, verkündete er mit seinen zehn Jahren und schob trotzig das Kinn vor. Connie war in diesem Punkt unschlüssig. Nicht, dass ihr der Krieg Angst eingejagt hätte. Irgendwie schien er ihr unwirklich, abstrakt. Krieg. Aufregend. Etwas Reales, gewiss, aber wo war er? Wie gewohnt ging der Herbst in den Winter über. Ihr kamen die Begleiterscheinungen des Krieges inszeniert vor, wie die Verdunkelung, eine hysterische Reaktion, aber gleichzeitig auch spannend, diese samtene Schwärze, gefangen in der wohligen Behaglichkeit des Kerzenlichts. Auch Weihnachten kam wie gewohnt und ging vorüber, im Schlepptau die frostige Asche des Januar. Auf der Fensterscheibe weißer Farn und Federn, die sie in ihr Heft zu kopieren versuchte, aber leider war kein Bleistift fein genug, um die Nuancen einzufangen, zudem ließ der Atem sie schmelzen, wenn man zu dicht heranging, um alles genau zu sehen.
Den Krieg fürchtete sie nicht, aber gleichzeitig schien ihr die Evakuierung wie eine Tür, die ihr neue Chancen eröffnete. Chancen worauf? Jedenfalls war Connie bereit,

durch diese wie auch immer geartete Tür zu schreiten. Ihr Zuhause verband sie mit Glücklichsein und Normalität, mit Liebe und Vorhersehbarkeit. Die Schule fand sie mittlerweile öde. Nicht, dass die Schule öder geworden wäre, sondern ihre Interessen hatten sich verschoben. Statt dem kompakten Ganzen sah sie die Zwischenräume, nahm die Schattierung auf Oberflächen, Fensterscheiben, die Glanz- und Lichtreflexe auf dem Haar ihrer Freundinnen oder die Aprikosenfärbung auf deren Wangen wahr. Sie ließ sich ablenken von dem Schatten, den ihr Stift auf das weiße Papier warf, vergaß mitten im Satz, wie sie ihn ursprünglich beenden wollte. Bald rutschten ihre Noten in den Keller, was sie aber kaum registrierte, geschweige denn beunruhigte. Mit einem Mal begann ihr Körper ein Eigenleben, vollzog schmerzend die Reifung zur Frau, schwoll an und kribbelte, brachte erste Härchen zum Sprießen und verlor dunkles Blut – und dennoch war sie immer noch ein Kind, das seine Milch trinken und im Sommer früh ins Bett musste, obwohl die Sonne noch hell durch die Vorhänge schimmerte.

Im Falle einer Evakuierung sollten sie in vertraute Hände gegeben werden, innerhalb des Familienkreises. Mutter wehrte sich strikt dagegen, sie zu Fremden zu schicken, zumal Vater einen Verwandten hatte. Von diesem Verwandten hörte Connie zum ersten Mal. Es handelte sich um einen sehr entfernten Familienangehörigen, der zweite Cousin ersten Grades oder so etwas in der Art. Er war das schwarze Schaf der Familie und zudem berühmt.

»Berühmt ist wohl das falsche Wort«, meinte Mutter. »Er hat ein oder zwei Bücher geschrieben, irgendwas *Esoterisches …*«

»Esoterisch?«

»Etwas, was so gut wie kein Mensch lesen würde. So einen

verworrenen Unsinn über Pflanzen. Ist mit einer Künstlerin verheiratet. Sachavarelle Mount heißt sie.«
Connie schnappte nach Luft. »Ich habe von ihr gehört. In unserem Klassenzimmer hängt ein Bild von ihr, das ist einfach großartig, eine Art Tunnel durch Bäume. Du hast mir nie erzählt, dass wir mit ihr verwandt sind.«
»Nun, jetzt weißt du es ja.«
Die Tür ging auf, und Connie spürte einen Luftzug. »Wo wohnen sie?«
»In Derbyshire... in der Nähe von Bakewell... sieh auf der Karte nach.«
»Wieso ist unser Verwandter...«
»Patrick.«
»Wieso ist Patrick nicht in den Krieg gezogen?«
Mutter zuckte die Achseln. »Wahrscheinlich aus gesundheitlichen Gründen«, vermutete sie, »wer Bücher schreibt und mit Pflanzen herumexperimentiert, hat nicht gerade die besten Voraussetzungen für den Armeedienst, nicht wie dein Vater.«
Im Juni 1940 gelangte Vater aus irgendeiner geheimen Quelle an Benzin, sodass die gesamte Familie zu einem Besuch in Richtung Norden fuhr. Nur, um einen Eindruck von den Örtlichkeiten zu bekommen, meinte Vater. Der Anblick der Landschaft mit ihren Hügeln, die immer höher in den Himmel ragten, ließ auch Connies Herz höher schlagen. Von all dem Grün in seiner ganzen Üppigkeit und Herrlichkeit war sie so sehr geblendet, dass sie wieder und wieder schlucken musste, um den Speichelfluss in ihrem Mund zu bewältigen. Während sie durch das schattige Grün einer Allee fuhren, unter einem Baldachin aus mächtigen Baumkronen hindurch, durch den hin und wieder einzelne Sonnenstrahlen brachen und ihr die Sicht nahmen, hätte sie am liebsten laut aufgeheult und

mit den Fäusten gegen die lederne Rückseite des Fahrersitzes, auf dem ihr Vater saß, gehämmert. »Genau das hat sie versucht, in ihren Bildern einzufangen!«, rief sie begeistert aus.

»Was?«

»Oh, nichts.« Diese Zartheit, dieses Beben, wie sollte sie dies jemals zu fassen bekommen und festhalten können? Wie sollte sie jemals dieses grüne Unterwasserkräuseln und die wogenden Goldreflexe nachahmen?

Eine lang gezogene, holperige Auffahrt führte zu dem Haus. Ein grauer, quadratischer Bau, schlicht wie auf einer Kinderzeichnung, symmetrisch. Eigentlich sah er wie ein modernes Stadthaus aus, lag aber meilenweit von der Stadt entfernt auf einer Anhöhe mitten im Grünen. »Ziemlich ungeschützt«, meinte Mutter mit einem Stirnrunzeln. Die Mauern, die die Wiese säumten, bestanden aus aufgetürmten Steinen. Blökend rannte ein Schaf mehrere Meter vor dem Wagen her, wobei sein wollenes Hinterteil ständig hin und her wackelte. »Es läuft wie Connie!«, rief Alfie lachend aus, woraufhin Connie ihm einen Hieb verpasste, bevor sie jemand daran hindern konnte.

Niemand kam zur Tür, um sie zu begrüßen, obwohl das Motorengeräusch und das Knirschen der Reifen auf dem groben Kiesbelag ihre Ankunft angekündigt haben mussten. Alfie stürzte als Erster aus dem Wagen, und von der Rückseite des Hauses kam ein Collie angesprungen, der vor lauter Aufregung am ganzen Körper zitterte. Auch Connie stemmte sich jetzt aus dem Sitz und stieg aus. Die Luft kam ihr vor wie Champagner, so musste ihrer Vorstellung nach Champagner schmecken, klar, kostbar, berauschend, und diese Stille, diese plötzliche Stille und Ruhe, nachdem der Motor abgestellt war, eine Stille, die beinahe taub machte. Und mit einem Mal hörte man ein Schaf blö-

ken und das Kreischen eines Vogels im Sturzflug – war das eine Schwalbe?
Neben der Eingangstür wuchs ein Fliederstrauch. In ihrem Garten in London hatten sie violetten Flieder, aber dieser hier war weiß und stand in voller Blüte. Mit den hohlen Händen umfasste Connie eine warme, schwere Blüte und sog tief deren Duft ein.
Mit sichtbarem Unbehagen standen Mutter und Vater vor der Eingangstür. Es war das erste Mal, dass Connie ihren Vater zögern sah. Sie wurde ungeduldig. »Warum klopfen wir nicht einfach?«, fragte sie. Der Türklopfer stellte eine große Faust dar, ein altmodisches, massives, schwarzes Ungetüm. Im Vergleich dazu wirkte Vaters Hand, die danach griff und klopfte, klein und blass. Die Farbe rieselte von der Tür, das war das Einzige, was geschah.
Connie wandte sich von der Fliederpracht ab. In der Sonne glitzerte der Wagen schwarz, schwarz gemischt mit weiß, blau, grau, grün, ein dunkel glänzendes Grün. Hinten im Kofferraum waren zwei Koffer verstaut, einer für Alfred, der andere für sie. Für den Fall, dass es ihnen hier gefallen sollte, als eine Art Probeaufenthalt. »Niemand zwingt euch«, hatte Vater mehrmals während der Fahrt betont. Zum ersten Mal in ihrem Leben hatte Connie Mitleid mit ihren Eltern. Offensichtlich hatten sie Angst, mehr als sie. Nach all den Schreckensgeschichten über Evakuierte, die fürchterlich unter Heimweh litten, waren sie zutiefst beunruhigt. Es war die Rede von Misshandlung, Ausbeutung, mangelndem Verständnis, und nach dem schrecklichen Schiffsunglück der *City of Benares* war Mutter drauf und dran, sie doch nicht gehen zu lassen. »In Derbyshire können wir wohl kaum ertrinken«, hatte Connie schnippisch entgegnet. »Aber wenn es dir nicht gefällt, wenn du mit Patrick oder Sacha oder irgendwas nicht klarkommst,

dann musst du…« »Schon gut, erst mal abwarten«, unterbrach Connie sie, fest entschlossen, dass es ihr gefallen würde, dass ihr die beiden gefallen würden, dass ihr alles gefallen würde. Und jetzt, inmitten des Champagnerglitzerns, inmitten der vom Fliederduft erfüllten Stille, wusste sie bereits, dass es ihr gefiel.

»Eigentlich müssten sie uns doch erwarten.« Mutter warf Vater einen Blick zu.

»Wir können ja einfach mal hineingehen«, schlug Alfie vor. Winselnd kratzte der Hund mit einer Pfote unten an der Tür, die dort bereits tiefe Furchen hatte.

»Zumindest könnten wir die Tür öffnen und uns bemerkbar machen.« Dabei bückte Mutter sich herunter, als wollte sie durch das Schlüsselloch spähen. Sie umfasste den Türknauf, drehte ihn und drückte dagegen. Laut quietschend schwang die Tür auf, und der Hund lief ins Haus.

»Könnte etwas Schmieröl vertragen«, murmelte Vater.

»Hallooo«, rief Mutter in die dämmerige Diele hinein.

»Ich bin hi-ier«, krähte Alfie. Sie betraten das Haus. In der Diele war es kühl, und außer einer Menge Schuhe, Stiefel und Mäntel stand dort auch ein Klavier, auf dem sich lauter Hüte stapelten. Es roch nach Hund.

»Seht mal, eine Nachricht«, sagte Alfred, wobei er sich ein gefaltetes Blatt Papier vom Klavier schnappte. Vater nahm es ihm ab und las. *Fühlt euch wie zu Hause – ihr könnt auch nachkommen, wir sind im Garten hinter dem Haus. S. und P.*

»Meinst du, das ist an uns gerichtet?«, fragte Mutter.

»Na, bestimmt nicht an den lieben Nikolaus, oder?«, meinte Connie spöttisch.

Dafür erntete sie einen langen strengen Blick von ihrer Mutter.

»Entschuldigung«, sagte Connie.

»Tja, dann können wir es uns hier ja gemütlich machen. Oder, Gordon?«
»Denke schon«, erwiderte Vater.
»Ich werd sie mal suchen.« Und schon sauste Alfie durch die Diele in Richtung Garten. Währenddessen öffnete Connie eine Tür, hinter der sich ein großer, schäbiger Raum befand, in dem Staubkörnchen in einem Lichtstreifen flimmerten, der durch die halb zugezogenen Samtvorhänge fiel. Rote Tapete, mit Kleidern überhäufte Stühle, ein Hundekorb mit einer haarigen Decke darin und ein Knochen, der vor dem mit Asche übersäten Kamin lag. Auf dem Boden stapelten sich Papierbogen, von denen der oberste eine Aquarellskizze war, die eine Baumlandschaft in schimmerndem Frühlingsgrün darstellte.
Als Connie aufsah, bemerkte sie die Blicke, die ihre Eltern wechselten, den Mund ihrer Mutter, der sich zu einem Wohl-kaum verzog als Antwort auf die hochgezogene Augenbraue ihres Vaters.
»Ist es nicht herrlich hier!«, sagte sie demonstrativ.
»Findest du?« Skeptisch sah ihr Vater sie an.
Connie umklammerte ihn. »Ja. Einfach herrlich.«

Kapitel 5

MEIN LEBEN – VON PATRICK MOUNT

Meines Erachtens bin ich immer missverstanden worden, was meinen großen Lebenstraum betrifft – nämlich die Entwicklung einer systematischen Methode, mittels derer die Menschheit zu ihrer Vollendung finden kann. Die meisten, und dessen bin ich mir sehr wohl bewusst, halten mich für eine Art Spinner. Mir bleibt nur die Hoffnung, dass irgendwann, in einer aufgeklärteren Zeit, die Bedeutung meiner Ideen erkannt wird. Meine Aufzeichnungen sollen nicht als eine Apologie des Lebens verstanden werden, sondern als eine Erklärungshilfe, die bei manchem aufgeschlossenen, vielleicht sogar ähnlich denkenden Leser auf Interesse stoßen dürfte. Im Folgenden werde ich versuchen, die »Experimentenfolge«, auf der meine Methode, meine Philosophie und mein Dasein basieren, darzulegen.

Als ich zehn Jahre alt war, wachte ich eines Morgens mit Fieber auf. Bereits am Tag zuvor hatte sich dieses mit den typischen Symptomen wie Halsschmerzen, Hautausschlag, geschwollenen Lymphdrüsen und mangelndem Appetit angekündigt, jedoch an jenem Sommermorgen im Jahr 1908 wurde immer offensichtlicher, dass es sich nicht bloß um ein läppisches Kinderwehwehchen handelte, sondern um eine ernsthafte Krankheit. Ich brauche nur die Augen zu schließen, und schon erscheint ein Bild vor mir,

in dem die Sonne durch den Musselinstoff der Vorhänge schimmert, die Helligkeit mich trotz geschlossener Augenlider blendet und auf meine glühenden Schläfen knallt. Es sind immer die Details, an die man sich erinnert. Auf das weiße Laken malte die Sonne ihre Kringel, und von draußen drang der Duft von frisch gemähtem Gras ins Zimmer.
Noch heute erinnere ich mich an das Gefühl der schweren Decken auf meinen heißen und schmerzenden Gliedern.
Meine Mutter saß an meinem Bett und wischte mir das Gesicht mit einem kühlen Tuch ab. Wenn ich mich aufrichtete, um etwas zu trinken, schwamm der Staub auf der Wasseroberfläche des Glases, selbst wenn es gerade frisch eingeschenkt worden war. Und obwohl der Arzt schwarzes Haar hatte, war sein Schnurrbart rot. Den Schnurrbart habe ich noch ganz deutlich vor Augen, obwohl ich mich an die Gesichtszüge kaum noch erinnern kann. Bisweilen waren die weichen, nach unten hängenden Barthaare an den Enden mit Bartwachs zusammengezwirbelt. Wenn er sich über mich beugte, stieg mir der angenehme Geruch von Hustenbonbons und Balsam in die Nase, und er sagte immer »mein kleiner Mann« zu mir. Fast sechs Monate, vom Frühling bis zum Herbst, war ich ans Bett gefesselt, sodass ich den herrlichen Sommer, den wir in jenem Jahr hatten, verpasste.
Eine herbe Enttäuschung für einen kleinen Jungen wie mich, zumal mein Vater mir versprochen hatte, mich zur Leichtathletik-Olympiade in das neue Riesenstadion von White City mitzunehmen. Dieser Ausflug war als Geschenk zu meinem zehnten Geburtstag gedacht. Stattdessen verbrachte ich den Tag zu meinem Leidwesen schwer krank im Bett. Es gab keine eindeutige Diagnose, ich zeigte die Symptome von Masern und Mumps in fortgeschrittenem Stadium, was wiederum den Herzmuskel dauerhaft schädigte.

Über diese Zeit habe ich viel nachgedacht und auch über ihre Auswirkungen auf mein Leben danach. Hätte ich jenen Sommer mit meinen Kameraden an der frischen Luft verbracht, hätte ich wie jeden Sommer auf die Isle of Wight fahren dürfen, wäre ich in der Lage gewesen, zusammen mit meinem Vater die Olympischen Spiele zu verfolgen, hätte mein Herz alles unbeschadet überstanden – wäre mein Leben dann vielleicht anders verlaufen?
Sicherlich hätte ich im Ersten Weltkrieg mitgekämpft, und vielleicht wäre mein Leben da schon zu Ende gewesen, wie das Leben so vieler meiner Altersgenossen. Denn wie so viele andere Jungen vor mir hatte auch ich eine martialische Veranlagung und nahm an so manchem Gefecht mit Holzgewehren und Spielzeugkanonen in den Büschen teil. Vielleicht hatte ich ja meine kriegerischen Neigungen in dem monatelangen Delirium während jenes Sommers aus mir herausgeschwitzt?
Vor allem ein Ereignis ist mir besonders lebhaft im Gedächtnis geblieben, ein Ereignis, das zweifelsohne Folgen hatte. Wie ich bereits erwähnte, war der Sommer des Jahres 1908 ein besonderer, da wochenlang heißes, sonniges Wetter herrschte, nur selten getrübt von ein paar Wolken. Allerdings wurde die Hitze gegen Ende des Sommers immer drückender, und eines Nachts gab es ein Gewitter. Ich weiß noch, wie meine Mutter die Vorhänge aufzog – die wegen der Helligkeit ständig geschlossen sein mussten, um meine Augen zu schonen –, sodass ich den Himmel betrachten konnte, der die Farbe von Lehm angenommen hatte; ich erinnere mich auch daran, dass die Blätter der alten Rosskastanie draußen vor dem Fenster wild hin und her flatterten und sich dunkel verfärbten, während das dumpfe Grollen des Donners aus der Ferne näher und näher kam. Meine Mutter hielt meine Hand, während wir beide dem

herannahenden Gewitter lauschten, und mein Herz, mein geschwächtes Herz, schlug vor Aufregung schneller. Zwischen jedem einzelnen Donnerschlag und dem darauf folgenden Blitz zählten wir die Sekunden. Noch immer sehe ich, wie das Flackern der Blitze die Knochen unter ihrer Haut leuchten ließ. Und plötzlich war das Gewitter über uns, entlud sich im Kastanienbaum, Donner und Blitz brachen gleichzeitig los, das Krachen und Splittern des Baumes fuhr mir durch den Körper, und meine Mutter schrie laut auf und presste mich an ihre Brust.

Dieses Gewitter, das die alte Kastanie traf und spaltete, ist mir als das Hauptereignis jenes Sommers im Gedächtnis geblieben, und ich verbinde damit einen Zeitungsbericht, den mir mein Vater vorgelesen hatte – was er gewohnheitsmäßig jeden Abend tat, während ich krank im Bett lag – und der von einem Botaniker handelte, der die Behauptung aufstellte, dass Pflanzen Augen hätten und sehen könnten. Obwohl es mir strengstens verboten war, das Bett zu verlassen, bewegte ich mich dessen ungeachtet auf allen vieren zum Fenster hin, sobald keiner auf mich aufpasste, und betrachtete die Kastanie. Mir war klar, dass ich nicht nach Augen, wie Menschen sie haben, zu suchen brauchte, und logischerweise konnte ich auch keine entdecken, dennoch beschäftigte mich die Frage, ob der Baum Schmerzen erlitten hatte durch diesen gewaltigen Blitzschlag, der ihn bis zur Mitte aufgespalten und derart auseinander gerissen hatte, dass die festen gelben Fasern seines Inneren nach außen gekehrt worden waren. Ich bin fest davon überzeugt, dass dies der Moment war, in dem meine Theorie vom »Phytosophischen Prinzip« und den damit verbundenen Sieben Stufen zur Glückseligkeit, deren Entwicklung und Vervollkommnung ich mein Leben gewidmet habe, geboren wurde.

Tony legt den schmalen Band, den er so oft gelesen hat, dass er ihn beinahe auswendig kann, zur Seite. Dann steht er auf, zieht die Vorhänge zu und dreht das Licht an. Mittlerweile wird es früher dunkel, er hasst das, diese schleichende und unbarmherzige Art, mit der sich das Jahr dem Ende neigt, und was kommt dabei heraus? Weihnachten und dieser ganze Scheiß. Sterbende Bäume, die in Töpfen stecken und mit Lametta und all dem Mist behangen werden. Kann Lametta nicht ausstehen, er, Tony, verursacht ihm Zahnschmerzen.
Zeit fürs Abendessen. Fühlt sich Patrick heute näher denn je, spürt ein seltsames Kribbeln. Woran liegt das? Hält das weiße Fischfilet unter den Wasserhahn, trübe läuft das Wasser ab, aus den dichten feuchten Schuppen tropft ein wenig Blut. Er ist freudig erregt, aber das ist es nicht allein. Es ist auch eine… Rechtfertigung vor sich selbst. Die Zwiebel schneidet er in feine Scheiben und drückt mit den Fingern dagegen, sodass zarte Ringe sich lösen. Da es eine milde Zwiebel ist, tränen ihm nicht die Augen. Gießt Sonnenblumenöl in die Pfanne, gibt die Zwiebelringe dazu, rührt um, während sie süß und weich werden. Eine Rechtfertigung für all das Warten. Manchmal haben ihn unvermittelt Zweifel geplagt – etwas Kardamom und zu Pulver gemahlenen Koriander, noch eine Prise Chili –, während er auf ein Zeichen hoffte, dass die Zeit gekommen sei, in das neue, das Patrick-Leben zu treten, manchmal ist diese Gewissheit, die er gleich einer Vision in sich gespürt hat, ins Wanken geraten, und manchmal hat Tony sich gefragt, warum zum Teufel er eigentlich in dieser beknackten Wohnung in Brixton sitzt und worauf zum Teufel er eigentlich wartet. Mach was aus deinem Leben, hat er gelegentlich sagen hören, solche Dinge bleiben bei ihm hängen. Eine kleine Dose Ananas in Natursaft, ein

harter Klumpen Kokosnussfett, das bei der Wärme sofort zu schmelzen beginnt und sich mit dem Saft und den Gewürzen vermischt. Riecht wunderwahnsinnbar. Es wird köstlich schmecken, und überhaupt, er *hat* sein Leben, das Zeichen ist da, das Warten nimmt bald ein Ende, und jetzt ist es Zeit, den Fisch hinzuzugeben, ihn vorsichtig in der köstlichen Sauce zu platzieren, ihn auf kleiner Flamme köcheln zu lassen, bis er sich milchig verfärbt.

Kapitel 6

Sacha goss Tee ein. Die ganze Familie saß auf ausgefransten Korbstühlen in einem Wintergarten, der in dem trüben grünen Licht, das durch den Dschungel aus Efeu und Weinranken drang, fast zu ersticken drohte. Der Boden war mit welken Blättern, mit toten und auch lebenden Insekten übersät, Spinnen krabbelten mit langen dünnen Beinen über das Laub und kletterten an den ineinander verwobenen Rebenstielen hoch. Mutter machte Konversation, von Sacha höflich erwidert, und alles wirkte trotz der guten Absicht ziemlich künstlich. Vater saß da, den Kopf in den Nacken gelegt, und betrachtete das Dach aus fein geschwungenem Holz und Glas, das dringend einer Reparatur bedurfte. Eine der Weinranken, die mit dem Efeu verschlungen war – oder vielleicht war es auch Efeu, der mit einer Weinranke verschlungen war –, hatte eine der Glasscheiben durchbrochen, um sich einen Weg ins Freie zu bahnen, aber auch dort gab es keinen Sauerstoff, weil dichtes Blattwerk das Loch in der Scheibe verstopfte.

Constance spürte, wie Patrick sie ansah. Kühn erwiderte sie seinen Blick und lächelte ihn mit einem seltsamen Gefühl in der Magengegend an. Das war also das schwarze Schaf der Familie, ein berühmter Mann, ganz anders als alle, mit denen sie bislang zu tun gehabt hatte. Er sah aus wie eine Gestalt aus dem Alten Testament oder aus Russland, wie Rasputin oder so; hager, groß, mit einem grau melierten Bart, der wie Schaum bis zur Brust hinabfloss. Seine zurückgekämmten Haare hatten dieselbe Farbe und gaben den Blick frei auf eine schmale Stirn voller tiefer Furchen. Seine großen Augen verengten sich, als er sie musterte. Sie waren dunkel, aber ein richtiges Braun war es nicht. Seine Nase war lang und gerötet, und seine Lippen, die man unter all den Barthaaren kaum erkennen konnte, waren schmal – ein Mundwinkel war leicht nach oben verzogen, und durch die Lücke blitzte ein Stück Zahn.

Dies ist also mein Verwandter, dachte sie, wobei sie sich an den Verwandtschaftsgrad zu erinnern versuchte – ein zweiter Cousin ersten Grades? Merkwürdigerweise fühlte sie sich von diesem verwandtschaftlichen Band berührt, wie lose es auch immer sein mochte. Er war zweifellos ein sehr ungewöhnlicher Mensch, und er war jemand, der etwas mit ihr gemein hatte. Unter den Fußsohlen spürte sie dieses leichte Kribbeln, das nichts anderes bedeuten konnte, als dass ein neues Leben für sie begann.

Nachdem Alfie seinen Tee getrunken hatte, ging er mit dem Hund – Harry – nach draußen, um die Gegend zu erkunden. Inzwischen war die Unterhaltung zum Stillstand gekommen, sodass Mutter Vater einen flehenden Blick zuwarf, aber dann war es Patrick, der das Wort ergriff.

»Constance, was machst du so?«

»Was ich mache?« Schüchtern sah sie auf ihre zarten, weißen Hände.

»Beziehungsweise was würdest du gern machen?«

»Ich will Künstlerin werden, auf jeden Fall«, antwortete sie, wobei sie ein Gefühl durchströmte, als pulsiere Brause durch ihre Adern.

Vater platzte lachend los. »Das hören wir ja zum ersten Mal.«

»Kinder und ihre Vorstellungen«, meinte Mutter mit liebevoll nachsichtigem Gesichtsausdruck. Doch Patrick fiel weder in das Lachen ein, noch lächelte er zurück. Stattdessen hielt er den Blick nachdenklich auf Connie gerichtet. »Ja«, meinte er, »fein, eine gute Entscheidung.«
Sacha beugte sich vor, um Constance etwas Teegebäck auf einem Teller anzubieten. Sie nahm sich ein Stück von dem Buttergebäck, das zwischen ihren Fingern durch die Wärme zu schmelzen begann und zerkrümelte. »Tja, da bist du hier ja genau richtig, wenn du Künstlerin werden willst, stimmt's, Paddy?«, sagte sie. »Wir müssen ihr unbedingt das Atelier zeigen.«
Mit einer Hand umfasste Patrick seinen Bart und strich ihn in einer Abwärtsbewegung glatt, wobei er das Kinn reckte, sodass die grau melierten Haare straff gespannt waren.
»Tut das nicht weh?«, wollte Alfie wissen, der unvermittelt wieder aufgetaucht war – mit verschmiertem Gesicht und verdrehter Krawatte, die über der Schulter hing.
»Alfie!« Energisch zog Mutter ihn an sich heran, um die Krawatte wieder gerade zu rücken.
»Ein bisschen«, entgegnete Patrick, wobei er seinen Bart wieder losließ, »aber ein bisschen Schmerz kann manchmal nicht schaden.«

Allmählich brach die Dämmerung herein. An einem lavendelfarbenen Himmel zeigten sich die ersten blassen Sterne, und die Luft wurde kühler. Mutter und Vater standen an der Eingangstür. Alfie lag bereits im Bett, und Connie versteckte sich im Schatten des Flieders, um zu lauschen.
»Mit der Unordnung und dem ganzen Schmutz hat es nichts zu tun«, meinte Mutter.

»Ich weiß.«
»Ebenso wenig mit all den Hundehaaren. Auch nicht mit Sacha, die, wie ich sagen muss, einen recht vernünftigen Eindruck macht – scheint ein gutes Stück älter als Patrick zu sein, meinst du nicht auch? Ihr würde ich die Kinder schon anvertrauen, schließlich hat sie ja selbst einen Sohn großgezogen. Auch an Patrick ist nichts auszusetzen, obwohl...«
»Ich weiß, was du meinst.«
»Es ist nur, es ist, weil... irgendwie fehlt was... eine gewisse Ordnung. Verstehst du? Du hast doch auch mitbekommen, wie lange es gedauert hat, bis der Tee endlich mal auf dem Tisch stand, und dabei war das bestimmt kein Aufwand, das bisschen Teegebäck und die Kanne Tee, außerdem war es ja nicht so, dass man uns nicht erwartet hätte, oder?«
»Meine ich auch.«
»So was sind die Kinder überhaupt nicht gewohnt – und dann nicht mal eine richtige Begrüßung! Sie werden völlig verwildern, wenn sie hier bleiben, so viel ist sicher. Außerdem will ich mich nicht von ihnen trennen.« Die Stimme ihrer Mutter geriet ins Stocken, und Connie trat hinter dem Strauch hervor.
»O Mutter, hier ist es so herrlich«, sagte sie, »ich möchte unbedingt hier bleiben. Hier sind wir auf jeden Fall in Sicherheit.«
»Du hast gelauscht!«
»Ich bin nicht sicher, ob Alfie ebenfalls bleiben will«, sagte Vater.
»Na, dann nehmt Alfred doch einfach wieder mit, schließlich sind wir keine siamesischen Zwillinge.«
»Constance!«
»Entschuldige, Vater, aber... ich finde es hier einfach groß-

artig, und außerdem ist es weit weg vom Krieg, nicht wahr? Wer sollte hier schon Krieg führen?«

»Darüber reden wir später.«

»Bitte, lasst mich hier bleiben.«

»Wir werden sehen.« Im Moment hatte Betteln keinen Sinn. Connie entwischte, bevor man sie ins Bett hätte schicken können, und machte einen Spaziergang durch den Garten, wo sie den Duft der Blumen in der Abendkühle einatmete und beobachtete, wie das Dämmerlicht in die blassen Rosen hineinsickerte, die wie kleine Planeten im Halbdunkel leuchteten.

Und am nächsten Morgen wurde beschlossen, dass Alfie mit nach London zurückfahren würde und dass Connie bleiben dürfte. »Aber betrachte es nur als eine Art Urlaub«, schärfte Mutter ihr ein, »als eine Probezeit, denn solltest du Heimweh bekommen, kannst du jederzeit...«

»Das glaube ich nicht.«

»Es soll ja nicht für ewig sein«, schaltete Vater sich ein. »Das ist dir doch klar, Connie, es geht hier um einen vorübergehenden Notbehelf, der nur auf Zeit ist.« Lächelnd sah Connie an ihm vorbei, hin zu den Schwalben, die im Flug Mücken jagten. Sie waren unter sich, um voneinander Abschied zu nehmen, Patrick arbeitete im Garten, und Sacha hatte sich irgendwohin verzogen, um zu malen.

»Falls du deine Meinung ändern solltest...« Mit ausgestreckten Armen hielt Mutter sie fest und betrachtete sie forschend, als suche sie in ihrem Gesicht nach etwas Bestimmtem oder präge sich ihre Gesichtszüge ein.

»Sei brav«, waren die letzten Worte, die ihr Vater an sie richtete. Sein Kuss auf ihrer Wange fühlte sich trocken an, hingegen streiften die pudrigen Lippen ihrer Mutter sie zaghaft, als wolle sie eine Spur von sich auf Connies

Haut hinterlassen. Die Umarmung, ganz weich, da Brust an Brust gedrückt war, war Connie peinlich, sodass sie sich eine Spur zu schnell daraus löste.
Mit einem weißen Taschentuch winkte sie ihnen nach und sah zu, wie der Wagen aus ihrem Blickfeld verschwand und wieder auftauchte, während er auf der gewundenen, unebenen Auffahrt immer kleiner und kleiner wurde, sah Alfreds Taschentuch weiß aufblitzen, als er durch die Rückscheibe zurückwinkte. In der Luft wimmelte es von Vögeln und Insekten, und das entfernte Kreischen der Schwalben erinnerte sie an das Geräusch, wenn man mit angefeuchtetem Finger über einen Glasrand strich. Als der Wagen schließlich ganz verschwand, schloss sie die Augen. Dann breitete sie die Arme aus und fing an, sich im Kreis zu drehen, wobei das Taschentuch zu Boden fiel, immer herum und herum und herum, mit fliegendem Rocksaum, bis ihr so schwindelig wurde, dass sie taumelnd auf die Treppe sank.

Kapitel 7

In Donnas Wohnung hängt ein süßlicher Mädchengeruch. Kein Raum, in dem nicht eine Schale mit staubbedeckten Duftblüten steht und anderem abgestorbenen Zeug. Die Schale auf dem Kaffeetisch ist aus Holz, und in das Potpourri aus Blüten sind Kiefernzapfen, Zweige, Samenhülsen gemischt. Tony nimmt eine Hand voll heraus, lässt es herunterrieseln. Der süßliche Staub dringt ihm in die Nase, und er muss niesen. Donnas Wohnung ist gemütlich. Meistens ist sie sauber. Donna hat dieses Wachszeug, mit dem sie die Blätter ihres Gummibaums poliert. Der reicht fast die halbe Wand hoch. Mit dem Finger streicht Tony über ein dickes Blatt, kühler Glanz, kein einziges Staubkorn darauf, vermutlich hat sie die Blätter noch abgewischt, bevor sie gegangen ist. Er spürt, dass es dem Blatt gefällt, als er es vorsichtig zwischen seinen Fingern bewegt, sanft darüberstreicht, nicht streichen, streicheln trifft es wohl eher, wobei er sich an der wächsernen Blattoberfläche und der schwächer geäderten Unterseite ergötzt. Es ist eine kräftige Pflanze, man kann ihre Lebenskraft förmlich spüren. Tony selbst hat keine Pflanzen, eigentlich seltsam, wo er doch von Patrick und dessen Begeisterung für Pflanzen so fasziniert ist. Aber sobald er seinen Platz gefunden hat, seine Wurzeln, wird er dort auch Pflanzen setzen, um den Ort zu markieren. Und vielleicht ist es ja gar nicht mehr so lange hin.

Donna hat keine Geheimnisse vor Tony. Lohnt sich nicht, in ihren Schubladen oder Schränken herumzuschnüffeln. Hat er schon längst getan. Donna hat nichts zu verbergen. War etwas enttäuschend, überhaupt nichts zu entdecken, nichts, wofür man sich schämen müsste, nicht einmal einen Porno oder einen Vibrator zwischen der Unterwäsche. Nicht mal einen Freund hat sie, und das geht schon ein Jahr so. Ihm gefällt es, dass sie allein hier lebt, so gibt es kein Lachen, das ihn ausschließt, keinen Sex, nur Donna und ihre Glotze, manchmal auch Musik. Gelegentlich plaudern sie miteinander und helfen sich gegenseitig mit Milch, Zigaretten oder etwas Brot aus. Sie geht zur Arbeit, irgendein Job bei der Stadtverwaltung, kommt nach Hause, zieht sich sämtliche Seifenopern rein, geht Samstagabend meistens auf die Rolle und kommt erst frühmorgens wieder, ohne Begleitung, verschläft dann den halben Sonntag.

Tony streckt sich in voller Länge auf dem Sofa aus. Genießt es, so dazuliegen, mit den Füßen auf der Lehne, einer Zigarette, den großen Farbfernseher an. Eine Sendung über Gorillas, was für weise, traurige Gesichter. Gorillas, die mit großen, ledernen Füßen umherlatschen, ein Weibchen mit einem Baby an der Titte, ein anderes Tier, das ausgestreckt in der Sonne döst, die Füße bequem auf einen Ast gelegt. Unwillkürlich muss Tony grinsen, als ihm bewusst wird, dass er genauso daliegt. Hier ist es angenehm, so mit Glotze und den ganzen Pflanzen, dem Farn auf der Fensterbank, der Grünlilie, die lauter Babyblüten trägt, dem stämmigen Kaktus mit den rötlichgelben Stacheln. Irgendwie wirkt diese Wohnung hier freundlicher als seine. Obwohl, wenn Donna jetzt hier wäre, könnte er nicht so locker sein, es sind vor allem diese Räume, in denen er sich wohlfühlt. Sie haben etwas Weibliches, mit weiblichen Gegenständen, eine Ausstattung, die er am liebsten allein genießt. Nicht die Person ist wichtig, sondern die Dinge, die sie hat. Manchmal, in Momenten, in denen er sich einsam fühlt – Himmel, einmal hat er sogar einen Fragebogen bei einer Kontaktbörse ausgefüllt, der mit dem Computer ausgewertet wurde, und das, obwohl er mit einem einzigen Blick jedes Mädchen herumkriegen könnte –, kommt er zu dem Schluss, dass ihm eine Frau, die einem eigenen Beruf nachgeht, am liebsten wäre. Keine Kinder, völlig ausgeschlossen. Vielleicht eine Krankenschwester, die nachts arbeitet, ja genau, dann würde er sich einen Job für tagsüber besorgen, sodass ihre Wege sich kaum kreuzen würden. Sodass er sie kaum sehen müsste. Nicht mit ihr gemeinsam essen müsste. Ist ihm unerträglich, wenn andere ihm gegenübersitzen, den Mund aufreißen und ihn voll stopfen, wenn ihre Backenmuskeln beim Kauen einen Kampf aufführen und schließlich der Essensbrei den Hals hinunterwandert. Könnte bei dem Anblick glatt kotzen. Allerdings kocht er gern. Könnte für sie kochen, ihr wundervolle Dinge zum Aufwärmen zubereiten – Brioche, Pawlova, Sillabub –, und sie könnte ihm Nachrichten hinterlassen, um das Essen zu loben, um ihm aufrichtig zu danken, er kann es sich bildlich vorstellen, ihre große, geschwungene, kindliche Schrift, darunter die Initiale ihres Vornamens als Unterschrift mitsamt einem Kussabdruck. Und er könnte mit ihren Sachen leben, ihren Schminkutensilien auf der Frisierkommode, ihrem Nachthemd über dem Stuhl, ihrem Lieblingsjoghurt im Kühlschrank, ihrer Zahnbürste, ihren Tampons, ihrem Badeöl.

Seitdem er damals da drinnen war, weiß er die Weichheit dieser Wohnung zu schätzen, den süßen Duft, das geblümte Kissen, das er immer gegen die Brust drückt, das

Mobile, die Porzellanvögel, die zu klirren beginnen, wenn die Tür sich öffnet, selbst das verdammte Blütenpotpourri. Da drinnen war immer dieser Gestank nach Männern, nach Scheiße und Schweiß, Testosteron, hatte sich aufgestaut und nichts Weiches an sich; derbe Witze und behaarte Leiber, schlechter Atem, harte Schwänze, so gut wie nie ein Lächeln oder ein freundlicher Blick. Bei dem Gedanken daran schüttelt es ihn, und er vergräbt die Nase in dem Kissen, das nach Donnas billigem Parfum riecht. Wird sie vielleicht vermissen, der Gedanke lässt ihn zusammenzucken, irgendjemanden vermissen? Vielleicht wird er sie ja vermissen, wenn er weg ist.

Nein. Das ist ja krank. Er schaltet den Fernseher ab, in dem mittlerweile über Naturschutz berichtet wird, und geht ins Schlafzimmer. Über Donnas Bett liegt eine pinkfarbene Steppdecke, auf der sich weiße Gänseblümchen aneinander reihen. Den Saum bilden diese magischen Rüschenteile, die das Bettgestell verbergen. Die Kissenbezüge passen zu der Überdecke, was man von den Vorhängen nicht behaupten kann. Neben dem Bett liegen zwei Bücher, Liebesromane, beide mit Heldinnen, deren Haare im Wind wehen, auf dem Cover. Solchen Schund zieht Donna sich endlos rein. Darunter liegt ihre kleine weiße Bibel mit dem silbernen Schnappverschluss. Schon einmal hatte er sie aufgeschlagen, wobei sein Blick auf ihre Kinderschrift gefallen war: *Dieses Buch gehört* mit Namen und Adresse. Er öffnet die Bibel an der Stelle, wo das Lesezeichen mit der weißen Blume steckt und wo folgender Text steht: *Lernt von den Lilien, die auf dem Feld wachsen: Sie arbeiten nicht und spinnen nicht. Doch ich sage euch: Selbst Salomo war in all seiner Pracht nicht gekleidet wie eine von ihnen.* Zwar behauptet sie, regelmäßig in der Bibel zu lesen, aber das Lesezeichen steckt seit Monaten an derselben Stelle. Er hebt die Steppdecke hoch, das Laken darunter – aus pinkfarbenem Polyester – ist frisch. Alles sauber und für ihre Rückkehr vorbereitet, für ihre Genesung. In dem Bett liegt es sich weich, und man versinkt, umgeben von all dem Pink. Tony streift seine Kleider ab und klettert hinein.

Kapitel 8

Die Straße brüllt. Einen treffenderen Ausdruck gibt es dafür nicht. Kein Wunder, dass die Menschen bei diesem permanenten feindseligen giftigen Krach verrückt werden. Die ganze Nacht hindurch hat das Brüllen angedauert, obwohl sie eigentlich gehofft hatte, dass es zu später Stunde ruhiger werden würde, aber nein, ohne Unterbrechung, immerzu. Wer sind diese Menschen, und wohin fahren die alle? Constance kommt es so vor, als wäre die ganze Welt verrückt geworden, besessen von einem Bewegungswahn, bei dem jeder ständig den Ort wechselt, ein rastloses Aneinandervorbeifahren, die einen Richtung Norden, die anderen Richtung Süden, Osten, Westen, ein brüllender Fahrrausch. Würde irgendjemand einfach *stopp!* rufen, welch plötzliche Stille würde herrschen, welch ein Stillstand.

Das Hotel ist vom Feinsten. Kensington. Sie wollte unbedingt in der Nähe des Parks untergebracht werden, da die Vorstellung, nach so langer Zeit wieder in der Stadt zu sein, ihr Angst einjagte. Der Wunsch, in der Nähe des Parks zu wohnen, entsprang dem Bedürfnis nach frischem Grün, Bäumen und vor allem nach etwas Ruhe und Frieden – und Deborah, offensichtlich nicht die Hellste, steckt sie ausgerechnet mitten in das brüllende Kensington Gore.

Das Bett hat King-Size, breit genug für drei. Ganz gerade liegt sie darin, den Kopf in der Mitte eines der vier riesigen Kissen platziert. Seltsames Gefühl, zu Hause legt sie sich nie hin. Das Bett ist unberührt geblieben, seit sie das letzte Mal mit Patrick darin lag. Bevorzugt eher ein Nickerchen in ihrem Lehnstuhl oder manchmal auch in der Küche, den Kopf auf dem Tisch, mit ihrem kleinen Kissen dazwischen.

Die Vorhänge sind aus dunklem, schwerem Stoff, richtige Vorhänge, die nicht im Wind flattern. Mit einer Schnur kann man sie auf- und zuziehen. Sie versucht sich einzureden, der Verkehrslärm wäre Meeresrauschen, aber es funktioniert nicht. Obwohl die Fenster geschlossen sind und es eine Klimaanlage gibt, bildet sie sich ein, Abgase auf ihrer Zunge zu schmecken. Unvorstellbar, dass hinter ihrem Haus das Meer ruhig atmet, sanft über den Sand schwappt, dass ihr Haus jetzt leer ist. Andererseits ist das auch ein Trost. Ihr Haus, ihre Sachen, verwaist, auf sie wartend.

Sie dreht den Kopf, um blinzelnd auf die roten Ziffern des Radioweckers neben dem Bett zu sehen: 2.45 Uhr. Zwecklos, darauf zu warten, dass sie endlich einschläft, weil der Schlaf nicht kommen wird. Steif setzt sie sich auf, umklammert ihr mitgebrachtes Kissen, ein kleines Stück Zuhause, das in dieser Umgebung richtig zerfleddert wirkt mit der platt gelegenen Füllung, was wohl das Zimmermädchen denken wird? Schultern und Nacken verspannt, nicht ganz so schlimm, nur Nachwehen, die Hitze in diesem Sommer hat ihre Arthritis verbannt, hoffentlich endgültig. Sie streckt die Hand zum Lichtschalter aus, woraufhin die Lampen an den Wänden ein gedämpftes, gelbes Licht verbreiten. Dann klettert sie mühsam aus dem Bett und spaziert in dem riesigen Zimmer mit dem gigantischen Bett, den zwei Sofas, die im rechten Winkel zueinander stehen, dem Fernseher, dem Kühlschrank, der Miniküche umher.

Unter ihren Füßen fühlt sich der Teppich kühl an und verfängt sich bei jedem Schritt mit der rauen Haut an ihren Fersen. Sie kommt sich winzig und verlassen vor, fühlt sich unbehaglich. An den Wänden hängen Drucke, die Windmühlen in einer Flachlandschaft darstellen, beruhigende Aquarelle in buntem Pastell. Patrick hängt bereits in der *National Portrait Gallery*. Wahrscheinlich werden alle Lichter aus sein, die Vorstellung, dass er dort im Dunkeln hängt, missfällt ihr. Sie reibt die Wange an dem Kissen und atmet den vertrauten Geruch ein.
Sie hat das Gefühl, als läge ein Stein in ihrem Magen. Ist das Hunger, oder sind es einfach nur die verdammten Nerven? Vorsichtig hockt sie sich auf eine Sofaecke, wobei das Sofa sie zu ignorieren scheint und sich nicht einmal dazu herablässt, unter ihrem Gewicht nachzugeben. Wozu zwei riesige Sofas? Platz genug für acht Personen. Als man sie in das Zimmer führte, hätte Connie beinahe laut aufgelacht, weil man darin ohne weiteres ihr gesamtes Haus unterbringen könnte und selbst dann noch Platz genug hätte, um darin Rad zu fahren.
Morgen um halb sieben wird die Galerie sich füllen. Dann werden die Besucher sich drängeln und an ihrem Wein nippen. Vielleicht werden ja auch Appetithäppchen gereicht. Für diese kunstvoll angerichteten Bissen könnte sie sterben. *Richtige* Menschen werden dort sein. Und was ist dann Connie, eine Persönlichkeit? Heute hat sie ein Plakat gesehen, das ihr den Atem verschlagen hat. Ein Porträt mit Patricks Gesicht, das Gesicht, das ihr allein gehört hat, seine Augen, die sie durch die Taxischeibe hindurch ansahen, sodass ihr Herz einen Satz machte, vor lauter Liebe oder Entsetzen. Und das, obwohl es nur gemalte Augen sind, mit ihrem Pinsel gemalt, trotzdem blieb ihr das Herz für einen Moment stehen.

Seit dreißig Jahren ist er tot und aus ihrem Leben verschwunden, doch offensichtlich ist er nicht tot, jedenfalls nicht in ihr, wie sonst lässt sich ihre Reaktion erklären? Es ist nur der Überraschungseffekt, Connie, weiter nichts, die Verwunderung darüber, in diesem so fremd gewordenen London auf ein vertrautes Gesicht zu stoßen, über dem ihr Name, CONSTANCE BENSON, in roter Blockschrift prangt, bloß ein Jux, genau, ein dummer Scherz. Aber weshalb dann dieses Gefühl, als läge ein Stein in ihrem Magen? Sie schaudert. Liegt wohl daran, dass sie nichts gegessen hat.

Sie greift nach der Speisekarte, die wie zum Gruß aufgestellt ist. *24-Stunden-Zimmerservice* steht dort, mit einer Auflistung dessen, was sie anbieten: Suppe mit Brötchen, Lasagne, Salat mit Putenbruststreifen, Krabbencocktail, BLT, was immer das auch sein mag. Aus bloßer Neugier ist sie versucht, Letzteres zu bestellen, auch um zu sehen, wer diese sonderbare Speise zu einer so unchristlichen Stunde servieren wird – vielleicht eine mürrische Alte im Morgenmantel und mit Lockenwicklern im Haar oder ein Page in Livree? Wie kann sie nur um kurz vor drei Uhr morgens überhaupt an Essen denken? Also dreht sie am Schlüssel des Kühlschranks, den sie hier »Minibar« nennen. Darin ist alles Mögliche, mehr, als auf der Preisliste aufgeführt ist, Getränke für jeden Geschmack in kleinen Fläschchen, sogar Champagner, außerdem Nüsse und Chips, eine Tafel Schokolade, auch eine niedliche, flauschige Stoffente. Sie nimmt sie heraus. Kühler, blassgelber Flaum, mit einem Medaillon um den Hals: *Buckston Ducks Inc. Lass mich nicht weiter frieren. Nimm mich mit und hab mich lieb. Ich koste nur 3,99 Pfund. Frage an der Rezeption nach einer Geschenkbox.* Als sie das Stofftier schüttelt, wackelt es mit den Augen. Was wird nur aus der Welt? Mit einem Schlag fühlt sie sich beinahe erheitert, ihre Vermutungen haben sich jedenfalls bestätigt. Die Welt ist verrückt geworden. Obwohl sie die Ente gewiss nicht kaufen wird, stellt sie sie nicht in den Kühlschrank zurück. Stattdessen setzt sie sie in einen Aschenbecher.

Dann nimmt sie sich ein paar Miniaturfläschchen Whisky und gesalzene Nüsse. Im Zimmer ist es kalt, und da sie keinen Schalter oder Regler entdecken kann, schlüpft sie wieder ins Bett und lehnt sich gegen die riesige Kissenwand. Mit der Fernbedienung zappt sie durch die einzelnen Programme, erstaunt, was um diese Uhrzeit noch alles läuft, bis sie beim Erwachsenenkanal landet, auf dem gerade ein Hintern in Großaufnahme zu sehen ist, während sie sprachlos, den Mund voller Erdnüsse, davorsitzt, ein knackiger Arsch, der immer wieder zustößt, dann das Gesicht eines Mädchens, die Augen geschlossen, den Mund so weit aufgerissen, dass man seine Mandeln sehen kann, wobei es den Kopf wild hin und her wirft. *O ja*, kommt aus dem Mund, *ja, ja, o Gott ja*, was Connie ziemlich komisch findet, weil es beinahe theatralisch wirkt, bis ihr die zerkauten Erdnüsse vor Lachen aus dem Mund fallen und sich über das Laken verteilen, sodass sie den Fernseher ausschaltet. Hat sie früher etwa auch so herumgefuchtelt? Patrick hätte es gefallen, keine Frage. Grübelnd nimmt sie einen Schluck Whisky. Ohne Zeifel hatten auch sie ihre Momente. Sie erinnert sich an das eine Mal zwischen den Hyazinthen, heiße Haut auf kühlem, zerdrücktem Blau und saftigem Grün. Hat sie auch *o ja, ja* geschrien? Während sie ihr Spiegelbild auf dem dunklen Bildschirm betrachtet – die Haare müssen unbedingt gefärbt werden, und Make-up könnte auch nicht schaden –, überkommt sie eine innere Unruhe, an Schlaf ist jetzt nicht mehr zu denken, stattdessen nippt und mampft sie weiter, steht schließlich auf und wandert erneut durchs Zimmer.

Beim Anblick der Badewanne, der großen, weißen Handtücher und der elfenbeinfarbenen Seifenstücke in ihrer edlen Verpackung aus Papier beschließt Connie, ein Bad zu nehmen. Aus dem Schlaf wird ohnehin nichts, jedenfalls nicht, wenn sie darauf wartet, und außerdem, wer braucht schon Schlaf? Zu Hause schläft sie ebenfalls kaum, auch badet sie nie. Baden muss nicht sein. Schließlich genügen ein Waschlappen und ein Kessel Wasser, um sich an den wichtigsten Stellen zu waschen, ein paar Spritzer Wasser ins Gesicht, kurz und gründlich mit dem feuchten Lappen über die Haut, ohne sich auszuziehen, um sich frisch zu machen. Auf diese Art betreibt man ein angemessenes Maß an Hygiene, dazu noch ungefähr einmal im Monat die Haare mit Spüli waschen, falls es nicht zu kalt ist. Letztlich wird es nicht schaden oder einen umbringen, wenn man auf das Haarewaschen verzichtet. Jedoch jetzt, in diesem Hotelzimmer, Stunden vor dem Frühstück, beschließt Connie, nur der Abwechslung halber, ein Bad zu nehmen. Sie dreht die Hähne auf, kippt etwas aus der Flasche mit dem Badezusatz hinein, woraufhin es sofort zu sprudeln und weiß glitzernd zu schäumen beginnt. Während das Bad einläuft, streift sie ihr Nachtzeug ab, entledigt sich schließlich ihres gelblich verfärbten Unterhemds und ihrer Unterhose, und in Gedanken immer noch bei den Luxuskörpern auf dem Erwachsenenkanal, sieht sie die feinen Falten ihrer Haut, ihre Blässe, ihre hängenden, flachen, formlosen Brüste in dem mit grausamer Helligkeit beleuchteten Spiegel.

Aber so schlimm ist es gar nicht, sagt sie sich mit vorgerecktem Kinn, jedenfalls nicht *so* schlimm, wenn man ihr Alter berücksichtigt. Immerhin ist sie noch fit, auch Patrick hat ihr früher oft gesagt, sie sei gut in Form – auch wenn sie damals mehr auf den Rippen hatte. Sogar noch fitter, bemerkt sie zu sich selbst, und trotz erhobenem Kinn deprimiert sie das beschlagene und verschmierte Spiegelbild, zeigen ihre Brustwarzen in entgegengesetzte Richtung, als schämten sie sich füreinander. Mit den Händen umfasst sie die Brüste von unten, presst sie zusammen. *Es ist schon eine Ewigkeit her, dass jemand meine Haut berührt hat.*

Als sie in die Wanne steigt, ist das Wasser noch viel zu heiß, sodass sie schnell wieder herausspringt und das kalte Wasser aufdreht, die Haut an ihren Beinen bis zu den Knien leuchtet pinkfarben. Unterhalb der Wasserhähne sprudeln immer mehr Bläschen. Nackt spaziert sie im Zimmer umher, in der Kälte, wobei die Luft sich seltsam anfühlt auf ihrer Haut. Dabei steigt eine vage Erinnerung in ihr hoch, die sie nicht einordnen kann, ein ähnliches Gefühl wie jetzt, ihr ganzer Körper von Luft umgeben, ohne Schutz oder Filter, dieselbe Luft, die auch die Haut der anderen berührt, in die anderen eindringt, in ihre Nasen, Münder, Hälse, die jetzt sie berührt, in sie eindringt. Das ungewohnte Gefühl von Luft auf nackter Haut.

Sobald das Wasser ausreichend abgekühlt ist, steigt sie wieder in die Wanne, lässt sich hineinsinken. In der Stille knistern die Schaumbläschen. Sie hebt die Hände aus dem Wasser, um ihre Finger zu betrachten, die von platzenden Schaumbläschen eingesponnen sind. Es riecht nach einer Mischung aus künstlichen Blumen und Süßigkeiten, nach etwas Brauseartigem, wie ein Finger, der in ein Papierstück voller Limonadenkristalle gesteckt wird, um hinterher abgeleckt zu werden.

Kühle Luft auf nackter Haut. Wieder kommt die Erinnerung hoch. O nein, bitte nicht jetzt. Genieße doch einfach

den Luxus im Moment. Die Wärme, den süßen, süßen Duft. Konzentriere dich auf das hier, oder erinnere dich wenigstens an etwas Süßes. Zum Beispiel an Patrick und seine Hände, an die Art, mit der sie ihr wie durch Zauber Lust bereitet haben. Ja, wie ein Zauberer, der aus dem Nichts meterweit ein farbiges Stoffband zieht, konnte auch er sexuelles Verlangen in ihr wecken, selbst wenn ihr gerade nicht danach war, Meter um Meter von diesem knallbunten Seidenstoff und von den Fähnchen, und *natürlich* hatte sie so geschrien wie das Mädchen in dem Streifen vorhin. Sie haben es nicht anders gemacht, in allerbester Pornomanier, ja, das haben sie.
Sie legt die Hand auf ihren Bauch und drückt auf die Stelle, an der sie früher immer dieses erste Kribbeln, dieses schwache Pulsieren, dieses fast schmerzhafte Verlangen gespürt hat. Bis ihr Blick auf ihr verschwommenes Bild in dieser Spiegelgalerie fällt. Wozu zum Teufel so viele Spiegel? Wer möchte sich schon beim Baden zusehen? Aber es ändert nichts: eine alte Frau in einer Schaumwolke. Mühsam steht sie auf, ernüchtert durch den Anblick. Das Baden dauert ihr zu lange, sie kann dabei nicht entspannen, sonst würde sie wahrscheinlich untergehen, muss sich an den Seiten abstützen, wobei ihre Haut zu jucken beginnt, als der Schaum auf ihrer Brust trocknet, bringt sie zum Niesen, lässt sie plötzlich frösteln. Sie klettert aus der Wanne, wickelt sich in ein riesiges Handtuch und wischt sich mit einem Zipfel die Augen trocken.

Kapitel 9

Kann nur derselbe Traum sein. Tony strampelt in tiefem Pink herum. Ist sich bewusst, wo er ist und dass er gerade träumt, kann nur ein Traum sein, kann die weichen Daunen unter sich spüren und die Wärme, erkennt sogar das Pink durch seine Augenlider, die er mühsam zu heben versucht, kann dennoch das Atmen an seinem Ohr hören, das Fleisch spüren und die letzten Brocken einer angsterfüllten Stimme vernehmen. *War nicht so gemeint nicht so gemeint nicht so gemeint.* Fremdes Haar auf seiner Haut klebend, Strähnen im Speichel. Schreit da jemand mit wirklicher Stimme oder doch nur im Traum, eine Stimme, die vor lauter Entsetzen verstummt. Spürt er wirklich etwas Weiches, oder ist es nur im Traum weich, ein Hirngespinst, hin und her gerissen zwischen Angst und Behaglichkeit, nein, keine Behaglichkeit, weil es passiert ist. Es ist passiert. Er hat es getan. Ein Schluchzen, ganz nah, wirklich, nur wo? Wer? Nein. Vielleicht Donna. Oder nicht? Du liegst hier in diesem Traum aus Pink. Nur ein Traum, ein Traum. Schwachkopf.

Schließlich reißt er sich selbst aus diesem tiefen Traum, hebt den Kopf aus den Kissen, das Gesicht mit Speichel, mit Tränen verschmiert. Tastet nach dem Lichtschalter. Jetzt kommt wieder Ordnung in den Raum, Wände drängeln sich zweifellos zurück, die Decke wölbt sich hoch und weiß und kahl.

Er steigt aus dem Bett, das keine besonderen Spuren der Verwüstung zeigt, nur den Abschaum seines Traums, ausgelöst – wodurch eigentlich? Spürt etwas Weiches unter seinen Füßen, etwas entsetzlich Weiches, sodass er einen Satz rückwärts macht, als würde es ihm die Fußsohlen verbrennen. Greift nach unten, um es aufzuheben, weil dies hier kein Traum ist, sondern bloß Donnas Zimmer, und siehe da, ein Pantoffel. Ein Pantoffel aus weißem Fell in der Form eines Hasen mit Ohren und pinkfarbenen Glasaugen. Grauenhaft, niedlich. Allmächtiger!
Ausgelöst durch was, Tony?
Jemand sein, der solche Pantoffeln tragen kann.
Anspannung, weil es begonnen hat. Es geht los. Die Zeichen sind eingetreten. Constance Benson irgendwo in einem Hotel in dieser Stadt. Patricks Porträt, das dort hängt, wo er es bald zu Gesicht bekommen und vielleicht sogar berühren wird. Andere Zeichen werden folgen. Schließlich ist Patrick mit und in ihm, führt ihn, schiebt ihn, weist ihm den richtigen Weg. Eigentlich kein Grund für Albträume. Aber verflucht, sie erwischen dich, wenn du gerade nicht auf der Hut bist, schlängeln sich wie Aale durch die Lücken, hin zu den schlimmsten Dingen, weil nur sie die schlimmsten Dinge kennen, die Aale, die hineinschlüpfen, sobald man loslässt und in Schlaf sinkt.
Sobald er die Elixiere hat, wird das aufhören. Keine Albträume mehr. Ein beruhigender Gedanke. Halte daran fest. Ein guter Gedanke und zudem wahr.
Er zieht seine Kleider an, kalter, steifer Jeansstoff auf seiner Haut. Später duschen und saubere Klamotten anziehen. Im Mund ein fauliger Geschmack. Das Gesicht in Donnas Spiegel über der Frisierkommode wirkt hager, mit neuen Furchen, die sich auf beiden Seiten des Mundes

nach unten ziehen, tief und deutlich sichtbar wie Messerspuren in einem Stück Butter. Das liegt nur an der grellen Beleuchtung hier drinnen, die von einem Lampenschirm mit Rüschen ausgeht. Diese ganzen beschissenen Rüschen und das Pink und dieser flauschige Häschenscheiß. Wieso schmerzt das so? Beugt sich dicht vor, um seine Augen zu betrachten. Vielleicht hatte Patrick ja auch diese Furchen. Wüsste nicht. Auf sämtlichen Bildern ist sein Gesicht halb von seinem Bart verdeckt. Warum ist dieses neue Bild ohne Bart? Wollte sich einen Bart wachsen lassen, um wie Patrick auszusehen. Und jetzt? Wieso, wieso nur diese grässlichen Träume?
Sein Blick fällt auf eine Vase mit Plastikblumen, die auf Donnas Frisierkommode steht, und er drückt eine der steifen Blüten zusammen. Schließlich hat er für alles bezahlt. Es ist nicht fair, dass ihn der Traum quält. Eine Art Geschäft. Man mordet, nein, nein, nicht morden, man verursacht den Tod. Nicht Mord, obwohl man es ihm anhängen wollte, aber es war nicht Mord, *es war nicht so gemeint.* Deshalb ist es nicht fair, das mit den Träumen, ganz und gar nicht fair. Du hast die Zeit abgesessen. Hast gebüßt. Die Zeit hat alles abgegolten, muss alles abgegolten haben. Mensch, das hatten wir doch schon zigmal. Reiß dich zusammen.
Und wenn dein Gewissen in deinen Träumen so heftig auftaucht – vergleichen wir es mit einer Haifischflosse, die aus dem Wasser aufragt –, wenn also dein Gewissen dich mahnt, nun, dann zeigt das nur, dass du eigentlich ein *guter* Mensch bist, Tony, tief in deinem Innern, ganz tief. Im Grunde könntest du alles vergessen, aber nein, der Traum, dein Gewissen lassen es nicht zu. Das heißt, du bist ein guter Mensch. Ein wirklich guter Mensch.
Tony setzt ein Lächeln auf und sieht zu, wie es sich in sei-

nem Gesicht ausbreitet. Ein Bart würde sein Gesicht verdecken, und dabei hat er ein gutes Gesicht. Gut geschnitten, gute Kinnpartie, markante Wangenknochen. Alle haben ihm das bestätigt, alle Frauen, die er gehabt hat. Es ist dieses Indianerhafte, auf das sie fliegen, und dazu noch die langen schwarzen Haare.

Kapitel 10

Abends, nachdem ihre Familie abgefahren war und Connie erstmals mit Sacha und Patrick gemeinsam gegessen hatte, führte Sacha sie nach oben, um ihr das Atelier zu zeigen, wie sie es nannte – allein das Wort elektrisierte Connie. Als die Tür sich öffnete, nahm sie zuerst einen weißen, spitz zulaufenden Haufen auf den Dielen unter dem Fenster wahr, wie ein Miniaturgebirge. »Schwalben«, erklärte Sacha, als sie Connies Blick bemerkte. »Es heißt, es bringt Glück, wenn Schwalben sich bei einem einnisten.« Während sie redete, flatterte, kreischte und stob es unablässig, und eine winzige schwarze Feder trudelte auf den Boden. »Paddy lässt gern das Fenster offen, um ihnen zu lauschen und ihnen das Gefühl zu geben, willkommen zu sein.«

»Willkommen!« Connie musste ein Lachen unterdrücken. »Entschuldige.«

»Wofür?«

»Na ja... ich musste nur gerade daran denken, wie meine Mutter auf Vogelscheiße in unserem Haus reagieren würde.«

Sacha warf ihr einen belustigten Blick zu und nickte kurz. Dann sah Connie sich in dem Zimmer um, ein langes Rechteck mit bis zum Boden reichenden Schiebefenstern zu beiden Seiten. Ohne Vorhänge und ohne Teppichboden wirkte der Raum irgendwie nackt, aber Connie fand gerade das aufregend. Es roch keineswegs nach Schwalben, sondern vielmehr nach Ölfarbe und Leinöl. Dennoch fügten sich die ganzen Eindrücke zu einem Bild zusammen, und von diesem Moment an verband sie den Geruch von Farbe immer mit der Vorstellung von Schwalben und Freiheit.

Allmählich wurde es dunkel, sodass der lange Raum beinahe endlos schien, mit einem Haufen Krempel, der auf der einen Seite des Raums über den Boden verstreut lag, undefinierbares Zeug. Durch die Fenster schimmerte das Abendlicht in metallenem Pink.

»Ich mache mal das Licht an«, meinte Sacha.

»Warte noch…« Connie hob die Hand. »Entschuldige… aber es ist so ein wundervolles…«

Sacha warf ihr einen anerkennenden Blick zu. »Genau das ist es«, bekräftigte sie, »um diese Jahreszeit hat das Licht etwas ganz Besonderes. Im Sommer strahlt die Abenddämmerung in voller Röte.« Aufmerksam beobachtete sie Connies Gesicht. »Es ist nicht bloß ein Schimmern«, fuhr sie fort, »nicht wie das Tageslicht, das an die Farbe von Rosenblättern erinnert, es ist viel stärker… wie ein inneres Glühen.« Connie spürte ebenfalls ein Glühen, ausgelöst durch Sachas Worte, sodass sie die Hand an die Wange legte. Als sie in Sachas Gesicht sah, konnte sie darin kein Glühen wahrnehmen. Ihre Haut war grau und faltig, beinahe welk. Eine kräftige Frau, kräftig und alles andere als glamourös in ihrer Kleidung aus Tweedstoff und mit den melierten kurzen Haaren fast wie ein Mann. Doch in ihren braunen Augen lag ein Glanz, der von Wärme und Intelligenz zeugte.

»Du und Patrick, ihr habt einen Sohn?«

»Red. Aber er ist nicht von Patrick.«

»Oh.« Einen Moment lang schwieg Connie nachdenklich. *Von wem dann?* Aber diese Frage schien ihr zu aufdringlich. »Er heißt Red?«

»Eigentlich Martin. Martin Redmartin. Daher der Name …«
»Ach, verstehe. Red. Klingt nicht schlecht. Und wo ist er?«
»Normalerweise ist er Steinmetz, aber zurzeit ist er in Afrika.«
»Als Soldat?« Am liebsten hätte Connie sich geohrfeigt. Sacha presste die Lippen zusammen, bis sie ganz weiß waren. Angst, schoss es Connie durch den Kopf, sie hat Angst. Schnell das Thema wechseln. »Mich interessiert deine Arbeit«, sagte sie. »Deine Malerei und was Patrick macht. Mutter sagt, es wäre irgendwas Esoterisches.«
Nach einem langen Moment des Schweigens schüttelte Sacha plötzlich den Kopf, als würde sie etwas von sich abwerfen, ihre Lippen wurden wieder weich, lächelten. »Was Esoterisches, aha. Auch nicht schlecht.« Connie erwiderte das Lächeln, erleichtert darüber, dass Sacha nicht verärgert war. Das Licht strahlte weiterhin in tiefstem Pink, und die Gerüche waren überwältigend. Alles war überwältigend. Sie durfte es nicht verderben. Sie musste ihre Zuneigung gewinnen, die Zuneigung von beiden, so wie auch sie sich zu den beiden hingezogen fühlte. Sie versuchte krampfhaft, ihre Füße auf dem Boden zu spüren, die Dielen durch ihre Schuhsohlen hindurch zu spüren, weil ihr alles so seltsam schien, die ganze Umgebung, ein fach alles, es war so anders, fast wie im Traum – besonders in diesem eigenartig glänzenden Licht –, so als würde sie vom Boden abheben und schweben, sobald ihre Konzentration nachließe. Sie hatte das Bedürfnis, allein zu sein. Sie musste jetzt allein sein, um all die Eindrücke zu verarbeiten. Sie wollte in Ruhe über alles nachdenken, sämtliche Bilder sortieren, damit sie sie nicht vergaß.
»Hat dir überhaupt jemand etwas über Paddys … Theorie erzählt?«
Connie schüttelte den Kopf.

»Ich werde dir etwas zeigen.« Sacha ging in die hinterste Ecke des Raums, wo dicke Staubflocken wie Samt lagen, und kam mit einigen kleinen Leinwänden wieder. Sie reichte sie Connie, die jede einzelne aufmerksam betrachtete, wobei sie sie dicht ans Fenster hielt.
»Sind das Blumen?«
»Was würdest du sagen?«
Stirnrunzelnd beugte sich Connie über die merkwürdigen Motive. Es hätten Blumen sein können oder irgendetwas aus einem medizinischen Fachbuch, wie das Buch zu Hause im Wohnzimmer, mit dem sie sich früher stundenlang beschäftigt hatte. Darin waren die nackten Körper eines Mannes und einer Frau abgebildet, auf der Vorderseite von vorn, auf der Rückseite von hinten. Man konnte die Seite auseinander klappen. Wenn man eine beliebige Stelle aufklappte, konnte man die Muskeln darunter sehen, neben denen in winziger Schrift die jeweiligen Bezeichnungen standen: Pronator, Supinator, Trapezius. Wenn man dann die Muskelplättchen aufklappte, kamen darunter die Rippen zum Vorschein, unter den Rippen die inneren Organe, ein Geflecht aus Rosa und Rot und bläulichem Braun. Den Blick auf das Schaubild gerichtet, hatte Connie durch Abtasten versucht nachzuvollziehen, wo genau ihre Leber, die Milz, die Gebärmutter lagen, tief und fest in ihrem Innern verborgen. Auch das Gesicht war aufklappbar, darunter die einzelnen Muskeln, die Augäpfel und schließlich der Schädel. Nur dieser Anblick verursachte ihr Unbehagen, er schien nichts weiter als eine leere Höhle zu sein.
Patricks Blumenbilder wirkten wie Traumgebilde, halb Blumen, halb Innereien. Sie fand sie hässlich, wagte jedoch nicht, das zu sagen, und grübelte im Stillen darüber nach, ob sie vielleicht eine Schönheit besäßen, die sie nicht erkennen konnte.

»Nun ja, ich würde sagen, es sind Blumen... aber irgendwie verfremdet.«
»Damit liegst du richtig. Weißt du, Patrick hat diese Idee, vielmehr dieses Prinzip entwickelt, das er in einer Monografie veröffentlicht hat und das, aber erwähne das bloß nie in seiner Gegenwart, von allen Seiten verspottet wird, leider, er nennt es das Phytosophische Prinzip.«
»Was bedeutet das?«
»Tja... am besten, du liest das Buch selbst. Obwohl Patrick dich bestimmt demnächst selbst darüber aufklären wird. Jedenfalls geht es im weitesten Sinne um die Verbindung zwischen Menschen und Pflanzen. Diese Bilder hat er im Traum gesehen, als er gerade seine Ideen niederschrieb. Wie du siehst, ist er nicht gerade ein begnadeter Maler!« Sie brach in schallendes Gelächter aus, sodass Connie sie verwundert ansah und sich fragte, ob sie es böse gemeint hatte oder einfach nur ehrlich war. Auch sie fand die Bilder nicht besonders gelungen.
»Mir kamen sie gleich wie Traumbilder vor. Was für eine Verbindung meint er?«
»Dass es für die Menschen bestimmt kein Fehler wäre, sich das Verhalten der Pflanzen zum Vorbild zu nehmen.«
»Was? Oh...« Nur mit Mühe gelang es Connie, ein Kichern zu unterdrücken. »Aber Pflanzen...«
»Lass uns wieder nach unten gehen, es ist ja fast schon dunkel.« Sacha streckte die Hand aus, um ihr das letzte Bild abzunehmen. »Aber Pflanzen?«
»Aber Pflanzen tun doch gar nichts, sie haben doch überhaupt kein Verhalten.«
Sacha gab ein Schnauben von sich. »Na komm, wir machen uns jetzt auf die Suche nach etwas zum Abendessen.«

Kapitel 11

Die Sonntagsausgabe besteht aus fünf Teilen. Am Sonntag liest Tony den Nachrichtenteil, am Dienstag die Reisebeilage, am Mittwoch den Gesellschaftsteil und an den restlichen drei Tagen den Kulturteil. Erfährt dabei von Dingen, die er eigentlich nicht zu wissen braucht. Den Wirtschaftsteil nimmt er sich nur vor, wenn er völlig verzweifelt ist. Die Zeitung muss die ganze Woche über reichen. Schließlich kann man die Abendzeitung nicht zum Frühstück lesen, so wie man vor dem Frühstück nicht außer Haus gehen kann, ausgenommen am Sonntag, da bleibt einem nichts anderes übrig, als sie draußen zu besorgen. Er liest die Zeitung grundsätzlich während des Frühstücks, das aus Cornflakes mit Milch, einer Kanne Tee, einer Kippe besteht.

Das Frühstück ist einer der Gründe, weshalb ihm die Vorstellung schwer fällt, sein Leben, seine Wohnung, seine Ruhe mit jemand anderem zu teilen. Wenn zum Beispiel jemand mit ihm reden würde, während er gerade seine Cornflakes isst, was schnell geschehen muss, solange sie noch knusprig sind, sonst kann man sie direkt wegwerfen und von vorn beginnen, wenn also jemand genau dann zu plappern anfinge, dann… weiß der Geier. Allein das Schmatzen und Schlucken eines anderen oder irgendeine dumme Bemerkung würden reichen. Schließlich ist es morgens besonders schwer, dranzubleiben, den Kurs zu halten, sich auf die Zeitung zu konzentrieren, darauf zu achten, dass sein Müsli nicht zu sehr aufweicht, all diese Kleinigkeiten … und so weiter …

Mittwoch ist der große Tag. In Donnas Bad nimmt er eine Dusche, wobei er ihr pinkfarbenes Grapefruit-Duschgel benutzt, um die schmutzigen Träume wegzuspülen. Dann streicht er Donnas Laken glatt, das völlig zerknittert und zerwühlt ist, sodass es wieder ordentlich aussieht. Müsste es eigentlich waschen, aber keine Zeit dazu. Es wird sie nicht stören. Wieder in seiner Wohnung, starrt er auf sein Bett. Beruhigender Anblick, die straff gezogenen, kühlen, gestärkten Laken, ohne die geringste Knitterfalte.

Die Milch aus dem Kühlschrank ist ziemlich kalt, sodass er sie erst über die Cornflakes gießt, nachdem er die Tasse mit Tee gefüllt und sich eine Kippe gedreht hat. Rechts von seiner Müslischale liegt die Zeitung, links davon das Feuerzeug. Es ist angenehm, den Kulturteil zu lesen, weil dieser in Form eines großen Beilagenhefts erscheint, sodass man sich nicht mit einem unhandlichen Großformat herumschlagen muss. Während Tony die Beilage aufschlägt, schiebt er den ersten Löffel Müsli in den Mund. Genau richtig. Noch sind die Cornflakes knusprig, noch hat die Milch nicht alles aufgeweicht. Heißer Tee, kaltes Müsli. Er liest die Inhaltsangabe. Stutzt. Ein Name springt ins Auge. Constance Benson. Dann kaut er weiter, verschluckt sich, hält wieder inne. Ganz hinten, in dieser albernen Klatschspalte, *Stars und ihr Zuhause* … Schüttelt ungläubig den Kopf. Sie ist es. Heilige Scheiße, Constance Benson, wie sie leibt und lebt. Ein Zeichen, erneut ein Zeichen, als bräuchte er noch eins. Hastig schlägt er die entsprechende Seite auf, wobei er seine Kippe beinahe auf den Boden fallen lässt, sie dann zwischen die Finger nimmt und anzündet und gespannt liest.

Als Erstes fällt sein Blick auf ein kleines Foto, das ein windschiefes Häuschen unter einem gigantischen Himmel darstellt, umgeben von Sanddünen, die sich auf das Gatter wie Wellen zubewegen. Dann ein Bild von einem roten Küchentisch mit einem Strauß wilder Blumen, im Hintergrund ein verschmiertes Fenster, auf dessen Rahmen lauter Muscheln geklebt sind. Der Blickfang jedoch ist ein Bild in goldenem Glanz, das eine ganze Seite einnimmt. Ein in gelbliches Licht gehüllter Raum mit Lehnstuhl und Fußboden, und die alte Dame ist nicht mehr als ein Schatten vor diesem Leuchten, das von Patrick ausgeht. Patrick auf diesem Porträt, jung und ohne Bart, mit einem Kinn, das dem von Tony so stark ähnelt, dass man es kaum glauben möchte. Als ihre Blicke sich begegnen, schlägt ihm das Herz bis zum Hals.
Er inhaliert den scharfen, heißen Tabakrauch, trinkt noch einen Schluck Tee und beginnt zu lesen:

Die Malerin Constance Benson bevorzugt ein Leben abseits des Menschentrubels.
Sie lebt in einem Fertighaus, das letzte einer ehemaligen Siedlung, die aufgrund des Wohnungsmangels nach dem Krieg schnell gebaut worden war.
Die anderen Bewohner sind bereits vor langer Zeit weggezogen, ihre Häuser verwaist und heruntergekommen – es handelte sich ja eigentlich auch nur um Notbehelfe, die nicht als dauerhafte Wohngelegenheiten vorgesehen waren.
Jedoch steht das Haus, in dem Miss Benson mehrere Jahre gemeinsam mit Patrick Mount gelebt hat und das sie seit dreißig Jahren bewohnt, erstaunlicherweise immer noch: ein sehr behagliches, altmodisches Heim.

Obwohl Mount vor mehr als dreißig Jahren unter mysteriösen Umständen verschwand, wird sein Andenken auch heute noch durch die Malerin bewahrt, die seit jenem Tag ihr Haus an der rauen Küste von North Norfolk nicht mehr verlassen hat. Zwar ist die gemütliche Küche mit der hell gestrichenen Einrichtung und den muschelverzierten Wänden das Herzstück des Hauses, doch Connie Benson hält sich am liebsten in dem kleinen Raum auf dem Dachboden auf, den Mount für sie auf geniale Weise zu einem Atelier umbaute. Ein Atelier, das – Triumph architektonischer Courage – so konzipiert ist, dass jedes Quäntchen Licht genutzt wird. Und das, obwohl der Raum gerade einmal ein Meter fünfzig hoch ist und zudem auf beiden Seiten Dachschrägen hat.
Im Übrigen besticht das Studio durch seine Schlichtheit. Das einzige Möbelstück ist ein miniaturförmiger Lehnstuhl, mit einem bezaubernden Überzug aus verblichenem, gelben Chintz, wie geschaffen für Miss Bensons zierliche Gestalt.
Dieser Lehnstuhl ist so platziert, dass Miss Benson von dort aus das letzte Porträt, das sie gemalt hat, betrachten kann – und zwar das von ihrem geliebten Mount. Es handelt sich dabei um jenes viel diskutierte Gemälde, das im Mittelpunkt der Retrospektive steht, die im Laufe der Woche in der National Portrait Gallery eröffnet wird.
Auf die Frage nach dem Schicksal ihres Lebensgefährten reagiert Miss Benson auch heute noch sichtlich betroffen, gleichzeitig erklärt sie, sie hätte nie den Eindruck gehabt, dass er wirklich fort sei.
In dieser Woche wird sie ihr ruhiges Zuhause mit

der glitzernden Metropole London tauschen und als Ehrengast bei der Ausstellungseröffnung anwesend sein. Auf die Frage, wie sie sich dabei fühle, nach so langer Zeit ihre selbst gewählte Einsamkeit für kurze Zeit zu unterbrechen, muss Miss Benson lachen. »Ein bisschen Tohuwabohu kann nicht schaden«, entgegnet sie, »allerdings freue ich mich jetzt schon wieder, wenn ich nach Hause komme.« Kein Wunder. Angesichts der frischen Luft und der himmlischen Ruhe, die dort herrschen, wirkt London wie ein anderer Stern.

Tony legt das Heft zur Seite und drückt die Zigarette aus. Die raue Küste von North Norfolk, was? Vielen Dank auch – er liest den Namen der Journalistin – Lisa Just. Danke, Lisa. Es geht los, es geht tatsächlich los. Zeichen um Zeichen um Zeichen. Das wird ein Kinderspiel.
Gedankenverloren isst Tony von den Cornflakes, um sie sofort wieder in die Schüssel zu spucken. Verflucht, pappweich. Schlechtes Omen. Immer, wenn das Frühstück bereits schief läuft. Muss noch einmal von vorn beginnen, die ganze Prozedur, frisch aufgebrühter Tee, frische Cornflakes, neue Kippe drehen. Schwerfällig plumpst der braune Brei in den Abfalleimer. Danach spült Tony die Schale ab, reibt sie mit einem weißen Geschirrtuch trocken, schüttet weitere Cornflakes hinein, füllt den Wasserkocher und schaltet ihn ein, dreht sich erneut eine Zigarette.

Kapitel 12

Die Luft vibriert vor Lärm, und in den Fensterscheiben spiegeln sich zitternd Regenschirme und Verkehr. Dahinter die friedliche Stille der Schaufensterauslagen, perfekte Menschen in perfekter Kleidung. Sie wirken alle so ernst, diese Geschöpfe aus Plastik, oder ist es Gips? Ernste, übertrieben grazile Menschen. Obwohl erst September ist, sind sie bereits für den Winter ausstaffiert. Connie starrt auf eine Puppe in einem langen grauen Mantel, mit schwarzem Fellkragen und einem straffen, blassen Gesicht, glatt wie eine Eierschale, ernst, mit unbemalten Lippen, einem blanken, kahlen Kopf, aber an den Augen auffällig geschwungene, steife Wimpern.

Sie wendet sich wieder von dem Schaufenster ab und lässt sich von der Menge mitreißen, bis sie vor dem Eingang des Geschäfts steht. Innen herrscht eine künstliche Luft, ein solch stark parfümierter Angriff aus aufeinander prallenden Düften, dass ihr fast schlecht wird. Mit angehaltenem Atem bahnt sie sich einen Weg durch all die Flakons und das Gefunkel, vorbei an der Strumpf- und der Lederwarenabteilung, bis sie den Fahrstuhl erreicht, der sie schwungvoll nach oben in die Damenabteilung befördert.

Nach dreißig Jahren wird sie sich heute erstmals wieder etwas Neues zum Anziehen kaufen. Ob sie will oder nicht, schließlich wird sie bei der Vernissage mehr oder minder im Rampenlicht stehen, im Mittelpunkt des allgemeinen Interesses. Und sie möchte vermeiden, sich mit ihren alten Klamotten zum Gespött der Leute zu machen, möchte nicht wie eine hässliche Vogelscheuche aussehen, über die sich die anderen totlachen. Den Leuten sollen die Augen aus dem Kopf fallen – das ist sie Patrick schuldig. Sie muss nur in die richtige Stimmung kommen, Kleider kaufen, sich schick machen. Schließlich ist sie immer noch eine Frau, unter all den schäbigen Sachen, mit dem weiblichen Blick für edle Kleider, den sie nie ganz verloren hat.

Im Fahrstuhl, auf dem Weg nach oben, atmet sie den Geruch von Stoffen und Luxus ein. Beim Aussteigen schlägt ihr zunächst Violett entgegen, dann Silber, Königsblau, flirrende Farben im glitzernden Licht, Spiegel, die den strahlenden Glanz von Abendkleidern reflektieren. Dann wieder gedämpfte Farben, Dunkelgrün, Brauntöne und dahinter vor allem: Schwarz. Samt, Satin, Seide und Wolle, matt oder glänzend, tiefstes Schwarz und Schwarz mit bläulichem oder bräunlichem oder dunkelrotem Schimmer. Sie holt tief Luft. Wie soll man sich hier bloß entscheiden? Als sie sich unerwartet in einem großen Spiegel zwischen all den Kleiderstangen wahrnimmt, dreht sie schnell den Kopf zur Seite. Das Spiegelbild war ein Schlag ins Gesicht. Zerlumptes, altes Weib. Nein, nicht doch, nur äußerlich, nein, nein, nein. Sie spürt den bohrenden Blick einer Verkäuferin im Rücken, kritisch, mit dem stummen Vorwurf: *Was hast du denn hier zu suchen*? Unsicher befingert sie ein paar Pullover, im Bewusstsein, beobachtet zu werden, unfähig, sich zu konzentrieren oder überhaupt zu denken. Auf die Pullover sind Pinguine und Blumen gestickt, originelle Fetzen aus Seide und Wolle. Schließlich dreht sie sich um in der Erwartung, dem Blick einer anderen Person zu begegnen, aber dort steht nur eine dieser Puppen in violetten Kleidern, die nirgendwo hinsieht, die nicht einmal Augen hat.

Connie muss über ihre eigene Dämlichkeit lachen. Erleichtert steckt sie sich zunächst einmal ein Fisherman's Friend in den Mund, um dann in Ruhe zu überlegen. Ihr kommen sämtliche Röcke und Kleider riesig vor, selbst die kleinsten Größen sind noch so lang, dass sie an ihr über den Boden schleifen würden. Anscheinend sind die Frauen von heute viel größer, unnötig größer, auf eine vulgäre Art größer. Aber die Stoffe sind wundervoll, es ist schon so lange her, dass sie fabrikneuen Samt, fließenden Satin berührt, daran gerochen hat. Sie entdeckt einen Ständer mit Seidenblusen, gedämpfte Mauve- und Pinktöne mit einem hellen Flaum wie Pfirsiche – oder wie die zarteste Babyhaut. Sie nimmt einen Ärmel in die Hand und reibt ihn an der Wange. Dabei gerät sie ins Träumen, in eine Art Trance, in der sie nur noch die Stoffe zwischen den Fingern reibt, den noch neuen Geruch einatmet, immer verwegener, bis sie schließlich das Gesicht in ein Samtkleid vergräbt, die Nase hineinsteckt, im Verlangen danach, den Stoff in den Mund zu nehmen und daran zu saugen, so wie sie es früher als Kind mit den Lakenzipfeln gemacht hat.

Und plötzlich steht dort wirklich eine Verkäuferin, eine aus Fleisch und Blut, ein hoch gewachsenes Mädchen, das nur aus Beinen und Wimpern zu bestehen scheint, mit einem kleinen, scharf geschnittenen Gesicht, das dicht unter der Decke auf ihrem Hals throhnt. »Kann ich Ihnen helfen, Madam?«, fragt sie mit einem Mindestmaß an Höflichkeit und einem vielsagenden Blick auf Connies schäbigen Mantel.

»Violett, denken Sie nicht auch?«, sagt Connie. »Ich brau-

che eine neue Ausstattung von Kopf bis Fuß. Würde mir das stehen?« Dabei zeigt sie auf die Puppe. »Ein Kleid, einen Mantel, einen Hut, eben alles.«
Der Blick des Mädchens wandert hinab zu Connies ausgelatschten Schuhen. Connie folgt diesem Blick, ihr bestes Paar, aber offensichtlich hat es ausgedient. Da ist wohl noch mehr fällig: neue Schuhe, Strümpfe, Unterwäsche. »Sehen Sie sich erst mal in Ruhe um«, schlägt das Mädchen vor und ist im Nu verschwunden. Connie muss grinsen. Das kann ja heiter werden. Selbst die Auswahl der Unterwäsche stellt sich komplizierter dar als erwartet: Wäsche an Ständern, in Regalen und an Stangen, mit kniffligen Riemchen und Spitzen, Glänzendes und Schimmerndes und Peepshow-Fetzen, Wonderbras, trägerlos, transparent, mit Push-up-Effekt, Stützeinlagen – bei dem Gedanken an ihr altes Unterhemd überkommt Connie ein komisches Gefühl. Sie braucht dringend eine Pause, um wieder klar denken zu können. Also marschiert sie zum Bistro, um sich einen Tee und ein Teilchen zu bestellen. Dort sticht ihr ein Pain au Chocolat ins Auge, zu einem Wucherpreis, ein einziges Gemisch aus fettigen Teigflocken und bitterem, klebrigem Brei, nicht gerade das Wahre, aber wenigstens eine kleine Stärkung.
Während sie darauf herumkaut, fällt ihr Blick auf einen Reklamezettel für Schönheitsprodukte. *Für Inhaber der Kundenkarte zwanzig Prozent Rabatt auf unsere Luxus-Pflegereihe. Eröffnen Sie noch heute Ihr Kundenkonto.* So, so. Gel de Bain Moussant, Gel Exfoliant Moussant, Gel Minceur, Galbe de Buste. Büstencreme? Die könnte sie gebrauchen, denkt sie stirnrunzelnd, das Spiegelbild ihrer Brüste in dem Badezimmer des Hotels vor Augen, ihre Brüste, die so … verloren wirkten.
Und mit einem Mal bricht die Erinnerung über sie herein,

taucht ein längst vergessenes Bild auf, ausgelöst durch die Empfindung im Hotelzimmer, das Gefühl von Luft auf nackter Haut. Sie sieht es so deutlich, dass ihre Fingernägel sich in die Handflächen bohren. Das Atelier. Oktober, der Himmel ein strahlendes Blau, das Kaminfeuer, dessen Flammen hell im Sonnenlicht brannten. Sacha wollte einen Akt von ihr malen, in stehender Pose vor dem Fenster, den Blick nach draußen gerichtet, leicht schräg von hinten, den Kopf fast im Profil, mit einer Hand am Fensterrahmen. Noch nie zuvor war sie nackt gewesen, ausgenommen in jenen kurzen Momenten, in denen sie fröstelnd aus der Badewanne ins Bett schlüpfte, aus ihrem Nachthemd in ihre Kleider. Seltsames Gefühl, einfach so den Bademantel zu Boden fallen zu lassen und mit entblößtem Leib vor den Augen eines anderen dazustehen mit nacktem Hintern, Bauch, nackten Brüsten – die niemand hatte sehen dürfen, seit sie gewachsen waren –, den Blick freizugeben auf ihren Hals und vor allem auf jene verwundbare Stelle zwischen ihren Schulterblättern. Plötzlich musste sie daran denken, dass die Luft, die Sacha ausatmete, ungehindert zu ihr hinüberstreichen und ihre Haut berühren konnte. Jedoch gab Sacha sich ganz professionell, von Tatendrang erfüllt, sodass sie ihre Scheu beinahe gänzlich verlor. Nach einer Weile fing sie sogar an, inmitten der behaglichen Wärme des Kaminfeuers auf der einen Seite und der schwach durch das Fenster dringenden Kälte auf der anderen Seite ihr Nacktsein zu genießen, wobei sie an ihrem schönen Körper heruntersah, ihre zarte, weiche Haut bewunderte und dachte: *Das ist mein Körper, das bin ich.*

Ein Moment des Glücks, noch.

Aber dann das andere Bild, das unangenehme, das mit dem ersten unweigerlich verbunden ist.

Das Bild von Patrick, der sich mit gesenktem Kopf auf der Einfahrt Richtung Haus nähert. Während sie seine großen, gleichmäßigen Schritte verfolgte, durchzuckte sie der Gedanke: *Irgendetwas stimmt nicht.* Dann blieb er plötzlich stehen und sah zu ihr hoch, bevor sie Zeit hatte, sich wegzudrehen, starrte direkt auf ihre Nacktheit durch die Fensterscheibe hindurch, und obwohl die Entfernung zu groß war, um sich in die Augen zu sehen, spürte Connie einen Stich, als ihre Blicke sich kreuzten, schoss ihr plötzlich das Blut in den Kopf, sodass sie leicht errötete, eine zarte Röte, die Sacha vermutlich mit ihren Farben eingefangen hatte.

Patricks Schritte auf der Treppe, und Sacha, die daraufhin meint: »Lass uns eine Pause machen, ich koche uns einen Tee.« Connie, die wieder in den Bademantel schlüpft und sich auf einen niedrigen Stuhl neben dem Kamin setzt. Patrick, der ins Zimmer kommt, mit ihm sein frischer, herber Geruch. Eine Art Schüchternheit, die sie plötzlich befällt, Schüchternheit, gepaart mit Stolz, wie nennt man das noch... Koketterie? Wie töricht, wie verdammt töricht sie doch war – bis er den Mund aufmachte und ihr die Katastrophe mitteilte. Worte, die sie aus ihrem Gedächtnis gestrichen hat, die sie völlig verdrängt hat. Die Hitze des Kaminfeuers an ihrem linken Schienbein als letzte Empfindung, als letzte zusammenhängende Erinnerung vor einer langen Phase der Verwirrung, während der es natürlich auch Dinge gab, die sie wahrnahm – zum Beispiel ein Ei, das aus irgendwelchen Gründen in einem gelben Eierbecher steckte, oder Sachas Tweedärmel oder Sterne, deren eisiges Licht durch die Lücke zwischen den Vorhängen stach... ja, dies und das... aber vor allem das Gefühl von Verlust.

Mutter und Vater und Alfred weg, das ganze Haus weg.

Einfach weg. Ein Volltreffer, warum bloß wieso waren sie nicht im Keller was wenn oh was oh wieso … Weg. An diesem Punkt schaltete ihr Verstand ab.

»Fertig, Madam?«
Wie bitte? Langsam konzentriert sich Connie wieder auf das Hier und Jetzt, auf den Reklamezettel für die Galbe de Buste, auf die leere Teetasse. »Nein«, antwortet sie dem Mädchen, das mit einem Tablett an ihrem Tisch steht. Dabei greift sie nach ihrer Tasse und hält sie sich vor die Brust. »Nein. Ich bin noch nicht fertig.«
Schmatzend kaut das Mädchen auf einem Kaugummi herum und hebt gleichgültig die Schultern. »Wie Sie meinen.« Dann geht sie mit ihrem beladenen Tablett wieder weg. Connie betrachtet ihren niedlichen Arsch, der sich unter dem grünen Overall abzeichnet. Dieses Mädchen muss ungefähr so alt sein wie sie damals. Seufzend stellt sie die leere Tasse wieder ab.

Kapitel 13

Unruhig wandert Tony abwechselnd in seiner und in Donnas Wohnung umher, um den Vormittag totzuschlagen, der kein Ende nehmen will. Er stellt Donnas Fernseher an, in dem bloß Kinderquatsch läuft, versucht es mit Musik, aber leider hat Donna einen furchtbaren Musikgeschmack. Kann Musik sowieso nicht ausstehen, dieses wortlose Endlosgeklimper ohne Pause, dieser nervtötende, durchtriebene Rhythmus. Am besten ist immer noch Stille. Oder Verkehrslärm. Ja, Verkehr ist auch noch okay.

Mittlerweile ist es frisch geworden. Regen peitscht gegen das Fenster. Ein welkes Blatt, das wie eine Hand gewölbt ist, klatscht gegen die Scheibe und rutscht langsam daran herunter. Ordentlich stapelt Tony Donnas Post auf dem Tisch. Nichts als Scheißreklame. Tragisch. Er kontrolliert die Erde in den Blumentöpfen, noch feucht. Bloß nicht ertränken, das ist nämlich schlimmer als gar kein Wasser, sagt sie immer. Tja, hier gibt es nichts für ihn zu tun. Komisch, dass er lieber hier ist als bei sich drüben. Hat hier eigentlich nichts verloren, kann aber nicht anders. Frauenleiden. Sollte er sie nicht im Krankenhaus besuchen? Sollte schon, denn wenn er einmal weg ist, war's das vermutlich. Könnte vielleicht die letzte Gelegenheit sein, sie zu sehen, und schließlich ist sie so was wie 'ne Freundin. Sein einziger Kontakt überhaupt. Freundschaften waren nie seine Sache. Ist nicht auf andere angewiesen,

so ist das. Aber Donna kann ihn gut leiden. Und er kann sie leiden … oder? Weil sie nicht … weil er nicht auf sie steht. Keine Gefahr in dieser Hinsicht.
Muss den Kopf klar bekommen. Nicht wirklich klar, aber zumindest eine Strategie entwickeln. Erstens: Die Benson treffen, zu der Vernissage gehen. Sollte man ihn nicht hineinlassen, wird er draußen so lange auf der Lauer liegen, bis er sie endlich erwischt, wird sich dann vorstellen, endlich, um die Phase des Kennenlernens einzuleiten. Anfangs wird sie ihm natürlich misstrauen, bevor sie ihn besser kennt, sie wird ihm überhaupt nichts geben, solange er ihr Vertrauen noch nicht hat. Dabei ist es unentbehrlich, dass sie einander nicht fremd bleiben, wo sie doch so viel gemein haben. Beispielsweise Patrick. Danach die Ausstellung besuchen, das neue Porträt von Patrick begutachten, herausfinden, was wichtig für ihn ist. Es wird wieder ein Zeichen geben. In Erfahrung bringen, wo genau sie wohnt. Er wird sicher auf ein Zeichen stoßen, sodass er dann dorthin fahren kann. Und schließlich wird sich alles zusammenfügen, er ahnt es innerlich schon voraus, wird alles verschmelzen.
In Donnas Küche bereitet er sein Essen mit Donnas Geschirr zu. Allerdings stammen die Zutaten von ihm, er hat es nicht nötig, Nahrungsmittel zu klauen. Ein einfaches Mittagessen, Pasta mit Sardellensauce, köstlich, salzig, ein fantastisches Gericht, das in nur zehn Minuten zubereitet ist. Ob diese Benson wohl gern Pasta isst und Sardellen? Wahrscheinlich lieber ein Soufflé, genau das Richtige für ältere Leute, alt, aber vermutlich anspruchsvoll, wie wär's mit Käse- oder Pilzsoufflé? In einem von Donnas Kochbüchern entdeckt er das Rezept für Soufflé mit Shrimps und Spargel. Ah, nicht zu kompliziert und dennoch edel, genau das Richtige. Was Besseres hätte er gar nicht finden können.

Stellen Sie sich mich im Alter von dreizehn Jahren vor, ein blasses, schwächliches Kind, das meistens drinnen bleiben musste. Meine Freunde hatten mich gänzlich abgeschrieben. Meine einzigen Bezugspersonen waren meine Eltern, mein Privatlehrer und der Gärtner, mit dem ich viel Zeit verbrachte. Mit Ausnahme der endlosen Sonntage verliefen die übrigen Tage nach einem festen Schema. Jeden Morgen kam mein Hauslehrer, und wir kämpften uns lustlos durch lateinische Verben, Algebra, Hauptstädte. Nach dem Mittagessen musste ich mich immer hinlegen. Meine freie Zeit verbrachte ich entweder im Garten oder im Gewächshaus.
»Findest du es eigentlich normal«, hörte ich zufällig meine Mutter zu meinem Vater sagen, »dass ein Junge in seinem Alter so sehr auf Pflanzen fixiert ist? Was denkt er denn, was er später einmal werden soll – etwa Gärtner?«
»Ach, lass ihn doch«, entgegnete mein Vater, »ist doch nichts Schlimmes dabei. Außerdem kann ihm die frische Luft nur gut tun.«
Mein schwaches Herz stellte ich mir wie eine vergammelte Pflaume vor, mit einer bräunlich angefaulten Stelle, durch die man ohne weiteres den Finger hindurchstecken konnte. Das restliche Drumherum schlug schwach und unregelmäßig, nicht wie das rhythmische Bumbum, Bumbum, das ich von meiner Mutter kannte, wenn ich als kleines Kind den Kopf an ihre Brust lehnte.
Im Laufe meiner Genesungszeit hatte ich irgendwann einmal folgende Worte des Arztes aufgeschnappt: »Die kleinste Erkältung oder Überanstrengung genügt, um …« Eine unvollendete Warnung, die mir meine Herzschwäche besonders bewusst gemacht hatte.
Unser Garten war ziemlich lang gezogen. Über Steinstufen erreichte man ein Stück Rasen, das von Staudenrabatten, Buschwerk und dem Gewächshaus umsäumt war, und

hinter dem Busch, wo der Garten sich verengte, befand sich ein nahezu dreieckiges Stück Boden mit wilden Sträuchern und Unkraut, einem Komposthaufen, einem mickrigen Lorbeerstrauch, dessen Blätter aussahen, als wären sie mit weißer Farbe bespritzt, einer Ligusterhecke, und über alldem hing der Gestank von Katzenpisse. Dies wurde mein Lieblingsplatz.
Hier, außer Sichtweite vom Haus, beschäftigte ich mich mit einer höchst ungewöhnlichen Sache. Die Warnung des Arztes noch deutlich in den Ohren, was die Gefahren bei Überanstrengung betraf, testete ich mein schwaches Herz. Dazu rannte ich auf der Stelle und sprang Seil mit einem Stück alter Wäscheleine. Nicht selten habe ich mich gefragt, ob ich damals versuchte, mich umzubringen, aber vielleicht steckte ja gar keine so morbide Absicht dahinter, vielleicht war es ja lediglich eine innere Eingebung, die mich zu diesem körperlichen Training veranlasste, um meine Herzmuskeln zu stärken. Nach den ersten paar Ausdauerübungen klopfte mein Herz voller Angst, raste mit stotternden Schlägen, sodass ich zitternd und erschöpft auf den Boden sank, aber je öfter ich den Test wiederholte, umso stärker schien es zu werden. Niemand wusste davon, von meinem Aufbautraining, meiner Methode. Ich verlor kein Wort darüber, erwähnte auch nicht, wie viel besser ich mich fühlte, da ich mittlerweile den Status und die Privilegien eines Halbinvaliden zu schätzen gelernt hatte. Dem Arzt erzählte ich, dass ich immer noch unter häufigen Schwächeanfällen leiden, dass ich nachts aufgrund von Herzrhythmusstörungen aus dem Schlaf hochschrecken würde, nur, um mich vor der Schule zu drücken. Denn meinen Schulkameraden hinkte ich bereits weit hinterher. Mittlerweile schätzte ich meinen Nachmittagsschlaf, meine Einsamkeit, meinen Privatlehrer, der sogar gelegentlich in einem seltenen Anfall

von Schamlosigkeit auf meinen Vorschlag, die Bücher zur Seite zu legen, einging und stattdessen mit mir das Fadenspiel mit einem Stück grünem Bindfaden spielte oder lange Passagen aus *Edward Lears kompletter Nonsens* rezitierte. Überdies war ich erleichtert, dass mein Vater es inzwischen aufgegeben hatte, von mir sportliche Höchstleistungen oder eine glanzvolle Karriere zu erwarten, sodass ich ihn nicht mehr enttäuschen musste. Und am meisten genoss ich es, mich den Pflanzen widmen zu können.

Je öfter ich mich den Pflanzen zuwandte, desto stärker wurde meine Aufmerksamkeit erwidert. Mit der Zeit wurde mir klar, dass sie, im selben Maße wie Tiere oder Menschen, ein Gefühlsleben besitzen. Noch heute erinnere ich mich lebhaft an meine erste leise Vorahnung diesbezüglich und an das anschließende Experiment.

Zunächst muss ich jedoch den Gärtner etwas näher beschreiben, der immer dienstags und freitags zu uns kam. Sein Name war Percy Greengrass – bis zum heutigen Tag bin ich mir nicht sicher, ob er auf diesen Namen getauft worden war oder ob er sich einfach so nannte. Letzteres scheint mir zweifelhaft, da er niemals auch nur durch ein einziges Anzeichen eines Spleens aufgefallen ist. Er war bereits alt, kurzsichtig und immer schlecht gelaunt. Seine Augen waren nicht nur klein, sondern wurden zudem noch von behaarten Hautfalten und zerklüfteten Brauen halb verdeckt, sodass ich stets den Eindruck hatte, er könnte mich überhaupt nicht sehen, ein Umstand, der mir das merkwürdige Gefühl von Unsichtbarkeit und Freiheit gab. Selten redete er mit mir, schien mich kaum wahrzunehmen, duldete allerdings widerspruchslos die Art, mit der ich ihm wie ein Hündchen überallhin folgte.

Greengrass hatte keine besondere Beziehung zu Pflanzen oder vielmehr keinen festen Standpunkt in dieser Hinsicht.

Obwohl er kaum das Wort an mich richtete, sprach er doch murmelnd mit den Pflanzen, hauptsächlich eine ganze Litanei von Beschwerden über seine Arbeit, seine Frau, das Essen, das Leben an sich und die »unterbelichtete« Gesellschaft im Allgemeinen. Trotzdem gab es eine Pflanze, die er offenbar zu hassen schien, eine große scharlachrote Pelargonie, die in der Ecke neben der Bank nahe der Eingangstür zum Gewächshaus stand. Da meine Mutter diese Blume besonders schätzte, hatte sie Greengrass gebeten, davon Ableger für die Gartenumrandung und für das Haus zu schneiden. Jedes Mal, wenn er der Pflanze seine Flüche entgegenschleuderte – er beschimpfte sie als Flittchen und dreckige Hure, Ausdrücke, die mir damals noch nicht geläufig waren –, bildete ich mir ein, sie würde zittern, jetzt denken Sie wahrscheinlich, welch blühende Fantasie, und vielleicht haben Sie ja Recht. Wie gesagt, die Pflanze stand neben der Tür, sodass dieses scheinbare Zittern auch durch die Vibration des Türrahmens hätte ausgelöst werden können, doch jedes Mal, wenn ich eintrat und mit sanfter und liebenswürdiger Stimme zu der Pflanze sprach, blieb dieses Zittern aus. Natürlich kann es auch für dieses Phänomen eine logische Erklärung geben, beispielsweise, dass Greengrass durch sein größeres Gewicht stärkere Schwingungen verursachte oder dass er den Türrahmen stärker zum Wackeln brachte, wenn er die Tür öffnete.

Wie auch immer, jedenfalls weckte die Beobachtung, dass man das Verhalten einer Pflanze unter Umständen beeinflussen konnte, mein Interesse, sodass ich Greengrass um zwei Ableger bat. Ich bekam zwei von gleicher Größe, beides junge, kräftige Pflanzen mit jeweils vier bis sechs Blättern. Die eine stellte ich auf die Fensterbank in meinem Zimmer, die andere vor das Fenster im Gästezimmer direkt darüber, das von meinem Privatlehrer und mir als Stu-

dierzimmer genutzt wurde. Für diese Entscheidung war ausschlaggebend, dass sich beide Fenster auf derselben Hausseite befanden und denselben Licht- und Temperaturverhältnissen ausgesetzt waren.
Beiden Pflanzen gab ich exakt dieselbe Menge an Wasser und ließ ihnen dasselbe Maß an Pflege angedeihen – mit einem einzigen Unterschied. Jeden Morgen und Abend wandte ich zehn Minuten auf, um die eine in den höchsten Tönen zu loben, ihre Blätter und den Stiel zu bewundern, sie aufgrund der zarten Wurzeln zu bestärken, die durch die Erde nach unten drangen, und ihr möglichst viel Liebe zuteil werden zu lassen. Die andere hingegen kritisierte ich mit lauter Stimme, beschimpfte sie als mickrig und hässlich, bedachte sie mit den Worten Flittchen und Hure, drohte ihr, sie eines Tages verdursten zu lassen, und betonte immer wieder, dass ich sie hasste. Zunächst zeigte sich kein Unterschied, beide wuchsen rasch und entwickelten erste Knospen. Bei der einen zwickte ich sie vorsichtig ab, wobei ich der Pflanze erklärte, es sei zu ihrem Besten, da sie erst größer und kräftiger werden müsse, um Blüten zu tragen, und wobei ich mich für die Unahnnehmlichkeiten entschuldigte, die ich ihr verursachte, und ihr versprach, dass sie eines Tages die schönsten Blüten tragen würde, die man je gesehen hätte. Bei der anderen riss ich die Knospe einfach ab mit den Worten: »Wir möchten deine hässlichen, stinkenden, nuttigen Blüten nicht sehen.« Dann fügte ich noch spöttisch hinzu, dass ich es zu verhindern wüsste, dass sie Blüten trägt und sie es nicht wagen bräuchte, auszutreiben. Nach mehreren Wochen zeigte das Experiment zu meinem größten Erstaunen erste Auswirkungen. Die gehätschelte Pflanze gedieh prächtig, sodass sie bald keinen Platz mehr in ihrem Topf hatte, mit ihren riesigen weichen Blättern, die sich dem Licht entgegenstreckten und ihren zahlreichen

Knospen, die sie ständig hervorbrachte, wobei sie eine immense Energie, ja, ich würde fast sagen, einen Lebensenthusiasmus an den Tag legte. Dagegen verzögerte sich das Wachstum der gehassten Pflanze. Zwar ging sie nicht ein, aber sie entwickelte sich deutlich langsamer, hatte kleinere und keineswegs so prachtvolle Blätter, die aus einem blasseren Grün waren, sogar leicht verkümmert und gelb an den Rändern, und schließlich trieb sie weitaus weniger Knospen aus als die erste Pflanze, bis sie es schließlich ganz einstellte. Obwohl es mir in der Seele wehtat, die gehasste Pflanze in ihrem traurigen Zustand zu sehen, zwang ich mich dazu, die schlechte Behandlung aufrechtzuerhalten und jegliches Mitleid zu unterdrücken. Nach ungefähr drei Monaten stellte ich die Pflanzen auf meiner Fensterbank nebeneinander und sah, dass der Unterschied gewaltig war. Die gehätschelte Pflanze war mindestens doppelt so groß wie die gehasste.

Danach vertauschte ich sie und ließ ihnen die umgekehrte Pflege zuteil werden, sodass bereits nach wenigen Wochen der Unterschied nicht mehr so groß war. Ich wiederholte das Experiment, diesmal mit Dicke-Bohnen-Sprösslingen, die ich in Wasser keimen ließ – exakt dasselbe Ergebnis, sogar noch sensationeller, da sich mein Verhalten gegenüber den Sprösslingen direkt auf den Keimungsprozess auszuwirken schien. Nachdem ich nun die Gewissheit hatte, dass Pflanzen ein Gefühlsleben besitzen und sowohl auf positive als auch auf negative Eindrücke reagieren, konnte ich mich nicht mehr dazu überwinden, Hass gegenüber einer Pflanze aufzubringen, weil es mir ungemeine Qualen bereitete, sie leiden zu sehen.

Zwar waren diese speziellen Experimente von da an beendet, aber meine Einstellung gegenüber dem Leben, meine Weltsicht und meine Erfahrung bezüglich der ungeahnten

Möglichkeiten in dieser Welt hatten sich unwiederbringlich geändert und mich einen Schritt weitergebracht, was die Entwicklung meines Prinzips betraf.

Mit einer Brotscheibe wischt Tony über seinen Teller, um die Sauce mit den Sardellenstückchen aufzusaugen. Legt das Buch weg, das er eigentlich gar nicht mehr zu lesen braucht, da er es ohnehin auswendig kennt. Wirft einen Blick auf Donnas Pflanzen, die alle grün glänzen und glücklich sind. Sie muss sie wohl gut behandeln. Einmal hatte er ihr von Patrick berichtet, über dessen Theorien, wobei sie aufmerksam zugehört und auf ihre typische Art genickt hatte, mit verschränkten Armen und diesem leicht ironischen Gesichtsausdruck. Hat ihr sogar von den Sieben Stufen zur Glückseligkeit erzählt und dass wenige Tropfen von Patricks Elixieren genügten, um einen Menschen von Grund auf zu ändern – jedoch ohne zu erwähnen, dass er hinter den Elixieren her war, weil das nur Fragen nach sich gezogen hätte. Wieso willst du dich denn ändern? hätte sie vermutlich wissen wollen, und was hätte er darauf schon entgegnen können? Nein, sie hätte es niemals verstanden. *Also Leute gibt's*, war ihr einziger Kommentar, wobei sie eine Grimasse zog.
Zwischen seinen Fingern fühlen sich die Blätter kühl an, während er die Pflanze lobt, wie Patrick es getan hätte. »Brave Pflanze, und so schöne, herrliche Blätter hast du, mein Freund.« Kommt sich dabei wie ein Trottel vor, gut, dass ihn im Moment niemand sieht oder hört. Trotzdem ist er ganz begeistert von der Geschichte über das erste Experiment, fühlt er jedes Mal Bestätigung, wenn er sie liest. Die Menschen sind so dumm, so engstirnig, dass sie Patricks Genialität verkennen. Obwohl das wiederum gut für Tony ist, ihm beweist, dass er etwas Besonderes ist,

weil er erkannt hat, weil er weiß, dass Patrick völlig Recht hatte, weil er spürt, dass Patricks Entdeckung für ihn das Mittel ist, um sich vor sich selbst zu schützen. Kann nie wieder eine Frau anfassen, denn falls doch, tja dann… lieber nicht dran denken… da ist immer noch die andere Möglichkeit, um glücklich zu sein, mehr als glücklich, um das absolute Glück zu erreichen.

Tatsächlich empfindet Tony Liebe für Patrick, dessen Kindheit ihm so präsent scheint, dass er sie manchmal sogar riechen kann, wenn er die Augen schließt: den muffigen Geruch von Tomatenstauden hinter Glas, die Katzenpisse unter der Ligusterhecke, den säuerlichen Duft der weiß gefleckten Lorbeerblätter.

In der Tat ist ihm Patricks Kindheit gegenwärtiger als seine eigene, an die er sich am liebsten gar nicht erinnern möchte. Unter keinen Umständen. Von einer richtigen Kindheit kann man in seinem Fall ohnehin nicht sprechen, eher von einem Zustand des Wartens, da er seine Kindheit gewiss nicht als eine Zeit der Freude und des Spielens empfunden hat, an die er sich gern erinnert, sondern als eine Zeit, die er am liebsten ganz aus seinem Gedächtnis löschen würde.

Kapitel 14

Trauer ist wie ein fremdes Land. Monatelang hat Connie es bereist. Mit lähmendem, finsterem Druck auf dem Herzen, aber nicht nur auf dem Herzen, auch im Schoß, im Magen, auf der Leber und der Milz; und ihre Augen waren von einer seltsamen Helligkeit geblendet. In jenem Herbst und Winter schien ständig die Sonne. Fassungslos blinzelte sie nach oben. Eines Tages, als die Sonne über einer leicht gefrorenen Schneedecke erstrahlte, überredete Sacha sie zu einem Spaziergang. Sie stapfte vor sich hin, wie hypnotisiert durch das Splittern der Eiskristalle unter ihren Füßen und die weiche Masse darunter. Um sie herum war alles in Weiß, als wären die glatten Äste und Zweige der Buchen in zarten, unendlich feinen Zuckerguss gehüllt. Sie musste daran denken, wie sehr Alfie es genossen hätte, mit den Schuhen den Schnee aufzuwirbeln. Dabei fiel ihr die Schneekugel voller Erd- und Grasklumpen ein, die sie zu Hause auf dem Rasen immer aufgerollt hatten, um einen Schneemann zu bauen, wie sie immer größer und schwerer wurde, das leise Knacken, wenn sie sie über zermanschte Beeren schoben, die daran hängen blieben, wie ihnen in ihren Mänteln heiß wurde, mit ihren riesigen Wollhandschuhen, in denen sich der Schnee sammelte, sodass ihre nassen Finger ganz taub wurden vor Kälte. Und wie bei Tauwetter der Schneemann als Letzter zu schmelzen begann, wie er noch wochenlang auf dem Rasen thronte, ein schmutziger Klumpen, der langsam schrumpfte, bis schließlich nichts mehr von ihm übrig war. Bei der Erinnerung daran brach sie in Tränen aus.

Plötzlich fühlte sie sich wieder fremd hier, und die… dumpfe Benommenheit davor war dagegen leicht zu ertragen gewesen, war dagegen nichts gewesen. Die Tränen übermannten sie immer wieder so heftig, dass sie sich selbst aufgab, bis sie schließlich dachte, sie würde darin untergehen und ertrinken. Die Hässlichkeit der Trauer bestürzte sie, die vom Weinen raue Haut, die verstopfte Nase, die rot geschwollenen Augen hatten nichts Romantisches an sich.

Sacha, die an ihrem Bett saß, unternahm keinen Versuch, sie aufzuheitern, wie es ihre Mutter getan hätte. Am liebsten hätte Connie ihre Mutter bei sich gehabt, um sich von ihr trösten zu lassen, aber leider war es ja gerade ihre Mutter, um die sie trauerte: Unablässig drehte sie sich in diesem Teufelskreis aus Erkenntnis und Schmerz. Und dann auch noch Alfie, ihr lieber, kleiner, kriegsbegeisterter Alfie… und Vater. Es war einfach zu viel für sie, sie spürte, wie ihr das Herz brach, auch wenn das bislang für sie nicht mehr als eine Redewendung gewesen war und sie nicht gewusst hatte, dass ein Herz tatsächlich zerbrechen konnte. Und Sachas tröstende Worte: »So ist es gut, Connie. Weinen ist gut. Lass deinen Tränen freien Lauf.« Sachas Hand, die größer und rauer als die ihrer Mutter war. Connie konnte den Blick nicht davon abwenden, von dem breiten Daumen, von den trockenen Handflächen mit der dicken Hornhaut, den winzigen braunen Härchen auf den Fingerrücken, den Farb- oder Tuscheflecken um die Nägel herum. Dies war nicht die zarte, helle, duftende Hand, nach der sie sich sehnte – jedoch wenn sie den Kopf hob, lag in diesen braunen Augen unglaublich viel Zärtlichkeit, ein Glück, dass Sachas Augen braun waren und nicht blau wie die ihrer Mutter oder die von Alfie und auch nicht grau wie die ihres Vaters. Zudem konnte man sich an Sacha wunderbar anlehnen, ein Fels in der Brandung der Trauer, die sie mit sich fortzureißen drohte, eine große, trockene Hand.

Manchmal bemerkte Connie inmitten ihrer Verzweiflung etwas anderes, wenn auch nur einen Augenblick lang, wie ein Schwimmer, der auftaucht, um Luft zu holen, etwas anderes, das Sacha bewegte. Und das war Angst. Obwohl sie nie etwas sagte, wusste Connie, dass Sacha in Gedanken häufig bei Red in Afrika war, und manchmal brachte sie sogar kurz die Kraft auf, für Sacha zu hoffen, dass er gesund wieder zurückkehren möge.

Doch die meiste Zeit über konnte Connie ihren eigenen Schmerz gar nicht so zurückstellen, dass sie sich irgendetwas für andere gewünscht oder erhofft hätte. Auch Patrick gab sich alle Mühe. Zwar wusste er nicht so recht, was er sagen sollte, aber er brachte ihr regelmäßig etwas mit: eine dicke weiße Hyazinthe in einem Blumentopf, einen Zweig mit Tannenzapfen, braune Eicheln, scharlachroten Besenginster. Eigentlich wollte er ihr auch eine Mixtur verabreichen, die er aus Pflanzenextrakten hergestellt hatte, aber Sacha wollte es unter keinen Umständen erlauben. Jedes Mal, wenn er zu ihr ins Zimmer kam, stand er unbeholfen da und rang die Hände, mit struppigem Bart und solch einem kummervollen Blick, dass sie ihm am liebsten gesagt hätte, es sei alles in Ordnung. Aber nichts war in Ordnung. Und es würde auch nie wieder in Ordnung kommen.

Und dann, eines Tages, standen die Fenster offen, und draußen blühten Narzissen, überall Narzissen. All diese gelbe Pracht und die zarte Frische in der Luft. Die ersten Gehversuche auf staksigen Beinen, manchmal zusammen mit Sacha, manchmal mit Patrick, bei denen sie beobachten konnte, wie der Adlerfarn zu blühen begann, die zarten, festen Knospen noch zusammengerollt, wie überall die ersten Blätter sprossen, wie funkelndes Grün sich auf den Zweigen entflammte, wie die Vögel zu zwitschern begannen, sodass sie das Gefühl hatte, auch in ihrem Innern bräche der Frühling an.

Und an einem anderen Tag dann wieder die warme Spur einer Träne auf ihrer Wange – warum bloß? Oh, irgendetwas hätte Alfie hier bestimmt gefallen, vielleicht eine Ringelnatter oder ein Vogelnest, sie fühlte sich so überdrüssig. Überdrüssig ihrer Tränen, ungeduldig.

Wieder so neu, ein neues Gefühl wie einer der Farnwedel, der gerade dabei war, sich zu entfalten, und dann das erste Kitzeln eines Lächelns in ihrem Zwerchfell, ein Kitzeln, das durch ihre zuckenden Lippen, ihre sich verengenden Augen verstärkt wurde, ein Anflug von Freude. Jener Moment, in dem sie erstmals alles vergaß und lächelte, kicherte, lachte: An jenem Tag gingen sie und Patrick spazieren und legten gerade an einem Teich im Wald eine kurze Pause ein, als sie plötzlich mit dem schockierenden, komischen, grotesken Anblick von Fröschen konfrontiert wurden, die dort zu Dutzenden, zu Hunderten saßen und kraxelten und quakten. »Die da paaren sich gerade«, sagte Patrick und hob dabei zu ihrem Entsetzen und Entzücken ein Froschknäuel in der hohlen Hand hoch, ein Weibchen eingeklemmt zwischen zwei Männchen. »Sieh mal, wie sie sich abstrampeln«, meinte er, wobei er versuchte, einen zu lösen, aber es war einfach unmöglich. »Obwohl nur der eine drankommt, lässt der andere nicht locker. Manchmal haben sie es sogar so sehr nötig, die Männchen, dass sie das Weibchen dabei untertauchen und es bei ihrem Paarungskampf ertränken.« Dann ging er in die Hocke und setzte die Frösche wieder an den Teichrand. Als er sich erhob, streckte er ihr eine klumpige Masse aus schleimigem Laich entgegen, vor dem sie sich zunächst vor Ekel schüttelte, doch dann lächelte sie. »Fass mal an«, forderte er sie auf, und aus ihrem Lächeln wurde ein Kichern und dann ein Lachen, das beinahe schmerzhaft war, weil es ihr so fremd geworden war. Nichts Komisches, nichts wirklich Komisches, sondern nur Frösche, die sich paarten, brachten sie zum ersten Mal wieder zum Lachen.

Am Tag der Frösche, jenem Tag, an dem sie erstmals wieder lachen konnte und ihr Herz langsam zu heilen begann – wenn auch nicht vollständig, weil immer Narben zurückbleiben –, an jenem Tag machte Connie die Erfahrung einer neuen Schuld. Die ganze Zeit über hatte sich in ihre Trauer ein Gefühl der Schuld gemischt, der Umstand, als Einzige überlebt zu haben, während die anderen alle sterben mussten. Sie hätte mit ihnen nach London zurückkehren und ebenfalls sterben sollen. Oder zumindest hätte sie Alfie überreden müssen, bei ihr zu bleiben, stattdessen war sie froh darüber gewesen, dass er zurückgefahren war, froh darüber, dass sie ihr neues Leben allein und ungestört beginnen konnte. Dabei kam ihr das weiße Taschentuch, das in dem Wagen hin und her geschwenkt wurde, in den Sinn, Alfies Abschiedsgeste. Wie Blei lastete diese Schuld auf ihr. Und überdies noch die Schuld, dadurch reich geworden zu sein, nicht gerade reich, aber zumindest ausreichend abgesichert, dass sie davon profitiert hatte, Nutznießerin von Vaters sämtlichen Investitionen und weiß Gott was allem war.
Doch mit dem Frühling und der allmählichen Besserung

ihrer Gefühlslage wuchs eine neue Schuld in ihr. Keine, die sie je einer Menschenseele hätte anvertrauen können, keine ehrenwerten oder erklärbaren Schuldgefühle wie jene, die sie Sacha eines Nachts unter Tränen offenbart hatte. Vielmehr ein leises Hochgefühl, das sie hier und da übermannte, völlig unerwartet: das Gefühl, frei zu sein. Frei, um das zu tun, was sie wollte. Jung und frei und glücklich und am Leben, in ihrem herrlichen Körper. Dieses Gefühl drückte sie nieder, wie Steine auf einen federleichten Seidenfetzen, der sich durch die Luft wirbeln lassen wollte, den sie mit all ihrer Traurigkeit so lange nach unten drückte, im Bewusstsein all dessen, was sie verloren hatte, bis der Windhauch, die Seide, ihr Hochgefühl zum Erliegen kamen.

Kapitel 15

An Hotels kann man sich gewöhnen. Man lässt sich einfach den Zimmerschlüssel aus einem dieser schicken Kästchen geben, dann drückt man den Knopf und betritt den mit Teppich ausgelegten und mit Spiegeln verkleideten Fahrstuhl, sodass man sich während der Fahrt nach oben selbst in die Augen sehen kann. Dabei muss man sich nur das Stockwerk merken und mit der Karte umgehen können – warum gibt's eigentlich keine richtigen Schlüssel mehr? –, damit man die Tür hinter sich schließen kann und Herrscher über sein Reich ist, nachdem das Riesenbett in der Zwischenzeit frisch bezogen, das Zimmer gereinigt, die ganzen Badsachen wieder aufgefüllt und dicke, trockene Handtücher bereitgelegt worden sind. Es hat etwas Persönliches und Aufregendes an sich.

Connie wirft ihre Tüten aufs Bett und legt sich ebenfalls darauf. Fünfhundert Pfund hat sie für Kleidung, Lippenstift, Schuhe ausgegeben. Bei dem Gedanken daran wird ihr ganz schwindelig. *Fünfhundert Pfund.* Eine Todsünde. Vor dreißig Jahren hätte sie von diesem Geld ein ganzes Jahr lang leben können, und das königlich. Ihr letzter Mantel kostete dreieinhalb Pfund, aus irgendeinem Grund ist ihr die Summe noch gegenwärtig. Patrick war dabei, als sie den Mantel aussuchte, wobei er unruhig hin und her tigerte, weil er Einkaufen hasste, aber sie brachte ihn dazu, ihr bei der Auswahl zu helfen, und der rötliche Tweedstoff war eine gute Wahl, nur dass er jetzt hinüber ist. Mit dem Finger fährt sie über die abgenutzten Knöpfe. Niemals wieder wird sie ihn anziehen, da sie jetzt ihren neuen und flotten Londoner Look trägt. Die Verkäuferin an der Kasse verzog kaum eine Miene, während sie den Scheck ausstellte, als würden die Leute täglich solche Unsummen ausgeben – tja, vermutlich tun sie das auch.

In dem riesigen Bett kommt sie sich winzig vor, während sie mit geschlossenen Beinen, die Hände über dem Bauch gefaltet, daliegt, aber es hilft nichts. Sie ist viel zu angespannt, um sich auszuruhen. Bei jeder Bewegung knistern die Tüten. Also steht sie wieder auf und streift ihren alten Mantel, die furchtbaren Schuhe ab. Mit zitternden Fingern öffnet sie die erste Tüte, sie hat fast Angst, hineinzusehen – auf die Dinge, die wie Traumfetzen ans Tageslicht gezerrt werden. Zum Schluss war sie mit steigender Ungeduld in einen hektischen Kaufrausch verfallen, um endlich der drückenden Schwüle des Kaufhauses entfliehen zu können.

Der Tüte entnimmt sie eine silbern gestreifte Schachtel, unter deren Deckel sich die erste Errungenschaft, in schwarzes Seidenpapier gehüllt, befindet: ein glänzender grüner Spitzenbüstenhalter. Zuvor hatte sie ihn in der Umkleidekabine anprobiert, ein unglaubliches Stück, ein unglaubliches Gefühl, noch nie hat sie so ein Ding getragen. Schon seltsam, welche Auswirkungen so etwas auf den ganzen Körper haben kann, dieses atemberaubende Gefühl, ausgehend von zwei Seidenkörbchen, die ihre Brüste nach oben und gegeneinander stützen, die ihr Form, Haltung verleihen, sodass sie den Impuls verspürt, die Hüften zu schwingen und den Kopf in den Nacken zu werfen. Dann zieht sie einen dazu passenden Slip hervor, der nicht gerade einen wärmenden Eindruck vermittelt, nur ein Fetzen Seide, ein Hauch von Spitze, der von Riemchen zusammengehalten wird, und zu was für einem Preis! Sie hält ihn gegen das Licht, ein zartes Nichts. Glatter Wucher, so viel steht fest. Dennoch ist es eine Schande, als Frau nie solch einen Slip, solch einen Stütz-BH aus Spitze auf der Haut gespürt zu haben, jedenfalls hat sie sich das in der Wäscheabteilung eingeredet, und vielleicht stimmt es ja auch.

Vorsichtig drapiert sie die Unterwäsche auf dem Bett – Patrick hätte bestimmt Gefallen daran gefunden, bei Patrick konnte man sich nie sicher sein –, dann packt sie die restlichen Sachen aus, ein grünes Kleid mit hundert Knöpfen, in Knielänge, beinahe bieder, einen violetten Samtmantel mit dazu passendem Hut, schwarze Strümpfe, Lippenstift und Schuhe…

Die Schuhe hebt sie sich bis zuletzt auf, wobei sie fast den Atem anhält, als sie die Schachtel aus der Tüte zieht, den Deckel abnimmt und erst den einen, dann den anderen herausholt. Nie zuvor hat sie solche Schuhe gesehen, ein Traum. Als ihr Blick auf dieses Paar in der Auslage fiel, durchströmte sie ein Gefühl wie… Liebe… ein Gefühl, das sie seit… weiß Gott wann nicht mehr empfunden hat. Die Schuhe sind aus grünem Wildleder, weich und hell wie samtenes Gras, mit schmalen Absätzen und Riemchen zum Knöpfen, und jeder einzelne ist mit Diamantsplittern überzogen. Natürlich keine echten, Dummkopf, sinniert sie lächelnd, während sie mit dem Finger darüber streicht, nur Strass oder so, aber nichtsdestotrotz glitzern sie wie Diamanten, wie Eiskristalle im Gras. Ein Ausdruck, den ihr Vater früher benutzt hat… oh! Glitzerschuhe, wenn sie vor dem Kamin tanzte oder auf dem Rasen, und auch jetzt wieder Glitzerschuhe, in ihren neuen Kleidern. Heute Abend wird sie sie vorführen, keine verknöcherte, alte Einsiedlerin, diese Constance Benson, nichts, worüber man sich hinter ihrem Rücken lustig machen könnte. Sie wird es ihnen schon zeigen, und sie wird ihnen auch Patrick zeigen. Wie stolz er auf sie wäre, stolz auf ihr Aussehen in den neuen Kleidern und den glitzernden Schuhen.

Kapitel 16

Er spült die Pfanne, den Teller, den Holzlöffel, die Gabel. Trocknet das Ganze mit Donnas »Desiderata«-Geschirrtuch ab und stellt anschließend alles genau wieder an seinen Platz. Alles sauber, die Küche glänzt. Wenn er das nächste Mal kocht, wird das vielleicht in Constance Bensons Haus sein. Spürt, wie Adrenalin durch seine Adern rast. Zeit, sich fertig zu machen, nochmals zu duschen und sich zu rasieren und anzuziehen. Weil dann der Zeitpunkt gekommen ist, um aufzubrechen.

Endlich entdeckt er sie, eine winzige Person mit violettem Hut, neben ihr so ein großes, blondes Miststück. Nachdem sie ihn rausgeschmissen hatten, lungerte er vor der *National Portrait Gallery* im strömenden Regen herum und beobachtete, wie die Taxis die wenigen Auserwählten ausspuckten. Die Benson hatte er sofort erkannt, wobei ihm ein silbriger Schauder über den Rücken jagte. *Das ist es, das hier ist real.* Zwar ist ihr Gesicht gealtert, aber unverkennbar mit den tiefen Augenhöhlen, der leicht gebogenen Nase, den hochgeschwungenen Augenbrauen. Constance Benson in Fleisch und Blut, Patricks Geliebte. Kann sie kaum sehen, sie ist so winzig und herausgeputzt, wie die Schnitzerei an einer Spielorgel. Trotzdem, das ist es, das passiert wirklich. Er geht einen Schritt vor.

»Verzeihung.«

Die Benson hätte angehalten. Ihr Blick fällt auf sein Gesicht, aber die Tussi, die mit einem weißen Schirm für einen zwei Meter breiten Sicherheitsabstand sorgt, drängt sie weiter, sodass Tony ausweichen muss. Was denkt die eigentlich, wer er ist, irgendein Bettler? Oder so ein Verrückter? Offenbar wurde nicht bemerkt, dass er sich in Schale geworfen hat. Sein Hemd ist, obwohl vom Londoner Regen durchtränkt, immer noch das Sauberste und Weißschimmerndste, was diese Umgebung zu bieten hat. »Sie verstehen nicht«, sagt er, »ich müsste nur ein Wort mit Miss Benson reden...« Aber was für ein Wort? Welches Wort könnte das sein? Auf das hier war er nicht vorbereitet, hat keinen passenden Satz parat. Seine Hoffnung richtet sich auf Patrick, verlässt sich voll und ganz auf Patrick, aber der lässt ihn dieses Mal im Stich. Er hätte Tony die richtigen Worte in den Mund legen sollen, Worte, die sie zum Stehen gebracht hätten, die sie hätten aufschauen und aufhorchen lassen. Aber nein, da ist nichts. Das langbeinige Miststück wirft ihm einen Blick zu, der seine Augen wie ein Glassplitter trifft, dann schiebt sie die Benson eilig die Stufen hoch und durch die Türen.

Beinahe hätte er alles hingeschmissen. Stapft durch den Regen, Lichtreflexe, die um seine Füße herum hochspritzen, fühlt sich hundeelend. Steigt am Oxford Circus in die Victoria Line, wie betäubt, durchnässt, feuchtwarm, in dem Gedränge beinahe dampfend. Mit dem Arm über dem Kopf hängt er mitten im Gewühl, nimmt den Geruch seiner Achselhöhle wahr, den Geruch von Angst, seltsam, ein Geruch wie von Pflanzen, wie der Saft von Bärenklau oder so ähnlich, streng und säuerlich, etwas, an das er sich nur vage erinnert, ein Flussufer, eine Hecke, die zertrampelt und zerdrückt wird. Vergiss diesen Kindheitsblödsinn. Den Blick starr auf ein Werbeplakat für Kontaktlinsen gerichtet, tauchen vor ihm die Augen dieses Miststücks und die Augen der Benson auf, die ihn angesehen haben. Muss sie allein erwischen, sie unter vier Augen treffen, muss sie aufspüren.

Etwas Geduld. Bloß ein wenig Geduld und Zuversicht. Dann wird sich schon all das ergeben, worauf er so sehnsüchtig wartet. Es wird ein Zeichen geben, ein weiteres Zeichen, und dann wird sich alles von selbst ergeben. Sie wird ihm geben, wonach er verlangt. Dann wird sein Leben beginnen. Alles klar?

Aber was, wenn… es sich nicht ergibt… wenn nichts geschieht…

Kurz vor Brixton hält der Zug, der mittlerweile fast menschenleer ist, in einem Tunnel an, und Tonys Blick streift flüchtig den leeren Gesichtsausdruck eines Jugendlichen, wendet sich schnell wieder ab, landet auf glänzenden Nylonstrümpfen über einem fetten Paar Knie weiter hinten im Abteil, bleibt an dem flachen, bedeutungslosen Schimmern beider Knie hängen, wobei er einen Schmerz in den Eingeweiden spürt, als würde es ihn in zwei Stücke reißen. Kein richtiger Schmerz, jedenfalls nicht im herkömmlichen Sinn, sondern vielmehr das Gefühl von absoluter Leere… dumpf… ein beklemmendes Vakuum. Wie eine Stimme, die sagt: *Du Narr, da ist nichts, nicht das Geringste.* Was? Wie ein Faustschlag in die Magengrube.

Laut stöhnt er auf, sodass man sich verwundert nach ihm umdreht, woraufhin er so tut, als müsse er gähnen, und sich im Stillen einen verdammten Einfaltspinsel schimpft. Da war gar keine Stimme, woher auch, und mit einem Ruck, der ihn beinahe umwirft, setzt der Zug sich wieder in Bewegung, geben die übereinander geschlagenen Knie den blasseren Schimmer von Oberschenkeln frei, verengen sich die Augen des Jugendlichen ihm gegenüber funkelnd. Dann hält der Zug, Türen klappen auf, um ihn auszuspucken. Und dort, auf dem Bahnsteig, bevor diese … diese Angst von ihm Besitz ergreifen kann, steht er Patrick gegenüber – seinem Plakat. Diese Augen, die alles andere als nichtssagend sind, direkt auf ihn gerichtet. Wenn das nicht ein Zeichen ist. Halt dich ran, Tony, lass jetzt nicht locker. Die Angst fällt von ihm ab, verzieht sich seufzend in den heißen Tunnel. Wie dumm von ihm. Aber völlig menschlich. Schließlich ist er auch nur ein Mensch. Tony verharrt vor dem Plakat. Lächelnd raunt er Patrick ein »Danke, Kumpel« zu.

Kapitel 17

Alle sind so groß, und das Stimmengewirr über ihrem Kopf nimmt kein Ende. Nach etlichen Gläsern Rotwein kann sich Connie jedes Mal, wenn sie auf ihre glitzernden Schuhe hinabsieht, das Lächeln nicht verkneifen – obwohl ihr Gebiss mittlerweile dunkel verfärbt sein muss. Hinzu kommt, dass die Schuhe alles andere als bequem sind, unangenehm auf ihre großen Zehen drücken und sie nach vorn kippen lassen, sodass sie sich ständig zurückbeugen muss, wodurch sie einen bohrenden Schmerz in der unteren Rückenhälfte verspürt. Hohe Absätze sind die Hölle.

»Malen Sie überhaupt noch, Miss Benson?«, will ein junger Mann wissen, eine Frage, die ihr an diesem Abend nun bereits zum x-ten Mal gestellt wird. Lächelnd schaut er zu ihr hinunter, den Kopf erwartungsvoll geneigt. Auch seine Zähne sind vom Wein verfärbt, sodass sie stirnrunzelnd unwillkürlich mit der Zunge über ihr Gebiss fährt.

»Eine schöne Feier«, bemerkt sie.

»Ich bin ein großer Bewunderer Ihrer Kunst.«

»Schon lange her, mein Lieber.« Irgendjemand schenkt ihr nach, hält ihr auffordernd ein Tablett entgegen – Spargelhäppchen. Sie steckt eins davon in den Mund, obwohl ihr diese von all den Happen, die herumgereicht werden, am wenigsten zusagen, dieser ganze Zirkus um Spargel ist ihr ohnehin ein Rätsel – für sie nur matschiges Zeug, das wie Pippi stinkt. Aber dafür ist der Wein umso besser, herb, hinterlässt ein pelziges Gefühl auf der Zunge. In dem einen Ohr trägt der junge Mann drei Stecker, in dem anderen zahllose Ringe, aber sonst ist er schick angezogen, mit einer schmalen Krawatte, die aus Leder zu sein scheint. Wundervoll. Auch Patrick hätte sicher Ohrringe getragen oder Piercings. In einer Zeitschrift, die in Deborahs Büro herumlag, hat sie Leute gesehen, die an allen möglichen Stellen gepierct waren, an den Brustwarzen, den Augenbrauen, dem Bauchnabel, sogar an ihrem Dingsbums. Ihr gefällt das, das hat so was Urtümliches an sich, obwohl sie sich beschneiden ließe, wenn sie ein Mann wäre. Eine der weiblichen Gäste hier hat mindestens dreißig Stecker und Ringe in den Ohren und in der Nase und trägt zudem ein Tattoo in Form eines keltischen Zeichens am Hals. Wie mag sie wohl unter ihren Kleidern aussehen? Wie die meisten Gäste ist sie von Kopf bis Fuß in Schwarz gekleidet. In ihrem Grün sticht Connie richtig heraus.

»Und malen Sie noch?« Der junge Mann bleibt hartnäckig.

»Das haben Sie mich bereits gefragt«, entgegnet Connie. »Mir gefallen Ihre Ohrringe, nennt man das bei Männern überhaupt Ohrringe, oder ist das weibisch?«

Mit übertriebener Geste zuckt er beleidigt zusammen. »Nennen Sie sie, wie Sie wollen.«

Er erinnert sie an diesen Wie-hieß-er-gleich, diesen Fotografen damals. »Sind Sie schwul, mein Lieber?«, fragt sie, woraufhin sich der arme Kerl an seinem Wein verschluckt. Ach, es ist einfach herrlich, alt zu sein, man kann sich alles erlauben.

Als Fotos geschossen werden, ist sie froh, dass sie sich die Mühe mit dem Kleid gemacht hat. Zwar ist sie definitiv die einzige Frau hier, die sich nicht in Schwarz gehüllt hat, sodass einem unwillkürlich eine Trauergemeinde in den

Sinn kommt, aber dadurch hebt sie sich von den anderen ab, die wie ein Hintergrund wirken. Ungeniert lächelt sie in die Kamera, scheiß auf die Zähne, und hebt das Glas, stellt sich neben Patrick, dessen Blick sie warm auf ihrem grünen Kleid, auf dem violetten Hut spürt, den sie letztlich anbehalten hat, da sie es nicht mehr geschafft hat, sich die Haare zu färben.

»Man hat Ihnen ja eine Riesensumme für eine Neuauflage von Mounts Autobiografie geboten«, erklingt eine Stimme neben ihr, die, wie Connie durch einen kurzen Blick feststellt, aus einem auberginefarbenen Mund kommt.

»Ach ja?«

»Deshalb frage ich mich, Miss Benson, welche Bedeutung dieses erneute Interesse an Mount für Sie persönlich hat?«

»Nicht die geringste.«

»Sind da nicht auch Verhandlungen über die Filmrechte im Gange?«

»Dazu könnte ich nie meine Zustimmung geben.«

»Sie haben etwas dagegen?«

»Sehen Sie, das würde ein reiner Porno werden.« Connie unterbricht sich für einen Moment. »Den Zaster könnte ich allerdings gut gebrauchen... war heute einkaufen... diese Preise, unglaublich! Gefallen Ihnen meine Schuhe?« Daraufhin streckt sie eifrig einen Fuß vor, sodass sie unbeabsichtigt das Schienbein der Person mit dem auberginefarbenen Mund trifft. »Ich bitte um Entschuldigung«, sagt sie, aber der Mund und das Schienbein sind bereits weg. Wie eine Wolke schweben die Stimmen über ihrem Kopf. Sie spaziert darunter umher, atmet Parfum, Alkohol, fremden Atem ein. Dabei befindet sie sich auf einer Höhe mit Brüsten und Achselhöhlen, vorbei an einem rot gesprenkelten Oberarm, der in einen zu engen Ärmel gequetscht

ist, vorbei an einem Mann, dessen Revers mit irgendetwas Weißem – vielleicht Meerrettich? – beschmiert ist. Einmal, kurz nach Patricks Verschwinden, hatte sie versucht, sich zu ertränken, aber es war ihr nicht gelungen, unter Wasser zu bleiben. Ständig drängte ihr Kopf wieder an die Oberfläche, schnappte ihr Mund im Wasser automatisch zu, sodass sie es schließlich aufgab, nach oben tauchte, die Luft in ihre brennenden Lungen einsog, während eine Möwe dicht an ihrem Kopf vorbeisegelte und dabei ein höhnisches Lachen ausstieß. Wieso fällt ihr das ausgerechnet jetzt wieder ein, inmitten des Stimmengewirrs, vom Alkohol benebelt? In einem engen, knappen Kleid, das ihren langen, knabenhaften Körper zur Geltung bringt, bahnt sich Deborah gerade einen Weg zu ihr. Wie macht sie das bloß, dass ihr Lippenstift nicht verschmiert?
»Und, alles klar?«
»Alles klar.«
»Schön.«
»Bis auf meine Füße, die bringen mich noch um.«
»Mir geht's nicht anders... Geben Sie mir einfach Bescheid, wenn es Ihnen zu viel wird. Darf ich Sie übrigens bekannt machen mit...« Weitere Fragen, weitere Aufnahmen und weitere Häppchen, die mehr nach ihrem Gusto sind, krosse Eckchen, die nach Shrimps schmecken und mit Sprossen belegt sind, die in ihrer Prothese hängen bleiben. Mit der Zunge pult Connie zwischen den Zähnen herum, fährt schmatzend über den Gaumen.
»Nach Mounts Tod haben Sie nie wieder zum Pinsel gegriffen...«, haucht eine romantikgeschwängerte Stimme atemlos, wobei der Knoblauchgestank dieses Atems dennoch nicht zu ignorieren ist. Eine Person, nicht viel größer als Connie, aber mindestens dreimal so breit, mit höchst auffallend gefärbten Haaren.

»Ach ja?« Schelmisch neigt Connie den Kopf, wobei ihr beinahe der Hut herunterrutscht. Sie rückt ihn wieder zurecht.

»Ja, mit seinem Tod starb wohl auch Ihre Inspiration.«

Das Gesicht wirkt unschuldig und ernst, mit weichem Blick. Vor ihr steht ein Mensch, der nicht weiß, was Schmerz bedeutet. Der letzte Schluck Wein war sauer, brennt in ihrem Mund. Fliehen oder weitertrinken, eine andere Wahl hat sie nicht. Als eine Flasche vorbeigetragen wird, streckt sie ihr Glas vor. »Ach bitte, mein Lieber.«

Jetzt klingt die Stimme zögernd, fragend am Satzende. »Ist es nicht so? Starb Ihre Inspiration nicht mit seinem Tod?«

»Wenn er überhaupt tot ist.« Dieses Mal weißer, säuerlicher Wein. Sie spült ihn im Mund herum. Vielleicht hellt er ja wenigstens ihre Zähne wieder auf.

»Glauben Sie etwa, dass er unter Umständen noch …«

»Dann wäre er jetzt neunundneunzig, und das würde nicht einmal ich ihm zutrauen.« Lachend sieht Connie in das gutgläubige Gesicht. »Nein, nein, meine Liebe. Ich bin mir sicher, dass er tot ist. Mir war einfach lange Zeit nicht nach Malen zumute, nicht mehr und nicht weniger. Eher mehr als weniger. Würden Sie … wenn Ihr ich weiß ja nicht … Freund oder so das Zeitliche gesegnet hätte? Wäre Ihnen dann noch nach Malen zumute?«

»Nun ja, vermutlich nicht.«

»Malen Sie?«

»Eigentlich nicht …«

»Tja, dann.«

Allmählich lichtet sich die Menge, sodass Deborah sie entdeckt. »Haben Sie jetzt genug?«, erkundigt sie sich. »Ich denke, es hat sich voll gelohnt. Lassen Sie uns ein Taxi nehmen.« Unter Händeschütteln und lächelnden Gesichtern und Küsschen auf europäische Art von Leuten, mit denen sie Gott sei Dank den ganzen Abend über kaum etwas zu tun hatte, suchen sie sich einen Weg nach draußen. Alkoholgeschwängerter Atem, Versprechungen aller Art, Zeitungsartikel, Einladungen zum Abendessen, sogar eine Fernsehdokumentation. Und irgendjemand, der eine Biografie über sie schreiben will. Darüber ließe sich reden.

»Ich bin erledigt«, sagt Connie. »Ich muss ins Bett.«

»Möchten Sie wirklich nichts mehr essen, nicht einmal einen kleinen Imbiss? Ich kenne da einen süßen kleinen Italiener...«

Nur mit Mühe schüttelt Connie den Kopf. Auf einmal hat sie genug. Sie sehnt sich danach, endlich die drückenden Glitzerschuhe und den Samthut, unter dem sie schwitzt, loszuwerden, den Büstenhalter abzustreifen und sich dieses lästigen Spitzenhöschens zu entledigen, das ihr zwischen die Pobacken gerutscht ist, ein beflügelndes Fläschchen in dem kleinen Kühlschrank zu entdecken, sich die Pfeife zu stopfen und ins Bett zu fallen. Vielleicht ein paar Erdnüsse. Vielleicht auch den Zimmerservice, um so ein BLT zu probieren. Vielleicht sogar wieder den Erwachsenenkanal, ein paar Minuten von diesem jungen, gegeneinander klatschenden Fleisch mögen genügen, um sie einschlafen zu lassen. Vielleicht, vielleicht auch nicht. Jedoch das Entscheidenste ist, allein zu sein. In dem regnerischen Flackern und Brüllen der Londoner Straßen versetzt Connie die Sehnsucht nach dem Meer und der friedlichen Stille ihres Häuschens einen schmerzhaften Stich.

Kapitel 18

Patrick ist überall. Menschen bleiben vor ihm stehen, beugen sich vor, um die Überschriften, Daten und Anmerkungen zu lesen, mit denen jedes Porträt versehen ist. Patrick als Prophet, mit Bart und weisem Gesichtsausdruck; Patrick von nah und von fern; Patrick im Profil und frontal. Auf diesem Bild hier stützt er sich gerade auf einen Spaten in einem grünen, grünen Garten. Auf jenem dort erscheint er in derselben Pose – wie die dunkle Mitte einer strahlenden Blume. Auf dem nächsten wiederum sitzt er über seinen Schreibtisch gebeugt, mit einer Lesebrille, die ihm von der Nase rutscht. Dann wieder hält er eine violette Orchidee in der Hand. Und schließlich das neue Porträt, auf dem er unvermittelt ungewohnt jung aussieht.
Tony starrt das Gesicht an, den Blick dieser Augen, der… beinahe ein Feuer aus unverfrorener, wissender Glückseligkeit. Tony grinst verständnisvoll. Dies hier ist jene Glückseligkeit, die auch er erreichen wird. Fühlt zugleich Stolz und Neid. Neid, weil auch andere seinen Patrick anstarren. Am liebsten wäre ihm, wenn keiner von ihm wüsste, wenn Patrick unbekannt wäre, nur ihm gehörte. Aber natürlich hat alles seinen Preis, auch das, was sein soll, auf das er die ganze Zeit gewartet hat.
Patrick. Die Sieben Stufen zur Glückseligkeit. *Halte dich einfach bereit*, sagt Patrick irgendwo in seinem Bauch, was Tony tut, er hält sich bereit, mehr als jemals zuvor, hält sich

bereit für das, was als Nächstes kommt. Eine Frau stellt sich vor ihn, versperrt ihm die Sicht. Dabei betrachtet sie das Bild von Patrick im Garten mit den Hügeln im Hintergrund und den riesigen Blättern im Vordergrund – vielleicht Rhabarber? Patrick ganz klein und dennoch überragend. Das Bild wirkt ziemlich unbeholfen, ein Frühwerk, wie er den Daten entnehmen kann, nichtsdestotrotz hat es Patricks Bewegungen eingefangen, seinen Fuß auf dem Spaten, gebräunte Hände auf dem Griff, ein Moment der Konzentration. Die Frau trägt Schwarz, ein luftiges, schwarzes Kleid mit kurzen Ärmeln. Ihre Arme sind fast weiß. Dicht steht er hinter ihr, ganz weiß, und über den Ellbogen sind winzige Leberflecken. Unterhalb der Ellbogen sind die Arme von einem Flaum bedeckt, aus langen, hellbraunen Härchen. Vielleicht hat sie seinen musternden Blick gespürt. Jedenfalls dreht sie sich stirnrunzelnd zu ihm um, woraufhin er sie anlächelt.

»Gefällt es Ihnen?«, fragt er.

Sie sieht wieder auf das Bild. »Ja... es ist bezaubernd... irgendwie naiv... aber eigentlich bin ich ja von den späteren Bildern begeistert... die sind überzeugender, meine ich.« Sie geht weiter. Der Duft, den sie hinterlässt, riecht nach Mandeln, ganz zart. Tony spürt, wie sich der Speichel in seinen Wangen sammelt. Folgt ihr zu dem Porträt von einer Frau.

»Sachavarelle Mount«, liest er laut. »Überzeugend genug für Sie?« Obwohl sie lacht, wirft sie ihm einen merkwürdigen Blick zu. Sie weiß nicht, was sie von ihm halten soll, genau wie er es mag. Lass sie im Ungewissen, Tony. Beugt sich vor, als wolle er das Bild genauer betrachten, und saugt dabei den Mandelduft ein, den ihre Haare zu verströmen scheinen, blonde, flusige Haare. Der Stoff ihres Kleides liegt eng an, sodass sich ihre Schulterblätter, darunter ein gerippeltes Viereck, das der Verschluss ihres BH sein muss, abzeichnen. Auch ihr Rücken wird schneeweiß sein. Vielleicht mit kleinen Leberflecken wie auf ihren Armen? Und der BH, ist er schwarz wie das Kleid oder weiß wie ihre Haut oder…

Sachavarelle Mount sitzt in einem Korbsessel, vielleicht in einem Wintergarten. Um sie herum lauter Pflanzen, eine Tasse mit Untertasse auf den Knien. Ihr Gesicht ist derb und rosafarben, besteht aus vielen Rosatönen, wenn man genau hinsieht, erkennt man, wie viele verschiedene Schattierungen aus Rosa und Grau und sogar Blau diesen Farbton ergeben, schlau gemacht. Sie ist groß, mit stark ergrauten Haaren, warm und feucht glänzenden Augen, die an Hundeaugen erinnern, und tatsächlich ist auch ein Hund auf dem Bild, ein schwarz-weißer, der zu ihren Füßen schläft.

»Dieses hier zum Beispiel finde ich klasse«, meint die Frau. »Seine erste Ehefrau.«

»Und seine einzige – mit Constance Benson war er nie verheiratet. Und zudem keine gewöhnliche Ehefrau. Selbst eine Klasse für sich. Haben Sie ihre Sachen in der Tate gesehen? Die Landschaftsmalereien und Stillleben? Und die grandiosen Porträts von ihrem Sohn?«

Tony schüttelt den Kopf. Zwar weiß er natürlich von den Bildern, aber sie schienen ihm nicht wichtig, für seine Zwecke belanglos. Jetzt ärgert es ihn, dass er die Frage verneinen muss. »Auch nicht ihr Porträt von der Benson, hier im Saal des zwanzigsten Jahrhunderts? Der berühmte Akt am Fenster…«

Wieder schüttelt Tony den Kopf.

»Sie kennen es bestimmt, es ist auch auf einem Buchtitel abgebildet, ein Buch über Künstlerinnen, das zu einer Dokumentationsreihe auf Kanal Vier erschienen ist…«

Ihr Kleid gefällt ihm, auch der Geruch ihrer Haare, die mit Leberflecken gesprenkelte weiße Haut auf ihren Armen. Neben ihrem Mund hat sie ebenfalls einen Leberfleck, der jedes Mal, wenn sie lächelt, in einem Grübchen verschwindet. Er zwingt sich, den Blick von ihr abzuwenden und richtet ihn auf Patrick. Zwar war Patrick ein richtiger Bock, aber Tony muss sich konzentrieren, sich bereithalten, darf sich nicht in diese verführerische Falle locken lassen, in die er ohnehin nie tappen würde, nie tappen dürfte. Genau hier liegt die Gefahr. Auf diese Art wird er kein Glück finden. Deswegen sind die Elixiere für ihn lebenswichtig – ein anderer Weg zur Glückseligkeit. Wie zuvor regt sich etwas in ihm, als er ihren Duft einatmet. Könnte er doch einfach ihre Haut berühren, sanft über dieses flusige Haar streichen, das würde ihm schon reichen. Während sein Blick auf der Haut ihres Oberarms verharrt, ändert sich deren Aussehen. Gänsehaut?

»Wie finden Sie das hier?« Vor dem Porträt irgendeines Typen mit blauen Augen und sehr struppigem Haar macht sie Halt.

»Ganz gut.«

»Das hier ist Red, wissen Sie, Sachavarelles Sohn. Irgendwo habe ich gelesen, dass sie eine Art Techtelmechtel mit ihm hatte.«

»Wer, die Benson?« Ihm entfährt ein Schnauben. Was für ein Blödsinn.

Sie zuckt die Achseln. »Ich wollte gerade kurz einen Kaffee trinken gehen«, bemerkt sie. »Hätten Sie Lust? Dann könnte ich Ihnen auch das Bild von der Mount zeigen.«

Er zögert.

»Nur, wenn Sie Zeit haben…« Verlegen senkt sie den Blick, verschränkt die Arme über der Brust, mit dunkelroten Wangen.

»Okay. Aber nur kurz.« Zustimmung in Patricks Gesicht? »Wirklich nur kurz, weil ich …«

»Ich habe auch nicht viel Zeit«, unterbricht sie ihn.

Irgendwo, hat Tony gelesen, wurde Patrick als Sexabenteurer bezeichnet. Seltsamer Ausdruck, weckt bei Tony die Assoziation von Dschungel, Bergen, reißenden Flüssen. Dabei ist Sex doch weitaus gefährlicher. Schreckliche Bilder der Erinnerung, die schockierende Schlaffheit einer großen Brust, der Gestank von Fingern, penetranter als von Zwiebeln, sodass man endlos reiben muss. Nein. Nie mehr wieder. Und dann die Art, wie ein Kopf plötzlich schlaff nach hinten baumelt, obwohl man es nicht so gemeint hat –

Nein, o Gott nein, nicht hier, mitten am Tag zwischen den Bildern. Sieh auf die Bodenfliesen, sieh, wie quadratisch sie sind und in welchen Farben. Und sieh auf ihre hübschen Beine in den dicken Strumpfhosen, auf das kurze Kleid und die Doc Martens. Sie zählt zu jener Sorte Frauen, auf die er steht, wenn überhaupt. An dieser Überlegung ist nichts verkehrt. Auch nicht an einer Tasse Kaffee. Schlank und durchtrainiert, mit kleinen Brüsten, Mandelduft, beinahe wie der Geruch eines Babys. Und zudem noch intelligent. Mit einer voll gestopften Tasche über der Schulter geht sie vor ihm her. Kein schlechtes Gefühl, in der Öffentlichkeit neben einer schönen Frau einherzugehen. Ein vielversprechendes Lächeln in ihrem Gesicht? Auch wenn du dir nichts erhoffst, genießt du es trotzdem.

Während sie drei kleine Milchportionen in ihren Kaffee kippt, erzählt sie von ihrem Job. Sie ist Journalistin, beziehungsweise Reporterin, sagt sie, wobei sie die Nase kraus zieht und sich über die Scheißaufträge beklagt, mit denen sie sich normalerweise herumschlagen muss.

»Wie alt sind Sie?«, fragt er.

»Sie kommen gleich zur Sache, was?« Er entgegnet nichts darauf. »Fünfundzwanzig.« Danach herrscht langes Schweigen, mittlerweile ist ihr Gesicht feuerrot, vielleicht vom Kaffee oder von seinen Augen, die so dicht vor ihr sind.
»Und Sie?«
»Dreißig.«
»Nein!«
Wohin soll das noch führen?
Sie kichert. »Also, ich bin froh, dass wir das geklärt haben.«
Er trinkt seinen Kaffee schwarz. Als sie drei Milchportionen mitnahm, hatte er angenommen, sie wären für beide, aber nun möchte er sich nicht die Blöße geben und aufstehen, um für sich welche zu besorgen. Der Kaffee schmeckt bitter.
»Und was machst du so?«, will sie wissen.
»Schreiben«, entgegnet er.
»Ach ja?« Es scheint sie zu freuen. »Und was? Ich meine, bist du bekannt?«
Schulterzuckend nippt er an seinem Kaffee, sieht irgendwohin in die Ferne.
Sie lacht, wobei ihre Zungenspitze an die Zähne stößt, die vorn ein bisschen schief sind und von denen der eine Schneidezahn leicht über dem anderen steht. Es juckt ihm in den Fingern, den Leberfleck auf ihrer Wange zu berühren, zu spüren, wie sich das Fleisch zu einem Grübchen zusammenzieht, wenn sie lächelt.
»Bücher«, meint er dann. Was soll's? Wird sie eh nie wieder sehen. Er könnte ihr den allergrößten Mist auftischen, egal was.
»Erzählungen oder…?« Anscheinend ist sie wirklich beeindruckt. Doch er kann sich nicht entscheiden, was er eigentlich schreibt. »O Mann, dir muss man ja alles aus

der Nase ziehen.« Offenbar ist Kichern ihre Spezialität. Obwohl Tony schon lange nicht mehr gekichert hat, erinnert er sich an das Gefühl dabei, beispielsweise daran, als er die Platte seines Pults hochhob, um sich dahinter vor dem Lehrer zu verstecken, an den Geruch von wegradierten Bleistiftspuren, während er vor Kichern förmlich explodierte, das aus ihm wie Bläschen herausschoss.

»Ich mache da gerade was über Patrick Mount«, sagt er schließlich.

»Tatsächlich?« Erwartungsvoll sieht sie ihn an, wobei eine Haarsträhne an ihrem Mundwinkel klebt.

»Normalerweise rede ich nicht über meine Arbeit, solange sie noch hier drin ist.« Dabei tippt er an die Schläfe.

»Ah, verstehe.« Mit einem Mal ist sie ernst. Sie streift die Strähne aus ihrem Mundwinkel. Himmel, sie ist einfach hinreißend. Er wendet den Blick ab.

»Ich hab neulich was über die Benson geschrieben«, meint sie dann.

Plötzlich scheint alles zu verstummen. »Was?«

»Ein Interview für *Stars und ihr Zuhause*... pures Glück, die Frau, die eigentlich dafür vorgesehen war, hat plötzlich die Wehen bekommen – ein Junge, total niedlich, mit dem Namen Mercurio, der Arme – also wirklich Glück für mich, aber ich hab mich natürlich auch darum gerissen.«

Tony zwingt sich dazu, die Lippen zu bewegen. »Du.«

»Ja, ich, ich habe ein Interview mit ihr gemacht. Oh Mann, es war zum Brüllen! Das Mittagessen, das sie uns aufgetischt hat!« Tony beobachtet sie, während sie redet. Das ändert einiges. Das ändert sogar alles. *Das ist es.* Dieses Mädchen ist das Zeichen und das Signal, der Brennpunkt, der Ausgangspunkt, der ihn weiterbringt. »Ihre Kunst habe ich schon immer bewundert«, erzählt sie weiter, »und dann die Chance, sie in ihrem Haus zu besuchen...«

»Du warst in ihrem Haus?« Während die restliche Cafeteria verschwimmt, umgibt diese Frau ein Strahlen, mit ihrem hellen Haar, den hochroten Wangen, dem immer wiederkehrenden Grübchen, während sie lächelt und spricht. Am liebsten hätte er sie gepackt und das, was er wissen muss, aus ihr herausgequetscht, aber natürlich geht das nicht. Schließlich wurde sie ihm geschickt, und er muss sie mit dem gebührenden Respekt behandeln. Ein Gefühl im Unterleib wie Patrick, wenn er vor Geilheit die Hände aneinander rieb. Natürlich musste es hier geschehen, das mit dem Zeichen. Und natürlich gab ihm Patrick das Zeichen in Form einer scharfen Braut. Nicht, dass er es unbedingt nötig hätte.

»Ja, und es liegt mitten im Nichts, weißt du? Eine richtige… Bruchbude. Aber trotzdem…« Sie nippt an ihrem Kaffee. »Trotzdem fand ich es reizend, irgendwie idyllisch. An den Wänden kleben überall Muscheln. Total romantisch, findest du nicht? Da denkt man automatisch an all die Geschichten über die große Liebe der beiden…«

Tony ringt sich zu einem Lächeln durch und entspannt sich allmählich. Sie wird ihm nicht entwischen.

»Hast du Mounts Autobiografie gelesen?«

»Hab sie sogar dabei.« Aus seiner Jackentasche zieht Tony eine zerfledderte Ausgabe.

Sie schnappt nach Luft. »Echt *strange*«, meint sie. Dann öffnet sie ihre Tasche und wühlt darin herum, bis sie dasselbe Buch hervorzieht. »Seltsamer Zufall, oder? Jedenfalls ist mir bisher noch nie ein anderes Exemplar unter die Augen gekommen.«

»Ich glaube nicht an Zufälle«, sagt Tony. Obwohl sie kleine Augen hat, leuchten diese im hellsten Blau.

»Trotzdem komisch, findest du nicht?«

Tony sieht auf seine Armbanduhr. »Ich muss langsam los.«

»Ach komm, du musst vorher noch unbedingt das Bild von Constance Benson sehen.«
»Na gut.« Kann nicht schaden, oder? Kann sowieso nicht loslegen, nicht, ohne mehr… mehr zu erfahren.
Das Bild hängt an einer Wand aus Acryl. Eine Wolkenlandschaft hinter Fensterglas. *Himmel vor dem Frühling* lautet der Titel aus unerfindlichen Gründen. Vor dem Fenster steht ein nacktes Mädchen, schmal in schimmernder Blässe. Zu einem Zopf gebunden, hängt ihr langes braunes Haar über dem Rücken, wobei das spitz zulaufende Ende bis zu ihrem Poansatz reicht. Da sie etwas schräg steht, kann man die Wölbung eines kleinen weißen Brustansatzes erkennen sowie die Wange und den leicht nach oben gebogenen Mundwinkel. Es verschlägt ihm sprichwörtlich den Atem.
»Das ist das einzige Porträt von Sachavarelle Mount, das die Benson darstellt… eigentlich malte sie keine Menschen. Wobei es im Grunde gar kein Akt ist, jedenfalls nicht im üblichen Sinn. Ich frage mich…« Sie unterbricht sich. »Ich frage mich, wie Sachavarelle sich gefühlt hat, als Patrick und Constance was miteinander angefangen haben. Ich meine, ob es ihr was ausgemacht hat. Immerhin haben sie eine ganze Weile zusammen unter einem Dach gewohnt, bevor Sachavarelle starb.«
Ungläubig schüttelt Tony den Kopf. »Hammerhart«, bringt er schließlich hervor, woraufhin sie wieder in Kichern ausbricht.
»Lisa«, sagt er dann, wobei er den Blick von dem gemalten Fleisch loseisen muss.
Verwundert dreht sie sich um und starrt ihn an. »Woher kennst du meinen Namen?«
»Tja«, erwidert er.
Misstrauisch kneift sie die Augen zusammen, dann muss sie lachen. »Du hast den Artikel gelesen.«

Er nickt. »Lisa Just.«
»Nun ja… wie soll ich sagen… ich fühle mich geschmeichelt.« Betreten sieht sie auf ihre Fußspitzen, wickelt eine Haarsträhne um ihren Finger. »Und deiner?«
»Was, meiner?«
»Herrgott, dein Name!«
»Tony.« Wieder wandert sein Blick zu dem Bild. Da ist irgendetwas an der Anordnung des Fleisches, sodass es in seiner Blässe beinahe ätherisch wirkt, wie etwas Flüchtiges, ein Spiel mit dem Licht vor einem scheinbar unbewegten Himmel. Mensch, darüber könnte er tatsächlich etwas schreiben, etwas ziemlich Schwülstiges, wenn er sich anstrengen würde.
»Na dann, Tony, war nett, dich kennen zu lernen.«
»Du willst schon gehen…«
»Ja.« Öffnet den Mund, um zu fragen, aber was? Wo sie wohnt? Was nur? Kann sie jetzt nicht einfach so gehen lassen, schließlich muss sie ihm weiterhelfen. Aber bevor ihm etwas Passendes einfällt, greift sie in ihre Tasche. Wieder ist ihr Gesicht knallrot, schon erstaunlich, wie es ständig die Farbe wechselt, von Weiß über Rosa bis hin zu Rot und umgekehrt. »Meine Visitenkarte«, sagt sie. »Wenn du vielleicht mal Lust auf ein Bier hast…« Für einen Augenblick treffen sich ihre Blicke, erschreckend unverstellt, sodass sein Herz einen Satz macht.
»Bis dann«, meint er, während sie sich umdreht und davongeht. Beobachtet ihren Hüftschwung, bis sie außer Sichtweite ist, steckt dann mit hämmerndem Herzschlag ihre Karte in seine Brieftasche und wendet sich wieder *Himmel vor dem Frühling* zu.

Kapitel 19

»Ich kann mich nicht mehr rühren«, stöhnte Connie, wobei sie einen letzten Rest Sauce vom Zeigefinger ableckte.

»Sie ist einfach wundervoll«, pflichtete Sacha ihr bei.

Betty, eine Freundin von Sacha, musste grinsen. »Das bisschen Pastete«, meinte sie. Zu dritt saßen sie auf dem Rasen, neben ihnen leere Teller, die noch von den Überbleibseln einer Kaninchenpastete zeugten, und Gläser mit den letzten Resten Wein aus Zuckerschoten, Bettys Beitrag zu Sachas Geburtstagsessen. Während die drei Frauen es sich auf dem Rasen gemütlich machten, kümmerte sich Patrick um seine Bienenstöcke. Betty streckte ihre langen Beine aus, und Connie betrachtete die braunen Stoppeln auf ihren Schienbeinen. Eine große Frau, beinahe so groß wie Patrick, mit einem breiten, fröhlichen Gesicht, in dem die Zähne hervorstachen.

»Aber was für eine Pastete«, lobte Sacha.

Lachend warf Betty den Kopf in den Nacken, dann gähnte sie. »Ich wünschte, meine Jungs würden das nur halb so sehr zu schätzen wissen«, meinte sie. »Wo ich gerade beim Thema bin, ich muss los, meine Süßen.«

»Bleib doch noch«, versuchte Sacha sie zu überreden.

»Nichts da. Ich muss nach Hause.« Sie stand auf, ordnete ihr ergrautes Wuschelhaar zu einem Pferdeschwanz und band ein rotes Tuch darum. Aus ihrer Kniekehle perlte langsam ein Schweißtropfen.

»Tschüss«, sagte Connie und kippte den letzten Schluck von dem warmen, dünnen Wein hinunter. Nachdem Sacha Betty noch bis zum Tor begleitet hatte, ließ sie sich seufzend wieder auf dem Rasen nieder.
»Sie ist nett«, bemerkte Connie, aber Sacha erwiderte nichts darauf, sondern starrte einfach nur auf das Tor, durch das Betty verschwunden war. Lange saßen sie stumm dösend da, bis Sacha aus heiterem Himmel sagte: »Es braucht ein ganzes Jahr, weißt du. Die erste Trauerphase.«
Connie fuhr zusammen. Dann kam Harry angesprungen und legte sich mit der Schnauze neben den saucenverschmierten Teller, wobei er hoffnungsvoll die Schwanzspitze auf und ab schlug. Es war solch ein herrlicher Junitag, dass man ihn am liebsten in Flaschen gefüllt hätte. Ein Tag wie jener vor einem Jahr, als Connie mit Alfie und ihren Eltern hier angekommen war. Ein ganzes Jahr, das ihr wie zwanzig Jahre vorkam. Wenn sie an diesen Tag dachte, war es, als würde sie auf ihre Kindheit zurückblicken, auf ein völlig anderes Wesen. So unschuldig. Die einen müssen mit dem Schmerz leben, die anderen nicht, das ist der größte Unterschied zwischen den Menschen. Während sie Sachas Gesicht betrachtete, dachte Connie, dass dies ein weitaus größerer Unterschied sei als zwischen Männern und Frauen oder Erwachsenen und Kindern.
Durch den Duft des Flieders und das dumpfe Summen der Bienen stieg in ihr stillschweigend, überwältigend die Erinnerung an ihre Ankunft damals wieder auf, warf sie zurück, bis sie flach im Gras lag und der Himmel auf ihre Brust drückte, als wäre er heruntergefallen. Inzwischen beherrschte die Trauer sie nicht mehr die ganze Zeit über. Es gab auch Tage, an denen sie für einige Stunden ihren

Kummer vergaß, und dennoch fiel er nicht vollständig von ihr ab, den wenigen unbeschwerten Stunden folgte umso größere Trauer.
»Ein ganzes Jahr«, flüsterte sie.
»Nach einem Jahr hörst du allmählich auf zu denken: *Letztes Jahr um diese Zeit haben wir…*« sagte Sacha. Connie drehte den Kopf und blinzelte zu Sacha hoch, durch ein Prisma aus Regenbogenfarben auf ihren tränennassen Wimpern. Sacha verstand. Auch sie hatte gelitten. Vor Patrick hatte sie einen anderen Mann geliebt, einen Mann namens Miles, der nur wenige Tage vor ihrer Hochzeit von einem Pferd abgeworfen und zu Tode getrampelt worden war. Mit monotoner Stimme hatte Sacha Connie eines Tages davon erzählt, den Blick auf das Fenster gerichtet, an dem der Regen in Strömen herablief. »Wir haben einen Ausritt durch die South Downs gemacht, es war windig, und die Sonne schien. Im Sonnenlicht hatte sein Haar die Farbe von Rosskastanien. Ich weiß noch, wie ich dachte, *ich bin so glücklich, ich bin der glücklichste Mensch auf Erden.*« Dabei hatte sie ein bitteres Lachen ausgestoßen. »Das hat mich einiges gelehrt. Niemals, Connie, *niemals* darf man irgendwas als selbstverständlich betrachten. Danach war ich krank - statt einer rauschenden Hochzeitsfeier habe ich mich hundeelend gefühlt – tja, und dann hat sich herausgestellt, dass ich mit Red schwanger war.« Sie legte die Hand auf den Bauch, und über ihr Gesicht huschte ein Schatten. Red war noch immer in Afrika, man hörte nur selten von ihm. Und Sacha ertrug das alles mit unglaublichem Stoizismus, ohne dass sie je ein Wort über ihre Angst verlor, die ständig auf ihr lastete.
Connie hob ihre schwere Hand aus dem Gras und berührte Sachas Knie. Ohne sie hätte Connie nicht gewusst, wie sie den ersten Winter und den Frühling hätte überstehen sol-

len. Sacha war so stark und warmherzig, ohne jemals aufdringlich zu werden. Nie hörte man von ihr: »Alles wird gut.« Nie sagte sie: »Nicht weinen.« Stattdessen kam von ihr: »Das ist einfach furchtbar, vermutlich das Schlimmste, was dir jemals zugestoßen ist. Du musst deinen Tränen, deiner Trauer freien Lauf lassen. Für dich ist das eine einschneidende Veränderung in deinem Leben. Aber du lebst weiter.«

Lange Zeit blieben sie im Gras sitzen, schweigend. Connie schloss die Augen. Dabei atmete sie Harrys Hundegeruch und Sachas Geruch ein, eine Mischung aus Farbe und Schweiß; außerdem den Duft des Flieders und des Goldlacks. Sie konnte Vögel, Bienen, Atmen und Rascheln hören, auch ein leises Jaulen des träumenden Harry. Die Sonne brannte auf ihren Augenlidern. Flach lag sie auf dem Boden, bis der Himmel sich wieder hob. Als eine Ameise sie am Bein kitzelte, setzte sie sich auf, um sie abzustreifen. Dann zog sie die Knie an das Kinn. Sie trug ein Sommerkleid, das ehemals Sacha gehört und das diese für Connie geändert hatte, blassblaues Blümchenmuster, weit und angenehm kühl, das jedoch jetzt wegen der Hitze an ihrer Haut klebte.

Sacha hatte die Stirn in tiefe Falten gelegt und die Lippen so geschürzt, dass sie grimmig und alt aussah. »Denkst du gerade an Red?«, fragte Connie.

Unwirsch schüttelte Sacha den Kopf. »Willst du wissen, an was ich gerade denke?«, entgegnete sie. »Ich denke, es ist Zeit, dass du anfängst.«

»Womit?«

»Mit dem Malen, womit sonst?«

»Nein.« Stirnrunzelnd betrachtete Connie ihre Knie unter dem gedehnten Stoff. Die Vorstellung, etwas zu tun, mit etwas Neuem zu beginnen, überforderte sie. Aber nur so

konnte sie ihr Gleichgewicht wiederfinden. Patrick kam um das Haus herum spaziert, seinen Imkerhelm unter den Arm geklemmt.
»Welch bezaubernder Anblick«, meinte er. »Zwei Frauen im Gras. Und natürlich auch der Hund«, fügte er hinzu, wobei er in die Hocke ging, um Harrys Kopf zu kraulen. Dann legte er den Helm ins Gras. Über das Visier krabbelte träge eine Biene. Er knöpfte sein dickes Leinenhemd auf und zog es aus. Er ließ sich zwischen Connie und Sacha nieder. Von ihm strömte ein beißender Geruch aus, und seine schwarzen Haare um die Brustwarzen herum stachen erschreckend deutlich von der weißen Haut ab. Connie zwang sich, auf ihre Knie zu sehen.
»Gerade eben habe ich Con vorgeschlagen, allmählich den Pinsel in die Hand zu nehmen«, sagte Sacha.
»Mich hat eine erwischt«, meinte Patrick, wobei er ihnen einen rot geschwollenen Stich am Handgelenk zeigte. »Und was meint Connie dazu?«
Connie schüttelte den Kopf und sah in Richtung Haus. In den Fenstern spiegelte sich blau der Himmel. Ein Pfauenauge landete auf Patricks Arm.
»Schau mal, Con«, sagte er und streckte den Arm zu ihr aus. Der Schmetterling blieb auf seiner Haut sitzen, wobei er ständig die Flügel öffnete und wieder schloss. »Was siehst du?«
»Ich sehe einen Schmetterling auf deinem Arm.«
»Versuch's noch mal.«
Er liebte dieses Spiel. Auch Connie fand manchmal Gefallen daran, obwohl es nicht einfach war. Aber im Moment war ihr zu heiß. Es nervte sie, er nervte sie mit seiner Art, sie ständig mit einzubeziehen, ihre Aufmerksamkeit zu gewinnen, ja sie sogar zu beanspruchen, doch andererseits… sie sah in sein ernstes Gesicht… andererseits gab

er ihr auch das Gefühl, geschätzt zu werden. Das Gefühl, wichtig zu sein. Wie sie es noch nie zuvor vermittelt bekommen hatte. Also spielte sie mit. »Ich sehe ein Pfirsichbraun, gesprenkelt, diverse Rosaschattierungen, ein kleines schwarzes Strichmuster mit Grün dazwischen, etwas, das sich bewegt und zitternd anschwillt. Dann Gold, Orange, Braun, ein ganz helles Schwarz …«

»Nein!«

»Einen grauen Flaum, der den Körper völlig bedeckt …«

»Und das macht dir keine Lust aufs Malen?«, fragte Sacha.

»Ich bin nicht gut genug.«

»Gut ist Geschmackssache«, sagte Patrick. »Du hast Recht. Ohne Zweifel würden dich manche Leute nicht für gut halten. Aber das spielt überhaupt keine Rolle. Was zählt, ist, sich dranzumachen, sich darin zu vertiefen … um zu vergessen … mit den Farben … dem Licht … dem Raum.«

Beider Blicke ruhten auf ihr, erwartungsvoll, sogar hoffnungsvoll. Diesen Druck war sie von ihnen überhaupt nicht gewohnt, eine neue Erfahrung. Vermutlich hatten sie sich abgesprochen, hinter ihrem Rücken beschlossen, sie endlich zu etwas anzuspornen. Sie sprang auf. »Ich werde erst malen, wenn ich es meine und sage«, entgegnete sie und strich mit den Händen ihr Kleid glatt, wobei sie eine weitere Ameise zu Boden schleuderte. »Und sollte das der Fall sein, werde ich bestimmt keine Schmetterlinge malen.« Dann stolzierte sie ins Haus, wo es kühl und dämmerig und staubig war. Was dann? fragte sie sich und sah durch das Fenster zu Sacha und Patrick, die zusammen auf dem Rasen saßen, wobei ihr klar wurde, dass sie keine andere Wahl hatte. Das Grau und Schwarz, die dunklen Kissen im Gras, die Millionen Grüntöne des Rasens, der Blätter, der Schatten, Hügel, der mit Weiß durchzogene Hundeschwanz, die gelbliche Blässe der Haut und das gesprenkelte Glitzern der blauen Luft, voller Pollen und Sonnenstrahlen. Wenn sie die Augen schloss, konnte sie es sich auf der Leinwand vorstellen, Tupfen für Tupfen, Punkt für Punkt, Licht und Schatten, in aller Schärfe die einzelnen Farbabstufungen, dass man es nicht für möglich gehalten hätte. Aus irgendeinem Grund hielt sie den Atem an und schlich auf Zehenspitzen die Treppe hoch zu dem nach Schwalben und Leinöl riechenden Atelier.

Kapitel 20

Tony hat eine Schwäche für Krankenhäuser. Liebt die nackten, glänzenden Böden, das Klacken von Metall auf Metall, die hohen weißen Betten mit den sauber gekochten Laken. Liebt die Krankenschwestern in ihren Schürzen, obwohl er enttäuscht ist, dass sie so blaues Polyesterzeug tragen, wie Hauskittel. Wenn es nach ihm ginge, gäbe es nur noch gestärkte, blütenweiße Kittel. Ja, die Ehefrau, die er nie haben wird, könnte eine Krankenschwester sein, eine Nachtschwester, sodass sie sich kaum über den Weg liefen – und falls doch, könnte sie wie Lisa aussehen. Mit diesen kleinen blauen Augen, die blonden Haare unter einer steifen Haube festgesteckt. Und während er nachts allein zwischen straff gespannten Laken läge, würde er sie sich voller Stolz bei der Arbeit vorstellen.

Vielleicht ist seine Schwäche für Krankenhäuser der Grund, weshalb er Donna einen Besuch abstattet. Vielleicht auch, weil er sie mag, ja, in ihm regt sich ein Gefühl, das Zuneigung sein könnte. Durch Lisa ist er nicht mehr zu bremsen, durch diesen erschreckend offenen Blick in sie hinein, in ihre Augen. Und Donna… tja, wahrscheinlich wird er Donna nie wieder sehen. Sie war nur ein Teil seines Lebens, das er mit Warten verbracht hat. Sobald er sich später mit Lisa trifft, wird dieses Leben beendet sein, und er wird nie wieder in seine Wohnung zurückkehren. Vielleicht ist er auch deshalb hier – um sich zu verabschieden.

Durch die Eingangstür strömen die Besuchermassen, und alle haben etwas dabei, Blumen oder Taschen voll mit Obst und Schokolade. Stimmt, das ist bei einem Krankenhausbesuch so üblich, ein Mitbringsel. Begibt sich also in den Krankenhauskiosk, steht vor dem Regal mit Schokolade, aber vielleicht steht sie gar nicht auf Schokolade, hat sie nicht einmal erwähnt, er kann sich nicht genau erinnern, dass sie allergisch auf Schokolade ist? Sie gehört zu jenen Menschen, die auf alles allergisch reagieren, praktisch auf das gesamte Leben. Am besten wäre ein Buch oder eine Zeitschrift, aber das meiste Zeug hier ist Schrott, und außerdem weiß er nicht, was sie schon gelesen hat. Entscheidet sich schließlich für eine Box mit Kosmetiktüchern, die in verschiedenen Farben in einer geblümten Schachtel stecken. Papiertücher kann man immer gebrauchen, mit so etwas kann man überhaupt nicht falsch liegen. Steigt in den Aufzug, um sich auf die Suche nach Donnas Zimmer zu machen.
Noch bevor sie ihn sieht, hat er sie entdeckt. Sie ist vertieft in ein Buch und erwartet offensichtlich keinen Besuch. Ihr Bett steht direkt gegenüber der Tür, die einen Glaseinsatz mit einem Kreuzmuster hat. Zwischen ihr und ihren Bettnachbarn befinden sich vorgezogene Vorhänge. Die Haare sind aus ihrem farblosen Gesicht gebunden, ihre Augenbrauen wölben sich in feinen Bogen. Ob sie wirklich liest? Irgendwie wirkt sie trotzig. Ihr Anblick in dem hohen, tadellosen Bett lässt ihn zögern, sodass er es sich beinahe anders überlegt, aber bevor er sich abwenden kann, sieht sie auf.
»Tony!« Als wäre eine verdammte Glühbirne in ihrem Gesicht angegangen, was ihm nicht behagt.
»Hi.« Reicht ihr die Tüte. Mit vor Überraschung weit aufgerissenen Augen greift sie hinein und zieht die Box mit den Kosmetiktüchern hervor.

»Oh… danke.«
»Mir ist nichts Besseres eingefallen.«
Die Glühbirne ist wieder aus. Ein Gesicht, als würde sie gleich zu heulen anfangen. Herrgott, er hat sein Bestes gegeben. Aber dann zuckt sie mit den Schultern und lächelt.
»Sehr praktisch«, meint sie.
»Das habe ich mir auch gedacht.«
»Setz dich doch.« Dabei deutet sie auf einen Stuhl, auf dem er weit unter ihr sitzt. Ihm fällt nichts Passendes ein. Rutscht unruhig hin und her. Als ihr Buch vom Bett fällt, hebt er es wieder auf, wieder so ein Liebeskitsch. Tragisch.
»Tja«, sagt sie, »mit dir hätte ich… als Letztes gerechnet, weißt du.«
»Hab doch gesagt, dass ich vielleicht komme.«
»Trotzdem.«
Sie lächelt ihn an, ein Lächeln, das kleine Fältchen in ihren Augenwinkeln wirft. Ihre Augen sind nicht blau, sondern von einem trüben Grün.
»Und…« Senkt den Blick auf die grüne Honigwabendecke, unter der sich ihr Körper abzeichnet. »Wie war's?«
»Ich war unter Narkose.« Bei seinem Gesichtsausdruck muss sie lachen. »Alles nach Plan… noch zwei Tage, dann bin ich hier raus. Wie läuft's bei dir?«
Tony nickt. »Gut, sogar super. Donna, weshalb ich hier bin, ich ziehe weg.« Erstaunt zieht sie die Augenbrauen hoch. »Da hat sich was ergeben, ein Job und so.«
»Oh.« Sie streicht den über die Decke geschlagenen Lakenzipfel glatt. Ihre Nägel sind bis auf das weiche, rosafarbene Nagelbett abgekaut. »Ich hab hier gar nichts, was ich dir anbieten könnte… außer Wasser… möchtest du?«
»Nein, danke.« Langes Schweigen. Er wünschte, er wäre nicht hergekommen.

»Bei Blumenkohl mit Käsesauce könnte ich kotzen.« Hinter dem Vorhang ertönt laut die Stimme eines Besuchers. »Was soll ich denn verdammt noch mal tun, schließlich kann ich hier nicht raus.«
Grinsend zieht Donna eine Augenbraue hoch. »So geht das in einer Tour, bei denen fliegen ständig die Fetzen«, flüstert sie. »Und ... was für ein Job ist das?«
»Nicht direkt ein Job, eher ein Auftrag.«
»Aha, also ein Mädchen?« Ein komischer Unterton in ihrer Stimme, leicht schrill. Neu. Inzwischen weint die Frau hinter dem Vorhang.
»Himmel, es tut mir leid«, sagt der Mann, »ich ess ja den verfluchten Blumenkohl, aber hör auf zu heulen, Liebes, hör endlich mit der verdammten Heulerei auf.«
»Ob ich ihr ein Papiertaschentuch anbieten sollte?«, meint Donna.
»Ich habe tatsächlich ein Mädchen kennen gelernt, auf einer Ausstellung.«
»Einer Ausstellung?«
»Über Kunst. Heißt Lisa, hat mir ihre Telefonnummer gegeben.«
»Und, rufst du sie an?«
Er zuckt die Achseln.
»Wie sieht sie aus?«
»Blond, blaue Augen, ziemlich hübsch.«
»Klingt gut.« Sie greift in ihr Haar, fettige, dünne Strähnen, und fummelt an dem ausgeleierten Gummiband herum. »Was treibt dich denn auf eine Ausstellung?«
»Bilder ansehen.«
»Was du nicht sagst.«
»Patrick Mounts Porträt und weil ...«
»Verstehe. Na dann, ruf sie an. Was hast du schon zu verlieren?«

»Und wo ist mein verdammtes Lucozade, das du mir versprochen hast?« Die Frau hat offenbar ihre Fassung wiedergefunden.
»Ich werde dich vermissen.« Donna steckt die raue Spitze ihres Daumens in den Mund.
»Ich habe deine Pflanzen gegossen.«
»Danke.«
»Wie alt bist du eigentlich?«
»Wieso?« Sie muss lachen und fasst sich gleich darauf an ihren Bauch. »Autsch! Zweiundzwanzig, warum?«
»Hat mich halt interessiert.« Will jetzt gehen, nachdem alles gesagt ist, will er nur noch weg, ihm fällt nichts mehr ein, was er sonst noch sagen könnte, hasst Abschiedsszenen. Eigentlich müsste er noch etwas sagen, etwas Nettes oder Tröstendes, aber er weiß nicht, was.
»Komisches Mitbringsel«, meint sie. Sie drückt so lange, bis die Perforation nachgibt, und zieht das Oval aus Pappe oben ab. Dann zupft sie ein gelbes Papiertuch heraus und wischt sich damit die Nase. »Gutes Material, sehr gute Papiertücher«, sagt sie, wobei sie es in ihren Pyjamaärmel stopft. Will sie ihn verarschen? »Hättest du Trauben mitgebracht, hättest du sie alle aufessen können, wie sie es immer im Fernsehen machen.«
»Im Kiosk hatten sie keine.«
»Vergiss es, ich bin nur…«
»Allergisch auf Trauben?«
»Nein, wollte bloß komisch sein.« Eine Sekunde lang begegnen sich ihre Blicke, dann sieht er wieder weg.
»Besser, ich geh jetzt.« Er steht auf. Dann fällt ihm ein, dass er sie eigentlich küssen müsste. Ein Kuss auf die Wange, um sich zu verabschieden und weil sie seine Freundin ist. Schließlich mag sie ihn und er… mag sie auch. Ob sie einen Kuss erwartet? Mit trockenen und hellen Augen

sieht sie ihn an. Er beugt sich zu ihr. Ihre Haut ist fahl und glänzt fettig, auf ihrer Nase kann er die verstopften Poren erkennen. Er kann nicht. Kann einfach nicht die Lippen auf ihre Haut pressen. Geht nicht.
»Bis dann, Donna, pass auf dich auf.«
»Mach ich.« Ihre Stimme klingt ganz dünn. Rasch geht er davon, knallt die Schwingtüren entlang des Korridors auf, durch den eine Frau im Morgenmantel schlurft, eine Infusion auf Rollen am Arm befestigt. Gibt ihm ein mulmiges Gefühl. Hält am Aufzug an, Finger an den Knöpfen. Kann nicht drücken. Irgendetwas lässt ihn zurückgehen. Bleibt vor Donnas Zimmertür stehen und schaut durch die gemusterte Scheibe. Sie hält die Box mit den Kosmetiktüchern gegen die Brust gepresst, aber er hat nicht den Eindruck, als heule sie. Dem Himmel sei Dank. Dreht sich wieder weg und verschwindet diesmal mit dem Fahrstuhl nach unten und dann nach draußen.
Geht in das erstbeste Café, an dem er vorbeikommt, und zieht sein Buch hervor. Das gleiche, das sie, Lisa, in der Tasche hatte. Kein schlechter Name, Lisa. Zufall, hat sie gemeint. Doch es ist ein weiteres Zeichen. Beobachtet, wie sein Tee kalt wird. Die braunen Flecken bilden eine ungleichmäßige Ingwerhaut an der Oberfläche. Als er umrührt, bricht die Haut in geometrische Einzelteile auseinander, die am Löffel und an der Innenseite der Tasse hängen bleiben. Wird Donna nie wieder sehen. Führt die Tasse an die Lippen, stellt sie dann aber wieder ab. Wollte eigentlich keinen Tee, sondern bloß eine Kippe und einen windgeschützten Sitzplatz, um darüber nachzudenken, ob er Lisa anrufen soll oder nicht. Ob er sie heute anrufen soll. Die Frau, die ihn bedient hat, ist Australierin, hübsch, schwarze, ziemlich kurz geschnittene Haare, fester Blick, einfühlend, mit langen Fingern. »Kommt sofort«, hat sie

gemeint, als er den Tee bestellt hat. »Kann ich Ihnen etwas zu essen bringen?« Beinahe fürsorglich, als hätte sie ein persönliches Interesse. Fast tat es ihm leid, nein sagen zu müssen, und er setzte sich mit dem Rücken zu ihr, um sie nicht ständig anzustarren. Was ist bloß los mit ihm? Plötzlich von lauter Frauen umgeben, von denen er keine haben kann, diese Entscheidung steht fest. Lacht wegen eines Gedankenblitzes. Patrick! Natürlich, schließlich ist es Patrick, der ihn führt, ihn auf Dinge aufmerksam macht, ihn lenkt. Dreht sich eine Kippe und schlägt das Buch aufs Geratewohl auf. Natürlich diese Seite! Ja, hinter alldem steckt Patrick, der geile Bock. Mit einem Grinsen liest er:

Wie der aufmerksame Leser feststellen wird, ist einer der höchsten Glaubenssätze meines Prinzips, sich zu erfreuen, solange man niemandem Schaden zufügt und wann immer es möglich ist, um die Freude und damit die Lust am Leben zu steigern und das Gute in dieser Welt zu fördern. Denn nur Freude verleiht den Pflanzen Kraft, um die Luft, die wir atmen, zu nähren und uns gereinigt wiederzugeben, sodass die Menschheit tausendfach davon profitiert.
Ein aktives Sexualleben von Mensch und Tier, wenn es auf Lust basiert, vermittelt den Pflanzen in der näheren Umgebung Freude – und selbst Pflanzen in großer Entfernung, falls sie eine persönliche Beziehung zu den Beteiligten haben. (Siehe auch Tabelle im Anhang.) An dieser Stelle mag vorerst das Fazit genügen, dass das Galvanometer bei Pflanzen, die einem menschlichen Orgasmus beiwohnten, eine deutlich erhöhte elektrische Spannung anzeigte.
Für Männer, in einzelnen Fällen auch für Frauen, trägt Abwechslung als wesentliches Element zur sexuellen Erfüllung bei, sodass ich es als meine Lebensaufgabe betrachte und gelegentlich als notwendiges Opfer, nach sexueller

Abwechslung zu streben (wobei ich in den Genuss von schätzungsweise mehr als fünfhundert Frauen kam). Doch als Constance Benson in mein Leben trat, entdeckte ich im Zusammenhang mit einer stetig wachsenden Liebe eine ganz andere Form der sexuellen Erfüllung. Constance Benson ist und bleibt die große Liebe meines Lebens. Zwar liebte ich auch meine Ehefrau, aber die Liebe zwischen uns beiden wurde ständig durch jene gezügelt, die sie davor einem anderen Mann hatte zuteil werden lassen – ihrem Verlobten, der bei einem Reitunfall ums Leben kam –, sodass unsere Ehe von Anfang an mehr auf gegenseitigem Verständnis beruhte als auf Leidenschaft. Nachdem wir ein Jahr miteinander verheiratet waren, wandten wir uns im alleinigen Hinblick auf den körperlichen Aspekt unserer Ehe voneinander ab. Beide hatten wir unsere Affären, und in der ersten Zeit sammelten wir noch gemeinsam Erfahrungen – was meine Kritiker auf banale und ordinäre Art als *Orgien* bezeichneten.

Acht Jahre lang lebten Sacha, Constance und ich in vollkommener Harmonie unter einem Dach bis zu dem traurigen Ereignis von Sachas Tod, nach dem mein Herz einzig und allein Constance gehörte, woran sich nie etwas ändern wird. Zwar habe ich den Sinn von Treue in sexueller Hinsicht nie verstanden, aber in emotionaler Hinsicht gab es nur eine einzige Frau für mich, nachdem diese in mein Leben getreten war.

Tony zieht ein Rizla hervor und glättet es auf dem Tisch vor ihm. Lisa sofort anrufen oder doch nicht oder vielleicht erst morgen? Er braucht ein weiteres Zeichen. Zupft mit spitzen Fingern Tabak aus dem Beutel und rollt das Blättchen zu einem festen Kegel, leckt mit der Zunge über die glänzende Kante. Hört die Stimme der Australierin hinter seinem Rücken, die wieder jemanden fragt: »Kann ich Ihnen etwas zu essen bringen?«, mit genau derselben scheinheiligen Fürsorglichkeit. Aber vielleicht liegt es einfach daran, dass sie Australierin ist. Sind die wirklich freundlicher? Donna und ihr verhärmtes kleines Gesicht kommen ihm in den Sinn, ihr widerwilliges Lächeln und ihre Sammlung von Schundromanen. Sollte die hier ihn noch einmal ansprechen, wird er direkt aufstehen und Lisa anrufen. Genau, das ist es. Attraktive Frauen sind das Mittel für weitere Zeichen, was auch sonst, allmählich hat er den Dreh raus. Aber falls nicht, was dann …? Knipst das Feuerzeug an und inhaliert den Rauch.

»Hat Ihnen noch niemand gesagt, dass diese Dinger einen umbringen?«

Tony sieht zu ihr hoch. Mit einem Tablett voller Geschirr in den Händen steht sie hinter ihm. Ihm gefällt die Art, wie sie eine weiße Schürze über den Jeans trägt und wie die Sehnen an ihren dünnen Armen durch das Gewicht des Tabletts hervortreten. »Danke, Süße«, entgegnet er, wobei er sein Buch und seine Tabakutensilien zusammenrafft.

»Süße! Auch nicht schlecht!«

»Bis dann«, und schon ist er weg, auf der Suche nach dem nächsten Telefon.

»Scheiß-Engländer«, ruft sie ihm hinterher, aber als er sich umdreht, liegt ein Grinsen auf ihrem Gesicht.

Dummerweise hat er keine Telefonkarte, und vor dem Münzapparat steht eine Schlange von Leuten. Gibt schon fast auf. Nicht doch, nicht mit Patrick und auch nicht mit ihm. An der Ecke frischt es plötzlich auf – irgendeine Windböe aus dem Nichts. Dunkle Wolken am Himmel. Durch den Rinnstein wirbelt der ganze Abfall, Chipstüte, Plastikverpackung, sogar ein paar welke Blätter – obwohl nicht ein einziger Baum in Sichtweite ist. Mit einem Schlag ist es Herbst, einfach so. Schlägt den Jackenkragen hoch, verkriecht sich darin, Hände in den Taschen. Landet schließlich in einer altmodischen, nach Pisse stinkenden Zelle. Zieht die Visitenkarte aus der Brieftasche, kramt Geld aus seiner Hosentasche hervor, nur zwanzig Pence, verflucht noch mal. Hebt den Hörer ab, wirft die Münze ein, atmet tief durch, während er die Tasten drückt. Was soll er sagen? Wahrscheinlich ist sie eh nicht da. Hättest mal besser direkt bei ihr im Geschäft angerufen, Blödmann, wieso sollte sie um diese Zeit zu Hause sein? Will gerade den Hörer wieder einhängen, als sie sich meldet, außer Atem.

»'Tschuldigung, bin gerade erst reingekommen. Der AB muss kaputt sein.«

»Lisa?«

»Am Apparat.«

»Tony hier.«

» – «

»Die Ausstellung über …«

»Ach so! Der Tony.«

»Und … wie geht's?«

»Gut … alles bestens.«

» – «

»Ja?«

»Hör mal, steh gerade in der Telefonzelle, das Geld ist gleich alle, Lust auf ein Bierchen oder …«

»Öö, okay …«

»Treffpunkt um acht an der U-Bahnstation Leicester Square … die Verbindung wird gleich unterbrochen …«

»Okay.«

»Okay? Welcher Eing …«

Doch die Leitung ist tot. Einen Augenblick lang horcht

Tony in die Stille des Hörers. Geht dann aus der Zelle in den Sturmwind hinein. *Na bitte.* Spürt eine Art Leichtigkeit in seinem Herzen. Das war's, jetzt kann's losgehen. Noch drei Stunden, bis er sie sieht, und er wird ihr nicht auf die Pelle rücken. Braucht nur die Wegbeschreibung. Wird ihr nicht wehtun und ihr nicht zu nahe kommen. Und sobald er die Benson aufgespürt und bekommen hat, was er will, egal ob nur das Rezept oder direkt das Elixier, wird alles anders werden. Dann wird sein richtiges Leben beginnen. Während der Wind um die Ecke pfeift, kickt er eine klappernde, leere Cola-Dose vor sich her.

Kapitel 21

Sie überließen ihr das Atelier. Während jener heißen Sommermonate arbeitete Patrick im Garten, kümmerte sich um die Bienenstöcke und zog Siegergemüse, wie Sacha es scherzhaft nannte, und in der Tat handelte es sich um großartiges Gemüse, cremefarbene, nach Erde schmeckende Kartoffeln, die herrlichsten Erbsen, Salatköpfe, die so riesig waren, dass man sie mit beiden Händen tragen musste. Die übrige Zeit verbrachte er in seinem Schuppen, wo er irgendwelche Experimente mit Pflanzenextrakten durchführte, die so geheim waren und in die er sich so sehr vertiefte, dass man ihn tagelang nicht zu sehen bekam, bis er mit einem merkwürdigen, unergründlichen Grinsen im Gesicht wieder auftauchte.

Währenddessen schwang Sacha sich mitsamt ihrer Staffelei auf das Fahrrad, wann immer das Wetter es erlaubte. Manchmal fuhr sie auch nach Bakewell zum Einkaufen und besuchte Betty, oder Betty kam zu ihr. Aber meistens war Sacha mit Malen beschäftigt, wobei sie die Leinwände in der Küche vorbereitete, sodass der stechende Geruch des Leinöls das gesamte Haus erfüllte und sogar den Geschmack des Essens überlagerte. Der Teig, den sie backte, um ihn mit Obst und Gemüse aus dem Garten zu füllen, war ziemlich zäh und roch stark nach Leinöl, ab und zu sogar mit etwas Farbe darin, sodass Connie, in ihrem ersten gigantischen Kreativitätsschub, tatsächlich meinte,

sie würde Farbe essen, davon träumen und sie einatmen. Normalerweise träumte sie in Bildern, und wenn doch einmal Worte darunter waren, dann häufig die Bezeichnungen von Farbpigmenten – gebrannte Umbra, Ockergelb, Zinnoberrot.
Drei Monate, in denen die Sonne schien, in denen der Regen gurgelnd durch die Dachrinnen strömte, ganze drei Monate in einer anderen Welt, in der Formen sich in Schichten staffelten, in der Übergänge zum Vorschein kamen, wo zuvor keine gewesen waren, Übergänge von hell zu dunkel, von weich zu hart, von plastisch zu reflektierend oder zu Schatten. Und diese Übergänge lösten sich allmählich auf, wurden unsichtbar innerhalb der einzelnen Farbabstufungen. Auch der Übergang zwischen Trauer und Freude wurde durch die strenge Konzentration aufgehoben, mit der Formen und Momentaufnahmen der Natur eingefangen wurden.
Und dann kam der Oktober. Ein Tag, jener Tag, der Jahrestag. An diesem Tag ließ sie den Pinsel liegen. Kein leuchtendes Blau wie im letzten Jahr, sondern ein trüber Tag unter einem wolkenverhangenen Himmel, an dem sich die braunen Blätter wie glucksendes Porridge anhörten, während sie mit Patrick durch den Buchenwald stapfte. Es war der erste Tag, den sie nicht im Atelier verbrachte. Seit kurzem hatte sie sich angewöhnt, im Atelier auf einem Polster aus Decken zu übernachten, damit sie im ersten Tageslicht ihre Arbeit vom Tag zuvor betrachten konnte, um zu sehen, was noch verbessert werden musste, und um direkt ihren Pinsel zu schwingen. Bisher hatten Sacha und Patrick noch keins ihrer Bilder gesehen. Vom ersten Tag an hatten sie akzeptiert, dass sie sich fernhalten sollten.
»Aber nicht für immer«, hatte Sacha gemeint.
»Ich möchte nicht, dass ihr sie vorher seht, sonst kann ich

nicht richtig arbeiten«, hatte Connie zu erklären versucht. »Dann würde ich mir ständig Gedanken darüber machen, was ihr davon haltet. Euer… euer… Urteil würde mich blockieren.«
Daraufhin hatte Sacha weise genickt. »In Ordnung, aber nur so lange, bis der erste Schaffensdrang nachlässt.«
Mit gerunzelter Stirn hatte Connie gedacht, was für ein Unsinn, er wird nie nachlassen, dieser Enthusiasmus für Farben, dieses plötzliche, dringende Lebensziel, das stärker war als das Bedürfnis, zu essen oder zu schlafen oder nach Gesellschaft: das Verlangen zu malen.
Aber nun, während sie dem schmatzenden Geräusch des Bodens unter ihren Füßen lauschte, dem Tropfen des Regens im Blattwerk, während sie beobachtete, wie sich dunkle Flecken auf den Buchenstämmen ausbreiteten, wusste Connie, dass es so weit war. Das Ende des ersten Schaffensdrangs. Am heutigen Tag verspürte sie keinerlei Verlangen zu malen. Am heutigen Tag fühlte sie sich nur erschöpft. Natürlich lag das am Datum. Heute war der letzte Tag, an dem sie denken konnte: *letztes Jahr um diese Zeit*, redete sie sich ein, im Gedenken an Sachas Worte an einem heißen Tag, der selbst schon Jahre zurückzuliegen schien. Alfie würde nie das elfte Lebensjahr vollenden, würde nie zu einem Mann. Und Mutter und Vater würden sie nie heranwachsen sehen. Mit Absicht zwang sie sich zu diesen grausamen Gedanken, als müsste sie in einem offenen Nerv bohren, aber obwohl der Schmerz zu spüren war, überwältigte er sie nicht. Sie fühlte sich sogar erleichtert. Dass das Jahr um war, dass sie es hinter sich gebracht hatte.
»Eichelhäher«, meinte Patrick plötzlich hinter ihr, sodass sie beinahe einen Satz machte. Sie blieb stehen und sah nach oben, um das rötlichgraue Gefieder zu betrachten,

wobei ein Blatt nach unten trudelte, dem das nächste folgte. Wie eine Stütze stand Patrick dicht hinter ihr. Sie lehnte sich gegen ihn, um seine Wärme zu spüren. Dabei spürte oder besser ahnte sie seinen weichen Bart an ihrem Hinterkopf und nahm einen irgendwie grünlichen Geruch wahr. Von hinten umfing er sie mit den Armen und hielt sie ganz fest. Es war das erste Mal, dass sie, Connie und Patrick, sich berührten, obwohl sie und Sacha sich ständig drückten oder sich gegenseitig an den Händen und Haaren anfassten. Hoch oben zwischen den Wipfeln plätscherte der Regen, und irgendwo sang ein Vogel.

Sie ließ den Kopf gegen seine Brust nach hinten sinken. »Ich glaube nicht, dass ich weiter malen werde.«

»Ah, es ist also so weit. Genau wie Sacha gesagt hat. Du wirst wieder malen, mein Herz.« Sie konnte das Lächeln in seiner Stimme hören. »Und wann ist es uns gestattet, die Früchte deiner Arbeit zu begutachten?«

Connie machte sich los und marschierte davon. Sie waren an eine Stelle gelangt, an der sich der Wald ziemlich abrupt änderte, an der die Buchen Kiefernbäumen Platz machten. Über dem steinigen Fluss, der in einem Malzbraun dahingurgelte und durch den Herbstregen bereits anschwoll, spannte sich eine flache Holzbrücke. Sie überquerte die rutschigen Planken, ohne einen Blick zurückzuwerfen, obwohl sie genau wusste, dass er hinter ihr war. Zwischen den plötzlich hoch aufragenden Kiefern war die Luft grau wie Blei und eisig. Hier war es ruhiger, kein Vogelzwitschern, und der Boden war fast trocken. Eine Stelle, die einen frösteln ließ, weniger freundlich als der Buchenwald, wo immer wieder das Licht durch die ausladenden Äste drang und wo das Unterholz viel farbiger war, wo Patrick sie auf einen Ring aus Fliegenpilzen aufmerksam gemacht hatte, zinnoberrot mit weißen Tupfen, an den Rändern angeknabbert. »Da werden sich ein paar Mäuse aber noch umsehen«, hatte er spöttisch gemeint und sich gebückt, um von einem Pilz ein kleines Stück abzubrechen, das er sich in den Mund steckte. Connie hatte das nicht überrascht – Patrick musste alles probieren, Blätter, Rinde, Blüten, Zweige –, aber als er ihr ebenfalls etwas davon anbot, schüttelte sie den Kopf.

Durch die Kiefernbäume drang Nieselregen bis zum Boden, der weich, erdig und mit vertrockneten Nadeln übersät war, sodass das Geräusch ihrer Schritte verschluckt wurde. Connie zog ihren Mantel fester um sich und dachte über ihre Bilder nach. Aus zwanzig alten, bereits bemalten Leinwänden und Brettern, die Sacha ihr überlassen hatte, hatte sie zwanzig verblüffende Kunstwerke geschaffen. Jedes einzelne davon bestach durch sein Farbenspiel. Jedes einzelne hatte einen vollkommenen Zweck erfüllt, als sie daran arbeitete, aber heute Morgen, in der schalen Düsterkeit des Ateliers hatte sie nicht mehr gewusst, was sie darstellten oder wozu sie gut waren, ob man sie überhaupt als Bilder bezeichnen konnte oder lediglich als eine Anordnung von Farben auf Leinwand. Aus diesem Grund war sie nach unten gegangen und hatte Bescheid gegeben, dass sie einen langen Spaziergang machen wollte, und erst in dem Augenblick, als sie den Blick bemerkte, den Sacha und Patrick miteinander gewechselt hatten, war ihr die Bedeutung des Tages wieder eingefallen. Sie hatte es absichtlich vermieden, bewusst an dieses Datum zu denken, in der Hoffnung, es würde unbemerkt an ihr vorüberziehen. Jedoch fiel ihr Blick zufällig auf den Kalender an der Wand.

In dem Moment, da sie den Blick sah, den Sacha mit Patrick tauschte und sogleich wusste, was er zu bedeuten hatte, schien sie aus einem Traum zu erwachen. Davor hatte sie das Gefühl gehabt, eine Künstlerin zu sein, ihre Berufung gefunden, dem Leben einen neuen Sinn abgewonnen zu haben, in Form von Gerüchen, Farben, Struktur, einer neuen Art der Wahrnehmung. Aber jetzt kam ihr das wie eine Illusion vor, eine Art Bann, unter dem sie gestanden hatte. *Warum?* Sie dachte an all die Quadrate und Rechtecke aus Farbe. *Warum und wozu?*

»Du kannst sie dir ansehen«, sagte sie nach hinten über ihre Schulter hinweg. In dem dunklen Wald fühlte sie sich unbehaglich. Die hoch emporragenden Bäume wirkten streng, ganz anders als die Buchen mit ihren durchweg gerundeten Ästen. Kerzengerade wuchsen die Kiefern nach oben und verbreiteten Dunkelheit in ihrem Kampf um Licht, und der Belag aus Kiefernnadeln schien alles zu ersticken, mit Ausnahme weniger gelblicher Pilzköpfe, die sich hier und da emporkämpften. Patrick holte sie ein und legte den Arm um ihre Schultern. Sie ließ ihn gewähren, weil sie seine Körperwärme genoss. Ihr gefiel die Art, wie er ihr zuhörte, sie ernst nahm, als wäre sie erwachsen. Sie wie eine Frau und Freundin behandelte. Lächelnd sah sie zu ihm hoch, diesem liebenswerten, komischen Mann mit den spindeldürren Gliedmaßen und dem Rauschebart.

»Wonach riechst du?«, fragte sie und zog dabei schnuppernd die Nase hoch. Ein Geruch wie der Saft von Blättern, wie Weihrauch, süßlich, aber auch ein wenig Übelkeit erregend.

Daraufhin umfasste er sie noch enger und beugte sich in ihre Richtung, um an seinen Fingern zu riechen. »Ich werde dir alles erzählen«, meinte er, »sobald meine Methode weiterentwickelt ist. Vielleicht werde ich auch deine Hilfe benötigen.«

»Inwiefern?«
»Für ein paar Experimente, um meine Elixiere zu testen.«
»Wozu sind sie gut, deine Elixiere?«
»Betriebsgeheimnis«, erwiderte er, wobei er sich an die Nase tippte. Im Gleichschritt gingen sie nebeneinander her und ließen den düsteren Kiefernwald hinter sich, der mittlerweile von einer Tannenschonung abgelöst wurde, deren junge Bäume keine zwei Meter hoch waren, in einem satten Grün, bedeckt von zahllosen Regentropfen, die durch das Hüpfen der Vögel auf den Zweigen ständig nach unten kullerten und in allen Farben schillerten. Durch eine Ritze in der Wolkendecke hatte die Sonne sich einen Weg gebahnt, sodass Connie mit zusammengekniffenen Augen nach oben sah.
»Vorhin, in dem Kiefernwald, war die Atmosphäre so... trostlos«, sagte sie.
»Nichts Ungewöhnliches. Jede Baumsorte hat nämlich ihre eigene Kultur, Atmosphäre, Stimmung.«
»Was?«
»Zum Beispiel haben Buchen eine sehr angenehme Ausstrahlung, während die meisten Birken besonders verspielt sind und die Eberesche erst!«, kicherte er. »Und dann diese Jungtannen hier, wie Kinder. Spürst du es?«
»Mmm.« Connie duckte sich unter seinem Arm hinweg und ging ein Stück voraus, damit er ihr Grinsen nicht sehen konnte. Nie war sie sich bei ihm sicher, ob er sie aufziehen wollte.
»Besonders die ausgewachsene, gemeine Kiefer vermittelt vermutlich alles andere als Ruhe und Geborgenheit. Obwohl die Eibe ihr in nichts nachsteht.«
»Sieh mal!« In dem feuchten Gras stach unvermittelt eine Ansammlung von Herbstkrokussen malvenfarben hervor. In der Hocke musterte Connie das nasse Glitzern auf

Malve und Grün, die zarten Staubblätter gegenüber den derben Blütenbättern.
Patrick stapfte an ihr vorbei, und sie folgte ihm, wobei sie beobachtete, wie seine Beine das feuchte Gras und den triefenden Adlerfarn streiften, sodass sich der braune Cordsamt seiner Hose von der Nässe allmählich dunkel verfärbte. Mit einem Mal blieb er stehen und drehte sich um, drückte sie eng an seine Brust.
»Ich bin okay.« Durch den Mantel klang ihre Stimme erstickt, und ihre Nase war voll von dem merkwürdigen Geruch. Mit den Lippen strich er ihr über das Haar.
»Ganz sicher, Liebes?«
»Ja, ich habe nur darüber nachgedacht, was ich eigentlich bin.«
»Und was bist du?«
»Eine Waise«, antwortete sie. »Ist das nicht ein schreckliches Wort?«
»Waise«, wiederholte er bedächtig. »Klingt aber auch wie weise. Außerdem bist du ja nicht nur eine Waise, sondern auch eine Künstlerin. Soll ich dich küssen?«
»Du hast ja noch gar keins von meinen Bildern gesehen. Verglichen mit Sachas … Nein!« Ruckartig stieß sich Connie von ihm ab und stand zitternd da. Ihre Haare waren klatschnass und ihre Schuhe völlig durchweicht. Schnurstracks schlug sie den Weg ein, auf dem sie hergekommen waren, rot bis unter die Haarwurzeln. Was meinte er mit *küssen*, einen väterlichen Kuss oder einen freundschaftlichen? Oder vielleicht … der Gedanke schien ihr ungeheuerlich … Sie wagte es nicht, sich nach Patrick umzudrehen. Stattdessen eilte sie voran, bis sie beinahe rannte. Er konnte wohl kaum einen Kuss wie zwischen zwei Liebenden gemeint haben, oder etwa doch? Oder doch? Hastig sah sie nach hinten, aber er war ihr nicht gefolgt. Dann

ließ sie sich auf einem herabgefallenen Ast nieder, um Atem zu schöpfen, und stellte sich auf den Schock ein. Aber der blieb aus. Also – er sah wohl doch die Frau in ihr, oder? Plötzlich wurde ihr bewusst, dass sie mit einem breiten, selbstgefälligen Grinsen im Gesicht dasaß – und das war es, was sie schockierte.

Kapitel 22

»Im Mittelpunkt Ihrer sensationellen Retrospektive steht zweifellos das letzte Porträt von Patrick Mount.«

»Zweifellos.«

»Sind Sie über diese Gewichtung glücklich?«

»Die da wäre?«

»Dass Patricks Porträt…«

»Also ich denke, das war doch der ganze Sinn und Zweck der Sache, mein Lieber.« Sie sieht, wie Deborah – die diskret ein paar Tische weiter Platz genommen hat – die Lippen schürzt. Wieso die Wahl ausgerechnet auf dieses ungemütliche Café gefallen ist, in dem allein eine Tasse Tee mehr als ein Pfund kostet, ist ihr ein Rätsel. Sie greift in ihre Tasche und holt ein arg in Mitleidenschaft gezogenes Kissen hervor, das sie sich unter den Hintern schiebt. »Schreckliche Stühle«, meint sie erklärend. Wer kam bloß auf die Idee, Stühle aus Metall zu erfinden? Ihr Gegenüber verfügt über den gewaltigsten Bauch, den sie je gesehen hat, und unter dem dünnen, blass zitronenfarbenen Hemd zeichnet sich deutlich seine behaarte Haut ab. Sonst ist er eigentlich gar nicht so fett. Wie gebannt hängt ihr Blick auf dieser seltsamen Kugel. Aus einer grotesk kleinen Tasse nippt er schwarzen Kaffee. Beim Blick auf seine Wurstfinger fragt sie sich, ob er eine Ehefrau hat, die er damit verwöhnt.

Der Tisch ist zu klein. Auf seinen mickrigen Beinen wackelt er die ganze Zeit, was bei einem Tisch höchst lästig ist. Connie schnalzt mit der Zunge und stößt einen Seufzer aus. Sie hat dieses ganze Palaver satt, ihr reicht es. Das ist heute schon das dritte Interview, das erste fand per Telefon statt, eine unangenehme Erfahrung, ihre Gedanken schweiften ab, bestimmt hat sie irgendeinen Fauxpas begangen, und dann noch das Live-Interview im Radio. Aber was soll's. Augen zu und durch, dann kann sie anschließend nach Hause. Sie hat richtiges Heimweh. Auf dem Boden, neben ihren Füßen, steht ein in braunes Papier eingeschlagenes Paket. Farben. Sie konnte einfach nicht widerstehen. All die Bezeichnungen der Farben, die nagelneuen Tuben, voll mit all diesen herrlichen Farbpigmenten. Nicht, dass sie vorhätte zu malen. Nicht die geringste Inspiration. Dann merkt sie, dass er irgendetwas gesagt hat und eine Antwort erwartet.

»Wie bitte?«

»Ich meinte, es ist so … ungewöhnlich.«

»Was?«

»Dass Mount auf dem letzten Porträt, auf dem er eigentlich knapp … siebzig sein müsste, wesentlich jungenhafter wirkt als auf allen anderen …«

»In Wirklichkeit ist er auf keinem tugendhaft.«

»Nein, ich meinte jungenhaft.«

»Ja.«

»Ja?«

»Ja, merkwürdig, nicht?«

»Irgendeine Erklärung?«

Die hintere Wand des Cafés besteht aus einem riesigen Spiegel. Connie sieht sich darin, winzig, mit braunem Gesicht, den schwarzen Haaren mit den knochenweißen Strähnen. *Bin ich das? Bin ich wirklich so klein?* Trotz ihres violetten Mantels fröstelt sie. Der Mann wartet. Sein Gesicht spiegelt sämtliche Facetten von Perplexität wider. Ihr sitzt der Schalk im Nacken. Könnte ganz vergnüglich für sie werden.

»Erklärung wofür?«

Er schlürft seinen Kaffee. »Durch diese Retrospektive und das zunehmende Interesse an alternativen Dingen in breiten Kreisen der Gesellschaft ist auch die Diskussion um ... Patricks Schicksal neu entflammt. Wie denken Sie darüber?«

Connie hebt die Schultern. »Meinen Sie, ich könnte noch ein Schlückchen Tee bekommen?« Genervt zieht der Mann die Luft ein und macht einen Kellner auf sich aufmerksam.

»Noch was dazu?«

»Wissen Sie, worauf ich jetzt wirklich Appetit hätte? Auf etwas, das ich schon seit meiner Kindheit nicht mehr gegessen habe. Könnten Sie für mich ein Zuckersandwich bestellen? Ohne Kruste.«

Er gibt dem Kellner Bescheid, woraufhin dieser ihr einen sentimentalen Blick zuwirft. »Mal was Neues.«

»Vielleicht nehmen sie es ja von nun an in die Karte auf.«

Ihr Gesprächspartner winkt zu Deborah hinüber. »So«, sagt er und klopft mit seinem Kugelschreiber auf den Tisch, »wo waren wir stehen geblieben?«

»Keine Ahnung, mein Lieber.«

Stirnrunzelnd beugt er sich über seine Schnörkelschrift.

»Ist das Steno?«

»Meine eigene Version davon ... ach ja, Ihre Meinung zu dem erneuten Interesse über den Verbleib von Patrick.«

»Nun, mittlerweile dürfte er verschieden sein.«

»Aber was war an jenem Tag im Jahr Neunzehnhundertund ... fünfundsechzig? Wenn Sie sich vielleicht entsinnen können ...«

»Natürlich kann ich, wenn ich will.«
»Aber Sie wollen nicht?«
»Nein, ich will nicht.«
Mittlerweile ist der Kellner da mit Tee und Kaffee auf dem Tablett, aber ohne Sandwiches. »Verzeihung, Madam«, sagt er, »das Sandwich mit braunem Rohrzucker oder mit Muskovade?«
»Ach ... lieber mit Muskovade. Was mich betrifft, so ist Patrick an jenem Tag aus meinem Leben verschwunden. Vielleicht ist er ja nach Patagonien getürmt oder ist zur Fremdenlegion oder ist von ein paar Schwulen weggezaubert worden – im Grunde ist es egal.«
»Haben Sie schon einmal an Mord gedacht?«
Die Frage trifft sie wie ein Hammerschlag. Sie öffnet den Mund, bringt jedoch keinen Ton heraus. Deborah hat sich bereits halb von ihrem Stuhl erhoben, doch er winkt ab. »Es tut mir leid, Miss Benson, das war vielleicht taktlos von mir.«
Sie zwingt sich, Luft zu holen, sich zu artikulieren. »Das war es allerdings.« Einen Moment lang schweigt sie. »Ich habe ihn wirklich geliebt, wissen Sie, trotz seiner ...«
»Natürlich. Es tut mir wirklich leid.« In dem Moment kommt das Sandwich, garniert mit einer geviertelten Erdbeere und einem Pfefferminzblatt. Mit einer schwungvollen Bewegung stellt der Kellner den Teller vor ihr ab, wobei er beinahe einen Diener macht. Was erwartet er? Applaus? »Trotz seiner ...?«, hakt der Mann nach. Mit einem Nicken bedankt Connie sich beim Kellner. Sie schluckt ihren Unwillen und ein merkwürdiges Gefühl von Panik hinunter und isst erst die Erdbeere, bevor sie eine Antwort gibt.
»Seine ... nun, Sie wissen ja wohl über ihn Bescheid, vermutlich haben Sie sein Buch gelesen ... seine exzentrische

Art, könnte man sagen, die letzten Endes doch ziemlich anstrengend war.«

»Anstrengend?«

»Ja, anstrengend.«

»Verstehe.« Mittlerweile klopft er mit seinem Kugelschreiber im Stakkato, während Connie an den Rändern ihres Sandwiches knabbert.

»Weckt in mir Erinnerungen«, sagt sie. »Könnten Sie das bitte unterlassen, mein Lieber, Sie bringen den ganzen Tisch zum Wackeln.«

»Entschuldigung.«

Wieder steht der Kellner da. »Schmeckt es Ihnen?«

»Einfach köstlich, danke.«

»Ich verstehe, dass sie mit der Verfilmung dieser Geschichte nichts zu tun haben wollen... über Sie und Patrick Mount, über Ihr gemeinsames Leben, seine...«

»Da verstehen Sie richtig«, sagt Connie, den Mund voller Brot und Zucker. »Sollte es wirklich einen Film geben, tja... vielleicht würde ich ihn mir ja ansehen, doch andererseits...«

»Käme es Ihnen seltsam vor, Ihr eigenes Leben auf der Leinwand vorgeführt zu bekommen...?«

»Mmm.«

»In Ordnung, anderes Thema.« Er zwingt sich zu einem Lächeln. »Nach der Lektüre von Mounts Autobiografie und den Sieben Stufen zur Glückseligkeit gehe ich davon aus, dass Sie in die Entstehung seiner Lehre einbezogen waren?«

»Das ›Phytosophische Prinzip‹. Nein, er hatte bereits daran gearbeitet, bevor er mich kannte.«

»Also seine Erfindung.«

»Ja, mein Lieber.« Erneut wackelt der Tisch. »Könnten Sie ihn vielleicht mit Ihrem Gewicht oder irgendwas anderem

abstützen?« Er beugt sich vor und stützt den Ellbogen darauf. Dabei schneidet die Tischkante in seinen Bauch. »Ich frage mich, wen sie dafür nehmen würden.«
»?«
»Welche Schauspieler.«
»Haben Sie an den Experimenten teilgenommen?«
»Jetzt fällt's mir wieder ein, das andere war Toast mit Zimt.«
»Er hat sieben Elixiere entwickelt.«
Unvermittelt hat Connie Mitleid mit dem Mann mit seinem eingebeulten Wanst und seinen unergiebigen Schnörkeln. »Aber er hat sie nie vollendet. Lassen Sie mich überlegen, da war Freude, Harmonie, noch was, dann noch was, Euphorie, Glückseligkeit. Sind das sieben?«
»Eine außergewöhnliche Idee, ein außergewöhnlicher Denker.«
»Und ein außergewöhnlicher Mann«, pflichtet Connie ihm bei, während sie das letzte Stück Sandwich hinunterschluckt und kristallene Zuckerreste von ihrem Mund wischt. »Aber wissen Sie, das Leben mit so einem außergewöhnlichen Menschen kann sehr ... Manchmal frage ich mich, ob mein Leben mit einem gewöhnlichen Mann vielleicht ...«
»Einfacher gewesen wäre?«
»Ach, ich weiß auch nicht, mein Lieber. Ob nun dieses oder jenes Leben, macht das einen Unterschied?«
»Einen ganz gewaltigen, würde ich sagen.«
»Wollten Sie mit mir über meine Malerei sprechen?« Unvermittelt taucht vor Connies geistigem Auge das Bild von Patricks Haut auf, in ihrer unglaublichen Zartheit, während sie mit dem Rasiermesser über seine Wangen und sein Kinn fuhr. Dabei spürt sie einen Kloß im Hals, das Sandwich war ein Fehler, zu viel Zucker, sonst isst sie

nie Süßes. Und dann der Schock wegen dieser Anschuldigung, nein, nicht Anschuldigung, Vermutung, dieses eine Wort. *Mord.* Im Zusammenhang mit Patrick verursacht ihr das Wort an sich schon Übelkeit. Vorsichtig nippt sie an ihrem Tee, um den süßen Geschmack auf ihrer Zunge loszuwerden. Er lässt einfach nicht locker, Fragen über Fragen, aber ihre Aufmerksamkeit, ihre Konzentration sind erschöpft. Patrick, Paddy... sie sieht zu Deborah hinüber, die, als sie ihren Blick bemerkt, herüberkommt.
»Entschuldigung«, sagt Connie. »Entschuldigung.« Es ist an den Mann gerichtet. Tränen steigen ihr in die Augen, was seit Jahren nicht mehr der Fall war.
»Okay. Okay.« Er steckt den Block und den Kugelschreiber weg.
»Ich besorge uns ein Taxi«, sagt Deborah, und Connie, die gerade hochsieht, bemerkt den Blick, den die beiden wechseln – eine Mischung aus Verzweiflung, Belustigung und Mitleid. Und bei diesem Blick weiß sie, dass sie das alles hier nicht länger ertragen kann, keine weitere Sekunde lang. Sie muss jetzt sofort nach Hause.

Kapitel 23

Die Sonne kam wieder hervor, schwach und milchig-trüb. Ringsum, an sämtliche Wände standen die Bilder gelehnt. Nicht zwanzig, sondern neunzehn. Mit angezogenen Knien hockte Connie auf ihrem Deckenpolster, wobei ihr das Herz bis zum Hals schlug. Von hinten beobachtete sie Sacha und Patrick, sah, wie ihre Schatten über ihre Arbeit fielen, die jetzt so nichtssagend, sinnlos schien. Keiner sagte etwas. Harry, der ihnen gefolgt war, lief umher, wobei seine Krallen auf dem blanken Boden klackten, und beschnüffelte die Bilder.

Connies Hände waren schweißnass, ihre Wangen glühten. Sie wusste, dass die beiden sich jeden Moment umdrehen und sich äußern würden. Wahrscheinlich würden sie irgendetwas Nettes sagen. Schließlich meinten sie es nur gut. Was für eine Verschwendung von Leinwänden, ging ihr durch den Kopf, und die schöne Farbe, alles für die Katz. Vermutlich würde sich Sacha eine andere Beschäftigung für sie ausdenken: Nähen oder Gartenarbeit, vielleicht auch Klavierstunden. Und das wär's dann gewesen.

Als Sacha ein Stück zur Seite ging, ergoss sich zitternd wässriges Licht auf Patrick im Gemüsegarten, eine kleine, gebückte Gestalt, den Fuß auf dem Spaten, inmitten einer Kaskade aus Gemüse und Blumen, in der sich scharlachrote Blüten von Stangenbohnen nach vorn reckten, als wollten sie aus dem Gemälde springen, wobei sie das

Augenmerk auf Patrick lenkten. Ein billiger Trick, oder? Woher sollte sie das wissen? All die Grüntöne – Gelbgrün und Blaugrün und alles dazwischen und Kobalt und Chrom – scharlachrot, Patricks brauner Cordsamt, sein dunkler, scharfer Umriss im Zentrum der Helligkeit. Genau das wollte sie damit zum Ausdruck bringen, ihr Herz schlug schneller vor Freude, aber dann kniff sie die Augen kurz zusammen und sah es wieder als das, wofür es die anderen halten mochten, kindisch, vollkommen übertrieben. Man konnte es sogar hässlich finden, dieses ganze Durcheinander aus Pflanzen, in dem der Gärtner völlig verloren wirkte, vielleicht sogar fast lächerlich. Einfach lächerlich, das erste Bild dort drüben. Patrick und Sacha auf dem Rasen, wobei Patricks nackter Rücken in den schillerndsten Farben leuchtete, beinahe grenzenlos im Vergleich zu dem kräftigen Klecks, der Sacha darstellen sollte, und dann der Hundeschwanz, der wie eine Schlange aussah, und das Gras in diesem geschmacklosen, eintönigen Grün. Verglichen mit Sachas Werken… oh, am liebsten wäre sie im Erdboden versunken.

Im Raum wurde es dunkler, und Regen peitschte gegen das Fenster. Connie war kalt. Es war auch kalt. Plötzlich war der Herbst gekommen, direkt auf den Altweibersommer folgend, die Schwalben waren fort, und allmählich musste man die Fenster wieder geschlossen halten und den Kamin anzünden. Mit einem Seufzer der Müdigkeit ließ Harry sich neben ihr nieder, wobei er ihr Bein mit seiner feuchten Nase anstupste. Sie streichelte seinen seidigen Kopf. Diese Stille war für sie unerträglich. Wieso sagten sie kein Wort? Wieso sahen sie sich nicht wenigstens an, sodass sie anhand ihrer Blicke feststellen konnte, wie groß ihre Enttäuschung war? Ihr Entsetzen. Die Armen. Wie sollten sie ihr bloß auf freundliche Art erklären, dass ihre dreimonatige Mühe, ihr Drang, ihr dreimonatiger Daseinszweck reine Zeitverschwendung waren? Alles umsonst. Wenigstens, so ihr Gedanke, während sie die Beine ausstreckte, sich rückwärts auf die Decken plumpsen ließ und an die fleckige Decke starrte, wenigstens war so die Zeit verstrichen, immerhin etwas. Das Jahr war vorüber. Dann fiel die Tür ins Schloss. Sie hatten den Raum verlassen, um nach unten zu gehen, einfach so, ohne ein Wort. Wie konnten sie nur? Harry raffte sich auf und lief ihnen hinterher. Dagegen rührte Connie sich nicht von der Stelle und starrte auf den Faden eines Spinnennetzes, der von der Decke hing. Angestrengt suchte sie den Verputz nach einer Spinne ab, konnte aber keine entdecken. Ohne sich zu bewegen, lauschte sie den Schritten auf der Treppe, bis sie sie unten reden hörte, mit leisen Stimmen. Seitwärts lief ihr eine Träne ins Haar, die sie wegwischte. Erneut erklang das eintönige Geräusch des Regens, und die Sonne war jetzt vollständig verschwunden.

Sie stemmte sich hoch und ging zum Fenster, presste das Gesicht gegen die Scheibe. Draußen alles grau in grau, selbst das Grün war grau, einfach alles, unvorstellbar, dass vor wenigen Augenblicken noch die Sonne geschienen hatte. Sie sah nach hinten auf die höchst erbärmlichen Leinwände in all den schreienden Farben. Schon komisch, dass sie trotz ihrer Trauer zu so kunterbunten Farben gegriffen hatte. Was sollte sie jetzt nur tun? Sie hasste Sacha und Patrick für ihr Schweigen. Sie sollten doch wissen, vor allem Sacha sollte eigentlich wissen, wie verletzend das war. Dass sie einfach nichts gesagt hatten. Sie könnte weggehen. Aber wohin? Erneut dieser dumpfe Schmerz der Trauer. Kein Ort, wo sie hingehen konnte. Schließlich war Krieg, und sie war ganz auf sich allein gestellt, eine Waise. Verdammt! Bei der Erinnerung an Patricks Umarmung lief ihr ein Schauder über den Rücken: *Weise. Soll ich dich küssen?* Wie sollte sie es hier nur aushalten? Inzwischen hatte der Wind aufgefrischt und wirbelte die Blätter wie dunklen Schnee umher.

»Con.« Es war die Stimme von Sacha. »Con, kommst du runter?«

Sie zögerte. Spürte beinahe Ekel bei dem Gedanken an die beiden dort unten, daran, dass sie über sie redeten, über sie urteilten. War es nicht ohnehin egal, was die beiden dachten? Hinter ihrer Stirn machten sich die ersten Anzeichen von Kopfschmerzen bemerkbar. In dem Raum war es so düster, düster und kalt. Der Wind heulte.

»Ich habe uns Tee gekocht«, rief Sacha.

Auf dem Küchentisch standen bereits die große braune Teekanne und ein halber englischer Kuchen. Der Herd verbreitete eine angenehme Wärme, und trotz der eingeschalteten Küchenlampe schien es hier drin noch dunkler und trüber zu sein als draußen. Die Fensterscheiben waren beschlagen. Eigentlich mussten die Vorhänge zugezogen sein, wenn das Licht brannte, auch wenn noch nicht Abend war, was, wenn ein verirrter deutscher Bomber…? Aber Sacha und Patrick waren grundsätzlich unvorsichtig, was die Verdunkelung betraf, wenn nicht sogar leichtsinnig, und in diesem Moment war es Connie auch ziemlich egal.

»Man könnte meinen, es wäre Winter«, sagte Sacha. Sie lächelte Connie an, als wäre nichts gewesen. »Alles klar?«

»Kopfschmerzen.« Connie setzte sich und nahm eine Tasse Tee entgegen.

»Ein harter Tag«, meinte Patrick. »Kopfschmerz, Herzschmerz, wirklich hart.«

Wie konnten sie nur einfach nichts sagen? Wo blieb ihr Mitgefühl? Jedoch konnte sie sich nicht überwinden, sie

nach ihrer Meinung zu fragen. Es war ihr völlig gleichgültig, was sie von den Bildern hielten. Trotzdem war es hartherzig von ihnen, überhaupt nichts zu sagen.
Mit dem Messer teilte Sacha den Kuchen in drei riesige Stücke. »Dann kommt er weg«, sagte sie. »Nachher wollte ich ohnehin noch backen. Hilfst du mir, Con?«
So war das also. Sie sollte kochen lernen. Also das war ihre Strafe, etwas Nützliches und Gesundes. Warum auch nicht? Vermutlich würde sie Gefallen am Kochen finden. Dennoch kam es so abrupt. Vorbei mit dem Sommer, nur ein Traum. Jetzt würden Mehl und Zucker ihre Leinwand, Karotten, Spinat und Brombeeren ihre Farbpalette sein. Das war's dann wohl. Und sie würden sich weiter mit dem Garten und mit Malen beschäftigen. Patrick würde seine verrückten Experimente durchführen, während sie ihn bekochen würde. Sie wäre für das Essen zuständig. Vergeblich versuchte sie, den Kloß in ihrem Hals hinunterzuschlucken. Aber da hatten sie sich geschnitten. Vorher würde sie abhauen.
»Keinen Hunger«, murmelte sie, als Sacha ihr den Teller hinüberschob.
»Du verpasst was«, erwiderte Sacha. »Er ist mit Karotten und außerdem nur mit Honig gesüßt – keine Butter. Irgendwie hat diese Rationierung auch was Gutes. So kann ich meine Kreativität voll entfalten. Probier doch einfach mal.« Sacha biss ein Stück ab und kaute genüsslich darauf herum. »Wir müssen dir unbedingt weitere Leinwände und Farben besorgen – oh, dieser Krieg ist verdammt lästig, eine richtige Plage. Außerdem müssen wir ein paar Galerien kontaktieren – Paddy, wir sollten unbedingt Waverley einladen, mal sehen, was er dazu meint.«
Patrick nickte, wobei aus seinem Bart lauter Krümel fielen. »Ja, auf jeden Fall.« Als Connie seinen Blick auffing,

schenkte er ihr ein Lächeln voller Bewunderung, Anerkennung, sodass sich das Blut in ihren Adern in Honig zu verwandeln schien. Ohne einen Mucks saß sie da, bemüht, nicht zu laut zu atmen oder eine plötzliche Bewegung zu machen. Erwartungsvoll ruhten beider Augen auf ihr.
»Das heißt… ihr findet sie gar nicht hässlich?«, brachte sie im Flüsterton hervor.
»Hässlich!« Sacha musste lachen.
Connie führte beide Daumen an den Mund und knabberte an den Fingerkuppen.
»Weißt du, sie sind einfach… tja, uns fehlen die Worte… nicht wahr, Paddy?«
Patrick, der über das ganze Gesicht strahlte, nickte. »O ja, ja, so frisch.«
»Frisch, genau, frisch, unbekümmert, mitten aus dem Herzen – wie du die Farben handhabst, das ist einfach… außerordentlich… gut, dir fehlt noch etwas Schliff, die richtige Technik und so weiter, mehr Übung. Man könnte sagen, sie zeugen von einem naiven Charme… sagte ich Übung? Entweder das oder nichts von all dem, wenn dir das lieber ist… wie du magst… aber was du nie vergessen darfst, Connie, was du unbedingt wissen musst, du bist wirklich begabt. Ist dir das bewusst? Du hast wahres Talent.«
Stotternd blieb die Zeit stehen. Setzte einen ganzen Takt lang aus. Von ihrem Kuchen kratzte Connie eine Karottenscheibe und kaute darauf herum, wobei sie versuchte, ein dümmliches Grinsen zu unterdrücken. Was sollte sie sagen? Sie war zu keinem klaren Gedanken fähig. Nichts, aber auch gar nichts hätte mich glücklicher machen können, dachte sie schließlich. Dieser Moment würde ewig in ihrem Gedächtnis haften bleiben: die warme Küche, der Regen, der von außen gegen die beschlagenen Fens-

terscheiben schlug, die braune Teekanne, der Kuchen – und vor allem die Aufgeregtheit in Sachas Gesicht, Patricks Blick, der sie mit Wärme förmlich überschwemmte. »Danke«, meinte sie schließlich.
Sacha lächelte. »Also, hilfst du mir nachher beim Backen? Es ist Plumpudding-Zeit. Und dafür ist wirklich Kreativität gefragt. Was würden wir nur ohne Paddys Bienen machen...«
Patrick erhob sich vom Tisch und rieb die Hände gegeneinander. Dann legte er den einen Arm um Sachas Schultern, den anderen um Connie und drückte sie an sich. »Gebt mir Bescheid, wenn ihr ihn umrührt. Ich möchte mir nämlich etwas wünschen«, bat er. Dann schnappte er sich den großen schwarzen Schirm neben der Hintertür, winkte Connie kurz zu und ging nach draußen zu seinem Schuppen.
Connie sah zu, wie Sacha sich bückte, um die große braune Rührschüssel aus einem der unteren Schränke zu holen. Dabei wurde ihr bewusst, wie breit Sachas Hüften waren, wie weich ihre eigenen Hände waren, die im Moment zitterten, und vor allem, wie nach und nach ein Strahlen sie durchflutete, angefangen von den Fußsohlen bis hin zu den Haarspitzen.
»Was machen deine Kopfschmerzen?« Sacha richtete sich wieder auf und rieb sich die Hüfte.
Mit den Fingern berührte Connie die Stirn. »Sind völlig weg«, sagte sie.

Kapitel 24

Ohne Zweifel ist Patrick mit ihm und lenkt seinen Blick auf die Frau in dem schulterfreien Top und dem engen orangefarbenen Minirock, Kaugummi im Mund. Stell dir die zarte Haut auf der Innenseite ihres Oberschenkels vor, die in den schwarzen Nylonstrümpfen so glatt wirkt, stell dir vor, wie es sich anfühlen mag, sanft mit der Hand von ihrem Knöchel bis zum Oberschenkel unter dem engen Rock entlangzustreichen. Ist doch nichts Schlimmes an dieser Vorstellung, oder?

Die Bahn wird langsamer, Leicester Square. Als sie mit einem Ruck hält, wird Tony im Stehen gegen die Trägerin des orangefarbenen Rockes gepresst. Grinsend dreht sie den Kopf zu ihm, ein unverfrorenes Grinsen, dazu das schmatzende Geräusch eines Kaugummis mit Fruchtgeschmack zwischen ihren Zähnen. Er drückt sich an ihr vorbei. Schaudert. Himmel, es wird ihm so leicht gemacht. Als er die Treppe zu der regennassen Straße hochsteigt, schlägt ihm ein kalter Wind auf der Treppe entgegen. Fünf vor acht, und sie haben keinen Ausgang vereinbart. Muss jetzt wie ein Idiot alle Ausgänge abklappern. Sieht trotzdem gut aus, frisch gewaschene, nach hinten gebundene Haare, schön ausgeblichene Levi's, weißes Hemd, das unter schwarzem Leder hervorsticht. Besser geht's nicht.

Hält an einem Blumenstand. Ob er einen Strauß kaufen soll? Sag's mit Blumen – aber was? Scheint dennoch ir-

gendwie passend, ein Tribut an Patrick. Spürt, wie sich sein Magen zusammenzieht. Kann sich nicht erinnern, wie sie aussieht. Was für eine schwachsinnige Idee. Hat hier nichts verloren, sollte lieber woanders sein. Vielleicht unter Donnas pinkfarbener Steppdecke vergraben? Nein. Schließlich hat er das Zeichen erhalten. Patrick hat ihm die richtige Richtung gewiesen, ihm den erforderlichen Hinweis verschafft, sodass es jetzt an ihm liegt. Sie ist nirgendwo zu sehen. Und was, wenn sie ihn versetzt? Nein. Kauft einen Strauß langstielige blaue Blumen, der Händler meint, es seien Iris. Die Stängel durchnässen das Einschlagpapier. Jetzt kommt er sich tatsächlich wie ein Vollidiot vor, wie er so in strömendem Regen mit einem Blumenstrauß herumsteht. Überquert die Straße, wobei er beinahe von einem Taxi angefahren wird, zeigt den Mittelfinger. Auch nicht an diesem Eingang. Auf seinem Gesicht läuft langsam ein Regentropfen herunter. Eine Frau mustert ihn, schwarze Haare, kurzer schwarzer Lackmantel. Oh Mann, sie fordern es geradezu heraus, diese Schlampen. Nicht Schlampen, *Menschen*, Tony, denk nicht so. Könnte ja ihr die verdammten Blumen geben und abziehen. Vergiss es, geh nach Hause, gib's auf. Aber was dann? Was soll er dann mit seinem Scheißleben anstellen?
Noch einmal alle Eingänge abgeklappert. Inzwischen ist es zehn nach acht. Will gerade die Blumen in den Abfallkorb werfen, als sie endlich auftaucht. Blondes Haar, helle Pelzimitatjacke und dann dieses Gesicht. Sie ist es, kein Zweifel. Suchend schweift ihr Blick über den Bürgersteig, bis sie ihn entdeckt, lächelt, so tut, als hätte sie die Blumen nicht gesehen. »Hier.« Er drückt sie ihr in die Arme. Ihr Lächeln ist noch schöner als in seiner Erinnerung, weiche Lippen, blass und irgendwie voll. Kein Lippenstift,

gut so, er kann Lippenstift nicht ausstehen, aber etwas Schminke an den Augen. Hübsch. Stilvoll. Einen Moment lang stehen sie sich lächelnd gegenüber, was soll er bloß sagen?

»Entschuldige, dass ich zu spät komme«, meint sie schließlich. »Hab den Bus genommen, ziemliche Schnapsidee, bei dem Verkehr.«

»Macht nichts. Sollen wir ein Stück gehen?«, schlägt Tony vor. Sie sieht zum Himmel hoch, aus dem es Bindfäden in der Abendbeleuchtung regnet.

»Aber nur ein Stück«, entgegnet sie, »hab meinen Schirm nicht dabei.«

Am St. Martin's Court bleiben sie kurz vor einem Stand mit gebrauchten Büchern stehen.

»Ich halte immer Ausschau nach irgendwas von Patrick.«

»Patrick?« Verständnislos sieht sie ihn an, dann dämmert es ihr. »Ach, Mount.« Schön, dass sie sich erinnert, wie könnte sie auch anders. Vermutlich sollte er ihr vorschlagen, essen zu gehen, aber er möchte nichts essen oder ihr beim Essen zusehen. Möchte sie nicht einmal berühren. Es würde ihn glücklich stimmen, einfach mit ihr die ganze Nacht umherzuschlendern, auf den lauten, hell erleuchteten Straßen an ihrer Seite, dicht neben ihr, aber ohne sie zu berühren. Nur leider läuft das nicht so. Schaufenster, Fassaden, Regenschirme, das Parfum der vorübergehenden Frauen, all die Männer, das Dröhnen von Musik, ein warmer Schwall biergetränkter Luft aus einer Kneipe.

»Lust auf ein Bier?«, fragt sie, als sie gerade an einer Kneipe vorbeigehen. Was soll er antworten? Irgendetwas müssen sie ja schließlich tun. Sie wird immer nässer, ihre Haare, ihre Plüschjacke, die verklumpt im Neonlicht schimmert. Die Frage hängt in der Luft wie glühender Draht. Das ist einfach albern. Er bleibt stehen. Fragend sieht sie ihn an, er betrachtet sie, mit den Blumen, die sie wie ein Baby in den Armen hält. Dabei fällt ihm wieder Donna ein und die Schachtel mit den Kosmetiktüchern im Arm. Auffallend, dass Frauen Dinge eng an ihre Brust drücken, an ihr Herz. Ein Mann würde das nie tun. Er fühlt sich wie ein Mann in einem Boot, das immer weiter von der Küste abdriftet. Vom sicheren Land. *Hilf mir doch*, fleht er innerlich, *bitte Patrick*. Schließlich war es Patrick, der ihm den Anstoß gegeben hat, auf Lisa in der Galerie aufmerksam zu werden, auf den dünnen Stoff ihres Kleides, der darauf schließen ließ, was sich darunter befand, und auf den Mandelgeruch ihrer blonden Haare.

»Oder vielleicht Kino?«, schlägt er vor, »oder was essen?«

»Oh, macht es dir was aus, wenn wir nicht essen gehen?« entgegnet sie. »Tut mir leid, aber ich hatte heute schon ein üppiges Mittagessen... sonst kannst du ja was essen, und ich nehme nur ein Getränk.«

»Gebongt.« In seinem Magen entspannt sich etwas. Wieder ein Zeichen, dass das hier richtig ist. Sogar goldrichtig.

»Trotzdem sollten wir langsam aus diesem Regen raus«, sagt sie, »außerdem könnte ich jetzt etwas zu trinken vertragen. Vielleicht hier?« Sie bleibt vor dem Eingang einer Weinstube stehen, zu der Treppen hinabführen.

»Gern.« Er folgt ihr nach unten. In dem Keller ist es hell und ziemlich voll, aber sie finden doch noch einen Platz und bestellen eine Flasche Chardonnay und Oliven. Kaum haben sie sich hingesetzt, fängt eine Jazzband an zu spielen, mit einem Kontrabass, der wie ein nervöser Herzschlag wummert. Um sie herum erhebt sich ein Stimmengewirr, um die Musik zu übertönen. Mit den Fingern fährt Lisa durch ihr nasses Haar. »Gott, ich muss ja einen schönen Anblick abgeben.«

Tony lächelt. »Ich habe nichts auszusetzen.« Wieder steigt ihr die Röte in die Wangen. Sie wäre eine schlechte Lügnerin, weil die Farbe ihres Gesichtes sie immer verraten würde. Sie streift die Jacke ab, wobei sie die Arme nach hinten dehnt, sodass er die Form ihrer Brüste wahrnimmt, klein, fest, und die schwache Silhouette eines weißen BH unter einem dünnen weißen Pullover. Sexy/sauber. Stellt fest, dass es ihm keine Angst einjagt.

»Hübscher Pulli«, sagt er.

»Mein bestes Stück.« Sie grinst. »Aus Kaschmir, hab ihn letztes Jahr zu Weihnachten geschenkt bekommen. Fühl mal.« Sie streckt ihm den Arm entgegen, woraufhin er den flauschigen Ärmel berührt.

»Mmm.« Beide haben sie etwas Weißes an. Einen Augenblick lang stellt er sich vor, wie ein Fremder sie beide betrachten würde, blond und dunkelhaarig, ein attraktives Paar. »Das Dumme ist nur, dass er weiß ist, und da es Kaschmir ist, habe ich Angst, ihn zu waschen.« Sie kichert. »Sieh mal, hier ist er schon etwas angeschmutzt...« Dabei zeigt sie auf den Ärmelbund, und er wünschte, sie hätte es nicht getan, auch sieht es nicht angeschmutzt aus, er braucht nicht zu wissen, dass er angeschmutzt ist. Hebt das Weinglas und nimmt einen Schluck, schon besser, schmeckt sauber.

»Gut, dann erzähl mir mal was von dir.« Über den Rand ihres Glases hinweg lächelt Lisa ihn an. Dann schnappt sie sich eine fette grüne Olive und beißt hinein. Ihre Zähne sind sehr weiß und klein, beinahe wie Milchzähne. Stellt fest, dass ihn der Anblick, wie sie an der Olive knabbert, nicht ekelt. Aber was soll er ihr erzählen? Unter keinen Umständen wird er jetzt diesen ganzen Psychoquatsch auspacken, das Kindheitstrauma und so. Lieber würde er sich die Zunge abbeißen, als von der einen Geschichte zu erzählen. Vier Jahre im Bau. Klar, genau das Richtige, um auf ein Mädchen einen guten Eindruck zu machen.

»Da gibt's nicht viel.« Er hätte sich etwas zurechtlegen sollen, was hat er ihr denn bereits erzählt? Dass er Schriftsteller ist.

»Zum Beispiel?«

»Du zuerst. Erzähl mir was über dich.« Schlau, Tony, sich so herauszuwinden. Und tatsächlich, sie fängt an zu reden.

»Ich habe eine ältere Schwester, Judy, sie ist die Schlaue von uns beiden. Cambridge – Englisch und Philosophie. Arbeitet an der Freien Universität, hat zwei Kinder, sie ist nämlich total vernarrt in Kinder, zwei Mädchen, und einen Jungen will sie auch noch haben. Was mich betrifft, weiß ich nicht so recht, ob ich Kinder haben will…« Sie erzählt weiter, von ihren Eltern, ihrem Stiefbruder, der Universität, ihrem Job, und während sie redet, beobachtet er ihren Mund und hört nur halb zu, dreht sich eine Kippe, isst eine Olive oder zwei, lecker, die Oliven, eingelegt in Knoblauch und Zitronensaft. Muss er unbedingt ausprobieren, fragt sich, ob Constance Benson Oliven mag, spürt ein Kribbeln der Erregung, weil er weiß, dass er bald dort sein wird. Lisa wird ihm den Weg weisen, und dann wird er sich aus dem Staub machen. Gleich morgen. Wieso auch nicht? Aber noch ist heute. Was Lisa erzählt, klingt gewöhnlich und nett, gespickt mit Anekdoten, wo sie was Doofes gesagt oder getan hat, zur allgemeinen Belustigung. Ihr Licht unter den Scheffel stellend. Reden liegt ihr offensichtlich. Wie es wohl sein muss, eine Vergangenheit zu haben, über die man frei und offen sprechen kann?

Eine große Frau kommt die Treppe herunter, mit Haaren, die wie die Federn einer Amsel ihr Gesicht einrahmen. Roter Mund. Nicht seine Mutter, verdammt noch mal, natürlich nicht, ihr Haar müsste inzwischen weiß sein, wenn sie überhaupt noch lebt… komischer Gedanke, dass er nicht weiß, ob sie lebt oder tot ist, und dass er es nie erfahren wird, weil der Kontakt abgerissen ist. Und außerdem, was hätte sie schon in einem schicken Weinkeller im West End an einem verregneten Donnerstagabend zu suchen? Lisa kichert wieder wegen etwas, das sie gerade gesagt hat. Reißt sich zusammen, nickt, füllt ihr Glas auf. Die Band spielt jetzt eine Interpretation von *Ain't Misbehaving*. »Ich liebe dieses Lied.« Sie lehnt sich vor, die Ellbogen auf dem Tisch, Hände unter dem Kinn, im Takt wippend, wie ein Kind, das aufmerksam einer Geschichte lauscht, abgesehen von ihrer Sitzhaltung, in der die Ellbogen die Brüste zusammendrücken. Sein Schwanz zuckt, und er hat sofort dieses Schuldgefühl, immer noch, das so tief in ihm verwurzelt ist wie der Reflex, wenn er seinen Namen hört. *Sie* ist schuld, dass er Angst vor Sex hat, und deswegen ist sie eine verdammte Schlampe. Kann deswegen Klavierspiel nicht ertragen, wobei dieses Jazzklavier in Ordnung ist, und dennoch verursacht es ihm Unbehagen. Aber vor allem das klassische Klavierspiel, endlos Chopin, Debussy, Tschaikowsky, ständig einen Tick zu schnell gespielt, der Anschlag einen Tick zu hart, wütendes Gehämmer auf den Tasten, während er im Bett lag und versuchte, zu schlafen oder ein Buch zu lesen. Wut kriecht wieder in ihm hoch, wenn er seiner Erinnerung freien Lauf lässt, sollte es nicht aus seinem Gedächtnis kramen, nie mehr wieder. Dennoch lässt der Gedanke daran ihn beinahe ausflippen, selbst hier in diesem sicheren hellen Keller mit dem sicheren hellen offenen Mädchen, das ihm Gesellschaft leistet. Sie fängt seinen Blick auf. »Die sind klasse, nicht?« Er lockert seine verkrampften Finger, einen nach dem anderen. »Ja, klasse«, stimmt er zu.

Dreht sich erneut eine Kippe, mit zitternden Händen. Die enorme... was war es noch gleich?... *Scheinheiligkeit* dieses verdammten Weibsstücks. Ja, das hat er alles mit diesem Seelenklempner durchgekaut, ja, alles höchst interessant, höchst aufschlussreich, jedem Volltrottel wäre klar, was mit ihm los ist, aber das Problem ist, wie man es wieder in den Griff bekommt. Und deshalb braucht er Patrick. Patrick. Allein der Name beruhigt ihn ein wenig. Ihm gehört seine Zuneigung, was heißt Zuneigung, seine Liebe.

Konzentriere dich auf dieses lächelnde Zeichen, das gerade wieder irgendetwas sagt. *Konzentration*, Tony. Du findest sie nicht wirklich schön. Hübsch, niedlich, attraktiv, rührend, sexy wie ein Kätzchen, nicht wie eine Katze, nicht wie... wäre besser gewesen, sie hätte ihn abgetrieben. Besser, sie hätte ihn zur Adoption freigegeben. Egal was, besser jedenfalls, als eine Karriere als Konzertpianistin an den Nagel zu hängen und zu Hause zu bleiben, um verbittert ein Kind großzuziehen, zu sehen, wie Glanz und Glamour sich immer weiter entfernen, weiter und weiter bis außerhalb der Reichweite, während das widerliche Balg immer fetter und ekelhafter wird, anfängt zu kriechen, zu sabbern, zu scheißen. Einfach abstoßend.

»Ja?« Lisa hält ihm die geneigte Flasche entgegen. Er nickt. Ihre Fingernägel sind kurz und unlackiert. Gut. Finger auf ihm. Nein. Spürt Übelkeit bei einer Erektion. Nicht richtig. Sie ist daran schuld. Jedes Mal, wenn er steif war, zwang sie ihn zu pissen, schlug darauf, beschimpfte ihn als Schwein, als Drecksau, warf ihm einen hasserfüllten Blick zu, wenn seine Hand nur in die Nähe kam. Sie verabscheute diesen Teil von ihm, sodass er Scham fühlte, mehr als Scham, dass er sich davor fürchtete, sich ebenfalls davor ekelte. Hätte sie abstechen können. Hätte er vielleicht besser tun sollen, so heftig, wie der Hass immer

noch in ihm lodert, wie eine offene, brennende Wunde tief in seinem Innern.
Was, wenn er zu Lisa mit ihren blauen Augen und den Milchzähnen sagen würde: Hey, ich werde dir von meiner Kindheit erzählen. Vor langer Zeit, als ich noch klein war, vielleicht fünf oder so, hatte ich schon Angst vor Berührungen, vor allem Angst vor dem, was ich in meinem kleinen Penis gespürt habe, wenn er manchmal steif wurde. Ich hatte Angst, richtig Angst vor diesem Gefühl, ohne zu verstehen, warum, ich wusste bloß, dass es etwas Schreckliches war, etwas, das man nicht haben sollte. Einmal bin ich nachts aufgewacht, weil mir furchtbar schlecht war. Zu meiner Mutter konnte ich nicht gehen – war streng verboten. Auch durfte ich mich nie auf ihr Bett setzen, auf die glatte blaue Decke, blau wie Eis. Dann musste ich mich im Flur übergeben und konnte es nicht selbst wegwischen. Habe es zwar mit Toilettenpapier versucht, aber dadurch wurde es nur noch schlimmer, hab es nur verschmiert. Es hat ganz widerlich gestunken, und an meinen Fingern hat der warme Brei geklebt, sodass mir davon wieder übel geworden ist. Dann bin ich wohl zu ihrem Zimmer und habe geklopft. Keine Reaktion. Dann habe ich gemeint, ich hatte ihre Stimme gehört. Dachte, sie hätte gesagt: *Komm.* Hab dann die Tür geöffnet und bin so dagestanden… Ich wusste nicht, was… ich habe mir in die Hosen gepinkelt. Ein heißer, dicker Strahl, der unter meiner Pyjamahose an meinen Beinen hinablief. Dann habe ich auf dem Absatz kehrtgemacht. Bin ans Telefon gestürzt, um die Polizei anzurufen. Ich habe gewusst, dass ich die 999 wählen muss. Weil ein Mann sie gerade umbrachte. Er lag auf ihr drauf und prallte immer wieder gegen sie. Das Einzige, was ich von ihm gesehen habe, war sein Arsch, ein fetter, behaarter Arsch mit einer großen schwarzen Spalte,

und dann ihr Gesicht, das völlig verzerrt war, mit geschlossenen Augen, den Mund weit aufgerissen, wobei sie seltsame Töne von sich gab. Die Frau am anderen Ende der Leitung hat mich gefragt, was für ein Anliegen ich hätte, und ich habe gesagt, dass meine Mami gerade ermordet wird, und dann stand sie plötzlich neben mir, hat mir den Hörer aus der Hand gerissen und auf ihre falsche Art gelacht, ohne überhaupt zu lächeln, und hat dann gemeint: *Entschuldigen Sie vielmals*, mit völlig wirrem Haar, das ihr ins Gesicht hing, während sie mich so komisch angesehen hat… so angeekelt. Genau das war's. Sie hat sich vor mir geekelt. Mit meinen voll gepissten, stinkenden Hosen. Schließlich hat der Mann mich sauber gemacht, mich gewaschen, mir neue Pyjamahosen angezogen. Dieser Mann hatte ein nettes Gesicht, sodass ich mich gefragt habe, ob er vielleicht mein Vater ist. Hab ihn danach aber nie wieder gesehen. Hätte sie damals ermorden können, wenn ich größer gewesen wäre. Nach diesem Vorfall habe ich nachts immer wach gelegen und mir vorgestellt, wie ich sie umbringe, indem ich über ihr knien und mich so lange auf sie drauffallen lassen würde, bis sie tot wäre, so wie ich gemeint hatte, dass der Mann sie umbringen würde. Und dann hatte ich wiederum Albträume, in denen sie tatsächlich starb. Nach wem hätte ich denn rufen sollen? Nach ihr bestimmt nicht.

Was würdest du denken, wenn ich dir das erzählen würde, Lisa? Würdest du dann auch kichern, dein hübsches Näschen verziehen und es irgendwie lustig finden? Oder würde es dir leidtun, und würdest du sagen: *Ich verstehe*? Das wäre glatt gelogen. *Du* könntest es bestimmt nicht verstehen, du mit deinem kleinen, beschaulichen Leben und deiner Gutgläubigkeit. Herrgott, sieh mir nicht so in die Augen, mit deinem Babyblick. Du kennst mich nicht.

Niemand kennt mich. Ich könnte dir ohne weiteres diesen weißen, weißen Hals umdrehen.
Abrupt steht Tony auf, bringt dabei den Tisch zum Wackeln, stößt die Weinflasche um, drängelt sich an den voll besetzten Tischen vorbei zur Herrentoilette. Schließt sich dort in einer Kabine ein, um allein zu sein. Um die Maske von seinem Gesicht fallen zu lassen, um den Mund zu einem stummen Schrei zu öffnen. Presst die Handballen gegen die Schläfen, wobei er ein Geräusch von sich gibt, das wie das angsterfüllte Stöhnen eines kleinen Jungen klingt. Steht für einen Moment einfach so da, ohne etwas zu berühren, selbst in einem solchen Moment des Terrors noch pingelig, und wartet darauf, dass es vorbeigeht. Noch immer sind seine Kleider feucht vom Regen und vom Schweiß, legt sich die klamme, rauchgeschwängerte Kneipenluft wie ein Film über seine Haut. Entriegelt dann wieder die Tür und wäscht sich die Hände mit kaltem Wasser und einer schleimigen Flüssigseife, die ihn schaudern lässt, trocknet sie dann unter der heißen, brüllenden Luft eines Ventilators.
Möchte nach Hause. Könnte zu Fuß gehen, einfach weg, und Lisa dem Jazz überlassen. Bräuchte sie nie wieder zu sehen. Sie würde darüber hinwegkommen, gerade noch einmal davonkommen, ohne es zu ahnen. Würde sich wahrscheinlich ständig fragen, weshalb. Lass sie im Ungewissen, Tony, o nein, nein, nein, es ist einfach krank, das ist es, es macht ihn krank… *Dreckschwein, du dreckiges, widerliches Balg.* Aufbrausender Applaus, als gerade ein Typ die Tür aufstößt. Tony geht wieder hinein. Dies ist ein Test. Du musst stark sein. Wenn du jetzt abhaust, wirst du nie die Information bekommen, die du brauchst. Es ist wie in diesen Scheißmärchen oder so. Abgesehen davon, dass er nicht die Prinzessin erobern will, sondern die Frei-

heit von der Prinzessin. Dort drüben sitzt sie, mitten im Qualm, mit ihren blonden Haaren, die jetzt, da sie trocknen, fransig abstehen, während er sie beobachtet, mit einem Anflug von Angst. Aber sie ist nicht der Preis, sondern der Test, den er zu bestehen hat. Er braucht nichts weiter zu tun, als sie um den Finger zu wickeln, um so an den Schlüssel zu gelangen. Ohne sie flachzulegen, ohne ihr etwas anzutun. Das wäre sonst sein Untergang. Sie einfach nach dem Weg fragen und sich dann aus dem Staub machen. Nicht mehr. Okay? Zwängt sich wieder zwischen den Tischen durch und setzt sich.

»Alles in Ordnung?«

»Alles bestens.« Er ringt sich ein Lächeln ab.

»Sollen wir noch eine Flasche bestellen?« Sie hat den restlichen Wein zwischen beiden Gläsern aufgeteilt. Er weiß nicht recht. Ja. Nein. Aber was sonst? Hier lässt es sich noch ein Weilchen aushalten. Denn was, wenn sie wieder nach draußen gehen? Hier ist es warm und relativ sicher. Die Band legt gerade eine Pause ein. Hier ist es genauso gut wie anderswo. Greift nach seiner Brieftasche.

»Ich bin dran«, sagt sie. Dann steht sie auf, und er sieht ihr nach, während sie zum Tresen geht. Hautenge schwarze Jeans. Schmale Hüften wie ein Mann – aber kurvenreicher. Auch anderen Männern fällt sie auf. Nicht, dass er sich darauf etwas einbilden könnte. Dreht sich eine neue Kippe.

»Du wirkst auf mich ziemlich geheimnisvoll«, meint sie, als sie sich wieder setzt. Sie gießt Wein ein. Er setzt ein geheimnisvolles Lächeln auf.

»Na los«, insistiert sie, »erzähl mir was über dich. Von mir aus dein Sternzeichen oder so was. Nein, warte, lass mich raten.« Nachdenklich betrachtet sie ihn, wobei sie ihre rosafarbene Zungenspitze zwischen die Lippen schiebt. »Zwilling? Oder vielleicht Waage?«

Er schüttelt den Kopf.
»Wassermann?«
Er nippt an seinem Wein.
Sie lacht. »Ich geb auf. Also was?«
»Halte nichts von diesem Mist.«
»Gut, dann was anderes. Welche Musik gefällt dir?«
»Du hast bezaubernde Augen«, entgegnet er stattdessen. Etwas Besseres konnte ihm nicht einfallen.
Sie schüttelt den Kopf. »Ich sehe schon, du treibst mich noch zur Verzweiflung«, sagt sie.

Viertel vor zwölf auf der kalten Straße. Zwar hat es aufgehört zu regnen, aber alles ist nass, und in den Rinnsteinen gurgelt das Wasser. In seinen Ohren dröhnt es – vielleicht wegen der lauten Musik und weil er sich dabei auf Lisas sanfte Stimme konzentrieren musste. Ist um diese Uhrzeit nicht mehr im West End gewesen seit… Gott weiß wann. Konnte in dem Weinkeller das Thema irgendwie nicht auf die Benson lenken, zu viel Lärm, und außerdem hat sie sich auf das Thema Schreiben versteift, darauf, wie gern sie ein Buch schreiben würde, sodass er sämtliche Sinne anstrengen musste, um den Anschein zu erwecken, er kenne sich damit aus. Ein Buch schreiben? Als gäbe es nicht schon genügend Dilettanten in dieser Branche. Lauter Bettler in den Hauseingängen. Hält die Augen offen, dort war er auch mal, hat er hinter sich. Lisa schiebt den Arm unter seinen. Stört ihn nicht, nur eine freundliche Geste, ein fester Druck unter der Plüschjacke. »Es war wirklich ein netter Abend«, sagt sie.
»Ja.«
»Glaube, ich bin etwas beschwipst.« Sie sieht zu ihm hoch, ein neckischer Blick von der Seite. »Aber nur ein bisschen.«

Was würde jetzt, wenn er nicht Tony wäre, passieren? Sie würden das nächste Date vereinbaren. Vermutlich zählt das hier als Date. Dann würden beide nach Hause gehen und dem nächsten Treffen entgegenfiebern. Oder vielleicht will sie es schon jetzt, heute Nacht, vielleicht würde sie ihn auf einen Kaffee hochbitten und ihn küssen, während das Wasser kocht, ihn in ihr Bett ziehen, ihm ihre nackte Haut zeigen, damit er sie berührt? Würde sie das wirklich tun? Dummes, dummes Mädchen, wo doch so viele Perverse herumlaufen. Obwohl Tony es hinter sich gelassen hat, kennt er die Gefahr. Sex. Darum dreht sich doch alles, um Sex oder ein Versprechen, oder um Sex und ein Versprechen oder um Sex als Versprechen.
Als sie an der U-Bahnstation ankommen, bleiben sie stehen. »Tja…«, meint sie. »Ich nehme wohl besser ein Taxi.« Obwohl er sie nicht ansieht, spürt er ihren Blick. Mit dem Kopf reicht sie gerade bis knapp über seine Schulter, sie ist kleiner, als er dachte, und wirkt in dieser riesigen Jacke ganz zierlich. Es schnürt ihm die Brust zusammen, weil er so etwas wie Zärtlichkeit ihr gegenüber empfindet, die aber unmittelbar von einer Welle der Wut erstickt wird. Weil er einfach nicht kann.
»Ich… werde für eine Weile fortgehen«, platzt er plötzlich heraus, »sonst würde ich…« Was, *was* würde er sonst?
»Wohin?« Ihre Stimme klingt dünn, gebrochen, als wäre sie enttäuscht.
»Nach Norfolk«, antwortet er.
»Na ja, das liegt schließlich nicht am Ende der Welt.«
Irgendwie steht sie jetzt vor ihm, und irgendwie hat sie plötzlich seine Arme um ihre Taille gelegt. Noch immer verströmen ihre Haare – trotz des penetranten Zigarettenqualms – einen schwachen Mandelduft. Es fühlt sich an, als würde er ein Plüschtier umarmen, wobei das dicke

Pelzimitat fast Geborgenheit vermittelt. Gleichzeitig verschränkt sie die Arme um seine Taille. Er hat plötzlich eine Eingebung.

»Ich werde mich mit Constance Benson treffen... du weißt schon, wegen...«

»Deinem Buch? Du Glückspilz. Sie ist nämlich ein Schatz.«

Er nickt, wobei ihre Haare seine Wange streifen.

»Das Dumme ist nur, dass ich die Adresse verlegt habe und die Wegbeschreibung...«

»Fährst du mit dem Auto?«

»Mit dem Zug.«

»Aber der nächste Bahnhof liegt meilenweit weg – sie wohnt mitten im Niemandsland. Ich weiß nicht einmal, wo der nächste Bahnhof war... war das in King's Lynn?«

»Hast du nicht erzählt, dass du schon mal dort warst?«

»Lass mich überlegen«, sagt sie. Daraufhin lässt sie ihn los und kramt in ihrer Tasche nach einem Notizblock und einem Stift. »Dreh dich um.« Dann drückt sie den Block gegen seinen Rücken und kritzelt etwas darauf. »Bitte sehr. Zumindest die Wegbeschreibung vom Dorf aus.« Dann stellt sie sich wieder vor ihn hin, reißt die Seite ab und reicht sie ihm. Er steckt sie in seine Innentasche. Erwartungsvoll sieht sie ihn an, und er legt die Arme um sie, dankbar, erleichtert darüber, dass er bekommen hat, was er wollte, sodass er sie kurz an sich drückt.

»Rufst du mich an, wenn du wieder zurück bist?« fragt sie. Und plötzlich: »O nein!«

»Was ist los?«

»Ich habe die Blumen liegen lassen... neben dem Tisch auf dem Boden... ach, Mist...«

»Ich werde dir wieder welche schenken«, sagt er in ihr Haar, »beim nächsten Mal.«

Eine Minute lang schweigt sie. Ist das ihr Herzschlag oder

seiner? »Also gibt es ein nächstes Mal?«, murmelt sie an seiner Schulter. »Ich dachte schon...«

»Beim nächsten Mal«, bekräftigt er, wobei ihm das Herz beinahe stehen bleibt. Das war ein Versprechen, und er hasst es, Versprechen zu brechen, deswegen gibt er selten eins. Bevor er begreift, wie ihm geschieht, reckt sie sich hoch und küsst ihn flüchtig auf die Lippen. Eine zarte Berührung mit trockenen Lippen, die sich fast kalt anfühlen, dann ein Zögern, währenddessen er den Kuss hätte erwidern können, sie richtig hätte küssen können, aber es nicht tut. Sie muss sich auf die Zehenspitzen gestellt haben, weil sie jetzt wieder nach unten sinkt. Um die Kurve biegt ein leeres Taxi. Mit erhobener Hand springt sie an den Straßenrand, worauf es anhält. Gefällt ihm, die Art, wie sie das getan hat, so bestimmt, selbstsicher. Als das Taxi mit ihr davonfährt, hat er den Eindruck, als hätte sie die Finger an den Mund geführt, als hätte sie ihm eine Kusshand zugeworfen.

In der Bahn zieht er den Zettel hervor. Darauf sind eine Adresse und eine Wegbeschreibung, durch Wisborough hindurch, vorbei an dem Laden und dann immer geradeaus auf der Schotterpiste entlang des Meeres, ungefähr eineinhalb Meilen. PS: Ich beneide dich! Das Ausrufezeichen ist rund wie ein Ballon, und statt des Pünktchens hat sie eine Blume gemalt. Richtig mädchenhaft. Auf eine Art, wie er sie von seiner Frau, der Krankenschwester, erwarten würde. Faltet das Blatt sorgfältig zusammen und steckt es in die Brusttasche seines Hemds. So. Das wäre geschafft, Test bestanden, jetzt kann er loslegen. Braucht sie nie mehr wiedersehen. Schließt die Augen. *Danke, Kumpel,* formen seine Lippen.

Kapitel 25

Am ersten Mai stand Connie bei Anbruch des Tageslichtes auf. Es war ihr sechzehnter Geburtstag. Nachdem sie sich einen Pullover über ihr Nachthemd gestreift hatte, schlich sie auf Zehenspitzen die Treppe in dem noch schlummernden Haus hinunter. Die Uhr in der Diele tickte, noch nicht einmal fünf. Vorsichtig ging sie an dem schlafenden Hund vorbei und schlüpfte in Sachas Wellingtons, die sich kühl und körnig an ihren nackten Füßen anfühlten. Dann öffnete sie die Tür und huschte nach draußen. Über Nacht hatte es geregnet, sodass die Welt sauber gespült war für sie, und in den schattigen Bäumen schwoll das Zwitschern der Vögel zu einem Crescendo an, während sie weiterging zu der durchnässten Wiese und ihre Stimmung sich hob, als würde sie in den Vogelgesang mit einstimmen.

Sie fand es schön, dass ihr Geburtstag am ersten Mai war, ein ganz besonderer Tag. Früher hatte ihre Mutter ihr immer erzählt, wie sie an jenem Tag bei Tagesanbruch von den Wehen aufgewacht war, wie sie sich mühsam aufgerafft und nach draußen geschleppt hatte, um im Garten auf und ab zu gehen, während Vater noch schlief, wie sie dabei mit den Händen um ihren dicken harten Bauch gefasst hatte und mit dem Baby sprach, das sich in ihr bewegte, dieses fremde Wesen, das bald zur Welt kommen würde. Und jedes Mal, wenn ihre Mutter davon erzählte,

hatte Connie das Gefühl, dass sie sich fast daran erinnerte, was natürlich absurd war, wie könnte sie auch? Aber vermutlich war es ein ähnlicher Morgen gewesen wie dieser. Mit einer Hand drückte Connie gegen die flache Stelle, wo ihr Unterleib lag. Unvorstellbar, dass darin jemals ein Kind wachsen würde. *Wir hätten dich beinahe May genannt,* hatte ihre Mutter jedes Jahr gemeint, aber Vater fand den Namen missverständlich. May? Klingt wie eine Frage. Also haben sie sie Constance May getauft. *Constance ist nicht missverständlich, oder? Und außerdem passt er zu dir.* Zwar hatte Constance dann immer genickt, aber sich insgeheim auch gewünscht, ein Mädchen namens May zu sein, größer, blonder, weniger ernst, weniger beständig. Erst jetzt, da sich alles geändert hatte, fragte sie sich, ob auch sie sich geändert hatte. Sie grübelte darüber nach, ob sie sich selbst überhaupt kannte.
Sie spazierte durch den Garten, hin zu den Bäumen, die vom Rascheln und Zwitschern der Vögel erfüllt waren. Dann blieb sie kurz stehen, um einen Blick auf das Haus hinter sich zu werfen. In der aufgehenden Sonne blitzten die Fensterscheiben. Vor der offenen Tür zeichnete sich die Spur der Abdrücke ihrer grünen Stiefel in dem silbrig glänzenden Gras ab. Dies ist mein Zuhause, dachte sie. Und ich bin Constance, wenn auch nicht konstant. Vielleicht ein wenig mehr May? Patrick und Sacha sind – zwar nicht ganz meine Familie, aber meine Nächsten. Welches Gefühl durchströmte sie bei diesem Gedanken? Weder Traurigkeit noch Schmerz über den Verlust und auch nicht Freude. Nicht einmal Bedauern oder Dankbarkeit. Es war eher eine Art Hunger, aber kein Hunger im herkömmlichen Sinn, bezogen auf Nahrung oder Ähnliches, sondern auf etwas, das jenseits ihrer Vorstellung lag.
Sie ging weiter, zwischen den Buchen hindurch. Mitten

durch den Wald, von der friedlichen Stille in den Bann gezogen. Feine Spinnwebfäden zwischen den Bäumen blieben an ihrem Gesicht hängen. An einer Lichtung hielt sie unter einer riesigen Buche an, ihrem Lieblingsbaum. Ihr Blick wanderte an dem glatten grauen Stamm hoch. Sie bemerkte eine Eulenhöhle und auch dunkel gefärbte Zeichnungen, die, mit ein wenig Vorstellungskraft, wie Augen aussahen. Mit dem Gesicht berührte sie die Rinde, die längst nicht so glatt war, wie es den Anschein hatte, sondern angenehm rau und kühl. Während sie so dastand, die Stirn und die Handflächen gegen den Baumstamm gelehnt, überkam sie eine vollkommene Ruhe. Eine Weile lang blieb sie in dieser Haltung gegen den Baum gestützt, als wäre sie benommen oder in Träumen versunken, ohne einem bestimmten Gedanken nachzuhängen. Und dann hörte sie auf einmal Patricks Stimme: »Con-nie, Co-on…«

Ihr erster Impuls war, sich zu verstecken. Aber weshalb? Oh, einfach nur, um ihre Einsamkeit weiter auszukosten. Als sie dem Baum den Rücken zuwandte, sah sie ihn bereits, wie er auf dem Pfad mit großen Schritten auf sie zu kam, die Pyjamahose in die Stiefel gestopft, das Hemd offen, der Bart, der halb seine Brust verdeckte.

»Alles Gute zum Geburtstag«, sagte er. An seiner Nasenspitze hing ein Tautropfen.

»Woher wusstest du, dass ich hier bin?«

»Bin früh aufgestanden. Wie herrlich…« Dabei deutete er um sich herum. »Die Tür stand offen… und als ich nach draußen gegangen bin, was musste ich da sehen? Die Spur von kleinen Fußabdrücken. Was blieb mir anderes übrig, als dir nachzugehen?« Der helle Glanz in seinen Augen bereitete ihr Unbehagen. »In der Morgendämmerung einer Maid an ihrem sechzehnten Geburtstag in den Wald zu folgen, kann ganz schön aufregend sein. Und dazu noch am ersten Mai!«

»Was soll daran schon aufregend sein?«, sagte sie abweisend.

»Setz dich doch mal für eine Minute.« Dabei ging er neben ihr in die Hocke, den Rücken gegen den Baum gelehnt. Von oben sah sie auf seinen Kopf hinunter, wo die Haare allmählich dünner wurden, dann ließ sie sich ebenfalls auf den Boden sinken. »Keine Angst«, beruhigte er sie.

»Hab ich auch nicht.« Schweigend saßen sie eine Weile da, lauschten den Geräuschen des Waldes und beobachteten die Sonne, die gerade so viel Kraft hatte, um allmählich durch die Blätter zu dringen. Patrick rutschte ein Stück vom Baum weg, um sich der Länge nach auszustrecken. Instinktiv zog Connie die Knie bis an die Brust, wobei sie ihr Nachthemd straff über den Knien spannte. Wenn sie auf seinen Brustkorb sah, konnte sie an der zarten Stelle unterhalb seines Brustbeins, wo die Rippen sich nach außen bogen, das Pulsieren seines Herzens wahrnehmen. Milchblasse Haut, hier und da Sommersprossen, die kupferfarbene Spitze einer Brustwarze, umgeben von schwarzen Haaren. Sie wünschte, sie wäre nicht allein nach draußen gegangen, sondern würde stattdessen mit Sacha in der Küche das Frühstück vorbereiten.

Seine Augen waren geschlossen. Sie dachte schon, er wäre eingeschlafen, als er plötzlich sagte: »Als ich ein Kind war, hatte ich eine Offenbarung.«

»Oh?«

»Ja, in Form eines Kastanienbaums, den ein Blitzschlag in zwei Hälften geteilt hat... draußen vor meinem Schlafzimmerfenster.« Connie wartete ab, dass er weitererzählte, da sie mittlerweile Patricks bedachte Art kannte, mit der er etwas äußerte. In dem Blätterwerk über ihnen raschelte eine Brise. *Ich bin sechzehn,* dachte sie und hob das Kinn. *Ich bin jetzt eine Frau.* Die Haut über Patricks Brust schimmerte bläulich, und die Schatten der Blätter wiegten sich sanft im Wind, sodass man hätte meinen können, er wäre unter Wasser. Ein schönes Motiv zum Malen. »Ich konnte seine Schmerzen förmlich spüren«, fuhr er fort, »so klar, so deutlich, als hätte er zu mir in Worten gesprochen. Als hätte er geweint.«

»Wie hast du das gemacht?«, fragte Connie. Dabei durchzuckte sie der Gedanke, wenn ich doch eine Frau bin, warum fühle ich mich dann wie ein kleines Mädchen?

»Ich habe es einfach gespürt«, entgegnete Patrick, »und habe von da an gewusst, dass Pflanzen ein Gefühlsleben haben. Ein richtiges Gefühlsleben. Seitdem bin ich davon überzeugt, dass es eine höhere Ordnung als das Tierreich gibt – zu dem ich auch den Homo sapiens zähle.«

»Tatsächlich?«

»Ja, Con, höre ich da etwa Skepsis in deiner Stimme?«

»Aber nein.« Connie war froh, dass seine Augen geschlossen waren, sodass sie unbefangen zu den tänzelnden Blättern hinaufgrinsen konnte. »Erzähl ruhig weiter.«

»Zum Beispiel unsere Sinne, nehmen wir einfach einmal unsere fünf Sinne … wobei wir die anderen vorerst unberücksichtigt lassen …« Connie machte es sich bequemer und unterdrückte ein Gähnen.

»Sehen, hören, schmecken, tasten, riechen … so primitiv, nichts weiter als primitive Mechanismen, Con.«

»Aber«, konnte sie sich nicht zurückhalten, »nur damit können wir … die Welt erfahren. Sie kennen lernen. Was für Möglichkeiten haben wir denn sonst? Und was die Pflanzen betrifft … also Patrick, bitte! Pflanzen haben nicht einmal Augen oder Ohren, sie können nichts empfinden.« Sie sah, dass er lächeln musste, sah seine geschlos-

senen Augen und eine kleine Spinne, die sich in seinem Bart verheddert hatte.
»Ich würde sogar so weit gehen zu behaupten«, meinte er, »dass diese fünf Sinne, mit denen wir... wie hast du es noch einmal genannt? Die Welt erfahren, dass sie uns im Gegenteil daran hindern, sie kennen zu lernen.«
Connie stieß einen Seufzer aus und wurde sich im selben Augenblick bewusst, dass sie diesen genauso dramatisch lang zog wie ihr Mutter manchmal... wenn sie... oh, es ist ein Jammer, wie die Erinnerung verblasst. Etwa wenn sie dabei war, Alfie begreiflich zu machen, dass er wieder einmal ein Paar Hosen an den Knien durchgescheuert hatte. Bei der Erinnerung zog sich ihr Herz zusammen, sodass sie sich auf den Rücken sinken und sich von der Erdanziehungskraft dicht an den Boden ziehen ließ.
»Diese Sinne vermitteln nur eine grobe Wahrnehmung«, sagte Patrick. »Sie erfassen die offensichtlichsten, stumpfen Manifestationen von Leben, wie Licht... nur innerhalb eines bestimmten Spektrums, oder Farben, nur innerhalb eines bestimmten Spektrums, oder Töne, wiederum nur innerhalb eines bestimmten Spektrums. Folglich existieren wir lediglich innerhalb eines bestimmten Spektrums. Was bedeutet, dass das hier nicht alles ist.« Abwartend legte er eine Pause ein, aber Connie sagte nichts, sondern spürte nur den harten Waldboden unter ihrem Rücken, einen Zweig, der sich in ihre Hüfte bohrte. »Unsere Sinne sind in erster Linie ausschließlich ein Mittel der Wahrnehmung, die zudem stark eingeschränkt ist, da die meisten Menschen sich mit diesem bisschen begnügen, mit dem wenigen, was sie erfassen können. Die meisten verspüren nicht das Bedürfnis, das Gesamte zu sehen, in die Tiefe zu dringen.«
»Ich verstehe immer noch nicht, was das mit Pflanzen zu

tun hat«, murmelte Connie, »aber ich möchte auch gar nichts mehr davon hören.«
»Verglichen mit dem simpelsten Einzeller, ist das menschliche Gehirn geradezu primitiv«, fuhr Patrick ungeachtet ihrer Worte fort. »Wie viel kann dein Gehirn denn auf einmal aufnehmen? Wie viele Bilder, Gedanken, Eindrücke zugleich? Zwei, drei oder fünfzehn? Spielt keine Rolle. Eine einzige Pflanzenzelle kann innerhalb eines Moments wesentlich mehr verarbeiten als du in deinem gesamten Leben. Aus diesem Grund setze ich alles daran, die Weisheit der Pflanzen mittels meiner Elixiere nutzbar zu machen ... das, was ich vorhabe, Connie, wird die Art, wie die Menschheit die Welt begreift, revolutionieren.«
»Oh Patrick, woher willst du denn wissen, was in einer Pflanze vor sich geht?« Gereizt sprang Connie auf und klopfte Blätter und kleine Zweige von ihrem Pullover. »Ich gehe jetzt wieder zurück, wahrscheinlich wartet mein Frühstück bereits auf mich. Kommst du mit?« Dabei sah sie auf Patrick hinab. Er war natürlich großartig, auf seine spezielle Art, aber manchmal übertrieb er doch ein wenig.
Er schlug die Augen auf. »Ich langweile dich«, meinte er und stand auf. »Und das noch vor dem Frühstück und dazu an deinem Geburtstag! Wie kann ich das bloß wieder gutmachen?« Dabei faltete er seine Hände, als wolle er beten.
Connie musste lachen. »Na ja, nicht direkt langweilen.«
»Du kleine Hexe.«
»Ich sterbe vor Hunger. Lass uns gehen.«
Patrick hielt sie am Arm zurück. »Nicht so schnell«, und während er das sagte, war die Luft plötzlich von lautlosen Flügelschlägen erfüllt, und wie ein Geist näherte sich zwischen den Bäumen hindurch ein riesiger weißer Vogel.

»Eine Eule«, flüsterte Patrick, »eine Schneeeule.« Mit offenem Mund beobachtete Connie, wie sie an ihnen vorbeiflog, ja, glitt. Einen Moment lang verharrten sie stumm, den Blick auf die Stelle gerichtet, wo sie verschwunden war. »Das ist ein Geburtstagsgeschenk«, meinte Patrick mit vor Ehrfurcht sanfter Stimme. »Zwar habe ich unseren Freund schon öfters gehört, aber noch nie zu Gesicht bekommen.«

»Wunderschön«, hauchte Connie.

»Ja.« Patrick drehte sich zu ihr um und legte einen Finger unter ihr Kinn. »Sechzehn«, sagte er. »Wie fühlt man sich so mit sechzehn?« Er hatte noch Schlafkörnchen in den Augenwinkeln. Unwillkürlich fragte sie sich, ob sie auch welche hatte, und kniff die Augen zusammen. Welch seltsame Faszination, einem anderen Menschen so nah zu sein, nah genug, um ihn zu riechen, um jede einzelne Pore zu erkennen, jedes einzelne Haar seines langen, weichen Barts, lauter schwarze oder weiße Haare, kein graues darunter. Und mit einem Mal kam sie sich unter ihrem Nachthemd ganz nackt vor.

»Weiß noch nicht. Auch nicht anders als vorher.«

Er ließ sie wieder los. Ihr Blick blieb auf seinem Bauch haften, auf den zarten Härchen, die dort wuchsen, und auf der harten Wölbung unter dem gestreiften Stoff seiner Pyjamahose. Sie konnte einfach den Blick nicht davon lösen.

»Ja?« Das Ding bewegte sich. Ihr schoss das Blut ins Gesicht. »Keine Angst«, sagte er. »Um nichts auf der Welt würde ich dich anfassen, nicht, wenn du es nicht willst. Aber du siehst ja, wie er auf dich reagiert.«

In ihren Ohren pulsierte das Blut. Sie hätte sich wegdrehen sollen, rasch nach Hause laufen sollen. Noch war nichts passiert, es würde auch nichts passieren. Sie hätte sich einfach umdrehen und weggehen sollen.

»Du weißt ja über unsere, über meine und Sachas Einstellung in Bezug auf körperliche Liebe Bescheid. Wir haben beide unsere Affären.« Connie überlegte. Zwar stimmte es, dass Patrick hin und wieder für mehrere Tage verschwand, aber Sacha? Wo waren denn ihre Liebhaber?
Connie stieß ein verunglücktes Lachen aus.
»Und für dich finden wir auch noch einen Freund, was? Jetzt, wo du sechzehn bist.«
»Aber … ich weiß nicht.« Wie schockiert, wie peinlich berührt wären ihre Eltern gewesen. Aber die waren nicht mehr da. Und genau deshalb war sie hier, deshalb passierte ihr das. So war das, das war ihr Leben. Hier, mit Patrick vor sich, der zugleich komisch und liebenswert wirkte, in seiner Pyjamahose, die sich oberhalb des Schritts ausbeulte. Wäre er ihr nur nicht nachgegangen. Warum hatte sie auch die Tür offen gelassen, warum musste sie Fußabdrücke hinterlassen, die wie ein Pfeil in ihre Richtung wiesen? Als sie den Kopf hob, kreuzten sich ihre Blicke. In der Luft hing ein Prickeln wie von Brausepulver. Erneut sah sie auf seine Hose.
»Patrick, darf ich …?« Nur mühsam kamen ihr die Worte über die Lippen.
»Darfst du …?« Er war völlig auf sie konzentriert.
»Darf ich ihn anfassen?« Wie konnte sie nur so etwas sagen? So eine Frage stellen? Überhaupt auf so einen Gedanken kommen? Vielleicht aus Neugier und einem Anflug von Verrücktheit, weil heute ihr Geburtstag war, weil es so früh am Morgen war, weil die Sonne soeben aufgegangen war. Weil das Licht wie Finger die Räume zwischen den Blättern öffnete. Außerdem fühlte sie sich bei ihm sicher. Er würde ihr nie etwas antun. Schließlich liebte er sie, und sie, wie ihr bewusst wurde, liebte ihn ebenfalls. Aber was für eine Liebe war das? Wer konnte

das schon sagen? Bestimmt gefiel es ihm, dass sie ihn das gefragt hatte, bestimmt freute er sich über ihren Mut. Dumm, wie sie letztes Jahr vor seinem Kuss geflohen war – danach hatte er es nie wieder versucht. Sie wollte einfach nur wissen ... sie musste wissen ... sie konnte sich einfach nicht vorstellen, wie er sich anfühlte ... sein ... Penis ... das seltsame Ding, das immer größer wird und sich bewegt und zuckt. Zwar hatte sie den von Alfred öfters gesehen, als er noch ein Baby war, aber dieser hier ...

»Aber ja!« Er klang erfreut. »Du bist richtig süß. Aber ich versteh schon. Wenn wir einen Freund für dich gefunden haben, möchtest du nicht auf unliebsame Überraschungen stoßen.«

Connie nickte, ob er Recht hatte oder nicht, wusste sie nicht. Aber sie stand wie unter einem Zwang, dieses Ding zu berühren, das sich jetzt aufrichtete. Unter dem Baumwollstoff nahm sie es in die Hand. Es fühlte sich heiß und fest an. Auf dem Stoff zeichnete sich ein dunkler, feuchter Fleck ab, als es von innen dagegen stieß.

»Nimm ihn heraus und sieh ihn dir an«, forderte Patrick sie auf.

Er schien beinahe wie von selbst durch den Pyjamaschlitz zu drängen, violett und angeschwollen wie eine Prellung, wie etwas, das sicherlich Schmerzen bereitete. Er war zu groß und hart. Ruckartig zog sie die Hand weg.

»Ich gehe jetzt besser.« Mit raschen Schritten ging sie davon, wobei sie die Hand an ihrem Nachthemd abwischte, da ihr dieses heiße, glatte Gefühl, das das Ding auf ihrer Handfläche hinterlassen hatte, unangenehm war. Sie wollte so schnell wie möglich davon weg, von ihm, um bei Sacha zu sein. Die Arme, wie auch immer sie über Sex dachte, was immer sie auch tat, sie hätte sicher etwas dagegen gehabt, dass Patrick Connie sein Ding zeigte. Obwohl

ich diejenige war, die gefragt hat, schoss es ihr durch den Kopf, ich war es.
Dann musste sie wieder an die Eule denken, an diese herrlich weiße, weiche Pracht, die wie aus dem Nichts aufgetaucht war und wieder verschwand. Wie ein Geist, genau, und für einen Augenblick gaben ihre Knie nach: Wessen Geist? Vielleicht der ihres Vaters, der sie warnen wollte, warnen, oder nicht? Nein, nein, nein, Blödsinn. Jetzt rannte sie so schnell sie konnte, als wäre jemand hinter ihr her, raste zwischen den Bäumen durch und über die Wiese in das Haus, wo Sacha in ihrem alten braunen Morgenmantel gerade den Wasserkessel aufsetzte.

Zweiter Teil

Norfolk

Kapitel 1

Motorengeräusch, das Knirschen von Reifen im Kies. Tony spürt einen Stich im Magen. Jetzt ist es also so weit, die Benson ist schon zurück. Und noch nichts vorbereitet, kein Essen gekocht, so hatte er sich das nicht vorgestellt. Unschlüssig steht er da. Soll er sich verstecken? Er kniet sich auf den Boden, hinter den Tisch, lächerlich, als würde sie ihn dort nicht entdecken. Reiß dich zusammen, Mann. Schritte. Atemlos wartet er darauf, dass die Tür aufgeht, die Hände flach am Boden, mitten in diesem Dreck aus Sand und Haaren und weiß Gott was, während ihm das Herz bis zum Hals klopft. Doch dann ein lautes Klopfen an der Tür. Wer zum … was zum …? Was tun? Erneut hämmert es gegen die Tür, eine Stimme: »Miss Benson, huhu … Jemand zu Hause?« Tony steht wieder auf, während sein Herz allmählich wieder normal schlägt. Geht zur Tür und macht auf.

»Ich hätte was für Miss Benson abzugeben.« Draußen parkt ein Lieferwagen, und der Typ steht mit einem großen flachen, mit Packpapier umwickelten Paket vor ihm, das er gegen die Hüfte gestemmt hat, und einem Quittungsblock in den Händen.

»Sie ist gerade nicht da. Kann ich es vielleicht entgegennehmen?« Die Frage geht ihm glatt wie Butter über die Lippen. »Ich bin ein Freund … beziehungsweise ein Verwandter.«

Der Mann zögert. »Nun, eigentlich darf ich es nur ihr persönlich übergeben«, sagt er.
»Sie müsste jeden Augenblick zurückkommen«, meint Tony. »Rechtzeitig zum Abendessen.«
»Ich komme besser noch mal wieder.«
»Wie du meinst, Kumpel.« Tony hält den Atem an.
Der Typ zupft sich am Ohrläppchen, dann holt er einen Stift hinter dem Ohr hervor. »Unterschreiben Sie dafür?«
»Klar. Außer, Sie wollen auf sie warten. Wie ich schon sagte...«
»Schon gut.« Er reicht Tony den Stift, der ganz warm ist. »Schätze, das geht in Ordnung. Aber ich kann mich doch darauf verlassen, dass sie es erhält, oder?«
»Klar doch.«
Er sieht sich um. »Nette Gegend, wohnen Sie hier?«
»Bin nur zu Besuch.«
»Aber für meinen Geschmack ziemlich abgelegen.«
»Tja, hat eben Vor- und Nachteile.« Tony unterschreibt mit seinem Namen und greift nach dem Paket. Ahnt bereits, was es ist. Das ist Patrick, der ihm geliefert wird. Alles kommt zusammen, wie ein Wunder, genau das ist es, ein wirkliches, verdammtes Wunder.
Schließt die Tür und wartet, bis der Wagen verschwunden ist, bis das Motorengeräusch nicht mehr zu hören ist, bevor er ein Brotmesser nimmt und die Schnur durchtrennt. Es ist gut verpackt, wie es sein sollte, Schichten von braunem Packpapier, zusammengeklebt, dann ein Holzrahmen, mehrere Lagen Luftpolsterfolie – und, schließlich, Patrick.
»Hallo, Kumpel«, sagt Tony. Dabei klingt seine Stimme zärtlich wie nie zuvor, der Unterton ist ihm beinahe peinlich. Fährt mit dem Finger über Patricks Gesicht, vertraut und doch fremd, alt und jung zugleich. Geht näher heran,

um die Pinselstriche zu erkennen, die Mischung der Farben, die die Form des Fleisches bildet, das strenge Gesicht, die lange Nase, deren Spitze leicht gerötet ist, den friedvollen Ausdruck des Mundes, die gesprenkelten Augen, grünlich, die ihn so … glücklich, beinahe voller Liebe ansehen. Noch nie hat ihn jemand auf diese Weise angesehen. Seine Mutter nicht. Auch kein Mädchen. Selbst Donna nicht, und sogar Lisa, in ihren Augen erkennt er keine Liebe – auch wenn er nicht danach sucht –, sondern lediglich Begehren, jede von ihnen begehrt etwas, mehr gibt diese Art von Liebe nicht her, Begehren und danach Enttäuschung. Aber diese ist anders. Eine reine, platonische Liebe, die absolut nichts mit Körperlichem zu tun hat, sondern darüber steht, eine Art geistige Liebe, die noch über den Tod hinausreicht. *Ich liebe dich*, flüstert Tony, woraufhin er errötet, sich rasch umsieht, ob ihn auch niemand gehört hat. Dann stößt er ein Lachen aus, als wäre tatsächlich noch jemand im Raum, *verpiss dich*, murmelt er, und während er erneut in diese Augen sieht, weiß er, dass Patrick versteht. Dies hier ist Patricks Gesicht, das letzte Porträt. Und Tony ist hier an diesem Ort, wo Patrick gelebt hat. Jetzt fügt sich alles zusammen, Himmel, ihm wird heiß.

Kapitel 2

Es war zwar schön, aber viel zu anstrengend. Inzwischen liegt London weit hinter ihr, dort, wo es hingehört. Selbst während ihrer kurzen Abwesenheit haben sich die Farben der Landschaft verändert. Ein neues Spektrum – Grün- und Grautöne, Striche in hellem Beerenrot, leuchtender Adlerfarn, der ineinander verschwimmt, ein nasses Glitzern. Nicht, dass sie weinen würde, es ist nur eine Träne. Vor lauter Aufregung schlägt ihr Herz schneller und wird zugleich leichter. Angestrengt hält sie nach dem Meer Ausschau. Dabei fällt ihr Alfie ein und wie zwischen ihnen beiden auf der Fahrt in die Sommerferien immer ein richtiger Wettstreit darüber entbrannt war, wer als Erster das Meer sah.

Connie rutscht auf dem Sitz herum, als das Taxi von der Hauptstraße abbiegt. Jetzt fahren sie auf einer schmalen Straße, die zwischen hohen Hecken entlangführt, zu dem Dorf mit seinen weit auseinander liegenden Gebäuden – Kirche, Laden, Häuser, nicht einmal eine Kneipe – bis sie die eigentliche Straße verlassen, und dann wird man auch schon das Meer sehen können, ihr Meer, und sie wird wieder zu Hause sein, wonach sie sich so sehr, so verzweifelt sehnt.

Unter blauem Himmel die Kirche, mit einer flackernden Turmspitze. »Sie müssen mir rechtzeitig Bescheid geben«, sagt der Fahrer.

»An dem Laden vorbei«, entgegnet Connie. »Ach, mein Lieber, wenn es Ihnen nichts ausmacht, könnten sie eigentlich kurz dort halten, damit ich eben schnell hineinspringen kann.«
Vor dem Spa-Laden hält er an und steigt aus, um Connie die Tür aufzuhalten. »Lassen Sie sich ruhig Zeit, ich zünde mir solange eine an«, sagt er.
Sie bemerkt, dass Barry, der heute bedient, da seine Mum ihren wöchentlichen Einkauf bei *Cash and Carry* macht, sie im ersten Moment mit ihrem neuen Hut und dem Mantel überhaupt nicht erkennt. Also ist heute Donnerstag, für Connie beruhigend zu wissen. Hier ändert sich nie etwas, mit Ausnahme des Wetters.
Barry sieht hoch. »Miss Benson!«
»Gefällt es dir?« Dabei macht Connie eine leichte Drehung.
»Scharfer Fummel«, urteilt er. Armer Kerl, denkt Connie, während sie auf seine wulstigen Lippen, die fettigen, angeklatschten Spaghettifransen, die vielen Mitesser auf seiner Nase sieht, wahrscheinlich hat er noch nie eine gehabt und wird auch keine abbekommen. Dafür wird er seiner Mutter im Laden helfen, bis diese einmal umfällt. Und dann? Sie bezweifelt, dass er genügend Grips hat, um für sich allein zu sorgen.
»Da hat ein Mann nach Ihnen gefragt, Miss Benson.« Connie nimmt sich gerade ein Päckchen Nüsse und eine Tüte Milch.
»Was für ein Mann?« Hier drin verkommt langsam alles, stellt sie fest, das genaue Gegenteil zu all diesen farbenfrohen, lauten und glitzernden Geschäften in London. Trotzdem ist es nicht richtig, die Dinge zu sehr laufen zu lassen. In der Ecke eines Regals hängt ein Spinnennetz, die Linoleumfliesen haben abgebrochene Ecken, und auf den

Cornflakes-Schachteln sind dreckige Daumenabdrücke. Wenn sie den Laden hier nicht wieder auf Vordermann bringen, können sie unter Umständen bald dichtmachen – und wo soll sie dann einkaufen?
Da ihr ein Wagen zur Verfügung steht, kann sie genauso gut einen Großeinkauf machen. Zwischen den Werbezetteln, die am Schaufenster kleben, sieht sie zu dem Fahrer hinaus, der gerade seine Zigarette raucht. Hat irgendetwas Kokettes an sich, wie er da mit seiner Mütze am Wagen lehnt und elegant an der Zigarette zieht. Genau! Connie kichert leise, als ein Mädchen sich nähert, ein Mädchen in Jeans und einem dieser luftigen Tops, die den Blick auf den Bauch freigeben.
»Er war nett«, antwortet Barry, »lange Haare. Ich habe ihm gesagt, wo Sie wohnen. Mum sagt, das hätte ich nicht tun sollen. Sie hat mir eine verpasst, jawohl.« Dabei lässt er die Unterlippe hängen, als würde er jeden Moment anfangen zu heulen.
»Ist schon in Ordnung, Barry«, beruhigt ihn Connie. »Das hast du gut gemacht.« Äpfel, ein Korb Boskop, mit Bedauern fährt sie mit der Zunge über ihre Zähne. Dann wendet sie sich dem Regal mit den Konserven zu, wählt Suppe, Corned beef, Spaghetti und eine Dose Ravioli, gefüllt mit Hähnchenfleisch, die neu im Sortiment ist.
»Und Sie möchten bestimmt Ihren Tabak.« Barry greift nach oben.
»Und was noch?« Connie lächelt. Sie hat eine kleine Schwäche für den armen Barry.
»Whisky«, sagt er. Dann holt er ihr wie immer eine halbe Flasche Famous Grouse.
»Nein, heute nehme ich eine volle«, sagt sie.
»Wohl übermütig, was, Miss Benson?« Dabei gibt er ein zweideutiges, nervöses Kichern von sich. Für ihn ist das

der Höhepunkt des Tages, wenn er mit einer alten Frau ein paar Worte wechseln kann. Aber, überlegt Connie, was ist der Höhepunkt für mich? Die Tür hinter mir zumachen zu können? Oder was sonst? Kekse, Erdnüsse, Käse, Teebeutel, Salzstangen, Studentenfutter. »Und noch eine große Schachtel Streichhölzer«, verlangt sie.
»Dann kann ich Mum also sagen, dass Sie wegen dem Mann nicht böse sind?«
»Wahrscheinlich war es nur irgendein Journalist. Nein, sag ihr, dass du dich richtig verhalten hast.«
»Sie sind in London gewesen?«
»Ja.«
»Wie is' es da?«
Connie zögert. »Nicht so schön wie hier«, meint sie schließlich, »hier lebt es sich besser.« Barry grinst, sodass Connie das Bild vor Augen hat, wie er damals in seinem Kinderwagen vor dem Laden saß, mit demselben Grinsen auf seinem breiten roten Gesicht. Wie doch die Zeit rast.
»Und wann war der Mann da?«, fragt sie.
»Gestern, glaube ich.« Die Zungenspitze zwischen den Lippen, tippt Barry die Preise in die Kasse ein und packt alles in Tüten. Die Tür bimmelt, als der Fahrer hereinkommt, um sich Zigaretten zu kaufen und um Connie zu helfen, ihre Einkäufe zum Wagen zu tragen. Während das Auto holpernd den Schotterweg entlangfährt und das Meer ihr in dem milden Sonnenschein zublinzelt, hebt sich Connies Stimmung. Bald wird sie das Dach ihres Hauses erblicken. Und das ist für sie ein Höhepunkt. Nach Hause zu kommen.

Kapitel 3

Zu guter Letzt komme ich zu dem Kernstück meiner Errungenschaft – ich erlaube mir diesen Ausdruck trotz der Tatsache, dass sich mir die ultimative Vollendung noch entzieht. Durch die Fertigstellung meiner Autobiografie gerieten der Verlauf meiner Forschung und die Entwicklung meiner Methode ins Stocken. Dennoch unternehme ich den Versuch, die praktische Anwendung meines »Phytosophischen Prinzips« – für den Laien verständlich – darzulegen, um die Lebensqualität der Menschen zu erhöhen.

Zuvor muss ich allerdings einfügend bemerken, dass das mangelnde Verständnis bezüglich meiner Arbeit eine der größten Enttäuschungen in meinem Leben darstellt. Daraus kann ich nur schließen, dass eine Methode wie die meine – die sich von dem höheren Bewusstsein unserer grünen Artgenossen ableitet – einen Anspruch erhebt, der den durchschnittlichen menschlichen Verstand übersteigt. So blieb mir nicht nur Zeit meines Lebens die Anerkennung verwehrt, auch begegnete man meinen Ideen oftmals mit Geringschätzung und Hohn. Es ist gewöhnlich das Los eines Pioniers auf dem Gebiet des menschlichen Bewusstseins, mit Spott überschüttet zu werden, und gleichzeitig zeichnet es den höheren Geist aus, sich von diesem Spott nicht irritieren und von seinem höheren Zweck ablenken zu lassen durch die Ignoranz jener, die sein Umfeld bilden.

Zutiefst bedauere ich meine letzte Demütigung, da diese implizit die Verachtung auf andere lenkte, die sich mit einem ähnlichen Forschungsgegenstand beschäftigen.
Meine öffentliche Vorführung des Seelenlebens von Pflanzen war ein glatter Misserfolg, wie ich offen zugebe, aufgrund eines Faktors, den ich nicht in meine Überlegungen mit einbezogen hatte. So bestand das Publikum aus Menschen, deren feindselige und negative Ausstrahlung bei dem Philodendron Bestürzung und Verwirrung hervorrief, sodass dieser nicht willens beziehungsweise dass er unfähig war, auf seine übliche Art zu kooperieren, und stattdessen starr in seinem Topf verharrte, womit er mich zur Zielscheibe des Spottes machte.
Ich wiederhole mein tiefes Bedauern darüber, wie nachteilig sich dies auf den Verstehensprozess auswirkte, besonders im Hinblick auf die Arbeit anderer Biologen und Psychologen. Dafür entschuldige ich mich rückhaltlos. Zudem bin ich davon überzeugt, dass der Philodendron es ebenfalls bereute: Bei nachfolgenden Experimenten unter Ausschluss der Öffentlichkeit gewann er nie wieder sein ehemals starkes Reaktionsvermögen zurück und ging schließlich ein.
An dieser Stelle biete ich meinen Lesern schließlich folgende Präsentation:

> Die sieben Stufen zur Glückseligkeit
> Ein existenzieller Leitfaden
> Zur schrittweisen Erlangung von Vollkommenheit,
> Frieden und Erleuchtung

(Anmerkung: Pflanzen sind die Träger des Schlüssels zur Vervollkommnung menschlichen Daseins auf der Erde.
In meinen früheren Lehren predigte ich, der Mensch könne sich das pflanzliche Leben als Verhaltensmuster zum Vor-

bild nehmen. Ich bin nicht gerade stolz darauf, dieses Anliegen zum Teil wieder zurückzunehmen, da es sich in manchen Fällen als unbrauchbar erweist und nicht anzuwenden ist. Wie zahlreiche andere Philosophen leide ich darunter, zu wörtlich genommen zu werden. Dennoch behaupte ich nach wie vor, dass Pflanzen über ein höheres Bewusstsein als Menschen verfügen. Jede einzelne Pflanzenzelle verfügt über eine Sensibilität und eine Wahrnehmung des Kosmos, die die rein subjektive und eingeschränkte, partielle Perzeption des Menschen mittels seiner fünf unscharfen Sinne bei weitem übersteigt.)

Mithilfe von Extrakten, deren Gewinnung geheim bleiben soll, mittels einer spirituellen Essenz aus verschiedenartigen Pflanzen, die ich ebenfalls nicht näher konkretisieren werde, Pflanzen, die abwechselnd in einer Atmosphäre der Meditation und der aufgeladenen Sexualität gediehen, war ich in der Lage, eine Serie von sieben Elixieren herzustellen. Ich muss mich korrigieren, tatsächlich gelang mir nur die Produktion von sechs Elixieren, wobei ich mir als Lebensziel gesetzt habe, die folgende Methode zu vervollständigen:

Die sieben Stufen zur Glückseligkeit

Es handelt sich um sieben Elixiere mit Langzeiteffekt. Empfohlene Dosis: ein bis sieben Tropfen. Achtung: Die häufig wechselnde und unregelmäßige Einnahme des jeweiligen Elixiers kann zu Geistesgestörtheit oder zum Tod führen.

Die Methode:

Elixier 1: FREUDE: lindert körperliche und geistige Leiden und bewirkt ein Gefühl der Zufriedenheit.

Elixier 2: HARMONIE: beseitigt körperliche Schmerzen, lindert seelische Leiden, bewirkt harmonische und angenehme Empfindungen.

Elixier 3: GLÜCK: schärft den Geist, steigert das körperliche Wohlbefinden, bewirkt das Gefühl von Stärke und ein anhaltendes Glücksgefühl.

Elixier 4: AUSGELASSENHEIT: scheinbar unüberwindbare Probleme lösen sich wie der schottische Nebel in nichts auf, Körper, Verstand und Geist schwelgen in Unbeschwertheit, Frohsinn, Ausgelassenheit.

Elixier 5: EKSTASE: bewirkt das Gefühl von absoluter physischer Ausgewogenheit und Stärke, von geistiger Regsamkeit, spirituellem Wohlbefinden. Die reale Welt erscheint in einem goldenen Licht.

Elixier 6: EUPHORIE: bewirkt das Gefühl von physischer und psychischer Vollkommenheit und spiritueller Erleuchtung, spontane Orgasmen möglich.

Elixier 7: GLÜCKSELIGKEIT: extremes Glücksgefühl in physischer, psychischer und spiritueller Hinsicht, spontane und lang anhaltende Orgasmen.

(Achtung: Sobald die Dosis im siebten Stadium sieben Tropfen beträgt, kann der Orgasmus so intensiv und lang sein, dass der Einzelne vorübergehend das Gefühl hat, sich aus seiner sterblichen Hülle zu befreien, was zu Komplikationen führen kann, falls Uneingeweihte Zeugen dieses Vorfalls werden.)

Tony klappt das Buch zu und legt es vor sich hin. Unbewusst war seine Hand zwischen den Schritt gewandert, von wo er sie rasch wegzieht. Dieses ganze Gerede über spontane Orgasmen. Er steht auf. »Ich bin hier«, sagt er zu Patrick, »sieh mich an, hier.« Und die Benson wird auch bald hier sein, und sie wird ihm den Weg zeigen, wird ihm das Zeug geben. Natürlich wird sie, wieso auch nicht? Und dann wird die Suche beendet sein. Er ballt die Faust in der Luft. Ja! Jetzt aber Ruhe bewahren. Atme tief ein. Ruhig, ganz ruhig.

Er geht einen Schritt rückwärts, um den Tisch zu bewundern. Sonnenschein fällt durchs Fenster, auf dessen verschmierter Scheibe salzige Sandkörner kleben, aber darum wird er sich später kümmern. Der Tisch ist für eine Person gedeckt. Nicht nur gedeckt, für eine Person arrangiert, für eine allein. Nachdem Tony den Tisch geschrubbt und gescheuert hat, bis der Schaum fast schwarz war, glänzt die Oberfläche jetzt golden, und die Holzstruktur scheint das Licht zu reflektieren. Der Teller ist blau. Dann hat er ein paar wilde Blumen in eine gelbe Vase gestellt – stachelige gelbe Dinger. Er hat ein Glas gespült, eine blau-weiß gemusterte Serviette entdeckt und sie gefaltet neben dem Teller platziert. Es wirkt wie ein Gemälde oder wie ein Motiv für *Schöner Wohnen*. Und durch den Raum zieht der warme Duft des Eintopfs. Eintopf mit Bohnen und Kräutern, Würstchen und Bauchspeckstreifen, was er alles in Brixton gekauft und in seinem Rucksack hierher getragen hat, samt einem Rezept, das er sich aus einem Kochbuch abgeschrieben hat. Hat sich letztlich doch gegen das Soufflé entschieden, da es etwas sein musste, das lange vor sich hin kochen kann, ohne zu verderben. Soufflé hingegen wird mit einem Paukenschlag serviert. Ta-ta! Dazu hat er eine Flasche Cabernet Sauvignon entkorkt, die aus dem Dorfladen stammt, ein Glück, dass die dort überhaupt Alkohol haben – es durchfuhr ihn siedend heiß, als er feststellen musste, dass er den Wein vergessen hatte –, eine staubige Flasche mit völlig zerknittertem Etikett, als wäre es vor langer Zeit einmal nass geworden. Aber egal, jetzt ist der Wein in eine Kanne umgefüllt, wo er atmen kann und zur Begrüßung bereitsteht. Auch in den Topf hat er etwas Wein gekippt und selbst ein Gläschen davon getrunken, nur zum Probieren.

Wahnsinn, wie viel Spaß ihm das Kochen gemacht hat. Hat nichts mehr so sehr genossen seit... ihm fällt nichts ein. Vielleicht seit ewig. Kochen an sich macht Spaß, aber für jemand anderen zu kochen, jemanden mit einer Mahlzeit zu beeindrucken... das ist das Allerhöchste. Er war ganz darin versunken, daran liegt's, musste sich nur darauf konzentrieren, die milden weißen Zwiebeln zu schneiden, den Knoblauch mit Salz zu mahlen, sich nur mit den Farben der Karotten, weißen Bohnen, dem Grünzeug, mit der rötlichen Wurst und dem blassen, feuchten fettigen Schweinefleisch beschäftigen. Noch vor seiner Abreise aus London hatte er sich überlegt, sich wegen der Zutaten in dem Dorfladen umzusehen – dieser arme Trottel hinter der Ladentheke! Was für ein Jammer!

Sein Magen knurrt. Schenkt sich noch einen Schluck Wein ein. Würde zu gern wissen, wann sie ankommt. Was, wenn nicht heute, sondern erst morgen? Oder übermorgen oder erst in ein paar Wochen? Nicht doch, sie wird nach Hause wollen, sie wird kommen, und das Essen wird noch gut sein, wird seinen Geschmack entfalten.

Wie kann man sein Empfinden nennen, als er die Wärme und Farbe in dem Raum in sich aufnimmt – schräge Küche mit all den Muscheln um die Türen und das Fenster herum, wie ein Rahmen –, als er den Duft seiner Kochkünste einsaugt? Schwer zu sagen, jedenfalls keine gewöhnliche Empfindung – so etwas wie Wohlwollen –, nein, Wohltätigkeit trifft es eher. Nicht gerade ein alltägliches Wort, aber schließlich ist er, Tony, auch nicht alltäglich. Vom ersten Moment an war ihm klar, wie Recht Patrick hat, nicht wie all die Ignoranten, diese Durchschnittsmenschen, die nichts verstanden, sich stattdessen aber darüber lustig machten. Welcher Durchschnittstyp hätte schon den Schneid gehabt, nicht nur auf eigene Faust hierher zu kommen, nicht nur sein Glück zu suchen, sondern zudem die Vorstellungskraft zu besitzen, diesen Anlass als einen reinen Akt der... Ehrerbietung – da, schon wieder – für eine Frau zu zelebrieren, die er nicht einmal kennt? Eine Ehrerbietung in Patricks Interesse. Vermutlich wird sie zwar etwas schockiert sein, wenn sie hier ankommt, aber darauf ist er vorbereitet, mit diesem Problemchen wird er schon fertig, während sie erst einmal die Neuigkeit verdauen muss, dass er hier ist, als eine Art Anhänger von Patrick, den Patrick selbst hierher geführt hat, und dass sie vorerst nicht mehr allein ist.

Überall hat er nach den Elixieren gesucht, vermutlich sind es kleine braune Fläschchen oder Ampullen, jede davon mit einer Nummer versehen. Aber er hat nichts gefunden. Keine Panik, deswegen muss er jetzt nicht gleich alles abblasen. Sie wird ihm schon sagen, wo sie sind, oder sie ihm direkt geben. Dieses Haus hier ist ein richtiges Dreckloch, ein besserer Bretterverschlag. Und hier soll Patrick gelebt haben? Ein düsteres, altmodisches Schlafzimmer, das nach Muscheln stinkt und in dem der Boden zittert, wen man zu hart auftritt. Toilette draußen hinter dem Haus, kein Bad, geschweige denn eine Dusche, was er unmöglich findet. Auf dem Abtropfbrett der Fetzen eines Imperial-Leather-Tuchs voller Krümel und Haare, dann ein steifer und schmuddeliger Waschlappen, der an einem Rohr neben der Spüle hängt und ahnen lässt, dass sie sich dort wäscht. Einfach ekelhaft, sich dort zu waschen, wo man auch die Teller spült.

Jedoch dieser Raum hier, diese Wohnküche, ist okay, und oben, die Leiter hoch, befindet sich der einzig interessante Raum, der in Lisas Artikel beschrieben wird. Einfach unvorstellbar, nur für Zwerge geeignet – die Decke höchstens einsfünfzig hoch, dazu noch mit Dachschrägen. Dort oben muss Patrick auf allen vieren gekrochen sein. Aber dafür ist er unheimlich hell. Irgendwie hat er was, dieser Raum, irgendwie ist es richtig, dass Tony hier ist, ein Gefühl, dass er nach allem, was er durchgemacht hat, schließlich zu Hause gelandet ist. Wie dieses Spiel, kalt, warm, wärmer, heiß! Ganz, ganz warm jetzt, sodass er sich beinahe an dem verbrennt, wonach er sucht. Er steht dicht davor.

In der Luft hängt ein schwacher Hauch von abgestandenem Tabakqualm, und eine kleine Tonpfeife, die wie ein antikes Ausgrabungsstück aussieht, liegt herum. Und auf dem Boden lauter tote Insekten, überwiegend Wespen, aber auch Fliegen und Motten. Woher kommt das ganze Ungeziefer? Und dann all die Fotokisten. Ein richtiger Schatz. Patrick von allen Seiten. Mit wehendem Bart, sodass er wie ein verdammter Prophet aussieht. Ein nackter Patrick, triefend, wie Neptun, der gerade aus dem Meer emporsteigt. Ein Schwanz wie ein Pferd, nun ja, war zu erwarten. Patrick und Sachavarelle, Patrick mit anderen Leuten, Patrick mit einem Mädchen, zierlich, dunkelhaarig, fester Blick. Die Benson! Im Grunde hat sie sich kaum verändert, außer dass sie jetzt eine alte Frau ist – aber derselbe Blick, mit dem sie ihn auf der Straße angesehen hat, mit erhobenem Kinn, irgendwie furchtlos. Kratzbürstig, wachsam, scharfsinnig. Ihr Blick lässt vermuten, dass sie nicht auf den Kopf gefallen ist. Apropos Blick, Augen... mit dem Foto der Benson in der Hand setzt Tony sich, zwängt seine Hüften in den winzigen Lehnstuhl. Unvermittelt ziehen ihn diese anderen Augen in den Bann, diese Offenheit, keine Spur von Heimtücke. Lisa. Wie Schuppen fällt es ihm von den Augen – obwohl es eigentlich offensichtlich ist –, dass Lisa wirklich bezaubernd ist. Dass, wenn er eine Frau wollte, wenn er dazu fähig wäre, Lisa diejenige wäre. Aber weder ist er fähig noch sicher, und als ihm das wieder bewusst wird, erfüllt es ihn mit solch einem Zorn, dass er die Fotografie in der Faust zerknüllt. Steht auf und klettert die Leiter hinunter. Blick fällt auf den Tisch – sieht aus wie von einer Scheißschwuchtel gedeckt. Reißt die Blumen aus der Vase und zerdrückt sie, zerquetscht sie zwischen den Händen. Nimmt hastig einen Schluck Wein aus der Kanne, wobei er sein weißes Hemd mit einem dicken roten Spritzer bekleckert. Verfluchte Scheiße. Kickt gegen das Tischbein, sodass ein Glas auf den Boden purzelt, allerdings ohne zu zerbrechen. Will aber, dass es zerbricht. Drückt mit dem Schuh darauf. Stabil. Lehnt sich mit seinem ganzen Gewicht darauf, wieso zum Teufel geht es nicht kaputt? Und plötzlich zerbricht es, spürt er durch seinen Turnschuh hindurch, wie es splittert und nachgibt und knirschend in lauter Einzelteile zerspringt.

Nichts wie raus hier, den Pfad entlang, mit ungelenken Schritten durch den wegrutschenden Dünensand zu dem flachen Nass, wo im Moment keine Menschenseele ist und wo er versucht zu schreien, aber es kommt kein Schrei, nur eine Art Schluchzer.

Kapitel 4

Vor ihr steht das Haus, fest und unversehrt. Ihr Zuhause. Seit eh und je. Oh, es ist einfach wunderbar, wieder zu Hause zu sein. Trautes Heim, Glück allein, Klischee hin oder her. Auf dem Kies knirschen die Reifen des Taxis. Der Fahrer bringt ihr Gepäck und ihre Einkäufe bis vor die Tür. Sie versucht sie aufzuschließen. Zwar lässt sich der Schlüssel drehen, aber das Schloss geht nicht auf. Erneut rammt sie den Schlüssel hinein, dreht um, und plötzlich geht es. Seltsam. Wird doch nicht die ganze Zeit unverschlossen gewesen sein? Drinnen ist es warm und behaglich. Voller Stolz genießt sie, dass der Fahrer einen Blick hineinwirft, auf die farbenfrohe Pracht im Sonnenlicht. Die Tüten stellt er auf den Tisch, ihren Koffer neben die Tür.

»Schön, wieder hier zu sein, was?«, sagt er, worauf sie zu ihm hochsieht und ein schrecklicher Gedanke sie durchzuckt. Er trägt einen Ohrring, ihr gefällt das bei Männern, auf seinem Kinn sind Bartstoppeln, eine recht lässige Körperhaltung, lange Beine. Guter Gott, das ist schon eine Ewigkeit her, und ein merkwürdiges Gefühl nimmt von ihr Besitz, eine undefinierbare Woge, etwas, das sie schon fast vergessen hat, eine Woge der Lust. Ja, genau, Lust. Sie beißt sich auf die Lippen. Was würde er wohl denken, wenn er das wüsste? Es ist schon Jahre her, seit sie das gespürt hat, Jahrzehnte. Dieses ganze Gerüttel in dem Taxi muss es hervorgerufen haben.

Unschlüssig steht er herum, bis sie begreift, dass er auf ein Trinkgeld aus ist – die Fahrtkosten wurden schon im Voraus bezahlt. Aus ihrer Geldbörse nimmt sie einen Fünfer, *wohl übermütig, was, Miss Benson*, und reicht ihm den Schein. Er stopft ihn in die Tasche seiner Jeans, hautenge Jeans, die sich an seine schmalen Hüften schmiegen. »Danke«, sagt er. »Tja, ich mach mich dann mal wieder vom Acker.« Sie beobachtet, wie er zu seinem Wagen geht, einsteigt und davonfährt, mit einem Affenzahn über diese Holperpiste.

Irgendwas kommt ihr hier seltsam vor. Natürlich, da ist einerseits diese vertraute und doch seltsame, brennende Hitze in ihr. Aber das ist es nicht allein, da ist noch etwas Merkwürdiges. Das Haus hat eine Weile leer gestanden, und doch ist es nicht kalt, sondern warm, beinahe zu heimelig und außerdem zu sauber. Sauberer Tisch. Und noch etwas… nein… Essensgeruch. Sie geht zum Herd und legt die Hand auf die weiße Emaille. Warm. Erschrocken weicht sie zurück, wobei ihr Herz einen Satz macht. Und so weiß. Den Herd hat sie noch nie geputzt, aber er ist weiß. Ihr wird ganz anders. Geht wieder zur Tür, schiebt sie auf, damit frische Luft hereinströmt.

Irgendjemand war in ihrem Haus. Prüfend wirft sie einen Blick durch den Raum, nimmt die Veränderungen wahr. Nichts Schlimmes. Komm schon, Con, sei vernünftig. Irgendjemand war hier, mehr nicht, irgendjemand war hier und hat den Tisch geputzt und den Herd und… erneut geht sie zum Herd und bückt sich, um den Backofen zu öffnen… und hat für sie gekocht. Die Hitze springt ihr entgegen, der Geruch von Fleisch. Im Ofen steht ihre alte Kasserolle, und hörbar blubbert das, was immer auch darin ist, vor sich hin. Sacht drückt sie die Backofentür wieder zu, als wolle sie es nicht weiter stören, und setzt sich auf einen Stuhl neben dem blank gescheuerten Tisch. Sie nimmt den Hut ab.

Also gut, jemand war hier. Aber kein Grund zur Aufregung. Immerhin weder ein Einbrecher noch jemand, der Böses im Schilde führt, auch kein Vandale oder Hausbesetzer, schließlich ist nichts kaputt. Es ist lediglich jemand bei ihr eingedrungen. Und nichts fehlt, soweit sie feststellen kann. Was gäbe es hier auch schon zu stehlen? Das einzig Wertvolle, das sie besitzt, ist Patricks Porträt, das ihr zu ihrem Schreck plötzlich ins Auge springt, wie es dort an der Wand lehnt. Irgendjemand muss ihn zurückgebracht und ausgepackt haben. Dort scheint er fehl am Platz, im Halbdunkel und auf dem Boden – aber dennoch ist er zu Hause, ohne einen Kratzer.

Kein Grund zur Panik. Irgendein Mensch war hier und hat gekocht und sauber gemacht. Jemand mit guten Absichten, nicht mit schlechten. Das muss sie erst einmal verdauen. Wer auf Gottes Erden könnte das gewesen sein? Es gibt keine Nachbarn, und im Dorf kennt sie auch niemanden, jedenfalls nicht richtig, ihr Kontakt beschränkt sich auf Nicken, ein Lächeln, eine Floskel hier und da, eine Karte zu Weihnachten für Barry und seine Mum. Vielleicht Barrys Mum? Ausgeschlossen. Also keiner aus dem Dorf. Vielleicht der Mann, dem Barry den Weg hierher gewiesen hat? Aber wer kann das sein? Niemand wusste, wann sie wieder zurück sein würde. Eigentlich war das für morgen geplant, sie hätte einen weiteren Tag bleiben können, hatte sich um der alten Zeiten willen einen Besuch in der Tate vorgenommen, aber wollte nicht eine Frage mehr hören, wollte keine weitere Nacht über diesen lärmenden Straßen verbringen müssen. Nicht, dass sie den Luxus etwa lästig fand …

Aber wer dann? Wer war in ihrem Haus? Auf dem Abtropfbrett liegt ein zerdrücktes Büschel Jakobskraut. Höchst eigenartig. Falls das irgendeine Botschaft sein soll, versteht sie sie nicht.

Sie geht nach draußen und hebt den Blumentopf neben der Tür an. Der Schlüssel ist weg, wie soll es auch anders sein. Zu offensichtlich, hat man ihr mehrfach gepredigt, dort sieht ein Einbrecher als Erstes nach. Aber ihre Antwort war: Mir ist lieber, die Tür wird mit dem Schlüssel geöffnet, als dass das Fenster eingeschlagen oder die Tür eingetreten wird, macht doch Sinn, oder? Vorsichtig geht sie alles ab, berührt und kontrolliert ihre Sachen. Als ihr Fuß knirschend auf zerbrochenes Glas tritt, bleibt sie erschrocken stehen. Also doch etwas kaputt. Aber bloß ein altes Glas. Vermutlich ein Versehen. Auch die Spüle ist geputzt worden, die Emailleschicht, die, seit sie denken kann, immer schon dunkelbraune Ränder hatte, schimmert cremefarben mit einigen Kratzern. Sogar der Wasserhahn ist poliert worden, verzerrt sieht sie ihr eigenes Spiegelbild darin, als sie genauer hinsieht. Alles ist irgendwie anders. Sie tauscht einen finsteren Blick mit Patrick aus. Es kommt ihr vor, als ob alles verschoben und hinterher nicht genauso wieder hingestellt worden wäre.

Sie klettert die Leiter hoch, bleibt auf halber Höhe stehen, da sie plötzlich die Angst befällt, dort oben könnte jemand sein und auf sie warten. Einen Augenblick lang verharrt sie, horchend, mit dem Kopf direkt unter der Falltür, fasst sich schließlich ein Herz und klettert weiter, jederzeit bereit, laut zu rufen … zum Beispiel eine Begrüßung oder … sie weiß auch nicht. Mit prüfendem Blick dreht sie den Kopf, wobei sich langsam Erleichterung in ihr breit macht, da dort oben niemand ist. Anscheinend wird sie von niemandem erwartet. Nicht einmal von Patrick, den sie später hier nach oben bringen wird, ihn an seinen richtigen Platz stellen wird. Sie erklimmt die restlichen Stufen und steht im Raum. Dreht sich einmal in dem goldenen Licht um sich selbst, mit ausgebreiteten Armen, es tut so gut, wieder zu Hause zu sein – dann erstarrt sie, als sie ihre Fotos auf dem Boden verstreut sieht, die wild durcheinander liegen, manche mit der Vorderseite nach oben, manche mit der Rückseite, sämtliche Schwarz-Weiß-Bilder, auch die sepiafarbenen und die Farbfotos.

Fassungslos lässt sie sich in ihren Lehnstuhl sinken, der übrigens auch verschoben worden ist. Vor ihr auf dem Boden liegt eine zerknüllte Fotografie. Lieber Gott. Sie hebt sie auf und glättet sie über dem Knie und sieht sich selbst. Der Schreck fährt ihr durch die Glieder, wobei sie sich an eine Szene erinnert, als Patrick gesagt hatte: *Ich werde dir deine Seele stehlen*, und wie ihr das damals ebenfalls einen Schauder über den Rücken gejagt hatte. Da war sie noch ziemlich jung gewesen, aber wann war das genau? Nach Sacha?

Richtig, das war nach Sachas langer Krankheit, nach der Beerdigung. Damals waren sie für ein paar Tage nach Cornwall gefahren, wo sie Dutzende von Bildern geschossen hatten, als müssten sie sich selbst bestätigen, dass sie noch da waren, dass sie noch am Leben waren. Connie hatte sich im Nachhinein furchtbar dabei gefühlt, sich amüsiert zu haben, einfach schwimmen und tanzen gegangen zu sein, Sex gehabt zu haben, hatte sich vor allem für diesen unwürdigen Gedanken geschämt. *Jetzt gehört er mir allein*, als hätte sich Sacha jemals zwischen sie gedrängt. Und außerdem hatte sie Sacha wie eine Art Schwester / Mutter/ Vorbild geliebt.

Patrick hatte ihr einen Heiratsantrag gemacht, den sie abgelehnt hatte. Nicht weil sie ihn nicht liebte, aber zu jenem Zeitpunkt waren sie schon so lange zusammen, wozu sollte das gut sein? *Na gut, du kleine Hexe*, hatte Patrick gemeint, wobei er die Kamera hochriss, *dann stehle ich dir eben deine Seele.* Sie weiß noch, was für einen Schrecken ihr seine Worte eingejagt hatten, weiß noch, wie sie das Kinn der Kamera entgegenstreckt und dass sie ein leises Ziehen in ihrer Brust verspürt hatte. Wie es ihr in diesem Moment das Herz zerrissen hatte, wie man so schön sagt. Und wie sie gedacht hatte: Auch wenn ich ihn unendlich liebe, meine Seele kann er mir nicht stehlen.

Wieso gerade dieses Foto? Warum ist gerade dieses zerknüllt worden? Ein furchtbarer, dummer Gedanke, eine Eingebung. Dass Patrick hier ist. Patrick hat den Herd geputzt und einen Eintopf gemacht, das sähe ihm zumindest ähnlich. Dann hat Patrick das Foto zerknüllt, mit dem er versucht hat, ihre Seele zu stehlen. Connies Mund ist ganz trocken. Sie fährt mit der Zunge über die Lippen. Dabei starrt sie unentwegt auf ihr eigenes, schlaues Gesicht auf dem Foto, das jetzt lauter Knicke und Risse hat. *Werd jetzt bloß nicht gaga.* Irgendjemand war im Haus – warum nicht ein Journalist – oder so –, jemand, der sie ausspionieren wollte, vielleicht die Frau, die die Biografie über sie schreiben will? Ja, klar, natürlich, wer denn sonst. Nicht er, Blödsinn. Aber wieso war dann das Foto zerknüllt und kein anderes, warum gerade dieses – das Seelenfoto? Nein. Patrick kann es nicht gewesen sein. Mach nur so weiter, du dumme alte Schachtel, dann ist es bald so weit.

Er hat tatsächlich immer gekocht. Dabei hatte er eine Vorliebe für Gerichte, die lange Zeit vor sich hin schmoren. Kaninchen, Hühnchen, Steckrüben, Karotten, eine Hand voll Kräuter. Von dem Eintopf konnte man tagelang essen, wobei er immer mehr Gemüse dazugab, bis sich an der Oberfläche ein Schaumrand bildete, und danach war der

Herd mit braunen, festgebrannten Spritzern übersät, getrocknete Spinatreste oder was auch immer. Irgendwann leerte Connie dann, in einem Anfall von Tatendrang, den Topf aus und scheuerte ihn gründlich, mit mehreren Kesseln kochend heißem Wasser, sodass ihre Hände sich rot färbten und schrumpelig wurden, und anschließend kratzte sie die verkohlten Essensreste von der Emaille ab. Hat sie dafür tatsächlich jemals Energie aufgebracht? Und Patrick hatte dann geschmollt, während sie ein paar Tage lang das Kochen übernahm, meistens Omelette mit Pilzen oder mit Kerbel, Salzkartoffeln, einfache, einzelne Dinge, die sie hübsch auf den Tellern anrichtete. Und irgendwann wurde ihr es dann zu viel, ständig zu überlegen, was sie kochen sollte, sodass Patrick sich wieder daranmachte und summend Zwiebeln klein hackte, und von unten zog der Duft eines neuen Eintopfs zu ihr hoch ins Atelier, der sich mit dem Geruch der Farben vermischte, wobei sie sich ein Lächeln nicht verkneifen konnte. Vor lauter Liebe zu ihm und vor lauter Liebe zu ihr, die selbst in den Geräuschen beim Hacken und Umrühren und nicht zuletzt in dem Summen zu ihr nach oben drang. Und außerdem war es gesund, was er da kochte. War schon angenehm damals, ohne Zweifel, all das gesunde Gemüse.
Ach, dieser Duft bringt alles wieder hoch ... dieser jetzige Duft ... vielschichtig, ein süßlicher Duft nach Eintopf. Aber ohne Farbe, der Geruch von Farbe ist seit langem gewichen. Dabei hat sie dieses Gemisch aus Farbe und Essensduft so geliebt. Dieser appetitanregende Duft ... warum nur und von wem?
Vielen ist Patrick noch immer ein Begriff. Die Witwe von Patrick Mount wurde sie in einem dieser Artikel genannt, aber sie ist keine Witwe, weil sie nie verheiratet waren. Zwar hat er versucht, sie zu überreden, aber sie konnte

nicht, konnte nicht einfach so Sachas Platz einnehmen. Sacha war seine einzige Ehefrau. Und zu ihrer eigenen Überraschung stellte Connie fest, dass sie nicht den geringsten Wunsch verspürte, Ehefrau zu sein.

Als Red sie damals gefragt hatte, hatte sie es in Erwägung gezogen. Ehefrau zu sein. Constance Redmartin zu werden. Wie das wohl gewesen wäre? Wie damals hat sie den Geruch von brennendem Holz, von Ölfarbe, den Duft der Haut eines jungen Mannes in der Nase. Diesen salzigen Geschmack, die knisternden Härchen auf ihrer Zunge. *Heirate mich*, hatte Red geflüstert, während er auf ihr lag, *werde die Mutter meiner Kinder.* O ja, das Geschenk der Lust eines jungen Mannes. Keine cleveren Tricks wie Patrick, keine Erinnerung in Reds Fingern an die hundert anderen Frauenkörper, wie sie es bei Patrick gespürt hatte. Einfach die volle heiße Ladung Liebe und Lust.

Aber das war *keine besondere Liebe*, meinte Patrick, nachdem sie ihm davon erzählt hatte. *Mit uns dagegen ist es etwas Besonderes. Du*, sagte er dann weiter, wobei er mit seinem langen Zeigefinger in einer geraden Linie von der Stelle zwischen ihren Augen über die Nase, die Lippen, das Kinn, den Hals, zwischen ihren Brüsten hindurch fuhr bis direkt unter ihren Bauchnabel, *du bist für mehr als das geschaffen. Diese Liebe, unsere Liebe, ist etwas ganz Besonderes.*

Er wollte nicht, dass sie sich andere Liebhaber nahm. *Glaube mir, an das hier würde nichts heranreichen*, sagte er. Und das aus Patricks Mund, der selbst so viele Frauen hatte. Fast ein Witz, dass ausgerechnet er ihr Monogamie predigte. Zwar versprach er, sich selbst daran zu halten, konnte es aber nicht sein lassen. Er konnte einfach keiner verführerischen Frau widerstehen. Es hat nichts zu bedeuten, rechtfertigte er sich dann immer, als würde das die Sache wieder gutmachen. Dennoch beharrte er darauf, dass sie ihm treu sein sollte. Daran hielt sie sich natürlich nicht und hatte ziemlich früh schon andere Geschichten. Obwohl sie nicht gerade mit wenigen ins Bett ging, sollte Patrick Recht behalten. Keiner kam an ihn heran. Und außerdem wollte sie ihre Energie in das Malen stecken. Die Malerei und Patrick, dort hinein floss ihre gesamte Energie, kreativ und romantisch. Und außerdem reagierte Patrick jedes Mal, wenn sie mit einem anderen schlief, so mürrisch, dass es den ganzen Ärger einfach nicht wert war.

Eine besondere Liebe. Die Erinnerung fällt ihr schwer. Ungemein schwer. Zwar gelingt es einem, sich zu erinnern, dass man bestimmte Gefühle hatte, aber die Gefühle selbst kann man unmöglich nachempfinden. Auch wenn der Verstand ihr sagt, dass sie ihn geliebt hat, spürt sie in ihrem Herzen jetzt nichts mehr davon. Ihr Herz ist nämlich eingeschlafen. Wenn sie sich mit dem ganzen Körper darauf konzentriert, kann sie nur ihren langsamen Herzschlag hören, wenn sie die Ohren spitzt, hört sie lediglich die Stille und das Auf und Ab der Wellen.

Erschrocken fährt sie hoch. Sie muss eingenickt sein. Verstört sieht sie sich um. Mittlerweile ist es im Raum düster und kühl, und vor die Sonne hat sich eine dicke Wolke geschoben. Ihre Zunge fühlt sich geschwollen und trocken an, an ihren Zähnen hängt klebriger Belag. Mit Mühe rollt sie die Zunge an der Innenseite ihrer Wangen. Ihr Kopf scheint genauso benebelt wie die Sonne. Wodurch ist sie aufgewacht? Die Fotografie rutscht ihr vom Knie auf den Boden.

Jetzt ist aber tatsächlich jemand unten im Haus. Das Herz schlägt ihr bis zum Hals, übertönt beinahe die Geräusche des Eindringlings. Vermutlich ist sie von der Tür aufgewacht, die irgendjemand zugeknallt hat. Ein leises Pfeifen ertönt. Pfeifen… schon seit Ewigkeiten hat sie niemanden mehr pfeifen hören. Lang ist's her, dass sie das Pfeifen und die Schritte unter ihr vernahm, während sie oben arbeitete. Aber im Moment arbeitet sie nicht. Schon lange nicht mehr. Seit ewig und drei Tagen. Unter ihr geht jemand umher. Ein Fremder in ihrem Haus. Der vor sich hin pfeift. Erst jetzt fällt ihr wieder ein, dass sie früher gelegentlich auch vor sich hin pfiff, vor sich hin summte, wie einzelne Liedzeilen sich dazwischenmengten, *Oh dieser Tanz in jener Nacht, du und ich*, irgendein Blödsinn, mit leiser Ironie in der Stimme. Aber das Pfeifen ist echt. Nicht nur ein Geräusch in ihren Ohren. Daneben sind, trotz ihres lauten Herzklopfens, das Öffnen und Schließen der Backofentür, das Klirren von Besteck, das Auf- und Zudrehen des Wasserhahns, das stotternde Rauschen des Wassers zu vernehmen. Vertraute Geräusche. Patrick. Das Blut gefriert ihr in den Adern.

Alte Närrin. Reiß dich am Riemen. Sofort. Nicht Patrick. Aber wer dann, wer bloß? Es hört sich an wie Patrick. Sollte er, der sie ihr halbes Leben lang gequält hat, etwa tatsächlich zurückgekehrt sein, um sie in den Wahnsinn zu treiben? Aber er ist doch tot. Und wenn es sein Geist ist? Ein Geist, der einen Eintopf kocht und den Herd scheuert? Aber hat er nicht immer schon mit ihr gespielt, ihr auf diese Art mitgespielt, bis sie ihn wieder Sacha oder irgendeiner anderen überließ, bis sie ihn endgültig abschrieb, er aber zu ihr zurückkam und das Verlangen in ihr wiedererweckte? Die Lust? War das nicht seine Methode, sie bei der Stange zu halten? Ach, mit der Lust ist das so eine Sache. Er wusste genau die richtigen Worte. Er wusste, wie er ihr den Kopf und das Herz verdrehen konnte, wie er

die Welt aus den Angeln heben musste, damit sie wieder zu ihm zurückflog.
Jetzt hört sie das Geräusch von Scherben, die in den metallenen Abfalleimer gekehrt werden, gekippt werden. Und dann eine Stimme:
»Sind Sie da oben, Miss Benson?«
Mit einem langen Seufzer entweicht die Luft aus ihren Lungen. Nicht Patricks Stimme. Wie auch. Nicht, dass sie wirklich daran geglaubt hätte – aber manchmal spielt der Verstand einfach verrückt! Das liegt an der Erschöpfung. Sie findet nur mühsam ihre Stimme wieder, wobei sich ihr Mund lautlos bewegt, bevor sie überhaupt eine einzige lächerliche Silbe herausbringt.
»Miss Benson, Constance, darf ich Ihnen das Essen servieren?« Es ist die Stimme eines jungen Mannes, die eigentlich ganz nett klingt und keineswegs bedrohlich.
»Ich ... ich bin hier.«
Dann hört sie das Knarren der Leiter, und vor ihr taucht ein Kopf auf. Genau in diesem Augenblick entlädt sich ein Hagelschauer aus der Wolkendecke, ein kühles Prasseln, ähnlich dem Prickeln auf ihrer Kopfhaut. Das Gesicht ist ihr unbekannt. Lange schwarze Haare, die nach hinten gebunden sind.
»Ich freue mich, Sie kennen zu lernen.« Der junge Mann hat ein kaltes Lächeln, das ein sehr kräftiges und weißes Gebiss zeigt. »Kommen Sie runter?«
»Ja, ja.« Sein unerschrockener Blick zermürbt sie. Seine Augen sind kohlrabenschwarz, und die gerade Linie seiner glänzenden Augenbrauen wirkt wie zwei feuchte Pinselstriche. Als sie die Hände auf die Armlehnen stützt, um sich hochzuhieven, verschwindet sein Kopf. Wieder knarrt die Leiter, und der Hagel fällt wie Kieselsteine auf das Dach. Vorsichtig steigt sie über die Fotos und klettert

die Leiter hinab, wobei sie sich seines Blicks in ihrem Rücken bewusst ist. *Wie kannst du nur in dieser gottverlassenen Gegend leben, und dazu noch ohne Telefon,* hat sie immer wieder von Freunden zu hören bekommen, die auf Besuch waren. *Keine Menschenseele in der Nähe, was da alles passieren kann,* aber sie hat sämtliche Warnungen in den Wind geschlagen, hat sich nie davon einschüchtern lassen, nicht eine Sekunde lang. Dies ist ihr Zuhause. Sie hat keine Angst. Sie doch nicht.

Langsam dreht sie sich um, aber er sieht nicht her, sondern ist gerade damit beschäftigt, die Kasserolle aus dem Ofen zu nehmen, wobei er ein gefaltetes Geschirrtuch über dem Arm trägt wie ein Kellner. Sie geht zum Tisch und setzt sich an den Platz, wo das Gedeck steht.

»Wer sind Sie?«, fragt sie.

Er stellt die Kasserolle auf den Tisch und nimmt den Deckel ab. Eine sämige, braune Sauce und weiße Bohnen, dazwischen ragt ein Lorbeerblatt hervor. Er geht einen Schritt zurück, als würde er auf Applaus warten, als wollte er sich verbeugen.

»Sieht lecker aus«, bemerkt sie, weil es tatsächlich lecker aussieht. Jedoch verspürt sie nicht den geringsten Appetit, sie hat lediglich Durst und möchte allein sein. Sein eigenmächtiges Eindringen verärgert sie. Und das umso mehr, als sie sich so sehr danach sehnt, endlich ihre Ruhe zu haben.

»Wein?« Er stellt ein Weinglas vor sie hin.

»Mir wäre eigentlich eher nach einer Tasse Tee«, entgegnet sie, greift aber dennoch nach dem Glas und nimmt einen Schluck. Er beobachtet sie beim Trinken, sie kann es nicht ausstehen, beobachtet zu werden. Der Wein wird wieder ihre Prothese verfärben. Wer ist dieser Mann? Es kommt ihr fast wie ein Traum vor. Zwar ist es nach wie vor ihr

Haus, aber mit leichten Veränderungen und einem Fremden darin, der sie wie einen Gast behandelt. Und dann ist der Tisch nur für eine Person gedeckt.
»Sind Sie nicht...«, beginnt sie.
»Bin ich nicht wer?«
»Sind Sie nicht hungrig?«
Er wirft den Kopf in den Nacken und bricht in Gelächter aus. Seine Haut ist seidig braun, vielleicht hat er indianisches Blut in sich? Hübscher Kerl, das lässt sich nicht abstreiten. Aber wofür zum Teufel hält er sich eigentlich, dass er in ihrer Küche einfach so über sie lacht? Der Wasserhahn tropft. Muss unbedingt die Dichtung austauschen, geht ihr durch den Kopf. Wenigstens etwas Vertrautes, dieses Tropfen.
»Also, wer sind Sie?«
»Das werden Sie schon noch früh genug erfahren.«
»Und was wollen Sie?«
»Ich wollte mit Ihnen Ihre Rückkehr feiern.«
Verärgert holt sie tief Luft. Also wirklich, sie ist einfach zu alt, um sich von diesem Jüngelchen einschüchtern zu lassen. Obwohl sie nur ein paarmal daran genippt hat, spürt sie den Wein bereits im Blut. Steigt schneller zu Kopf als Tee, so viel steht fest. Mittlerweile hat sich der Hagel in Regen verwandelt, und die Küche würde jetzt beinahe im Dunkeln liegen, wenn da nicht diese nackte Glühbirne wäre, die über dem Tisch hängt und schwarze Mulden in die Wangen des Fremden zeichnet. Seine Augen sind so schwarz, dass man Iris und Pupille nicht unterscheiden kann. Immer noch sieht er sie unentwegt an mit diesem durchdringenden, beinahe bösen Blick.
»Das ist sehr nett von Ihnen, mein Lieber, wirklich nett«, sagt sie. »Aber das kommt so überraschend... vielleicht können Sie es mir ja erklären.«

»Essen Sie zuerst.« Dabei kommt er hinter ihrem Stuhl hervor.
»Später.« Abwehrend hält sie die Hand über den Teller. Jetzt steht er etwas zu dicht bei ihr, von der Seite wirft sie einen Blick auf die Stelle, an der sein weißes, mit einem länglichen dunklen Fleck verschmiertes Hemd in die Jeans gesteckt ist.
»Wieso sagen Sie mir nicht einfach, wie Sie heißen«, fragt sie. »Mir ist lieber, ich weiß, mit wem ich es zu tun habe.«
»Ich könnte Ihnen einen x-beliebigen Namen nennen.«
»Das könnten Sie. Aber warum sagen Sie mir nicht einfach Ihren Namen, mein Lieber?«
»Tony«, entgegnet er.
»Die Kurzform von Anthony?«
»Ja.«
»Anthony mit h?«
»Was spielt das verdammt noch mal für eine Rolle?« Er zuckt zurück, als hätte sie ihn berührt. Ist anscheinend ein bisschen empfindlich. Sie muss vorsichtiger sein, wie sie feststellt. Was ist nur los mit dem Jungen?
Er geht zur Tür, als wolle er sich verziehen. Irgendetwas ist mit seinen Schultern, aus irgendeinem Grund sind die dunklen Muskeln unter seinem Hemd angespannt, der ganze Körper wirkt angespannt. Sie schließt die Augen und sieht einen hart gespannten Bogen vor sich.
»Sie müssen mir verzeihen«, sagt sie. »Ich finde das alles ein wenig anstrengend.«
Er gibt ein schroffes, bellendes Lachen von sich. »Ein wenig anstrengend«, wiederholt er, wobei er das Zittern ihrer Stimme nachäfft.
Verstohlen greift Connie an ihren Unterarm und zwickt sich kräftig. Nicht weil sie tatsächlich hofft, aufzuwachen, sondern weil der wach machende Schmerz vielleicht ihre

Sinne weckt. Sie befindet sich in einem Dilemma, wie immer man es auch dreht und wendet.
»Sind wir uns schon einmal begegnet?«, will sie wissen. Dabei überlegt sie fieberhaft. Woher bloß könnte sie ihn kennen? Bei den vielen Gesichtern in letzter Zeit, den vielen Reportern, Fotografen, all den Leuten auf der Vernissage. Zur Beruhigung trinkt sie einen weiteren Schluck Wein. Er hat sich wieder halb zu ihr umgedreht. Er könnte sie ohne weiteres töten, keine Frage.

Kapitel 5

Er könnte sie ohne weiteres töten, keine Frage. Könnte ihr den zierlichen Hals umdrehen, die zierlichen Knochen brechen. Irgendwie läuft alles schief. Er muss kotzen. Geht zur Tür hinaus, knallt sie hinter sich zu, sodass das Fenster klirrt und die ganze Bruchbude wackelt. Vom Boden ziehen dunkle Schwaden hoch, darüber hängt eine dichte Wolkendecke, dazwischen kaum Luft zum Atmen. Stolpernd läuft er durch die Dünen, wobei die nassen Disteldornen ihm die Hände zerkratzen. Fahl schimmert das Meer im Mondlicht, während der feuchte Sand an seinen Schuhen saugt und der Regen ihm über das Gesicht läuft.

Was zum Teufel hat er hier verloren? So hat er sich das nicht vorgestellt, so hat er sich sie nicht vorgestellt. Wie dann? Lass gut sein. Er legt die Hand auf seinen Bauch und beugt sich vor, um sich zu übergeben. Aber bis auf einen säuerlichen Schleimfaden kommt nichts hoch.

Hey, hör auf damit. Richte dich auf, reib dir die Augen, wisch dir mit dem Handrücken über den Mund. Frag sie einfach nach dem Zeug, Tony, du kannst sie ja höflich fragen und dann auf dieses ganze Elend scheißen, das dich wie eine Faust umklammert hält. Nimm einfach die Beine in die Hand, um davor zu fliehen, stürze dich aus der Umklammerung in das Dunkel, mitten hinein in das einsame, schwarze Nichts. Patrick hat dich hierher geführt, Patrick

mit seiner verdammten Spur aus Scheißhuren mit ihren großen Augen und ihrem winzigen verschnörkelten Gekrakel und dieser zarten Haut und den Geschenken, die sie wie ein Baby im Arm wiegen.
Hämmernd rast sein Herz. Nichts ist sicher, nichts ist geklärt, kann keinen klaren Gedanken fassen in der Dunkelheit, die hinter ihm herjagt, und das ist sein neuer Plan, sich zusammenzureißen und nachzudenken. In dem einen Moment noch ein blasser Herbsttag, in dem anderen schon ein verdammter Sturm. Was soll man da noch machen? Regen rinnt an seinem Hals entlang, durch den Baumwollstoff seines Hemdes, wärmer, als zu erwarten war.
Keuchend bleibt er stehen, stützt die Hände auf die Knie, die kalte, klare Luft brennt in seinen Lungen. Hockt sich hin und dreht sich eine Kippe, steht wieder auf, um sie anzuzünden, zieht gierig an dem schmalen Stängel, wobei er beobachtet, wie die Glut in der Dunkelheit aufflammt. Irgendwo da hinten die Lichter eines Schiffes. Das Schmatzen und Schlürfen des Meeres, das sich selbst immer wieder von neuem schluckt. Aus der Ferne irgendeine Sirene, ein Ton, der in die Eingeweide fährt.
Er starrt hinaus auf das Nichts, das das Meer ist, zieht die Schultern hoch und macht einen Buckel. Geht durch die Dünen in Richtung Haus, kann es nicht sehen. Großartig, einfach fabelhaft, jetzt hat er sich auch noch verlaufen, hat sich in der Dunkelheit der regennassen Nacht verirrt.
Hey, hey, hey, alles in Ordnung.
Das ist es doch. Das ist es, worauf sein ganzes Leben hingedeutet hat. Worauf er die ganze Zeit gewartet, hingearbeitet, sich vorbereitet hat. Und sieh mal, hier, doch nicht verlaufen, sieh doch, dort drüben ist das hell erleuchtete Fenster. Zischend fällt ein Regentropfen auf seine Ziga-

rette, ein weiterer klatscht ihm auf die Wange. Vorher ist er abgekommen, aber jetzt muss er die Fährte wieder aufnehmen. Das ist doch der springende Punkt. Also Schluss damit, Geduld.

Vorhin ist er abgekommen, als er das Foto der Benson betrachtet hat und dabei an Lisa denken musste und dabei… Nein. Nein. Davor schon, noch bevor die echte Benson angekommen war und er das Bild gesehen hatte, das ihn an Lisa erinnert hatte, war er losgerannt, während der Sand unter seinen Schuhen weggerutscht war und heftige Windstöße ihm entgegengeblasen hatten. Im Bewusstsein, dass zwar nichts geklärt war, sich aber ein leiser Zorn in ihm regte, kurz davor, sich unkontrolliert in ihm zu entladen. Bringt seinen Schädel zum Platzen, dieser unkontrollierbare Ausbruch. Klatschnass, mit stechenden Lungen, das Tageslicht wie Dornen in seinen Augen, ziellos auf der Flucht vor der Wut in seinem Nacken, bis diese irgendwo zwischen Wind und Sand sich niedergekauert und von ihm abgelassen hatte. Dieses blendende Spektakel der weißen Schaumränder, die wieder und wieder aneinander geklatscht waren und sich gegenseitig zerrissen hatten, wie platzende Nähte. Hatte nicht den Blick davon lösen können, war ganz gefangen davon gewesen. Und dann seine verdammte Mutter, ihr strenger Mund direkt über ihm, darunter ein Schatten in Form eines Dreiecks. Augen wie Schwerter. »In dein Zimmer.« Ohne ihn zu berühren. Die Vorhänge, die ihn an ihr Haar erinnerten, und das Fenster dazwischen, das – wie eine fixe Idee – zu ihren Augen wurde, das überdimensionale Gesicht seiner Mutter dort, flach an die Scheibe gepresst, ihn nicht aus den Augen lassend, sodass er es nicht einmal wagte, die Vorhänge vor ihrer Nase zuzuziehen.

Während die Wellen unaufhörlich ans Ufer brandeten, war in ihm ein Gedanke gereift, eine Überzeugung, zwar schmerzhaft, aber messerscharf. Wie gut es doch ist, jemand anderen zu bekochen. Gut im Sinne von, wenn man so will, liebevoll. Ein quälender, bohrender Gedanke, wie eine scharfe, bebende Klinge. Gut im Sinne von liebevoll. Er war kurz davor gewesen, alles hinzuschmeißen. Kann nicht... niemals... lieben. Jedenfalls keinen anderen Menschen. Na los, mach einfach Schluss, ist doch ganz einfach. Ein paar Schritte nach vorn, etwas Wasser geschluckt, gewürgt, eiskalt. Einfach untergehen, kurz und schmerzlos, oder? Sich einfach sinken lassen. Aber als eine Welle über seinen Turnschuh geschwappt war, war er automatisch zurückgewichen. Nein. Er konnte nicht.

Dann hatte er sich überlegt, einfach abzuhauen, sich schnellstens aus dem Staub zu machen. Nochmals zur Hütte, um seinen Krempel zu holen, scheiß auf die Elixiere, zurück in die Zivilisation, nach Brixton, zu Donna und dem ganzen Rest. Jedoch als er die Dünen erklommen hatte, war genau in diesem Moment ein Taxi aufgetaucht, sie war da. Wie angewurzelt war er stehen geblieben. Unfähig, einen Schritt nach vorn oder nach hinten zu machen. Jetzt stand er so dicht vor seinem Traum und doch wie vor dem Nichts, ohne eine Idee, ohne einen Plan, ohne eine konkrete Spur, der er hätte folgen können. Er war ganz auf sich allein gestellt. War und würde es für immer bleiben.

Genau dieses Gefühl muss er überwinden, und dazu braucht er lediglich die Elixiere, die Methode, nur das und etwas Zeit.

Jetzt merkt er, wie Erleichterung sich in ihm breit macht, und als er sich wieder einigermaßen beruhigt hat, überkommt ihn ein Zittern. Werden die Elixiere ihn tatsächlich heilen? Aber darum geht es doch gar nicht. Gibt es überhaupt ein Mittel gegen die Wut? Das solltest du dir besser abschminken, Tony, denk nicht mal daran. Es gibt keine Heilung, aber da ist ja noch das andere. All das andere Zeug, wie war noch gleich die Reihenfolge? Freude, Harmonie, Glück, Ausgelassenheit, Ekstase, Euphorie, Glückseligkeit. Ekstase, Euphorie, Glückseligkeit. Wiederholt es laut im Regen, der ihm in den Mund rieselt. Ekstase, Euphorie, Glückseligkeit. Und was dann? Diese Frage darf sich einfach nicht stellen.

Mit dem Absatz bohrt er die Kippe in den Sand, geht näher an das Haus heran, stellt sich in den trapezförmigen Lichtkegel des Fensters und späht nach drinnen. Trübes, milchiges Licht, dunstig von Atemluft, Kondenswasser, vielleicht auch Dampf. Er stößt die Tür auf. Kaum Luft, ein richtiger Mief, der Qualm ihrer Pfeife, über alldem intensiver Essensduft. Ihr Blick kreuzt den seinen, ein Blick aus diesen wachen Augen hinter einer Wolke aus bläulichem Rauch. Unter seinen Füßen gibt der Boden nach, sodass er befürchtet zu stürzen und sich an der Ecke der Spüle festklammert.

»Was ist mit Ihnen, mein Lieber?«, fragt sie. Er schließt die Augen, und der ganze Raum scheint in tausend Teile zu explodieren. »Was wollen Sie von mir?« Keine einzige verdammte Träne, er kann nicht. Unter seinen Händen fühlt sich die Ecke des Spülbeckens hart und real an, aber der Boden gibt weiterhin nach. Und sie hört nicht auf zu plappern. Silbe um Silbe, die mit dem Feuerwerk vor seinen Augen auf und ab tanzen, bis sie nach und nach über den harten Rand der Spüle, der real ist, und über seine Hände, die folglich auch real sein müssen, an seinen Armen hoch bis in die Ohren dringen, wo sie sich zusammenfügen. Hält sich an dem, was sie sagt, mit aller

Kraft fest, als wäre es ein Seil, das ihn wieder an die Ecke des Waschbeckens zieht, in die Gegenwart, zurück zu sich selbst.

... haben offensichtlich den Schlüssel gefunden tja war ja nicht besonders schwer nicht gerade ein sicheres Versteck obwohl es hier ohnehin nichts zu stehlen gibt ... und dieser Regen nimmt einfach kein Ende ... so schön wieder hier zu sein obwohl die Minibar war schon nicht schlecht könnte mich glatt an diese Fläschchen gewöhnen 1a-Service jeden Tag wird der Kühlschrank aufgefüllt und auch sonst alles nach Wunsch kein schlechtes Leben und das Knabberzeug das die da haben ganz scharf gewürzt ... aufs Zimmer gebracht bei dem hätte sogar ich noch schwach werden können ... dass Sie etwas bekümmert ... haben Sie es versucht ... also, mein Lieber, was wollen Sie von mir? ja schon ziemlich anders wenn das Ihre Absicht war ist es Ihnen gelungen ... bis ich Sie pfeifen gehört habe ... ziemlich ungewohnt im ersten Augenblick wenn Sie wüssten was mir alles durch den Kopf gegangen ist oh einfach albern Sie sind ja völlig durchnässt ... da hilft nur ein Whisky und den habe ich im Haus. Ein Scotch kann da helfen setzen Sie sich doch hier wie wär's direkt an den Ofen ...

Er schlägt wieder die Augen auf, und langsam hört der Raum auf, sich zu drehen. Postkarten, Muscheln an den Fensterrahmen, Tisch, Leiter, alte Frau.

»Okay.« Das Wort klebt ihm förmlich auf der Zunge.

»Setzen Sie sich.«

Er nimmt auf einem zierlichen Stuhl Platz, den sie vor den Gasherd gestellt hat. »Ihre Haare sind ganz nass«, bemerkt sie. Dann schnappt sie sich ein Handtuch, das neben der Spüle hängt. Er hatte es für ein Geschirrtuch gehalten, hat damit Geschirr abgetrocknet, kann es unmöglich für die

Haare nehmen, in seiner Tasche ist ein sauberes, aber aus irgendeinem Grund kann er weder sprechen noch sich rühren. Sie hebt seinen klitschnassen Pferdeschwanz hoch und legt ihm das Handtuch um die Schultern. Die Hitze des Gasherdes beißt unangenehm an seinen Schienbeinen. »Herrliche Haare«, sagt sie. »Solche Haare darf man ruhig lang tragen. Meiner Meinung nach soll sowieso jeder nach seiner Fasson, egal, ob kurz oder lang, von mir aus auch gepierct, Ohren und Nase, mir gefällt das. Meinen Sie nicht auch? So...« Schwungvoll schüttet sie Whisky in eine Tasse und ein Glas, ungeachtet der Tatsache, dass sich darin noch ein winziger Rest Wein befindet. Schon hat er wieder innerlich mit seiner Pingeligkeit zu kämpfen, nimmt aber trotzdem das Glas entgegen. »Skol!«, prostet sie ihm zu. Er starrt auf die goldene Flüssigkeit und die roten Weintropfen, die immer noch an der Innenseite hängen, und auf die Lippenabdrücke am Rand. Als er trinkt, hält er das Glas so, dass es nicht seine Lippen berührt.

»Kann ich?«, sagt sie.

»Was?«

»Darf ich...« Sie hat sich hinter ihn gestellt, und fragend schaut er zu ihrem Gesicht auf. Entweder gehen sie auseinander oder schrumpfen zusammen, die Weiber, wenn sie einmal alt sind, wie er festgestellt hat, und die hier ist geschrumpft. Sie wirft ihm ein kindisches Lächeln zu, wobei ihre Augen hell in dem ledernen Gesicht leuchten. »Darf ich es kämmen?« Er zuckt die Achseln. »Dann verklettet es nicht beim Trocknen.« Nachdem sie eine Schublade durchwühlt hat, stellt sie sich wieder hinter ihn. Mit hängenden Schultern sitzt er da, aber es gelingt ihm nicht, sie zu heben. Als sie das Gummiband abzieht, erwischt sie versehentlich ein paar Haare am Nackenansatz, doch er gibt keinen Mucks von sich. Zuerst nimmt sie sich die

Haarspitzen vor, indem sie Strähne für Strähne zwischen die Finger nimmt, sodass es nicht ziept, während sie die Knoten herauskämmt. Dabei atmet sie schwer, hier und da entweicht ihr ein kleiner Seufzer. Jetzt ziept es doch ein bisschen. Sobald sie eine Strähne durchgekämmt hat, setzt sie wieder am Scheitel an und zieht den Kamm bis nach unten durch, nicht gerade sanft, wobei die Zinken seinen Kopf nach hinten ruckeln.

Er überlegt, wann ihm zuletzt die Haare gekämmt worden sind. Kann sich nicht erinnern, dass seine Mutter jemals sein Haar angefasst hat, obwohl sie ihn gekämmt haben muss. Damals trug er sie sehr kurz, so kurz wie möglich, sodass man nicht groß in Verlegenheit kam, es anfassen zu müssen. Jetzt ist es schon eine halbe Ewigkeit her, dass er es hat schneiden lassen. Der Wasserhahn tropft, der Gasherd knackt, und der Kamm fährt leise quietschend durch seine Haare. Daneben ihr Atmen und der Regen, der aufs Dach fällt, und zwischen alldem ein dumpfes, unregelmäßiges Brummen, das Meeresrauschen.

»Warum sagen Sie mir nicht einfach, was mit Ihnen los ist, mein Lieber?«, versucht es Connie erneut. Wobei er überlegt: Warum eigentlich nicht? Aber wie? Was soll er ihr sagen?

»Nichts ist los.« Nimmt vorsichtig einen weiteren Schluck Whisky, spürt, wie das brennende Gold ihn wieder auf die Beine bringt. Sie meint na, na und kämmt ihn weiter, wobei sie den Kamm direkt über den Ohren ansetzt und seine seitlichen Haare nach hinten frisiert.

»Herrliche Haare«, bekräftigt sie, »ich habe niemanden mehr gekämmt seit... seit ewig und drei Tagen.«

»Haben Sie früher seine Haare gekämmt?«

Sie schnappt nach Luft, hält für einen Moment während des Kämmens inne. Dann meint sie: »Wir haben uns gegenseitig die Haare gekämmt. Es war irgendwie so… so entspannend. Finden Sie auch, dass es entspannt?«

Tony entgegnet nichts darauf, aber doch, so empfindet er tatsächlich, zwar nur für den Augenblick, nur oberflächlich, aber erstaunlich entspannend. Mit geschlossenen Augen genießt er, wie der Kamm durch seine Haare fährt, genießt das Vorbeistreifen jedes einzelnen Zinkens auf seiner Kopfhaut. Auch Patrick saß hier, empfand dasselbe. »Was hatte er für Haare?«, fragt Tony.

Ohne das geringste Zögern kommt die Antwort der Benson, als hätte sie just in diesem Augenblick über dasselbe nachgedacht. »In den letzten Jahren ganz weiße, und oben wurden sie immer lichter. Das ist ihm nie bewusst gewesen, weil er sich aus dieser Perspektive ja nicht sehen konnte. Und ich habe natürlich meinen Mund gehalten. Er hatte gewellte Haare. In jungen Jahren waren sie richtig schwarz, aber als ich ihn kennen lernte, hatte er bereits weiße Strähnen… schließlich war er ein gutes Stück älter als ich, wissen Sie.«

»Ich weiß.«

»Wissen Sie über ihn Bescheid?«

Tony hat das Gefühl, laut auflachen zu müssen. Über ihn Bescheid wissen? Ich kenne jedes verdammte Wort, das er geschrieben hat. Aber er belässt es bei einem Nicken.

»Sind Sie ein Journalist?« Direkt über seinem Ohr hält Connie mit dem Kamm inne, um dann weiterzumachen.

»Ich… nein.«

»Was dann?«

»Genauso schwarz wie meine?«

»Nein… seine Haare waren anders. Dieser Regen! Ihre sind pechschwarz. Beinahe bläulich schimmernd. Und außergewöhnlich glänzend. Das wäre ein… ja, ein außergewöhnliches Motiv zum Malen. Hingegen waren Paddys

Haare struppiger und, um die Wahrheit zu sagen, nicht richtig schwarz, eher ein sehr dunkles Braun, das nicht bläulich, sondern rötlich schimmerte. So, fertig.« Sie weicht einen Schritt zurück.

Am liebsten würde er sie bitten, weiterzumachen. Am liebsten würde er für immer neben dem Ofen sitzen bleiben und sich weiter die Haare kämmen lassen, einfach so, sicher und entspannt und ohne darüber nachdenken zu müssen, was als Nächstes kommt. Sie legt den Kamm auf den Tisch neben ihren schmutzigen Teller, wobei ihm der Kontrast zwischen den langen schwarzen Haaren und der verblichenen Maserung des Holzes ins Auge fällt. Seine eigenen ausgefallenen Haare in unmittelbarer Nähe zu der geronnenen braunen Sauce, dem Lorbeerblatt am Tellerrand.

»Ich werde dann mal spülen«, sagt er.

»Nicht nötig.« Dennoch steht er auf und schnappt sich den Teller.

»Einfach köstlich«, lobt sie, »wenn Sie kein Journalist sind, sind Sie vielleicht Koch?«

In ihm steigt prickelnd ein verrücktes Gefühl der Freude hoch, wie ein Summen zwischen den Rippen.

»Und Sie, essen Sie nichts?«, fragt sie.

Vielleicht ist es ja das, was er braucht, etwas im Magen, um ihn wieder runterzubringen. Eine gute, ordentliche Mahlzeit, mit Liebe zubereitet. Liebe! Wie ein Säurebläschen platzt dieses Wort in ihm. Wein, Whisky, regennasse Haare, Rauch, Adrenalin. Kein Wunder, dass ihm bei alldem so komisch ist, dass seine Kopfhaut von der ganzen Kämmerei kribbelt.

»Nehmen Sie ruhig meinen Teller, nicht nötig, einen zweiten dreckig zu machen.«

Diese Bemerkung überhört er einfach, dreht den Wasserhahn auf, es dauert immer ein bisschen, bis was kommt, das hat er bereits festgestellt, hat sich mit den Gegebenheiten hier vertraut gemacht, ein kurzer Moment, ein Ruckeln in der Leitung, dann schießt das Wasser mit voller Wucht hervor, spritzt einen nass, wenn man nicht aufpasst, um dann anschließend widerwillig herauszutröpfeln.

»Wenn Sie mir doch endlich sagen würden, was Sie wollen…«

Wie ein Schutzschild hält er den Teller gegen den Wasserstrahl. Lässt so lange Wasser darüberlaufen, bis die Saucenreste abgewaschen sind. Der Teller muss richtig tropfen. Kann ihn jetzt aber nicht mit dem Geschirrtuch abtrocknen, nachdem es unter seinen Haaren gelegen hat. Kann aber auch nicht von einem nassen Teller essen. Also nimmt er einen anderen aus dem Schrank, weiß mit verblichenem gelbem Blümchenmuster, die wie Eigelbflecken aussehen. Inzwischen ist das Essen beinahe kalt. Er häuft sich eine Portion auf den Teller und schiebt sich im Stehen, direkt vor der Spüle, den Rücken ihr zugewandt, eine Gabel nach der anderen in den Mund. Es schmeckt fantastisch, auch wenn es nur noch lauwarm ist. Vielleicht hätte er ja wirklich Koch werden sollen. Auf der beschlagenen Fensterscheibe kann er gerade noch sein Spiegelbild sehen. In dem Kunstlicht schimmern seine Haare blau, genau wie sie gesagt hat, wie hat sie sich noch mal ausgedrückt? *Ein außergewöhnliches Motiv zum Malen.* Dabei kommt ihm eine Idee, ein völlig neuer, bestechender Gedanke. Vor Aufregung muss er schlucken, hält sich aber vorerst zurück, bis der Teller leer ist und sein Magen angenehm voll. Danach wäscht er den Teller ab, wobei er sich ihres Unbehagens hinter ihm bewusst ist. Jetzt fühlt er sich besser, hat wieder Kontrolle über sich. Warum bloß lungert sie dort hinter ihm herum? Was will sie von ihm? Ihn kämmen, ihn ausquetschen? Um das Gefühl zu haben, sie hätte die Situation im Griff?

»Sie haben tatsächlich etwas, das mich interessiert«, sagt er schließlich.

»Tja, das habe ich mir schon gedacht. Sonst wären Sie wohl kaum hier.«

Er dreht sich um. Neugierig sieht sie ihn an. Mit einem Endlich-kommen-wir-zur-Sache-Gesichtsausdruck. Sie setzt sich und nimmt einen Schluck Whisky aus der Teetasse, an der der Griff abgebrochen ist.

»Ich möchte …«, beginnt er. Sie hebt die Hand, sodass sein Blick auf deren Schatten fällt, wie eine kleine Krabbe, die seitlich über den Tisch kriecht. »Ich möchte die Elixiere haben.«

»Ach, das ist es.« Sie lächelt. »Hätte ich mir gleich denken können. Sie sind nämlich nicht der Erste … obwohl jetzt schon viele Jahre keiner mehr danach gefragt hat. Das hatte ich beinahe schon wieder vergessen.«

»Und?«

»Sie haben doch bestimmt Paddys Buch gelesen. Dann muss Ihnen auch klar sein, dass er … einen Hang zur Übertreibung hatte.« Ihr Lächeln wirkt jetzt beinahe mitleidig. Sie wird es ja wohl nicht wagen, ihm zu erzählen, dass die Sieben Stufen Lug und Trug sind. Das kann sie einfach nicht.

»Das heißt?«

»Das heißt, dass man nicht alles glauben sollte, was man liest.«

Plötzlich schwebt die Zeit in der Luft. Wieder verliert er den Boden unter den Füßen. Großer Gott, er braucht dringend eine Dusche, sein Bett. Denkt sehnsüchtig an seine Wohnung, mit Donna nebenan, an seine eigenen

Bettlaken, frisch gestärkt und fest gespannt. An sein früheres Leben … obwohl es ihm gar nicht so lange her zu sein scheint. Allerdings, dieses frühere Leben war nichts, nur eine Zeit des Wartens, ohne einen sonstigen Sinn. Kann er überhaupt zurück?

»Das heißt?« In seiner Vorstellung erhebt er die Faust, schmettert sie krachend auf den Tisch, brüllt ihr dabei ins Gesicht – *das heißt*? Aber sie zeigt keine Spur von Angst. Eigentlich müsste sie die Hosen voll haben. Wenn sie wüsste. Von dem Mädchen, das er nicht umbringen wollte, es aber dennoch umgebracht hat, wofür er gebüßt hat. Gebüßt in Form von Zeit, die allmächtige Zeit. Es war keine Absicht. In dieser Hinsicht hat er sich nichts vorzuwerfen. Doch die Wut stieg wieder in ihm hoch, und Himmel, sie war so weich, ihre Stimme an seinem Ohr, ihre Haut seidiger als Seide, ihre Achselhöhle – sein Zeigefinger unter ihrem Arm und das Erstaunen, dass dort zarte Härchen waren, zart und feucht, obwohl man bei einer Frau erwartet hätte, dass sie dort rasiert wäre. Irgendwie ließ ihn dieser Gedanke nicht mehr los, das Vertrauensvolle daran, dass sie ihm ihren Körper präsentierte, wie er war, ohne Make-up, ohne Parfum, nur ein kindlicher Geruch nach Seife, wie Babypuder oder so. Zärtlichkeit und Gegenreaktion. Die Antwort darauf. Zärtlichkeit ist gefährlich. Am besten sind immer noch Huren, je härter, desto besser, aber die sind nicht immer sauber. Wer kann schon einer Hure trauen? Ein richtiges Dilemma. Zärtlichkeit ist gefährlich, o ja, diese Wut, die ihn die Fäuste ballen lässt, ihm die Eingeweide zusammenschnürt, einen metallenen Geschmack auf seine Zunge wirft, die ihn blind macht.

»Wie wär's mit einer Tasse Tee?«, meint die Benson.

»Das heißt?«

»Dass heißt einfach, dass er weit davon entfernt war, sie zu vollenden…«
»Aber er war trotzdem auf der Spur?«
»Sie haben es doch gelesen…«
»Und was… wo sind sie… was ist davon übrig?«
»Nichts, alles weg, so wie er.« Er beobachtet, wie sie mit der verhornten Nagelkante ihres Daumens über die Maserung des Holztisches fährt. Dann lässt er sich auf den Stuhl fallen, der genauso zerbrechlich wie ihre Knochen ist, der beinahe unter seinem Gewicht zusammenzubrechen scheint.
»Wie, weg?«
»Dort, wo immer er auch hingegangen sein mag.«
»An dem Tag, an dem er verschwunden ist, bin ich zur Welt gekommen.« Abwartend hält er inne, aber sie sagt nichts. Sie ist so verdammt winzig, der Kopf gerade mal so groß wie eine Grapefruit. »Also haben Sie nichts?«
»Was, wenn?«
»Dann würde ich Sie bitten, sie mir zu geben. Ich muss sie…«
»Müssen?«
»Ich würde Sie darum bitten.«
»Und denken Sie wirklich, ich würde sie Ihnen geben?« Er starrt sie an. *Verdammt, ich würde sie mir einfach nehmen*, sagen seine Augen, aber es gelingt ihm nicht, sie mit seinem Blick einzuschüchtern, diese hellen Augen, vielleicht sieht sie ihn gar nicht richtig, vielleicht ist sie kurzsichtig. Vielleicht ist ja er derjenige, der kurzsichtig ist. Allmählich dämmert ihm, dass die Suche hier zu Ende ist, dass er die Spur verloren hat. Muss unbedingt in Ruhe überlegen, über diese neue Situation nachdenken, darüber, was dann ist, was jetzt ist. Hinter dem Tisch lächelt Patrick süffisant hervor. Dieses Porträt von Patrick, das sie

gemalt hat, diese Frau hier, eine berühmte Malerin. Und was hat ihr der Ruhm gebracht? Dieses schäbige Rattenloch. Aus dem er sich schleunigst verpissen wird. Sie zurücklassen wird, sie dem Schimmel und dem Dreck und dem durchgefaulten Boden überlassen wird. Noch hat er nichts Falsches gemacht, noch kann er sich einfach verziehen. Diesem Mist ein Ende setzen.

Muss einen klaren Kopf bekommen. Seit Jahren hat er diesen Plan, Traum, Glauben – das ist das Schlimmste daran –, dass er die Elixiere finden wird, dass Patrick auf diese Art ihn vor sich selbst schützen wird. Und jetzt das. Patrick hat sich einfach aus dem Staub gemacht und den ganzen Kram mitgenommen. Und was jetzt? Nichts. Nichts, was ihn hier noch hält, nichts, wonach es sich… zu suchen lohnt. Er hat Patrick wirklich geliebt. Und der hat ihn mit Füßen getreten. Mit seinem dämlichen Grinsen dort drüben im Schatten.

»Würden Sie ihn für mich hochtragen?« Die Benson ist seinem Blick gefolgt. »Mir wäre es lieb, wenn er wieder am alten Platz hängt.«

Er zuckt die Achseln. Erhebt sich. »Von mir aus.« Hebt das Bild hoch, wobei er Patricks Blick meidet, der sich sicher ins Fäustchen lacht.

»Ich werde vorgehen, um das Licht anzumachen«, sagt sie. »Da oben dürfte es jetzt ziemlich dunkel sein.« Dann steigt sie die Leiter hoch, irgendwie wie ein Kind, indem sie jede einzelne Sprosse vorsichtig nimmt. Währenddessen betrachtet er von unten ihre albernen Schuhe, wie Sonntagsschuhe eines Kindes, wandert sein Blick an ihren dünnen Waden entlang, die unter einem grünen Kleid verschwinden, wobei ihm in den Sinn kommt, dass auch er einmal diese Beine betrachtet haben muss, und zwar mit Lüsternheit. So banales Zeug geht ihm durch den Kopf.

Aber besser als die Wut, zwar seltsam, aber wesentlich besser, keine Spur von Zorn, nein, nur eine Art Sich-Fallen-Lassen, wie ein freier Fall auf dem Schafott.
Als oben das Licht angeht, klettert er ihr nach. Hängt das Bild an den Haken, auf den sie zeigt.
»Willkommen zu Hause, mein Schatz«, sagt sie. Das Licht verbreitet lediglich einen schwachen Schein auf dem Boden, sodass Patrick immer noch im Schatten hängt. Im Zwielicht. Beinahe wäre Tony über etwas gestolpert.
»Passen Sie doch auf«, faucht Connie ihn an.
Er sieht zu dem braunen Paket hinunter, ein Paket mit Packpapier und einer Schnur umwickelt. »Farben«, erklärt sie, »neue Farbtuben.«
Dabei fällt es ihm wieder ein.
»Würden Sie mich malen?« Vielleicht ist ja das das Richtige. Ja, das ist es. Sie malt ihn, verewigt ihn, so wie Patrick verewigt ist. Dann können die Porträts nebeneinander hängen. Für ein neues Porträt von Constance Benson würde bestimmt einer eine hübsche Summe springen lassen. Ein Porträt, das Tony darstellt. Dann wäre er bei der nächsten Ausstellung dabei, wäre geladen, stünde im Rampenlicht, müsste sich nicht in die Kälte und in den Regen verjagen lassen. Er wäre mittendrin, er wäre wer, etwas Besonderes unter all den Patricks. Bei dem Gedanken scheinen sich sämtlichen Einzelteile von ihm zusammenzufügen. Genau, das ist es. Und was die Elixiere betrifft, so könnte es nach alldem doch gut sein, dass sie ihn angelogen hat, aber unter diesem Vorwand kann er dranbleiben, vielleicht… Wer weiß? Vielleicht wird dann die Wahrheit herauskommen.
»Nein«, sagt sie.
»Was?«
»Nein.«
Langes Schweigen. »Was haben Sie gesagt?«

»Ich sagte nein.« Am Boden reflektiert das Licht, sodass ihr Gesicht aus einem dunklen Durcheinander aus Schatten und Linien besteht, ohne Augen.
»Nein?«
»Ich male nicht mehr, mein Lieber. Schon seit geraumer Zeit.«
»Tun Sie doch. Oder was ist damit?« Dabei kickt er gegen das Paket mit den Farben.
»Die habe ich mir gekauft, weil ich Farben liebe. Auch wenn ich mir unmöglich sämtliche Farben kaufen kann. Aber ich male nicht damit. Ich werde jetzt wieder nach unten gehen.«
Tony folgt ihr mit dem Blick. Schlaff baumeln seine Hände herunter, leicht zu Fäusten geballt, mit denen er ohne weiteres die Scheiße aus ihr herausprügeln könnte, aber er hält sie nicht auf, bis schließlich auch die dünnen Haarbüschel auf ihrem Kopf aus seinem Blickfeld verschwinden. Als sie weg ist, wendet er sich Patrick zu. Obwohl es nichts weiter als Farbe auf einer flachen Leinwand ist, scheint dessen Kopf sich leicht zu neigen, unmöglich, scheint er mit den Augen zu zwinkern. Blinzelt er ihm etwa zu? Nicht doch. Komm schon, Tony, reiß dich am Riemen. Sie will nicht. Trotzdem wird sie ihn malen. Das hat er sich jetzt in den Kopf gesetzt. Er wird hier bleiben, und sie wird ihn malen, und vielleicht kommen auch die Elixiere ans Licht, kommt die Wahrheit ans Licht.
Er kniet nieder und löst die Schnur, wickelt das Packpapier ab. Darunter kommt eine Holzkiste voller Farbtuben zum Vorschein. In dem schummerigen Licht muss er sie dicht vor die Augen halten: Kadmiumgelb, Ultramarin, Chromgrün. Zwischen Zeigefinger und Daumen drückt er sie zusammen, schraubt von einer Tube den Deckel ab und drückt erneut. Dabei tritt eine Farbe aus, die in dem arm-

seligen Licht schwärzlich aussieht, ein schwarzer Wurm in seiner Hand, ein penetrant öliger Geruch. Er verreibt sie auf seiner Handfläche, eine feuchte, dunkle Kuhle. Zunächst fühlt sich die Farbe auf seiner Haut noch gut an, bis sie ihn an Schlamm oder Scheiße erinnert. Jedenfalls überkommt ihn Ekel, sodass er das Bedürfnis hat, sie schnellstmöglich abzuwaschen, um dieses Gefühl auf seiner Haut loszuwerden. Er klettert die Leiter hinunter und stellt sich an das Waschbecken.

»Haben Sie mit meinen Farben herumgespielt?«, fragt sie, die mittlerweile wieder am Tisch Platz genommen hat und Whisky in sich hineinkippt. Als er ihr die Kehle herunterrinnt, macht es eine Art quietschendes Schluckgeräusch. Er dreht den Hahn auf. »Mit Wasser bekommen Sie die aber nicht ab.«

»Womit dann?« Sie lässt sich Zeit, wischt mit dem Handrücken über den Mund. Er spreizt die Finger, da er das klebrige Gefühl nicht ertragen kann. »Womit?«

»Mit Terpentin, dort, unter der Spüle.«

Er verspürt den Impuls, seine Hand, an der die Farbe klebt, so lange zu schütteln, bis sie abfällt. Hastig zieht er den zerlumpten Vorhangfetzen zurück, dahinter durchgeweichte Kartons mit lauter Putzmitteln, Dreft, Ajax, Flash, ein übler, schimmeliger Geruch, der nichts mehr mit Frischeduft zu tun hat. Dazwischen steckt eine Kunststoffflasche mit Terpentin, er zieht sie hervor, schraubt sie auf und schüttet sich etwas davon auf die Handfläche, reibt dann die Hände aneinander, sodass die Farbe sich zu einem stinkenden, flüssigen Braun verdünnt. Danach hält er die Hände unter kaltes Wasser, spritzt ein wenig Spüli darauf, wonach eine braune Dreckbrühe in den Abfluss läuft.

»Ockergelb«, bemerkt sie.

Wieder und wieder scheuert er die Hände unter dem eiskalten Wasser, bis die Farbe ab ist, bis die Haut ganz rau und rot ist.

»Fertig?«, sagt sie.

Wage es bloß nicht, mich auszulachen. Tony nimmt ihr gegenüber Platz, greift nach dem Whisky, schenkt sich einen Schluck ein, aber nur einen Schluck. Stürzt ihn hinunter, ohne das Glas mit den Lippen zu berühren. Lauscht erwartungsvoll nach mehr, aber sie bleibt stumm, starrt mit einem gedankenverlorenen Lächeln in ihre Tasse, gibt dabei ätzende, schnalzende Geräusche von sich.

»Ich möchte, dass Sie mich malen«, beginnt er erneut. Ein deutlicher und klar verständlicher Wunsch. Nach einer Pause fügt er sogar hinzu: »Bitte.«

Sie schüttelt den Kopf. »O nein. Keine Chance.«

»Sie verstehen nicht«, beharrt er, wobei er in ihr Gesicht starrt und sich fragt, ob sie tatsächlich, ob sie wirklich versteht? »Das war keine Bitte.« Er unterbricht sich kurz. »Das war ein Befehl.«

Sie stößt ein Grunzen aus. »Nur um sicherzustellen, dass ich Sie richtig verstanden habe: Sie, *Sie wollen mir also befehlen*, dass ich Sie malen soll?«

»Korrekt.«

Danach herrscht lange Zeit Stille. Natürlich keine absolute, wie auch, bei all den Geräuschen des Meeres und des Himmels und des Raumes und der zwei atmenden Menschen darin. Und dennoch besitzt das Schweigen eine ganz eigentümliche Resonanz.

»Und ich sage nein.«

Er reibt die kalten Hände an den Oberschenkeln. Dann zuckt er gleichgültig mit den Schultern, streift glättend sein Haar nach hinten, wobei er das Knistern des bläulichen Schimmers darin an seiner Hand spürt. Mittlerweile ist es fast trocken. Vom Tisch nimmt er sich das

Gummiband, das voller ausgerissener Haare ist, und lässt es um seine Mähne zusammenschnellen.

»Morgen fangen wir an.«

»Ich geh jetzt ins Bett«, entgegnet sie.

»Sagen wir um ... neun?«

Sie geht an die Spüle, nimmt eine vergammelte, ausgeblichene Zahnbürste von der Fensterbank und wühlt in der Schublade nach Zahnpasta. Dann steckt sie einen Finger in den Mund und schnipst ihr Gebiss heraus. Vor lauter Ekel schüttelt es ihn. Dann dreht sie den Hahn auf, bürstet den pinkfarbenen Plastikgaumen und die elfenbeinfarbenen Zähne ab und lässt anschließend das ganze Gebiss in eine Tasse plumpsen, in der eine Brausetablette sprudelt. Mit derselben Zahnbürste fuhrwerkt sie in ihrem Mund herum und spuckt in die Spüle. Nachdem sie die Gasflamme unter dem Wasserkessel angezündet hat, geht sie nach draußen und lässt dabei eine frische Brise feuchter Luft herein. Während sie weg ist, lauscht er dem Prickeln des sich auflösenden Tabs, dem Tropfen des Wasserhahns, dem lauter werdenden Geheul des Kessels, in dem das Wasser kurz vor dem Kochen steht, dem Rauschen der Toilettenspülung aus der Ferne. Als sie zurückkommt, tut sie so, als wäre er nicht da, obwohl er das verdammt noch mal ist. Dann bückt sie sich unter die Spüle, von wo sie eine pinkfarbene Wärmflasche hervorholt. Sie füllt sie mit dem Wasser aus dem Kessel, wobei sie sie gegen die Brust gedrückt hält, und marschiert anschließend in Richtung Leiter.

»Da oben schlafe ich«, sagt Tony.

Sie klappt den Kiefer herunter, eine zahnlose Öffnung, das schrumpelige Gesichtchen im Moment noch kleiner, der Mund zu einem Oh aufgerissen. Einen Moment lang sieht sie ihn an, ohne ein Wort, macht dann auf dem Absatz kehrt und schlurft in das Schlafzimmer. Mit einem lauten Schnappen fällt die Tür hinter ihr ins Schloss.

»Gute Nacht«, ruft er ihr hinterher. Dann steht er auf, aber nicht, um die Leiter hochzuklettern. Stattdessen öffnet er die Eingangstür und tritt nach draußen, wobei er die kalten Hände an den Jeans reibt und die zerklüftete Wolkendecke betrachtet, durch die die Sterne funkeln, klar wie Eis und unvorstellbar weit weg.

Kapitel 6

Das Bett fühlt sich klamm an, wie könnte es auch anders sein, schließlich hat keiner mehr darin geschlafen seit... Connie hasst es, diesen Raum zu betreten. Hier drin ist die Erinnerung an Patrick, nicht an den gemalten Patrick, sondern an den echten aus Fleisch und Blut so stark, dass es sie jedes Mal fröstelt. Nicht, dass der Raum wirklich kalt wäre, es ist vielmehr, als lege sich die Luft um sie herum feucht auf ihre Haut, als hinterlasse sie einen nassen Film auf ihrem warmen, lebendigen Fleisch, der langsam an ihr heruntertropft. *Hör auf damit.*

Offenbar ist die Glühbirne kaputt, sodass sie sich stolpernd an die Frisierkommode herantastet und mit einem Ruck die verklebte Schublade aufzieht und dort ein klammfeuchtes Wirrwarr aus Wollunterwäsche herausnimmt. Dann nestelt sie an ihrer Kleidung herum, legt einiges davon ab, streift sich lange Unterhosen und eine Strickjacke über, schlüpft in ein Paar Wollsocken, die einmal ihm gehört haben und die Sacha gestrickt hat, die aber immer noch ihren Zweck erfüllen. Unvermittelt taucht das Bild einer dösenden Sacha im Wintergarten vor ihr auf, mit der Sonne in dem zerfurchten Gesicht und dem Strickzeug, das von ihrem Schoß herunterbaumelt. Zwar nicht ganz einfach, sich in diesem stockdunklen Raum umzuziehen, aber sie wird unter keinen Umständen diese Tür öffnen, solange er davor sitzt.

Mittlerweile ist durch die Wärmflasche eine Stelle auf der einen Seite des Bettes angenehm warm. Dort rollt sie sich zusammen, wobei die Wolle auf ihrem Bauch scheuert. Draußen bewegt sich etwas, die Eingangstür geht auf, vielleicht ist er ja nach draußen gegangen. Kein Schloss an der Schlafzimmertür, wenn er doch einfach verschwinden würde … oh, wie gut könnte sie jetzt Patrick gebrauchen, auch wenn er noch so ein verdammter Scheißkerl ist, war, ist. Ein Bild von ihm zu malen, also wirklich! Ihn zu *malen.* Als ob er sie dazu zwingen könnte. Als hätte sie etwas zu verlieren. Keine Bitte, sondern ein Befehl!
Die Decken über den Laken sind vor Feuchtigkeit ganz schwer, verströmen einen widerlichen Geruch. Das letzte Mal, dass sie in diesem Bett geschlafen hat, war mit ihm, sein großer Körper dicht an ihren angewinkelt, warm, so warm. Und jetzt sind nur noch Knochen von ihm übrig. In diesem Raum fühlt sie sich einfach unbehaglich, denkt sie widerwillig an die Kälte unter den Dielen, an diesen tiefen, kalten Sand.
Und seit dreißig Jahren die Laken nicht gewechselt! Seit dreißig Jahren! Sie ertappt sich bei einem Kichern. Ein Kichern! Und das mit diesem Wahnsinnigen da draußen. *Hör auf damit.* An den Ecken kleben die Laken beinahe aufeinander, so klamm sind sie, wahrscheinlich schon schimmelig. Irgendetwas von Patrick muss noch in diesem Bett sein, vielleicht eine abgestorbene Hautschuppe, Haare. Sie spürt förmlich, wie ihre Arthritis sich durch die Feuchtigkeit zurückmeldet. Der Boden kann nicht viel härter sein als dieses Bett. Sieh den Tatsachen ins Auge, Connie, dieses Haus verfällt schneller als du selbst. 1945 als Notunterkunft errichtet, mehr als fünfzig Jahre lang bewohnt, nicht schlecht, alles andere als schlecht. Und dann Patrick und seine Ausbauten. Verrückte Idee mit dem Ate-

lier. Unmöglich, meinte der Architekt, der früher gelegentlich vorbeikam und stets eine andere Frau dabeihatte, die aber allesamt praktisch identisch waren: schlank, dunkle Mähne, man wusste nie genau, wen man gerade vor sich hatte – Sue, Lou oder Pru –, weiß der Himmel, was er bei ihnen suchte und nie fand. Patrick, der voranging, der selten einen Rat beherzigte, noch jetzt muss sie im Dunkeln über seine Idee grinsen, eine Zwischendecke zu ziehen, ein Fenster in das Dach einzusetzen, und er hatte Recht, es hat funktioniert, und wenn das ganze Haus mittlerweile kurz davor steht, zusammenzufallen, wer würde garantieren, dass das nicht ohnehin der Fall gewesen wäre?

Unangenehm drückt ihr eine Kante der Gummiflasche in den Rücken, das Schwappen von Wasser, als sie sich bewegt. Irgendjemand befindet sich in ihrem Haus, noch einer, der grübelt, nur worüber? Was führt er im Schilde? Ist das Angst? Ein Herzschlag, den sie hört und spürt, ein Körper um eine Wärmflasche gerollt, Kopf unter den schimmeligen Decken, der Geruch von Gummi, die Wärme unter feuchtem Stoff, fast wie Dampf, und dazu ihre eigene Whiskyfahne, die sie wieder einatmet. Sie liegt mit dem Rücken zur Tür, wagt es aber nicht, sich umzudrehen. Trotz der Decken und der Laken und des großen dunklen Loches hinter ihr vergisst sie nicht die Tür, doch ihr Körper verharrt jetzt in dieser Lage, zu keiner Bewegung fähig. Es kommt ihr vor, als schlage die Wärmflasche wie ihr riesiges Herz, das gerade herausgerissen wird und an das sie sich verzweifelt klammert. Jeden Moment könnte die Tür aufgehen und er könnte sich mit einem Messer, einer Axt, einem Ziegelstein auf sie stürzen. Würde sie Schmerzen spüren... das ist eigentlich ihre größte Sorge... vor dem Tod hat sie keine Angst, nur

vor dem Sterben, davor, bei vollem Bewusstsein zu sein und Schmerzen zu erleiden.
Wie soll sie nur schlafen, und wie soll sie die Nacht jemals überstehen? Ihr fällt wieder der Moment ein, als sie ihn, in einem Anflug von Verrücktheit, für Patrick hielt. Nein, das kann sie unmöglich gedacht haben… Patrick, Paddy, mein Geliebter, nimm mich mit. Oh, das wäre der größte Witz, wenn sie ausgerechnet in dieser Nacht entschlafen würde, einfach entschwinden würde, eines natürlichen Todes, würde man feststellen. Zählt Angst als natürliche Todesursache? Das blöde Gesicht, das er dann machen würde, wenn er auf seine Verabredung um neun Uhr wartet und sie nicht auftaucht. Was er dann wohl tun würde, ihr einen Tee ans Bett bringen, die Tür eintreten und losbrüllen? Und sie läge einfach da, kalt wie Stein.
Wenn das wirklich Angst ist, ist es nicht so schlimm, wie sie befürchtet hatte. Vielleicht ist das auch keine richtige Angst, wenn man Angst mit einem Berg vergleicht, vielleicht ist sie dann erst am Fuße? Aber die Erschöpfung, großer Gott, ihr tun sämtliche Knochen weh von all der Aufregung in dieser Woche, der Fahrt, diesen Tagen, die förmlich an ihr vorbeigerauscht sind. Und jetzt der Schock mit diesem … Eindringling. Und dazu der ganze Alkohol, davon hatte sie heute mehr als reichlich. Morgen, bei Tageslicht, wenn sie sich wieder etwas erholt hat, sieht vielleicht alles anders aus. Aber vielleicht ist sie dann vor Angst wie paralysiert. Sie schnaubt, da ihr plötzlich klar wird, dass das, was sie im Moment empfindet, pure Empörung ist. Ist es das, was man in solch einer Zwangslage normalerweise empfindet? Was ist überhaupt in so einer Situation richtig, wie hat man sich zu verhalten? O Gott, sie kann nicht aufhören zu grinsen, die Zunge unlösbar am Gaumen, ohne störendes Gebiss, was sie mittlerweile als

angenehm empfindet. Wäre Patrick jetzt hier, würden sie beide sicherlich nicht mehr aus dem Kichern herauskommen, sich die Deckenzipfel in den Mund stopfen, damit dieser wahnsinnige, vermeintlich geistesgestörte Messerstecher dort draußen vor der Tür nicht auf sie aufmerksam werden und aufgrund ihrer Albernheit völlig durchdrehen würde.

O ja, Patrick mag zwar weg sein, aber er ist immer noch ein Trost für sie. Auf diese Art hatte es zwischen den beiden schon immer gestimmt, sie konnten über dieselben blöden Dinge lachen. Natürlich war er exzentrisch, aber sie liebte ihn dennoch. Wieder hat sie die Szene im Wald vor Augen, die erste Berührung zwischen ihnen. Die Erinnerung ist immer dann am klarsten, wenn es um die erste Zeit geht, hingegen verblassen die Jahre danach mehr und mehr, sodass selbst Ereignisse, die erst vor kurzem stattgefunden haben, wie dieser bunte London-Aufenthalt, vage bleiben. Nicht jedoch ihr sechzehnter Geburtstag, den sie noch deutlich vor Augen hat. Überall Maiblumen, als sie von ihrem Morgenspaziergang zurücklief. Sacha, die sie mit einem Küsschen begrüßte. Alles Gute zum Geburtstag, hat Patrick dich im Wald gefunden? Connies ausweichende Antwort, weil sie nicht wusste, was Sacha wirklich dachte, ob sie, die Patrick genau kannte, ahnte, dass er versucht hatte, sich ihr zu nähern.

Diesen Tag verbrachte sie überwiegend allein, malte im Atelier die Blumen, die sie gesammelt hatte – Feuernelken, Storchschnabel, Kornblumen und rot-weißen Wiesenklee –, bei weit geöffneten Fenstern, durch die das Vogelgezwitscher drang; Schwalben, die ihren piepsenden Nachwuchs fütterten; hier und da ein Schmetterling oder eine Biene, die ihr einen Besuch abstatteten; ab und zu ein Windhauch, der die Blumen im Glas zum Schwanken

brachte, und über alldem der zusammengemischte Geruch aus Farbe und Schwalbenkot und Blütenstaub.
Und dann die Teeparty. Sacha hatte ein paar Kritiker und Freunde gebeten zu kommen, alles Leute, von denen die beiden dachten, dass Connie sie kennen lernen sollte. Und Martin Redmartin war auch dabei. O ja, Red. Ihr Leben hätte völlig anders aussehen können.
Den ganzen Tag über war sie mit Malen beschäftigt, verdrängte die Party aus ihren Gedanken. In ihr überschlugen sich die Gefühle, sodass sie sich kaum beherrschen konnte, sich nicht richtig auf die Farben konzentrieren konnte, sich nur schwer vom Fenster oder vom Spiegel zurückhalten konnte. Es war eine Mischung aus Aufregung und Angst, während ihres Aufenthaltes auf dem Land war sie schüchtern geworden, hatte die meiste Zeit allein oder zusammen mit Sacha und Patrick verbracht. Zwar kamen gelegentlich Besucher vorbei, die sich für Patricks Arbeit interessierten, aber Connie machte sich immer möglichst rar. Viele dieser Leute waren merkwürdig angezogen und benahmen sich auch seltsam, ihren Eltern wären sie ein Dorn im Auge gewesen. Dabei handelte es sich überwiegend um weibliche Gäste, mit denen Patrick sich dann in seinen Schuppen zurückzog. Sein ganzes Leben über hat Patrick die Frauen magisch angezogen. Das war eines der Mysterien, die ihn umgaben – im Grunde war er nicht wirklich attraktiv, er war exzentrisch, besessen, manchmal sogar ziemlich töricht. Dennoch lagen sie ihm zu Füßen. Liebten ihn von ganzem Herzen. Und Connie liebte ihn ebenfalls, trotz allem. Aber ihr Leben hätte auch anders verlaufen können, ein Leben mit Red. Bereut sie ihr Leben, bereut sie es wirklich?
Oh, aber jener Tag, es war schwül, sie fühlte sich schuldig, dass sie sich so sehr… an Dingen erfreuen konnte – an

Blumen, an der Malerei, mit einem Gefühl, als trete sie wirklich durch die Tür vom Mädchen zur Frau –, schuldig, dass sie sich so glücklich fühlte, obwohl Mutter und Vater und Alfie nicht mehr da waren. Glücklich auf eine Art und über Dinge, die sie niemals verstanden, die sie entsetzt hätten. Auch hatte sie Angst davor, dass neue Leute kamen, um ihr Werk zu begutachten, was sie so sehr beunruhigte, dass der Pinsel in ihrer Hand zitterte, wenn sie ihren Gedanken freien Lauf ließ.
Und dann war da noch dieses seltsame, starke Gefühl in ihrer Brust und ihrem Bauch, wenn sie an Patrick heute Morgen dachte, eine Szene, die ihr im Nachhinein wie ein Traum vorkam, von der sie nur all den Tau und das Glitzern und die seltsame Hitze dieser ungewohnten Berührung in Erinnerung behielt. Und noch mehr Schuldgefühle angesichts ihrer Faszination, Schuldgefühle wegen Sacha, wegen allem, all das, das war nicht anständig, das war einfach nicht – richtig …
Und dann danach, frisch gebadet und in dem neuen blauen Kleid, das Sacha für sie genäht hatte, ein Kleid für eine Frau, die Taille betonend, ein Hauch aus Seide, der ihre kleinen Brüste zur Geltung brachte, der luftig um ihre Oberschenkel flatterte, wenn sie sich darin bewegte. Und dann der Moment, als die Gäste eintrafen, als sie vom Atelier aus auf ihre Köpfe hinabsah, nur ein paar, vielleicht vier oder fünf. Darunter auch erstmals Reds Kopf, glänzendes, dunkelbraunes Haar. Und Cora Mansfield mit dieser Stimme, die man schon von weitem hören konnte, in einem unglaublichen grünen Fummel, der alles andere als schick war, die weißen Haare offen über der Schulter. Und Alex Waverley, wirklich eine Ehre, dass auch er gekommen war, ein anerkannter Künstler, Kritiker, und zudem Duffield, mit Schlips und Kragen, sogar einem Monokel, oder

bildet sie sich das im Nachhinein ein? Damals waren die beiden bestimmt ein Paar, Homosexuelle, obwohl Connie zu jener Zeit keine Ahnung hatte, dass es so etwas tatsächlich gibt. Sie blieb so lange oben in ihrem Versteck, bis Sacha sie holen kam, um sie mit den Gästen bekannt zu machen.

Mit Red hatte niemand gerechnet, er hatte wohl plötzlich Fronturlaub bekommen, was für ein Zufall, ausgerechnet an ihrem Geburtstag, sodass er gerade noch rechtzeitig zu der Party kam. Schon die ganze Zeit über war sie neugierig gewesen, ihn endlich kennen zu lernen, nachdem sie bereits all die Fotos und Gemälde von ihm gesehen hatte, die Sacha gemalt hatte und die einen kräftigen Jungen mit zerzausten braunen Haaren darstellten, in Wollpullovern, von Sacha gestrickt. Auf einem Bild blickte er so offen in die Kamera, mit Haarsträhnen, die ihm in die Augen fielen, einer dreckverschmierten Wange, mit einem Strickpulli, an dessen Ärmel sich die Maschen auflösten, dass sie diesem Blick beinahe nicht standhalten konnte, so jungenhaft, genau wie Alfie. Gewöhnlich sprach Sacha nicht viel über Red, aber jedes Mal, wenn sie einen der seltenen Briefe von ihm erhalten hatte, trug sie diesen direkt auf der Haut unter ihrem Busen, sodass Connie ihn bei jeder ihrer Bewegungen knistern hören konnte. Und mit einem Mal war er da, an ihrem Geburtstag, auf Heimaturlaub.

Er war stämmig, genau wie Sacha, und nicht besonders groß, mit Augen… einer Mischung aus olivgrün, in der unerwartet ein strahlendes Blau zum Vorschein kam. Die Haut in seinem Nacken, direkt über dem Kragen seiner Uniform, wirkte so zart, dass sie nicht den Blick davon lösen konnte. Seltsam, dass gerade diese Stelle sie so faszinierte – aber diese zarte, weiche Haut weckte in ihr das Verlangen, sie zu berühren. Er gab ihr die Hand, ein fester, trockener Händedruck. Hände sind besonders wichtig, sie könnte nie einen Mann mit Patschhänden lieben, selbst die Hände des Eindringlings sind... nein, nein, lass ihn nicht dieses Bild zerstören, diesen herrlichen Moment trüben. Halte dir ausschließlich Reds Hände vor Augen, seine leicht gekrümmten Finger, die schmalen, geraden Nägel, entschlossene Hände, mit denen er sie fest hielt.

Allgemeines Lob für ihre Arbeit. Noch vor dem Tee hatten sich alle in das Atelier begeben, während sie mit Herzklopfen vor der Tür auf das Urteil wartete und sich verzweifelt einredete, es wäre ihr gleichgültig, was eine glatte Lüge war. Jedoch allen gefiel es, alle waren begeistert, lobten sie in den höchsten Tönen. Und Red schenkte ihr ein langes Lächeln und führte den Zeigefinger an die Augenbraue, wie eine Art Salut. Dabei fiel ihr auf, dass sein Mund leicht schief war, dass eine Seite etwas nach unten hing, und sein Lächeln berührte ihr Herz, sodass sie ihn ebenfalls anlächelte. Und dann dieses Bier, das Patrick gebraut hatte und das so seltsam schmeckte und so stark war, dass man, wenn man zu viel davon trank, anfing zu halluzinieren. Das hatte irgendetwas mit der Hefe oder mit der Gärung zu tun, mit etwas, das er kultivierte und anschließend in seinen Elixieren verfeinerte. Fantastisches Bier, einzigartig und beinahe schon wert, dass einem danach der Kopf brummte, hatte sie früher öfter gedacht.

Es war ein so wunderschöner Abend, dass Patrick und Red bis zuletzt warteten, um den Esstisch hinauszuschleppen, während alle anderen, mit Tellern und Gläsern und Töpfen bewaffnet, auf die Wiese folgten. Sacha zündete Kerzen an, die in der warmen Abendbrise ständig ausgingen. Red saß neben Connie – etwas dichter als erlaubt –, aber das Bier stimmte sie fröhlich, und vielleicht berührte ja auch aus diesem Grund ihr Oberschenkel die ganze Zeit über den seinen unter dem Tisch? Vielleicht verstärkte sie sogar noch den Druck? Vielleicht auch nicht… Die Erinnerung daran entlockt ihr ein Schnaufen, sodass sie aufschreckt und ihr wieder einfällt, wo sie ist, dass sie gerade den gummiartigen, whiskygetränkten, schimmeligen Geruch des Bettes einatmet. Für einen Moment wendet sie sich von den Bildern der Vergangenheit ab und schmiegt sich an die Bettflasche, an das behagliche Schwappen von Wärme.

Patrick in seinem Element am Kopfende des Tisches, völlig aufgekratzt in einem violett gefärbten Hemd, die Haare zu einer Mähne gebürstet, mit glänzenden Augen. Sie aßen Maiskolben, jetzt erinnert sie sich wieder, an diese rutschige, in gelber Butter getränkte Frucht, deren Fasern zwischen ihren Zähnen hängen blieben. Jeder von ihnen hielt einen heißen Maiskolben und eine Stoffserviette in der Hand und grub die Zähne hinein, was irgendwie etwas Wildes an sich hatte, wie ein Rudel gut gekleideter Wölfe. Irgendwann sah Patrick plötzlich hoch und fragte, den Mund noch halb voll:

»Was bedeutet eigentlich Stigma?« Eine seiner Fangfragen, was denn sonst, in gespannter Erwartung auf die Antworten, die kommen würden. Sacha warf Red ein Lächeln zu und nagte mit hochgezogenen Schultern weiter an ihrem Maiskolben.

»Vielleicht eine Charakterschwäche?«, mutmaßte Red. »Stigmatisieren – kritisieren – brandmarken?« Dabei warf er Connie einen flüchtigen Blick zu. Vielleicht suchte er Zustimmung? Jedenfalls sah Sacha ihn voller Stolz an.

»Exakt.« Patrick legte seinen Maiskolben auf den Teller und spreizte die fettigen Finger, wobei er sie beide mit verschmitztem Lächeln beobachtete.

»Na los, Schätzchen, komm endlich zum Punkt.« Cora

beugte sich vor und wedelte elegant mit ihrer verschmierten Hand.

»Es hat auch was mit Wundmalen zu tun... das Stigma des Blutes Christi... oder sagt man dann Stigmata?«, bemerkte Duffield zaghaft, an dessen Kinn ein Tropfen Fett hing.

»Stigmata ist der Plural, Schatz. Ein tiefes Wundmal, aus dem Blut sickert. Eine Art Krankheit«, sagte Alex Waverley, wobei er die Flamme seines silbernen Feuerzeuges an eine Kerze hielt.

»Ja, ja, genau«, meinte Patrick eifrig, da es allmählich auf den Punkt gebracht wurde, beinahe kurz vor dem Sieden stand. »Was noch?«

Sacha legte den Maiskolben aus der Hand und wischte sich mit der Serviette den Mund ab. »Stigma ist auch ein Teil der weiblichen Genitalien einer Pflanze«, sagte sie, wobei sie Red einen entschuldigenden Blick zuwarf. »Die Vulva, um genau zu sein.«

»Gibt das nicht zu denken?« Patrick bannte sie alle mit seinem Blick. »Ein und dasselbe Wort für Vulva und solch eine Schande. Um zu stigmatisieren. Ha!« Aufgeregt stürzte er einen Schluck Bier hinunter, sodass ihm weißer Schaum in den Barthaaren hängen blieb. »Und was sind Blumen, wenn nicht Geschlechtsorgane?«

Mit hochgezogenen Augenbrauen warf Red Connie einen Blick zu, aber da sie an Patrick gewöhnt war, beließ sie es bei einem Lächeln und spürte die Hitze entlang der Stelle, wo ihre Schenkel sich gegenseitig berührten, umso stärker.

»Man hat sie entsexualisiert. All diese Biologen mit ihrer Wissenschaft. Das muss rückgängig gemacht werden.« Dabei schlug Patrick mit der flachen Hand auf den Tisch, sodass die Gläser hüpften.

»Also wirklich, Schätzchen«, tadelte Cora und schenkte ihm ihr langes Lippenstiftlächeln.
»Es ist nun mal so, dass Pflanzen richtige erotische Knaller sind. Mit riesigen, weit geöffneten, lockenden Fotzen und erigierten Schwänzen, aus denen Sperma schießt. Blütenstaub. Blütenstaub? Und Staubfäden, könnt ihr euch eine... fadenscheinigere Bezeichnung dafür vorstellen? Oh, Mann!« Patrick lehnte sich zurück und fuhr mit der Hand an seinem Oberkörper hinab, um seine Genitalien herum.
»Meine Rede«, bemerkte Alex Waverley, wobei er seinen Maiskolben ablegte.
Verstohlen sah Connie Red an. »Ist schon in Ordnung«, flüsterte sie ihm zu, »bei diesem Thema geht er immer an die Decke. Das liegt am Bier.«
»Patrick, beruhige dich doch endlich«, meinte Sacha. »Du hältst uns nur vom Essen ab.«
»Hört, hört«, sagte Duffield, und Waverley nickte zustimmend.
»Was ist bloß los mit euch? Überlegt doch mal, was ihr da gerade esst?« Einen nach dem anderen sah Patrick an, bis sein Blick an Cora hängen blieb, die ihn in ihrem angeheiterten Zustand versonnen anlächelte. In diesem Moment, allein aufgrund ihres wissenden Blickes, wurde Connie klar, dass sie eine seiner Geliebten gewesen sein musste.
»Du wirst es uns bestimmt gleich sagen, Schätzchen«, meinte Cora.
Patrick nahm seinen halb aufgegessenen Maiskolben in die Hand. »Jedes einzelne davon«, dabei deutete er auf die Körner, »ist eine Samenzelle für sich. Jeder einzelne dieser zarten Fäden, die man abzieht, bevor man den Mais grillt – ihr wisst schon, diese feinen Schamhärchen – jeder einzelne Faden ist im Grunde genommen eine Vagina.«

Er bekam einen schwärmerischen Blick. »Eine lange, geschmeidige, seidige Vagina.« Daraufhin fiel Red der Maiskolben aus der Hand, und Connie, von dem Bier ganz benebelt, musste sich auf die Handknöchel beißen, um nicht lauthals loszulachen.

Duffield wechselte das Thema, indem er erwähnte, dass er und Waverley die Skulptur von Jacob Epstein in London gesehen hätten, woraufhin sich das Gespräch auf das Thema Krieg verlagerte und auf die Lage der Juden, was Connie zittern ließ, obwohl sie es kaum glauben konnte. Heimlich warf sie Red von der Seite einen Blick zu, dessen Gesicht von dem Bier und der Unterhaltung gerötet war, der Einzige am Tisch, der am Krieg teilgenommen hatte, welcher ihr noch immer, trotz allem, trotz des Verlustes ihrer Familie, wie etwas Abstraktes vorkam. In seiner Uniform neben ihr, dem besonderen Stoff seiner Hosen, der sich durch die dünne Seide ihres Kleides hindurch ganz rau anfühlte, das einzige bisschen Krieg, mit dem sie in Berührung gekommen war.

»Er ist ein Tyrann«, meinte Red später zu ihr. Nur sie beide waren übrig geblieben und saßen noch am Tisch. Über die Sträucher und die Wiese hatte sich die Dunkelheit gesenkt, und der Himmel schimmerte in einem klaren Türkis wie gewölbtes Glas. Dort oben funkelte unübersehbar ein einziger großer, tief hängender Stern. Aus dem Haus, das ebenfalls ganz im Dunkeln lag, da erstmals die Verdunkelung eingehalten wurde, aus Rücksicht auf die Gäste, schallte Gelächter.

»Ist er nicht.«

»Stört es dich etwa nicht, wie er andere bloßstellt?«

»Doch, aber er meint es nicht so.«

»Wie hält Mutter es nur mit ihm aus...«

»Ich denke, sie sieht das ähnlich wie ich, Red, es ist keine

Tyrannei, es ist vielmehr… Enthusiasmus. Im Grunde ist er sehr… liebenswert.«

»Hm.«

»Lust auf einen kleinen Spaziergang?« Connie stand auf.

»Gern. Ist dir auch warm genug? Soll ich dir eine Jacke oder so was besorgen?«

Zwar fror es Connie an den Armen, aber sie wollte nicht den Effekt ihres Kleides mindern. Mit den Handflächen rieb sie an den Armen auf und ab, über die kühle Haut.

Sie schlenderten über die Wiese, und Connie schlug den Weg zwischen den Bäumen ein, denselben Pfad, den sie in der Morgendämmerung entlangmarschiert war. »Es geht ihm nicht darum, den Einzelnen bloßzustellen«, griff sie das Thema wieder auf, »sondern bestimmte Vorstellungen zu hinterfragen. Siehst du den Unterschied?«

»Trotzdem könnte er etwas mehr Zurückhaltung üben.«

»Könnte er.«

Zwischen den Baumstämmen flüsterten die Schatten und raschelten die Waldbewohner. Connie verlangsamte ihren Schritt und ergriff Reds Arm, der sich zunächst versteifte, sich dann aber wieder entspannte.

»Weißt du, ich konnte Patrick noch nie besonders gut leiden«, gestand Red. »Klar, für Mutter hat es mich gefreut, dass sie sich kennen gelernt haben. Offenbar mag sie ihn wirklich. Damals war ich siebzehn, alt genug, um auf eigenen Beinen zu stehen, als die beiden… als die beiden sich gemeinsam in dem Haus eingerichtet haben. Komische Umgebung, nicht? Zumindest für ein Mädchen.«

»Vielleicht.«

»Ich meine, wegen seiner berüchtigten… Veranlagung.«

»Tja… das ist alles, was ich habe«, meinte Connie.

»Ja, ich weiß, du Arme… das muss für dich…«

»Schon gut.«

»Möchtest du nicht darüber reden?«
»Sie sind tot. Was gibt es dazu noch groß zu sagen?« Connie riss sich los und lief mit schnellen Schritten voraus. Um ihre Beine herum knisterte das Kleid. Hinter ihr hörte sie seine Schritte.
»Es tut mir leid, Connie. Können wir das nicht einfach vergessen?«
Wortlos ging sie weiter, zählte zehn Schritte ab. »Einverstanden«, sagte sie schließlich und verlangsamte ihr Tempo, und dieses Mal war es sein Arm, der sie umfasste, seine warme, trockene Hand auf der fröstelnden Haut ihres Oberarms.
»Hast du das gehört?« Red war stehen geblieben.
»Eine Eule«, meinte Connie. »Nein, sogar zwei. Eine, die tu-wit ruft, und eine andere, die mit tu-wu antwortet.«
»Das ist mir ja völlig neu.«
»Nun, das habe ich von Patrick.«
»Hmm.«
Beide mussten lachen. Red zog sie an sich. An ihrer Wange fühlte sich sein Kinn rau an, und sie konnte seine Hitze sogar durch den Uniformrock spüren. »Was soll nur aus dir werden, Kleine?«, murmelte er in ihr Haar.
»Mach dir mal keine Sorgen.«
»Aber bei Patricks Ruf als Schürzenjäger …«
»Weißt du, Patrick ist nicht der Einzige«, sagte Connie, »auch deine Mutter … hat ihre … Affären. Soviel ich weiß.«
»Nun, das ist allein ihre Sache. Mich beschäftigt eher die Frage, ob …«
»Ob was?«
»Ob es sich mit dir genauso verhält, kannst du das nachvollziehen, Connie?« Sie hörte, wie er kurz den Atem anhielt: Offensichtlich suchte er nach den richtigen Worten. Wieder riss sie sich los und marschierte schnurstracks in

die Dunkelheit hinein, mitten in den Wald, wo es jetzt sehr finster war, sodass man kaum die Hand vor Augen sehen konnte.

»Das denkst du also von mir?«

»Wäre das so weit hergeholt? Connie, warte, warte doch…« Halb kam sie seiner Aufforderung nach, weil die Dunkelheit ihr allmählich Angst einjagte, weil unsichtbare Zweige sich um ihre Füße schlangen, weil die Blätter ihr leicht das Gesicht zerkratzten. Von dem Bier war sie ganz benommen, sodass vor ihren Augen helle Punkte auf und ab tanzten, als wäre die Luft von Glühwürmchen erfüllt. Wieder umschlossen seine Arme sie, und dieses Mal konnte sie deutlich seinen Herzschlag und den Geruch seiner Haut wahrnehmen. Sie hob das Kinn und drückte ihre Lippen auf die zarte Stelle über seinem Kragen. Dabei fiel ihr wieder Patrick ein, heute Morgen im Wald, mit diesem steifen krummen Ding unter der Pyjamahose, wobei sie versuchte, dieses Bild zu verdrängen, die Erinnerung an dieses heiße, seidige Gefühl in ihrer Hand. Bis sie feststellte, dass sie die ganze Zeit über den Atem angehalten hatte.

»Vielleicht sind deine Zweifel ja berechtigt.«

»Bist du…«

»Soll das eine unanständige Frage werden?«

»Ja, auf jeden Fall.«

»Und denkst du, es gehört sich, mir so eine Frage zu stellen?«

»Natürlich nicht, aber zur Hölle mit der Anständigkeit.« Connie gab einen spöttischen Schnaufer von sich. Und wartete ab. Aber von ihm kam nichts mehr. »Also schön, ich höre.«

»Bist du noch…«

»Noch?«

»Bist du noch Jungfrau?«
»Ja.« Erneut das Kreischen einer Eule oder zweier Eulen. Das Bild von diesen weichen weißen Flügeln in der Morgendämmerung.
»Das heißt, Patrick hat also nicht…«
»Nein.« Was beinahe die Wahrheit war.
»Ich glaube, ich müsste ihn sonst umbringen.« Und dann küsste er sie, das ungewohnte Gefühl seines Mundes auf ihrem, die Form seiner geöffneten Lippen, der Geschmack von Bier, seine kratzenden Bartstoppeln um ihre Münder, seine Zungenspitze, die sacht zwischen ihre sich öffnenden Lippen drang, was sie an sich öffnende Blüten denken ließ, an dicke, feuchte Blütenblätter. Dabei verloren sie beinahe das Gleichgewicht und klammerten sich aneinander fest. Oh, Patrick mit seinem schockierenden Gerede.
»Bist du schon einmal geküsst worden?«
»Nein, nein.« Wieder suchte sie seine Lippen, mit weichen Knien, an ihn geklammert, als würde sie sonst den Boden unter den Füßen verlieren. »Jedenfalls nicht so.«
Er unterbrach den Kuss. »Hast du das gehört?«
»Was?« Aber dann vernahm auch sie Sachas Stimme, die aus der Entfernung durch die Bäume hallte und die zuerst Reds Namen und dann ihren rief.
»Wir sollten besser zurückgehen«, meinte er. »Was ist mit morgen? Mein letzter Tag. Den würde ich gern mit dir verbringen.«
Einen Moment lang schwieg sie, weil eine plötzliche Wärme sie durchströmte, sodass sie unwillkürlich in der Dunkelheit lächeln musste. »Ich auch.«
»Ich habe dich sehr gern, Connie.«
»Ja, ja, ich dich auch.«
Die Hände auf ihren Oberarmen, hielt er sie ein Stück von

sich weg und betrachtete sie mit gesenktem Kopf, obwohl es zu dunkel war, als dass sie sein Gesicht hätte erkennen können. »Nicht wie ein Bruder, verstehst du?«

»Nun, du bist auch nicht mein Bruder.«

»Du verstehst?«

»Ja.« Sie wünschte sich, dass er sie noch einmal küsste, aber er drehte sich um und zog sie mit sich den Pfad entlang, von wo Sachas Stimme erklang.

Kapitel 7

Tony wacht auf, weil ihm die heiße Sonne direkt ins Gesicht scheint. Er lässt die Augen geschlossen. Unter seinen Augenlidern schimmert es rötlich. Wo zum Teufel ist er, und warum ist es hier so hell und heiß? Dann dämmert ihm, dass er in einem Schlafsack auf dem harten Boden liegt. Himmel. Er dreht sich zur Seite und öffnet vorsichtig die Augen, wobei sein Blick als Erstes auf den riesigen Schatten einer toten Wespe fällt. Unerträglich, dieser Dreck, dieser Nylonstoff. Strampelt sich hastig aus dem Schlafsack, steht leicht schwankend da, am ganzen Körper steif. Du wirst doch nicht etwa langsam alt, Tony, nicht jetzt schon, mit dreißig? Das liegt nur an der Alten, an nichts sonst. Ihr Alter färbt auf ihn ab wie eine ansteckende Krankheit.

Irgendetwas stimmt nicht. Nichts stimmt. In seinen Achselhöhlen juckt es. Er kratzt sich am Kinn, muss sich unbedingt rasieren, duschen, braucht saubere Laken, um ordentlich schlafen zu können, hat sich die ganze Nacht hustend herumgewälzt, schweißüberströmt, mit schmerzenden Knochen, Albträumen. Ausgebrannt. Kann unmöglich seinen ungewaschenen Körper in seine ungewaschenen Kleider stecken. Bestimmt gibt es irgendwo in der Nähe eine Waschmaschine oder einen Waschsalon. Wie wäscht sie eigentlich ihre Kleider? Eine Dusche wäre das wenigste, was man hier erwarten dürfte.

In diesem Zwergenzimmer kann man nicht einmal aufrecht stehen. Auf Patricks gemaltes Gesicht scheint hell die Sonne. Eines Tages wird jemand nach dem Aufwachen auf Tonys Leinwandgesicht blicken, in seine gemalten Augen starren und irgendeinen bestimmten Ausdruck herauslesen. Und dann wird auch er existieren, anders als bloß durch sein jetziges Selbst, er wird existieren. Ja, so viel dazu.

Er schiebt das Dachfenster auf. Kühle Morgenfrische, kann von hier aus nicht das Meer sehen, falsche Seite, nichts weiter als ein Buschgestrüpp mit Beeren darin und hier und da ein paar Bäume mit welkenden Blättern – dafür kann man das Meer hören. Vielleicht eine Runde im Meer? Zumindest würde so der Schweiß abgewaschen, der Gestank von heißer, klebriger Haut. Er kniet sich an den Rand der Falltür und sieht nach unten. Dort ist es noch dunkel, mit Ausnahme des hellen Rechtecks, das sein eigener Schatten kreuzt. Ihre Tür ist noch zu. Fünfundzwanzig nach sieben laut seiner Uhr.

Aus seinem Rucksack zieht er eine frische Unterhose, schnappt sich das Hemd und die Jeans von gestern und klettert mit nacktem Arsch die Leiter hinunter. Keiner zu sehen, schnell zur Tür hinaus. Vermutlich das erste Mal, dass er nackt vor die Tür geht. Oder? Fröstelt, aber zumindest fühlt sich die kühle Luft sauber auf seiner Haut an. Durch die Dünen, kalter Sand zwischen seinen Zehen, das unangenehme Kratzen der Disteln an seinen Beinen, und weiter über den festen, geriffelten, nassen Sand. Bei der letzten Düne lässt er seine Kleider fallen und rennt los, mit schmatzenden Schritten, hinein in die flache Kälte des Meeres, das in der Morgendämmerung milchig aussieht und verdammt eisig ist. Watet weiter hinein, über eine Kiesbank hinweg, nach Luft schnappend, bis zur Hüfte im

Wasser, sodass sich seine Hoden nach innen ziehen, sodass das eiskalte Schwappen der Wellen um seine Taille herum ihm einen Schrei entlockt, und dann taucht er hinein. Beinahe bleibt sein Herz stehen, so verflucht eisig ist es, aber als er dann schwimmt, ist es geradezu wunderwahnsinnbar, während er mit den Armen das Wasser vor sich teilt. Er wünscht sich, dass ihn jemand so sehen könnte, eine Frau vielleicht. Blinzelt mit nassen Wimpern in Richtung Strand, nur da ist keiner. Macht ein paar Brustzüge, krault ein wenig, für mehr ist es einfach zu kalt, aber trotzdem ist es großartig. Einfach großartig.
Mit einem Schlag hellwach, sein Körper wie neu. Wie neugeboren trifft es besser. Und sauber, so sauber in dieser Eiseskälte. Und dann ist er wieder draußen, stapft über den Strand, mit klappernden Zähnen und Haaren, die wie nasser Tang an seinen Schultern kleben. Noch zu nass, um sich anzuziehen, also zwingt er sich dazu, zu laufen. Oh Mann, schon am frühen Morgen eine Runde schwimmen und laufen, das würde Eindruck schinden. Aber bei wem, Tony? Bei wem denn? Rennt so lange, bis seine Haut zu brennen beginnt, nachdem sie sich langsam unter der kalten Oberfläche erwärmt hat.
Ein heftiger Stich in seinem Fuß bringt ihn zum Stehen. Auch das noch. Eine zerbrochene Flasche im Sand. Er hebt den Fuß, um auf das helle Blut zu sehen, das unter einem sandigen Hautlappen hervorquillt. Starrt fassungslos darauf. Das darf nicht wahr sein. Zitternd humpelt er zu seinen Kleidern zurück und versucht, sich das Hemd überzustreifen, aber der Stoff bleibt an seiner feuchten Haut kleben und will nicht weiter.
Und dann kommen ihm die Tränen. Plärrt wie ein verdammtes Riesenbaby, mit hervorkullernden Tränen und brennendem Rotz, der in Fäden aus seiner Nase herunter-

tropft. Hüpft in die Jeans, unter lautem Schluchzen, der Sand von seinen Füßen bleibt an dem Baumwollstoff hängen, das helle Blau verschmiert mit Blut, Jeans, die an seinen Beinen festkleben.
Wieder angezogen lässt er sich in die Dünen plumpsen, den Fuß in seinem Schoß haltend, und wartet darauf, dass die Tränen versiegen. Sieht sich dabei, wie ein Fremder es tun würde, mit angewinkeltem Bein, die Fußsohle nach oben gedreht, bebenden Schultern, einem hellen, feuchten Hemd mit nassen Flecken dort, wo seine schwarzen Haare darüberliegen, verzerrtem Gesicht.
Einmal saß er genauso da, zu Hause auf einem Einzelbett, obwohl es ihm verboten worden war, auf dem Bett zu sitzen, er es aber dennoch tat, hemmungslos weinend. Wie weh das tat, zu weinen. Wie alt er wohl damals gewesen war... jedenfalls noch ziemlich jung. Weil sie ihn beim Wichsen ertappt hatte. Obwohl er schon damals ein ungutes Gefühl dabei hatte, aber er konnte nicht anders, manchmal überkam es ihn einfach, dieses komische Kribbeln und diese Unruhe, bis er nicht mehr still sitzen und an nichts anderes mehr denken konnte, und er hat es bloß gemacht, um es wieder loszuwerden, aber dann kam ausgerechnet sie ins Bad – hatte vergessen, die Tür abzuschließen, wieso bloß? – und dann... danach ist seine Erinnerung ausgelöscht... diese entsetzliche Angst danach ist alles, was er noch weiß. Dieses alles beherrschende Gefühl von Übelkeit, Entsetzen, Scham. Und dann ihr Gesicht und ihr Blick. Obwohl gerade sie jede Nacht mit einem anderen Typen herummachte, wie er wusste, lauter namenlose Gesichter. Aber dieser Blick von ihr. Von da an hat sie ihn nie mehr angefasst. Er kann sich an keine Berührung erinnern, nur an ihr weißes Gesicht, umrahmt von schwarzem Haar: keine Wärme, stets nur in Tüten ver-

packtes, kaltes Essen im Kühlschrank, gestärkte Kleiderstapel, die von einer Wäscherei zurückgebracht wurden. Im Kontrast zu dem weißen Hautlappen wirkt das Blut so rot, Hornhaut, von der Nässe und Kälte ganz verschrumpelt. Mit dem Finger drückt er dagegen, spürt absolut nichts. Dennoch müssen diese Scheißtränen ja von irgendwo herkommen, es brennt, als würde ihm einer die Gedärme herausreißen. Die Tränen nehmen kein Ende, jetzt, wo alles zusammenkommt. Ein anderes Bett, eine widerlich stinkende Matratze, auf der er heulend sitzt, und der Gefängnispfarrer, der zu ihm sagt: »Hab Vertrauen, mein Sohn«, was auch sonst. Und Tony, der sich gerade noch genug zusammenreißen kann, um zu erwidern: »Vertrauen in was?« »In das, woran du glaubst.« »Aber ich glaube an nichts.« »Dann glaube an dich selbst.« Hat nichts darauf gesagt, hat sich die Antwort geschenkt. Später jedoch, während er auf dem Bett lag und an die Decke starrte, die mit kleinen, zerkauten Papierkügelchen übersät war, von seinen Vorgängern dort hingespuckt, hatte er feststellen müssen, dass ihm die Worte des Pfarrers nicht mehr aus dem Kopf gingen. An sich selbst glauben. An das, was er ist, an Körper und Geist – stand kurz davor, den Sinn von Gottes Botschaft zu erkennen –, was ein sicherer Beweis dafür war, dass er eine Seele hat. Außerdem verspürt er Hunger, Schmerz und Einsamkeit. Er isst und schläft und scheißt und weint. Er ist ein Mensch. An sich glauben? Warum auch nicht?

Zumindest hatte das abgedroschene Geschwätz des Pfarrers ihn dazu ermuntert, sich ein Buch aus der Bücherei zu leihen, seinen Verstand wieder zu gebrauchen, den die Langeweile, die Schuld, der Zorn, die Einfältigkeit, die ihn umgab, völlig abgestumpft hatten. Und dieses Buch war die Autobiografie von Patrick. All das Zeug über Pflanzen, das ihn dennoch irgendwie fesselte, die Sache mit den Elixieren, die Sieben Stufen zur Glückseligkeit, von denen er sich Rettung versprach. Wie eine Botschaft, auf die er gewartet hatte. Es gibt noch Hoffnung. Vielleicht auch jetzt noch. Nur deswegen ist er hier, Teufel noch mal.

Er wischt sich das Gesicht am Ärmel ab. Mittlerweile haben die Tränen aufgehört zu fließen, sodass er nur noch ein Zittern in der Brust bei jedem Atemzug spürt, und auch das wird nicht mehr lange dauern. Außerdem hat ihn niemand gesehen, niemand hat etwas mitbekommen. Komm schon, Tony, sei ein Mann. Es gibt vielleicht immer noch Hoffnung. Eine Saukälte, seine Zähne klappern. Er stemmt sich hoch, geht hinkend zwischen den Dünen weiter, wobei Sandkörner in seine Schnittwunde dringen. Dabei kommt ihm der Gedanke: Hier hat Patrick gelebt. Hier war er zu Hause. Patricks Reich. Deshalb bin ich hier, wegen Patrick, und dieser Gedanke kehrt immer wieder zurück, wie eine Umarmung. *Alles wird gut.*

Weil die Frau, die Patrick geliebt hat, als sie noch jung war, ihn malen wird, und weil er die Elixiere finden wird, da ist er sich plötzlich ganz sicher, schließlich ist das der Sinn des Ganzen. Alles hat seinen Sinn, und vielleicht ist die Tatsache, dass er sich mit dem Dreck der Benson abfinden muss, der Preis, den er dafür zu bezahlen hat. Schließlich wird einem nichts geschenkt, warum auch, wäre ja ganz was Neues? Am Ende hat man immer einen Preis zu zahlen.

Als er zurückkommt, ist sie bereits auf und sitzt am Tisch, vor sich eine Tasse Tee. Sie sieht weder hoch, noch sagt sie einen Ton, aha, versuchen wir jetzt die Du-bist-für-mich-Luft-Masche? Aber dann meint sie plötzlich: »In der Kanne ist noch Tee, wenn Sie möchten.« Sie sieht aus wie

jemand, der nicht nur eine Nacht, sondern gleich mehrere Nächte hindurch nicht geschlafen hat.
Dann macht er sich daran, sich eine Tasse Tee einzugießen, wobei er im letzten Augenblick merkt, dass es die Tasse ist, die sie letzte Nacht für ihr Gebiss benutzt hat. Durch das Fenster scheint die Sonne direkt auf ihr schütteres Haar, das an den Spitzen schwarz ist und oben weiß, sodass man ihre rosarote Kopfhaut sehen kann, die, verglichen mit ihrem Gesicht, das wie ein alter, verschrumpelter Apfel aussieht, noch straff ist.
»Glauben Sie eigentlich, ich hätte irgendetwas zu verlieren?«, fragt sie. »Ich meine, womit wollen Sie mir denn drohen, wenn ich Ihrer… na ja, Bitte kann man es wohl kaum nennen, oder, nicht nachkomme, mein Lieber?« Er findet noch eine Tasse, gießt den Tee hinein, nippt daraus, ohne sie aus den Augen zu lassen. Noch immer vermeidet sie es, ihn anzusehen. Ist das jetzt Unhöflichkeit oder pure Angst? »Etwa damit, mich umzubringen?«
Wie spät ist es eigentlich? Hatten sie nicht vereinbart, um neun anzufangen? Er sieht auf seine Uhr. Das Glas ist von innen beschlagen. Blödian, wie dämlich, damit ins Wasser zu gehen. Schließlich ist sie nicht wasserdicht, für knapp einen Zehner auf dem Markt in Brixton erstanden, sollte zwar laut Beschreibung zum Tauchen geeignet sein, ist jetzt aber trotzdem im Arsch. Hält sie ans Ohr, um zu hören, ob sie noch tickt, aber da tut sich nichts mehr.
»Kleine Runde geschwommen?« Sie sieht zu ihm hoch. »Wie spät ist es?«
»Schon wieder klatschnasse Haare, aber, aber, Sie holen sich noch den Tod.« Sie zuckt die Achseln. »Woher soll ich das wissen, mein Lieber?«
»Hören Sie endlich auf, mich ständig mein Lieber zu nennen. Sagen Sie mir lieber, wo Ihre Uhr ist.«

»Was für eine Uhr?«
Sein Fuß beginnt zu schmerzen. Er hebt ihn von dem dreckigen Boden weg. Versucht, die Fassung zu bewahren.
»Und woher wissen Sie dann, wie viel Uhr es ist?«
»Muss ich das denn wissen?«, entgegnet sie, und in ihrer Stimme schwingt Triumph mit. Sie verarscht ihn. Irgendwoher muss sie schließlich wissen, wie spät es ist. Aber das wird er schon noch herausfinden. Kinkerlitz, damit wird er im Moment schon fertig, das schafft er schon.
»Es ist kurz vor neun«, sagt er, »nach meiner Einschätzung.«
»Aha?«
»Wir haben um neun vereinbart.«
»Wir? Ich glaube, ich habe Appetit auf was zum Knabbern.« Sie steht auf und holt sich eine Tüte gesalzene Erdnüsse aus dem Schrank. Sein Blick bohrt sich in ihren Rücken, bis sie sich umdreht und es bemerkt. »Und Sie denken tatsächlich, dass ich Sie malen werde?«
»Ich werde noch eine rauchen, und dann legen wir los.«
»Und wenn ich es nicht mache?«
»Nun ja, immerhin bin ich der Stärkere von uns beiden, meinen Sie nicht auch?«
Er setzt sich an den Tisch. Muss sich irgendwie um seinen Fuß kümmern, brennt wie Hölle. Nimmt etwas Tabak zwischen die Finger und rollt ihn zusammen, sieht sie an, während er mit der Zunge über das Blättchen fährt.
Sie stopft sich eine Hand voll Nüsse in den Mund. »Das heißt, Sie werden mich so lange verprügeln, bis ich Sie male?«
»Sie werden schon noch tun, was ich sage.« Das Feuerzeug ist leer, muss nach oben gehen, um Streichhölzer zu holen. Dabei bemerkt sie sein Humpeln.
»Haben Sie sich am Fuß verletzt? Blutet das etwa?«

Der Boden ist mit Blut verschmiert, das heißt, in seine Wunde könnte Dreck gelangt sein, Dreck, der sich in seiner Blutbahn verteilt. Nicht doch. Keine Panik. Er setzt sich wieder hin, zündet die Kippe an, inhaliert, schließt die Augen in Erwartung des ersten Nikotinkicks, dem ersten und besten des Tages. Stößt den Rauch wieder aus. »Haben Sie was zum Desinfizieren oder zum Verbinden da?«, fragt er, obwohl er es bezweifelt. Doch zu seinem Erstaunen steht sie auf und wühlt in einer Schublade herum, bis sie irgendeine alte, brüchige Tube hervorzieht, die sie auf den Tisch wirft. Danach geht sie nach draußen.

Er versucht, die Schrift auf der Tube zu entziffern, aber sie ist nicht mehr lesbar. Dann schraubt er den Deckel ab, drückt etwas von dem rosaroten Zeug heraus, schnüffelt daran, riecht antiseptisch, irgendwie vertraut. Auf einem Bein hüpft er zur Spüle, hebt das Bein hoch und legt den Fuß unter den Wasserhahn. Wartet auf den hervorspritzenden Strahl kalten Wassers, um die Schnittwunde zu reinigen, um den Sand abzuwaschen. Er beobachtet, wie das Wasser und das Blut auf der Emaille sich zu Schlieren vermischen. Steht lange Zeit so da, mit dem Fuß in der Spüle, wobei er sich wie ein Volltrottel vorkommt, bis sein Fuß vor Kälte fast schon taub ist, bis die Wunde seiner Meinung nach sauber sein müsste.

Sie kommt wieder herein, wirft ihm einen Blick zu. »Wenn ich Sie doch male«, sagt sie, »nur aus Interesse, wenn ich doch ein Bild von Ihnen male, was passiert danach?«

Er hebt den Fuß wieder aus der Spüle, hüpft zum Stuhl zurück, streckt ihn in Richtung Gasherd aus, damit er trocken wird. »Dann werden wir alle glücklich sein«, antwortet er.

»Aber wenn Sie tatsächlich mit dem Gedanken spielen,

mich umzubringen«, fährt sie fort, »wer garantiert mir dann, dass Sie mich nicht danach …«

»Ich garantiere das«, sagt Tony. »Versprochen.«

»Ehrenwort?« Klingt da Sarkasmus durch, oder täuscht er sich? Ist sich unschlüssig, also gibt er keine Antwort. Er winkelt den Fuß im Schoß an, um sich die Verletzung anzusehen. Ein helles Rosa, sauber, der Hautlappen über dem Schnitt ganz blass, darunter noch ein paar Sandkörner, aber was soll's. Er schmiert etwas von der Salbe darauf. Jetzt fängt die Wunde an zu brennen.

»Wie lang wird es dauern?«

»Schwer zu sagen.«

»Eine Woche?«

»Ich könnte es auch in weniger als einer Woche schaffen. Und dann?«

»Dann signieren Sie das Bild, geben es mir, und ich verschwinde.«

»Und wenn nicht? Wenn ich ablehne?«

»Dann bleibe ich. Und Sie auch.«

»So eine Art Geiselnahme?«

»Was?«

»Ich möchte nur wissen, woran ich bin. Gehe ich richtig in der Annahme, dass sie mich als Geisel halten?«

Tony überlegt. »Wenn Sie so wollen. Macht sowieso keinen Unterschied.«

Sie isst noch eine Hand voll Erdnüsse. Dann geht sie zu dem Wasserkessel. »Ich werde mir noch etwas Tee für oben machen, und dazu rauche ich meine Pfeife«, sagt sie. »So mache ich das jeden Morgen. Gut, wenn ich Sie also tatsächlich male, dann nicht, weil Sie mich dazu zwingen. Nein, nein, ich fühle mich nicht unter Druck gesetzt. Eigentlich müssten ihre abscheulichen Manieren genau das Gegenteil bei mir bewirken. Also, wenn ich Sie male,

dann nur, weil mich die Idee reizt, fasziniert. Die Vorstellung, Sie zu malen ... die Farbe Ihrer Haare.«
Zu seinem eigenen Erstaunen muss Tony lächeln. »Wenn Sie es so betrachten wollen, bitte«, sagt er. »Ich gehe mich erst einmal rasieren.«

Er sitzt da und starrt an ihr vorbei auf Patrick, während sie ihn skizziert. Das Dachfenster steht offen. Zwar ist es frisch, aber nicht kalt, und schwach scheint die Sonne auf den staubigen Boden. An einer Stelle ist er sauberer, weil er zuvor darüber gewischt hat, bevor er sich mit seinem Schlafsack hinlegte, aber dennoch wimmelt es von Spinnweben und Kadaverresten, überall kleine, vertrocknete Flügel. Mit schnellem Schwung führt sie den Stift. Patrick bedenkt Tony mit einem seltsamen Blick, woraufhin Tony seinen Gesichtsausdruck zu imitieren versucht. In diesen Augen leuchtet es heute so seltsam. Er nimmt dieselbe Kinnhaltung an. Ein Ausdruck von Unsterblichkeit. Ihm gefällt das, studiert zu werden, gezeichnet zu werden. Fühlt sich besser jetzt, nachdem er sich rasiert hat, mit glatter Haut und Händen, die noch angenehm nach der Rasierseife duften. Eine Qual, sich über der Spüle zu rasieren, aber besser als gar nicht, und zudem weiß er, dass er gut aussieht. Er beobachtet sie bei ihrer Arbeit, wie sie ihn immer wieder mit abschätzendem Blick mustert, den Bleistift vor sich hält, ihren Kiefer bewegt, sodass er all die langen, dünnen Sehnen an ihrem Hals sehen kann. Und ständig dieses Schmatzen mit diesen ekelhaften Fisherman's Friends im Mund.
Eigentlich dürfte Patrick auf diesem letzten Porträt nicht jünger aussehen. Zu diesem Zeitpunkt war er schon ein alter Mann. Dennoch wirkt er auf diesem hier so jung wie auf keinem anderen. Unvorstellbar, dass er einmal diese

alte Frau geliebt hat, dieses alte Weib mit dem schütteren Haar, dem Buckel und den hängenden Schultern, in einer alten braunen Strickjacke, die vorn ausgeleiert nach unten hängt und hinten nach oben gerutscht ist. Und dann die dämlichen Sonntagsschuhe mit den Glitzersteinchen darauf. Wie konnte er sie nur für die schärfste Frau auf Erden halten? Wo er doch hundert, vermutlich tausend andere hatte, und dennoch favorisierte er ausgerechnet sie. Sie muss… irgendetwas gehabt haben.

»Es muss Sie ganz schön fertiggemacht haben, als er…« Tony deutet mit dem Kopf auf Patrick, woraufhin die Benson zusammenzuckt. Sämtliche Gesichtszüge entgleisen ihr, bis sie sich wieder fängt, sich wieder im Griff hat. Noch nie zuvor hat Tony so etwas beobachtet, wie eine Maske, die fällt und wieder aufgesetzt wird. Obwohl er das Gefühl kennt.

»Entschuldigung, mein Lieber, war gerade ganz woanders mit den Gedanken«, sagt sie. »Wenn Sie den Kopf nur ein klein wenig drehen könnten, nein, in die andere Richtung. Herrje, ich bin völlig aus der Übung. Kleinen Augenblick… so. Lassen Sie uns eine Zigarettenpause machen, in Ordnung?« Dabei legt sie ihren Zeichenblock weg und greift nach ihrer Pfeife. »Wären Sie so nett, mir eine Tasse Tee zu bringen?«

Er klettert die Leiter hinunter, um Tee zu kochen. Während er darauf wartet, dass das Wasser kocht, zieht er Patricks Autobiografie aus seiner Tasche, deren Seiten sich vom vielen Lesen teilweise gelöst haben. Schlägt die letzte Seite auf, wo die Aufzeichnungen ziemlich abrupt, mitten im Satz, enden.

So erlebten wir einmal mehr die biologische Übereinstimmung jeglicher Schöpfung. Ich konnte hören, wie das Blut durch Cons Adern floss, wie der Saft durch die Kohlblätter strömte, beide vernahmen wir die Vibrationen jener kompakten grünen Kreaturen, deren Nähe so gesundheitsfördernd ist. Der Beginn einer absoluten Liebe zur Schöpfung, die sich durch unsere Körper offenbarte. Der Moment, in dem die Vereinigung allen Lebens, das war und ist und in Zukunft sein wird, ihren Höhepunkt erreichte. Auf weise Art sprach Con von

Am 18. Juli 1965, dem Tag nach diesem Experiment, verließ Patrick Mount das Haus, das er gemeinsam mit Constance Benson bewohnte. Zuvor hatte er sich flüchtig verabschiedet, wobei nichts darauf hindeutete, dass er nie mehr zurückkehren würde. Miss Benson hatte angenommen, er wolle lediglich einen Spaziergang machen. Aufgrund seines unregelmäßigen Tagesablaufs und seiner Angewohnheit, über seinen jeweiligen Aufenthaltsort keine Rechenschaft abzulegen, machte Constance Benson sich keine unnötigen Gedanken, als er die ganze Nacht über wegblieb. Jedoch am dritten Tag bekam sie es mit der Angst zu tun und kontaktierte zunächst Freunde und Bekannte, um etwas über seinen Verbleib in Erfahrung zu bringen. Mehrere Wochen nach seinem Verschwinden wurde sein Name in das Vermisstenverzeichnis aufgenommen. Seitdem hat man Patrick Mount nie wieder gesehen oder von ihm gehört.
Der Herausgeber

Tony balanciert den Tee die Leiter hoch. Nach wie vor sitzt die Benson in ihrem kleinen Lehnstuhl und pafft an ihrer Pfeife, ein schäbiges, altes Kissen gegen den Schoß gedrückt. So verdammt winzig. Trotz des offenen Fensters steht im Raum der Pfeifenqualm. »Was waren Ihre weisen

Worte?«, fragt Tony. Verständnislos sieht sie ihn an. »Am Ende der Autobiografie…«

»Ach so! Das!« Sie lächelt. »Wie oft hat man mich das schon gefragt! Und wie oft musste ich mir auf die Zunge beißen, um nicht etwas Falsches zu sagen!« Sie stößt eine graue Rauchwolke aus, und das Lächeln verblasst. »Die Wahrheit ist, dass ich es selbst nicht mehr genau weiß. Irgendetwas in der Art, dass es mehr ist, als der menschliche Verstand ertragen kann. Die Experimente machten mir Angst – weil die Auswirkungen immer stärker, immer intensiver wurden.«

»Haben Sie viele von den Elixieren ausprobiert?«

»Wie es im Buch schon heißt, ich habe ihn hier und da unterstützt.« Sie saugt an ihrer Pfeife, bis diese gurgelt. Darauf sind kleine Schnitzereien, die winzige weiße Hände darstellen, wie Mäusepfoten. Sie zupft an dem Kissen herum. »Sie wollen bestimmt, dass ich Ihnen erzähle, wie es war.« Tony setzt sich, stellt seine Tasse auf den Boden und dreht sich eine Kippe, während sie weiterspricht. »Es hat mir nicht gefallen. Um die Wahrheit zu sagen, ich mochte es nicht… mir ist lieber, wenn ich die Kontrolle über mich behalte. Mit diesen Elixieren fühlte ich mich wie… jedenfalls nicht wie ich selbst. O ja, manchmal war es richtig berauschend, als würde ich schweben und dann all dieses Licht und dieses Gefühl von… eine Art überwältigende Ruhe… das Gefühl absoluter Einheit. Wie Gott, mein Lieber. Oder wie Sex.« Dabei stößt sie ein seltsam kehliges Lachen aus, das von einem Husten unterbrochen wird. »Aber trotzdem… mir ist lieber, ich zu sein, zu fühlen, was ich wirklich fühle.«

»Aber das haben Sie doch auch wirklich gefühlt.«

»Schon, aber… na ja, jeder so, wie er will. Jedenfalls hat Patrick es genossen.«

»Und Sie haben nichts mehr davon?« Prüfend sieht er ihr in die Augen, hofft auf ein verräterisches Blinzeln. Kann ja sein, dass sie irgendwo etwas davon versteckt hält.
»Sollen wir weitermachen?«
»Wie weit ist er denn gekommen ... ich meine mit dem letzten Elixier. Glückseligkeit, hat er es vollendet?«
»Das steht alles in seiner Biografie«, entgegnet sie. »Ich weiß auch nicht mehr als das. Zumindest nichts Wesentliches. Über Details habe ich nicht Bescheid gewusst. Schließlich war das sein Ding und nicht meins. Was für eine verrückte Vorstellung, mit Medikamenten könne man alles lösen.«
»Natürlich kann man das. Was würden wir zum Beispiel ohne Antibiotika machen ...«
»Nein, so meine ich das nicht, und so hat er es auch nicht gemeint. Es ging ihm mehr um universelle Dinge, abstrakte Dinge. Beispielsweise Krieg. Ein Mittel, um Krieg ... wie soll ich sagen, unnötig zu machen. Irrelevant.«
»Aber ...«
»Sie verstehen wohl nicht, mein Lieber?« Wieder gibt sie ein Lachen von sich. »Da sind Sie nicht der Einzige, glauben Sie mir. Aber was anderes. Wenn Sie wollen, dass wir jemals damit fertig werden, sollten wir jetzt besser weitermachen.« Sie klopft ihre Pfeife aus und nimmt wieder den Bleistift in die Hand.
Ein Mittel gegen Krieg? Das steht so nicht im Buch, Patricks Aussagen sind individueller, auf den Einzelnen bezogen ... auf ein besseres Leben des Einzelnen. Am liebsten hätte er mit ihr darüber diskutiert, aber sie ist ganz in ihre Arbeit versunken. Immer wieder hebt sich ihr Kopf über dem Block, während ihre Hand ein schleifendes Geräusch auf dem Papier macht. In ihrem Mundwinkel hängt etwas Speichel, den sie mit einem Finger wegwischt, und

danach wischt sie den Finger an ihrem Kleid ab. Alt. Verglichen mit ihr sieht Patrick, der über ihre Schulter sieht, unverschämt jung aus.
»Wie alt war er da?« Mit dem Kopf deutet Tony auf das Porträt.
Sie schreckt hoch. »Dasselbe habe ich auch gerade gedacht... es ist das letzte Porträt, das ich gemalt habe, abgesehen von...« Sie macht eine ausladende Geste über die Skizzen hinweg, die rund um den Lehnstuhl verstreut liegen. »Nachdem er weg war, habe ich damit begonnen.«
»Kann man es dann überhaupt ein Porträt nennen, wenn er nicht einmal da war?«
»Er war da.«
»Aber Sie haben doch eben gesagt...«
»Sie sollten nicht alles auf die Goldwaage legen, was ich so sage. Nennen Sie es, wie Sie wollen.«
»Er wirkt so jung darauf.«
»Nun, genauso sah er aus, als ich ihn das letzte Mal gesehen habe.« Mittlerweile klingt ihre Stimme ganz dünn, wie die eines kleinen Mädchens, das sich verirrt hat. Sie klammert sich an das Kissen wie ein Baby an seine Decke. Das weckt in ihm ein Gefühl von... was auch immer. Himmel, er empfindet ja beinahe Mitleid, das darf nicht sein. Es liegt allein an dem Rauch in ihrem Hals, dass ihre Stimme so klingt. Das hat nichts zu sagen.
Beinahe hätte Tony sich an dem Tee die Zunge verbrannt. »Trotzdem wirkt er so anders. Im Vergleich zu den vorherigen Porträts.« Gewöhnt sich allmählich daran, ihn ohne Milch zu trinken. Vielleicht wird er ihn von nun an ja nur noch schwarz trinken, schmeckt irgendwie reiner, dünn und heiß.
»Ja, schon... aber ein Porträt spiegelt immer sowohl den

Maler als auch das Modell wider. Deshalb.« *Aber es sieht überhaupt nicht aus wie Sie*, liegt ihm auf der Zunge. *Wie haben Sie das gemeint*? Sie wartet, bis er wieder seine Haltung einnimmt. »Im Übrigen müssen Sie nicht die ganze Zeit hier sein, nur so lange, bis ich die Komposition fertig habe. Möchten Sie mir erzählen, warum Sie sich so sehr für Paddy interessieren?«
»Ach … einfach so.«
»Na ja, immerhin gilt er nicht als besonders talentierter Zeichner.«
»Mich interessieren auch nicht die Zeichnungen, sondern seine Ideen.«
»Oh, er hätte Sie bestimmt gemocht – ach ja, die Elixiere. Von diesen Hippietypen haben sich ebenfalls viele dafür begeistert. Im Grunde war es nicht einmal Patricks Idee. Für ihn war das nicht nur pures Vergnügen, kein bloßer Zeitvertreib, ganz und gar nicht. Er hat das Ganze sehr ernst genommen. Ein richtiger Intellektueller, obwohl er auch lachen konnte, er hatte sogar einen unschlagbaren Sinn für Humor.«
»Was Sie da vorhin über den Krieg gesagt haben, verstehe ich nicht ganz. Wenn jetzt jemand … wie soll ich sagen, eine Art seelisches Problem hätte, wenn also so jemand zu ihm käme, würde er dieser Person mit seinen Elixieren helfen können?«
»Aaah.« Sie schielt zu ihm herüber und nickt. »So, so.« Irgendwie schafft sie es, dass er sich nackt vorkommt, nackt und dumm, allein durch ihren Blick, mit dem sie ihn so wissend anschaut.
»Er war kein Arzt«, meint sie, wobei sie bei der Vorstellung grinsen muss.
»So habe ich das auch nicht gemeint … Ich meine nur, für den Fall, dass. Wie ich schon gesagt habe, interessiere ich

mich für seine Ideen. Und auch dafür, was aus ihm geworden ist.«
»Das weiß keiner«, entgegnet sie mit plötzlicher Schärfe. »Und daran wird sich auch nichts ändern.« Dabei presst sie die Lippen zu einem dünnen Strich zusammen und beginnt wieder zu zeichnen, wobei sie ihm mit Gesten bedeutet, er solle Position einnehmen. *Seelische Probleme. Himmel, wie konnte er nur so etwas sagen?* Er sieht auf seine Knie, auf die Hände auf seinen Knien, die schwarzen Haare auf den Handrücken. Patrick ist seine letzte Rettung, deswegen ist er hier. Abwarten, Geduld, vermassel es jetzt nicht. Dieses Porträt ist ihm ungemein wichtig, ungemein. Still sitzt er eine Weile da, wobei sich unzählige Fragen in ihm auftürmen. Himmel, er spürt, dass er dicht vor dem Ziel ist. Aber auch das hier ist ihm wichtig. Will, dass die ganze Konzentration von Patricks Geliebten auf ihn gerichtet ist. Wenn sie etwas jünger wäre, würde er vielleicht sogar… Nein. Noch vor einer Minute hatte er an ihr so etwas wie… Etwas entdeckt, das ihm das Gefühl gab von… was eigentlich? Mitleid? Zuneigung? Nein, absolut nicht. Hör auf damit. Vermutlich lügt sie ihn an, selbst jetzt noch, wahrscheinlich denkt sie: *Seelische Probleme, was?* Wehe, wenn sie wieder dieses verdammte Lachen von sich gibt. Hör jetzt auf damit. Sieh Patrick an, richte deinen Blick fest auf Patricks Augen. Auf diesen feurigen Glanz.
»Und es kümmert auch keinen«, sagt sie plötzlich, sodass er zusammenfährt.
»Was?«
»Keiner weiß es, und es kümmert auch keinen.«
»Mich schon.«
»Wirklich? Aber doch nur, weil Sie etwas von ihm wollen.« Starrt sie durchdringend an. Irgendwie seltsam, muss am

Licht liegen oder daran, dass er die ganze Zeit starr auf Patrick gesehen hat oder woran auch immer, jedenfalls kam es ihm für einen Augenblick so vor, als sähe … nein, nicht sehen, als spürte er etwas von einem Mädchen, etwas, das in ihm das Bedürfnis weckt … nein. Nicht das Bedürfnis, es zu berühren. Nicht, es zu spüren, kein Anflug von Zärtlichkeit, nein. Wie Lisas Körper in dem Plüschmantel. Nein, auch nicht. Dieser offene Blick. Nein und nochmals nein. Irgendetwas hinter den Falten, hinter diesem verschrumpelten Gesicht, das wie eine alte Papiertüte aussieht, etwas hinter all dem, was ganz weich ist. Etwas, das Patrick geliebt hat und das er beinahe sehen kann. So ein Quatsch.
Über das Dachfenster fliegt eine Möwe hinweg und wirft dabei einen Schatten. Plötzlich ist der Raum ganz kalt. Und auch Patricks Blick ist jetzt ganz kalt. Oh bitte! Schließlich ist es immer noch nur ein Bild. Das Bild von einem toten Mann. Nichts weiter als eine flache Leinwand, durch die man die Faust jagen könnte.
Unbeirrt zeichnet die Benson weiter, von beiden Seiten, in verschiedenen Winkeln, wobei das Licht einmal so und so auf ihn fällt.
»Sie könnten mir von Ihrer zwielichtigen Vergangenheit erzählen«, schlägt sie vor, wobei sie ihn ansieht, mit ganz hellen Augen. »Ich vermute mal, dass sie zwielichtig ist. Korrigieren Sie mich, wenn ich Unrecht habe.«
Er könnte ihr irgendwas erzählen. Könnte alles Mögliche erzählen – oder auch nichts. Schließlich hat er nach wie vor die Situation fest im Griff, was für Spielchen sie auch mit ihm spielen mag. Oder tut sie etwa nicht, was er sagt, hm? *Etwa nicht*? Denkt sowieso, was sie will.
»Sie wollen nicht? Dann lassen Sie mich Ihnen eine Frage stellen. Was hat Sie eigentlich dazu bewogen, Patricks Buch zu lesen? Ich meine, Sie sind jung, und heute be-

trachtet man es nur noch als eine Kuriosität – was übrigens früher auch nicht viel anders war. Wo haben Sie es überhaupt entdeckt? Schließlich stammt die letzte Auflage von anno dazumal.«

Okay. Sie soll ruhig wissen, mit wem sie es zu tun hat. Und womit. Nämlich mit einem Fall für den Psychiater. Genau. Bring dieses affige Glitzern in ihren Augen zum Erlöschen. »Im Bau.« Er wartet auf ihre Reaktion.

»Wo, mein Lieber?«

»Im Knast.«

»Ha!« Sie lässt den Block fallen und steht auf. »Sie haben es also im Gefängnis entdeckt. Wie herrlich! Patrick, hast du das gehört? Einfach köstlich!«

Wer ist denn hier verrückt? Wieder dieses Lachen. Gackernd geht sie im Raum umher, mit diesen grünen Schuhen, die knirschend auf tote Bienen und Wespen treten. Keine weiteren Fragen? Schließlich geht sie wieder zu ihrem Lehnstuhl zurück, setzt sich, kann aber dieses flüchtige, einfältige Grinsen in Richtung Porträt nicht lassen.

»Allmählich werde ich müde«, verkündet sie plötzlich. »Und ich kann nicht arbeiten, wenn ich müde bin. Normalerweise genehmige ich mir um diese Zeit immer ein Nickerchen, direkt nach dem Mittagessen. Meinen Sie, wir haben schon Mittag?«

»Keine Ahnung.« Tony sieht auf seine nutzlose Uhr. Sie verarscht ihn, nichts anderes. Denkt wohl noch, sie hätte die Oberhand. Sie weiß, dass er will, dass sie fragt, warum, warum er gesessen hat, was er angestellt hat, und den Gefallen wird sie ihm wohl nicht tun. Als hätte sie das Sagen. Wahrscheinlich hat sie Patrick auch so an der Leine gehalten, ihn um den Finger gewickelt, so nennt man das doch bei Frauen, mit weiblichem Charme um den Finger gewickelt.

»Wenn Ihnen danach ist, höre ich gern zu«, meint sie dann. »Schließlich ist es Ihre Angelegenheit. Es wäre unhöflich, Sie zu fragen.« Na prima, wieder einmal hat sie ihm den Ball zugespielt. Stellt ihn vor die Wahl. Tut so, als interessiere es sie einen feuchten Dreck, weshalb er gesessen hat. Sie geht zur Falltür und setzt sich an den Rand, ungelenk und altersschwach, und sobald sie das Gesicht von ihm wegdreht, erkennt er, was für eine senile, verkalkte alte Schachtel sie im Grunde ist. Mit ihren albernen Schuhen klackert sie gegen die Sprossen der Leiter. Könnte ihr einen ordentlichen Schubs verpassen, würde ohnehin keiner mitbekommen. Tod durch Unfall. Steht jetzt über ihr und sieht herab auf die rosarote Kopfhaut unter den dünnen Haarbüscheln. »Ich habe jemanden umgebracht«, sagt er. Weder gibt sie eine Antwort, noch sieht sie ihn an, stattdessen dreht sie sich schwerfällig um, um die Leiter hinunterzusteigen.
Tony muss unbedingt ihr Gesicht sehen, um zu wissen, was sie denkt. Klettert hinab, ihr hinterher, zu schnell, tritt ihr beinahe ins Gesicht. Dann stehen sie am Fuß der Leiter, wobei sie auf den Boden starrt und er auf ihren gesenkten Kopf. Also hat sie doch Angst, Angst davor, ihm in die Augen zu sehen.
»Gewöhnlich esse ich nur eine Kleinigkeit«, sagt sie. »Ach... da ist ja noch Ihr Eintopf. Dann schlage ich vor, dass Sie etwas von dem Eintopf essen und ich mich mit einer Tüte Chips begnüge, so reicht er noch ein paar Tage.« Sie wühlt im Schrank herum und holt ein rosafarbenes Schälchen hervor. »Krabbencocktail, echt lecker«, bemerkt sie. »Apropos, mein Lieber, haben Sie sie gemocht?«
»Was?«
»Diese Person, die Sie umgebracht haben. Haben Sie sie gemocht... oder vielleicht sogar geliebt? Sonst kann ich

keinen Grund erkennen, jemanden umzubringen.« Tony dreht sich zu dem Herd um, hält schnipsend sein Feuerzeug an das Gas. Mit einem Woosch entzündet es sich, eine große blaue Stichflamme, die von dem Topf nach unten gedrückt wird. Derweil stopft die Benson sich mit Chips voll, mampft knuspernd vor sich hin. Himmel. Keinen Grund erkennen? Einen Grund? Es gibt keinen Grund. Da wollte sie mal wieder schlauer sein als er. »Oder aus Hass?«, spekuliert sie weiter. »Möchten Sie darüber reden?«

Er sieht zu, wie die Kasserolle sich erwärmt. Die fettige Haut an der Oberfläche fängt an zu glänzen und wirft erste Blasen, träge schwimmen das Gemüse und das Fleisch auf und ab. Er versucht, seine Ohren vor diesem knirschenden Mampfen zu verschließen, vor den hässlichen Schluckgeräuschen aus ihrem Mund, als hätte sie eine Art Mechanismus im Hals. »Tee?«, fragt sie, wobei sie den Kessel füllt – der noch immer warm ist. Schöpft sich etwas von dem Essen auf einen Teller und dreht das Gas aus. Er wartet, bis sie mit den Chips fertig ist, dann setzt er sich an den Tisch. In ihren Haaren und den Falten um ihren Mund herum hängen lauter Salz- und Chipsreste.

»Totschlag«, sagt er, »ein Mädchen.« In diesem Moment stockt ihr das Herz, gar kein Zweifel.

Sie knüllt die Chipstüte zusammen. »Komisches Wort, fand ich schon immer. Totschlag. Klingt beinahe wie eine Aufforderung. Schon seltsam.«

»Wie bitte?«

»Egal, mein Lieber, jedenfalls heißt das, dass es keine Absicht war?«

»Kein vorsätzlicher Mord.« Tony schiebt sich einen Bissen in den Mund. Schluckt ihn hinunter. Gut, beinahe noch besser als am Vortag, der Geschmack kommt jetzt voll zur

Geltung, zwar nicht richtig heiß, nicht vollständig warm, aber in jedem Fall gut. In punkto Kochen macht ihm so schnell keiner was vor. Sie wendet den Blick nicht von ihm ab, mit geneigtem Kopf.

»Anscheinend nicht. Und wieso möchten Sie ein Porträt von sich?« Darauf wird er nicht antworten. Was soll das alles? Warum verhält sich diese Frau nicht so, wie erwartet? Die muss Patrick ja in den Wahnsinn getrieben haben, kein Wunder, dass er abgehauen ist.

»Wieso nicht einfach ein Foto?«, fährt sie fort.

Er bleibt stumm.

»Schließlich geht das schneller. Und ist heutzutage üblicher, habe ich gedacht.« Inzwischen ist er fertig mit Essen und steht auf, um den Teller abzuwaschen. »Ich werde mir noch eine Tasse Tee genehmigen und mir dann ein Nickerchen gönnen«, sagt sie, »nur mal kurz die Augen zumachen. Und zwar oben in meinem Lehnstuhl, wenn Sie nichts dagegen haben. Bloß nicht wieder in diesem furchtbaren Bett.«

Er sieht ihr zu, wie sie den Tee aufgießt und sich, nicht ihm, eine Tasse einschenkt. Dann klettert sie die Leiter damit hoch. Beobachtet, wie die dünnen Beine, die Glitzerschuhe verschwinden. Auch seine Mutter hatte einmal Schuhe in dieser Art, jedoch nie in Grün, stets in Schwarz oder Braun mit diesem Geruch nach Kirschblütenpolitur, ein Geruch, bei dem er würgen muss, wenn er nur daran denkt. Jeden Sonntagabend musste er die Schuhe putzen – das war seine Aufgabe. Von ihm waren nur ein oder zwei Paar dabei, aber sie besaß mehrere, und jede Woche musste er sie polieren, sämtliche Schuhe und Stiefel, auch dann, wenn sie sie gar nicht getragen hatte. Dazu stellte sie sie immer in einer Reihe neben die Hintertür auf altes Zeitungspapier, zusammen mit der Büchse, in der die Bürsten waren, und den Schuhputzcremedosen – dunkelbraun, hellbraun, schwarz. Er musste sie so lange polieren, bis sie meinte, sie würden genug glänzen, stundenlang bürstete er und bürstete er, wobei winzige Farbklumpen unter seinen Fingernägeln hängen blieben und auch seine Finger verschmierten, der Geruch in seine Haut drang. Sie sagte immer, man müsse sein Spiegelbild darin sehen können, und prüfend hielt sie sie anschließend vor das Gesicht, stirnrunzelnd, mit dunklen Falten auf der weißen Stirn. Doch selbst wenn sie nur so glänzten, konnte er nur undeutlich sein Gesicht auf dem Leder erkennen, man wäre nie darauf gekommen, dass es sich um ein Gesicht handelte. Danach ab ins Bad, wo er sich die Nagelhaut mit der kratzigen Nagelbürste wund scheuerte, um diesen Geruch loszuwerden, so lange, bis seine Finger völlig verschrumpelt waren und das Wasser kälter als die Luft.

Kapitel 8

Mit der Tasse Tee in der Hand macht Connie es sich in dem Lehnstuhl bequem. Unten wird die Tür geöffnet und mit einem lauten Knall zugeschlagen. Er ist also draußen. Gut. Erleichtert atmet sie durch. Gut, endlich allein zu sein, wenn auch nur für einen Moment. Dieser Mistkerl ist keine Gefahr, nicht wirklich, nicht, wenn sie ihn richtig behandelt. Später wird sie einen Spaziergang ans Meer machen, nur kurz, nur, um frische Luft zu schnappen. Aber was macht sie mit ihm? Totschlag, ein Mädchen, was soll sie davon halten? Wenn es stimmt. Unter Mord kann man sich ja noch etwas vorstellen, aber unter Totschlag?

Nichts weiter als ein Bursche, der eine Schraube locker hat und denkt, die Elixiere würden ihm helfen. Mehr nicht. Nichts, wovor man Angst haben sollte. Sie hat ihn angelogen, aber manchmal ist es besser zu lügen, manchmal kommt man nicht darum herum, ist es sicherer. Bleib einfach auf der Hut, bleib wachsam. Was es wohl mit diesem Totschlag auf sich hat… wäre gut, mehr darüber zu wissen, nicht bis ins Detail, er soll sich nicht bis auf die Knochen offenbaren. Wie ganz früher. Apropos Knochen: seine Schädelknochen, gute Form, ausgeprägte Wangen, eine Adlernase – von Patrick dürften inzwischen auch nur noch die Knochen übrig sein, ein loses, zerfallenes Skelett – und ihre eigenen Knochen schmerzen vor Erschöpfung, aber hier in dem Lehnstuhl ist es angenehm,

an ihrem Platz, und auch Patrick, der wieder an seinem Platz ist.
Ach, würde dieser Tony doch einfach nur verschwinden. Alles könnte so herrlich sein, sie könnte es so gut haben. Denk an etwas Nettes. Die Aufregung hat sie ganz schläfrig gemacht. Aber es ist nichts weiter, wirklich nicht. Nichts, wovor man sich fürchten müsste. Nimm es einfach hin, da musst du durch, mach das Beste daraus.
Schon seltsam, wie das Leben so spielt. Sie hier, festgenagelt, wie eine Gefangene, zu dem gezwungen, was sie einst geliebt hat, wofür sie einst gelebt hat. Komisch, welche Wege das Leben manchmal nimmt, welche Haken es schlägt. Wäre das nicht passiert, wäre auch jenes nicht passiert. Wenn nicht so, dann auch nicht so. Bedauern ist hier fehl am Platz, wer kann schon wissen, wie es sonst gekommen wäre? Wenn es zum Beispiel keinen Krieg gegeben hätte. Keinen Patrick, keine Sacha, keinen Red. Vielleicht auch keine Malerei. Im Grunde unvorstellbar. Andere Männer – einen Ehemann – vielleicht Kinder? Jedenfalls ein völlig anderes Leben. Aber sie hat nun einmal dieses gehabt, dieses Leben. Und jetzt sitzt sie hier, gefangen in ihrem Atelier, während er sich dort unten herumtreibt. Na gut. Sinnlos etwas zu bereuen, das Einzige, was sie bereuen könnte, ist die Sache mit Red. Lass uns denken, lass uns darüber nachdenken.
An dem Tag nach ihrem Geburtstag wachte sie mit einem Brummschädel auf. Bis zu später Stunde hatten sie zusammen gesessen und Bier getrunken: Patrick, der sich unmöglich aufführte, Sacha, die stumm litt, Cora, die nur am Schäkern war, Duffield und Waverley, die zwischen Entsetzen und Provokation schwankten. Connie und Red saßen etwas abseits von den anderen, ohne viel miteinander zu reden, dafür tauschten sie intensive Blicke aus und

lächelten sich ständig verstohlen zu. Und als Connie zu Bett ging, war er ihr nachgegangen und hatte ihr einen Gutenachtkuss gegeben, nur ein Küsschen auf die Wange, aber vor den Augen aller, und hatte gemeint, »bis morgen dann«, wobei ihr ein prickelnder Schauder über den Rücken gelaufen war.

Jedoch am nächsten Tag war alles grau, und es regnete in Strömen. Jeder hatte mit den Nachwehen des Alkohols zu kämpfen, und im Haus war es kalt. Für einen Spaziergang regnete es zu stark. Und das, wo Connie mit Sonnenschein gerechnet hatte, sich bereits ausgemalt hatte, wie sie und Red in einem Kornfeld liegen und den Vögeln lauschen würden und wie er sie wieder küssen würde. Sie spürte ein unsägliches Verlangen danach, ihn zu berühren und von ihm berührt zu werden. Sie ärgerte sich maßlos über den Regen und über ihre Kopfschmerzen. Patrick verabreichte ihr einen Tropfen von einem seiner Elixiere, die noch nicht ausgereift waren. Auch Red beklagte sich über Kopfschmerzen, als er direkt nach ihr in der Küche auftauchte, mit bleichem Gesicht, unrasiert, weniger ... attraktiv, als sie ihn die Nacht über in Erinnerung gehabt hatte. Ihre Enttäuschung kannte keine Grenzen. Patrick gab Red ebenfalls einen Tropfen. Sie beobachtete, wie er die Zunge herausstreckte und Patrick etwas von dem Zeug darauf tropfen ließ, dann wandte sie sich ab.

Dieser dumpfe, dumpfe Schmerz in ihrem Kopf, den ganzen Tag über. Wenn sie schon nicht nach draußen gehen konnte, wenn es schon keine zärtlichen Berührungen gab – und oh, sie sehnte sich so sehr nach etwas Zärtlichkeit –, dann konnte sie sich auch genauso gut an die Staffelei stellen. Einen Versuch wäre es wert gewesen, dieses wässrige Grau des Tageslichtes auf die Leinwand zu bannen, aber andererseits schien es ihr unhöflich, sich zu verziehen,

wo sie Red doch versprochen hatte, den Tag mit ihm gemeinsam zu verbringen. Bis Sacha meinte: »Connie, wieso malst du nicht einfach einmal ein Bild von Red?«
»Na?« Er sah sie an, und sie bemerkte den warmen Glanz in seinen Augen. O ja, dieses Gefühl war nach wie vor da.
»Nun ja, das wäre das erste Mal, dass ich ein Porträt male.«
»Es gibt für alles ein erstes Mal«, entgegnete Sacha, wobei sie sie beide abwechselnd anlächelte.
»Es wäre mir eine große Ehre«, sagte Red.
»Also schön.« Sie ging voraus, die Treppe hoch. Als sie merkte, dass er innehielt, drehte sie sich um, um zu sehen, was ihn zum Stehen gebracht hatte, was er plötzlich entdeckt hatte. Und sie lag richtig. Er starrte auf Sachas Bild, das sie vor dem Fenster zeigte, mit ihrem langen Zopf, der sich über ihren nackten Rücken schlängelte. »Na los«, forderte sie ihn auf, woraufhin er den Blick von dem Bild löste und errötete, als er ihr in die Augen sah.
Im Atelier war es so eisig, dass sie den Kamin anzündete. Währenddessen spazierte er umher und betrachtete ihre Werke. »Ich kenne mich zwar überhaupt nicht damit aus«, sagte er, »aber die Farben sind eine Wucht. Freut es dich, was Duffield dazu gesagt hat?«
»Natürlich.«
»Und, wirst du zu Goldsmith gehen?«
»Keine Ahnung. Ich weiß noch nicht einmal, ob ich überhaupt studieren möchte. Ich möchte einfach nur malen.«
»Aber das würde dich weiterbringen. Und dich stimulieren.«
»Schon möglich.« An dem Holzscheit im Kamin züngelten helle Flammen. »Gut«, sagte sie, »es brennt.« Er kniete sich neben sie, nahm ihre Hände. Zwar waren seine ziemlich kalt, aber ihr gefiel dennoch, wie er sie fest um die ihren schloss.

»Würde es dir nicht gefallen, stimuliert zu werden?«, sagte er. Sie konnte kaum glauben, dass er es wirklich so meinte, wie es schien, doch sein Gesicht war warm und dicht vor ihrem, sodass sie die Lippen zu einem Kuss öffnete. Es war so einfach und ungezwungen, ohne einen peinlichen Moment bei dem, was folgte. Nur noch ein Tag, bevor er wieder abreiste, sonst hätten sie vielleicht gewartet, sonst hätten sie sich vielleicht die Zeit gelassen, zu flirten und zu poussieren. Vielleicht hatten ja auch die Tropfen des Elixiers, das Patrick ihnen verabreicht hatte, irgendeinen Nebeneffekt, der sie nicht nur von ihren Kopfschmerzen kurierte. Weil es weder Scham noch Hemmungen zwischen ihnen gab. Er küsste sie, und sie erwiderte seinen Kuss, wobei sie eine neue Art von Durst und auch von Hunger verspürte, als sie sich auf den Läufer vor den Kamin sinken ließen und er mit der Hand, die jetzt ganz heiß war, unter ihre Kleidung fuhr, ihre Rundungen erforschte, ihre Wölbungen, eine Art Rhythmus in ihr entdeckte, der ihr bislang an ihr verborgen geblieben war. Auch sie streichelte mit den Fingern über die warme Haut seines Rückens, umfuhr seine Taille, und als sie seinen Schwanz berührte, stellte sie fest, dass er kleiner war als der von Patrick oder kürzer, aber vielleicht dicker, weil sie ihn kaum mit der Hand umfassen konnte. Die heiße, seidene Haut, die sich bewegen ließ, faszinierte sie. Sie setzte sich auf, um die glänzende, roséfarbene Eichel genauer zu betrachten, die goldbraune Haut, die sich nach oben und nach unten schieben ließ, die schwarzen Haare, die sich darum kringelten. »Er ist wunderschön«, sagte sie.
»Mein Staubfaden«, erwiderte er, indem er Patricks Stimme ziemlich gut imitierte. Sie lachte, schloss aber gleichzeitig die Augen, um Patrick aus ihren Gedanken zu verbannen. Als sie sie wieder öffnete, sah sie, wie Red

sie anstarrte, mit vor Begehren funkelnden Augen, sodass sie zitterte. Dann nahm sie ihn in den Mund, spontan und intuitiv, ohne groß darüber nachzudenken. Eigentlich schockierend, so etwas hatte sie sich in ihren kühnsten Träumen nicht ausgemalt, und als sie den Kopf wieder zurückzog, sah sie, dass er wie vom Donner gerührt war, aber gleichzeitig auch sehr erfreut darüber wirkte. Sanft drückte er sie flach zu Boden und berührte sie dort, wo es feucht geworden war und kribbelte, dass es beinahe schon schmerzte: »Das Stigma«, murmelte er, »oh Connie, du bist so schön.« So lagen sie da und küssten sich und streichelten sich, bis das Holzscheit halb heruntergebrannt war. Sie wollte, dass er richtig mit ihr schlief, aber das tat er nicht. »Zu gefährlich«, meinte er. Mittlerweile hatte der Regen aufgehört, und schwach schien die Sonne durch das mit Tropfen übersäte Fenster, wobei es sich blass auf dem Boden und im Kamin spiegelte und die kräftige Farbe der Flammen dämpfte.

»In diesem Fall«, sagte Connie, wobei sie sich erhob und ihre Kleider wieder zuknöpfte, »ist es besser, wir fangen mit dem Porträt an.«

»Connie.« Reds Stimme klang plötzlich ernst.

»Was?«

Er stand auf und packte sie an den Schultern, wobei sein Griff so fest war, dass es beinahe schmerzte, während er ihr in die Augen sah, mit grimmig funkelndem Blick. »Halte dich von Patrick fern.«

»Was?«

»Sollte er je versuchen, dich anzufassen, nur die kleinste Berührung, bringe ich ihn um.«

Connie zuckte zusammen, wich zurück, lachte. »Sei nicht albern«, erwiderte sie. »Na los, fangen wir mit dem Porträt an.«

Nachdem sie eine flüchtige Kohleskizze angefertigt hatte, rührte sie die Farben auf der Palette an, die Olivtöne seiner Haut, das nicht ganz reine Kobaltblau seiner Augen und die vielen Braun- und Gelbtöne seiner Haare. »Als Gedächtnisstütze«, erklärte sie, da an diesem Nachmittag keine Zeit mehr war, um mit dem Bild zu beginnen.
»Ich liebe dich«, sagte er, während er ihr bei der Arbeit zusah. »Und zwar so sehr, dass ich dich am liebsten heiraten würde. Was meinst du dazu?«
Sie blieb stumm, tupfte den Finger in die rotbraune Farbe. Es klang so einfach, wie er es gesagt hatte. *Ich liebe dich. Ich möchte dich heiraten.* Als wäre es das Gewöhnlichste auf der Welt.
Er kam zu ihr herüber und gab ihr einen Kuss. »Hey?«
»Ich weiß nicht.« Sie grinste ihn an, wobei ein Gefühl das nächste jagte, Glück, Stolz, Verwirrung. Vielleicht auch Liebe? »Frag mich beim nächsten Mal.«
Und hätte es ein nächstes Mal gegeben... Connie spürt, wie ihr Kopf wegsackt, sodass sie aufschreckt, ein plötzlicher Stich im Nacken. Aber das war damals, und jetzt ist jetzt, und außerdem ist es kalt, und auf dem Boden liegt sein Schlafsack ausgebreitet, der sie wieder in die Realität zurückholt. Sie fröstelt. Es ist zu kalt, und sie ist zu alt, schlicht zu alt für diesen Unsinn. Kann sein Porträt nicht malen, will nicht. Wieso sollte sie? Sie lässt sich nicht schikanieren. Man kann nicht jemanden zum Malen zwingen.
Ihr Nacken schmerzt, erneut meldet sich ihre Arthritis, nachdem sie eine Weile lang Ruhe davon hatte, und diese Aussicht lässt ihr die Tränen in die dummen alten Augen steigen. Unwirsch wischt sie sie ab. Er wird ihr schon nichts tun. Schließlich ist er nur ein Junge, der Probleme hat. Sie muss nur fröhlich sein und freundlich zu ihm,

dann wird er es bald aufgeben und verschwinden, oder vielleicht kommt auch jemand vorbei. Gelegentlich schauen Barry oder seine Mum vorbei, wenn sie sich längere Zeit nicht im Laden hat blicken lassen. Oder der Gasmann... dumm nur, dass sie gerade nichts braucht, da die Flaschen erst kurz vor ihrer Abreise aufgefüllt worden sind. Heute Morgen war sie ihm einen Schritt voraus, so viel ist sicher, da war sie klar bei Verstand. Oh, der Körper mag zwar nach und nach verfallen, aber nicht ihr Verstand, ihr Verstand ist noch immer genauso scharf wie früher. Aber sie muss jetzt unbedingt diese grausamen Schuhe loswerden, die ihr die Zehen zusammenquetschen. Was ist bloß los mit ihr? Doch nicht ein Anfall von Eitelkeit?
Sie versucht, sich aus dem Lehnstuhl zu erheben, lässt sich aber sofort wieder nach hinten fallen. In der Küchenschublade ist ein Fläschchen mit Schmerztabletten. Diesen Sommer hatte die Arthritis nachgelassen, vielleicht durch die hohen Temperaturen. Dafür meldet sie sich jetzt wieder zurück. Sie weiß, wie schnell dieser erste Schmerz Fuß fasst, sich festsetzt, bis sie kaum noch den Kopf drehen kann. Sie kann damit nicht weitermachen, unmöglich. Selbst wenn er darauf besteht, wird sie ablehnen. Selbst wenn er sie umbringen sollte... was er natürlich nicht tun wird, und doch muss sie diese Möglichkeit immer noch in Betracht ziehen, sich auf alle Eventualitäten einstellen. Immerhin gibt es Leute, die andere umbringen, und sie ist völlig wehrlos. Eigentlich hat sie beschlossen zu sterben, wenn die Zeit dafür gekommen ist. Darum will sie sich auch nicht bringen lassen. Um diese Entscheidung.
Unten knallt die Tür. »Sind Sie noch da oben?« Sie gibt keine Antwort, hört, wie er herumgeht und das Wasser aufdreht, vielleicht hat er ja Durst oder wäscht sich die Hände. Sie wird sich jedenfalls nicht einschüchtern las-

sen. Dann seine Schritte auf der Leiter, sein Kopf, der in der Falltür auftaucht. Beinahe lächelt er, als wäre er erfreut, sie zu sehen. Ein unerwarteter Besuch, genau das ist er, unvorhergesehen wie jeder Gast bei ihr.

»Fertig?«, fragt er. »Draußen ist es einfach herrlich. Sie sollten später unbedingt noch rausgehen. Konnten Sie schlafen?«

»Ja«, sagt sie, »aber es war kein erholsamer Schlaf.«

»Können wir wieder loslegen?« Er klettert in den Raum, woraufhin der Boden sich in seine Richtung neigt. »Tut mir gut, diese frische Luft hier«, bemerkt er. Dabei reibt er die Hände gegeneinander wie jemand, den sie kennt, ja, genau, wie Patrick.

Eine Wahnvorstellung. Sieh noch einmal genauer hin. Der hier ist nicht Patrick, hat überhaupt nichts mit Patrick zu tun. Sondern vielmehr mit dem Alter und der Erschöpfung und ja, vielleicht auch mit Angst. Dieses ungute Gefühl im Magen. Sie streicht über das kleine Kissen, wobei sich ihr Nagel in dem glänzenden Zeug verfängt, eine Faser an ihrem Nagel hängen bleibt.

»Ich bin heute nicht mehr in der Lage, zu arbeiten«, sagt sie. Er steht so da, dass sie sein Gesicht nicht richtig sehen kann. Dann türmt er sich vor ihr auf, ein Schatten vor dem Dachfenster, mit eingezogenen Schultern, weil er sonst an die Decke stößt, blau schimmernde Lichtreflexe im Haar.

»Aber wir müssen.«

»Wenn ich sage, es geht nicht, dann geht es auch nicht.« Sie holt tief Luft und wartet ab.

»Was soll das heißen?«

»Das heißt, das ich nicht kann und nicht will.«

»Bitte?«

»Ich werde dich nicht malen, Patrick.«

»Was?«
»Ich will nicht.«
»Wie haben Sie mich genannt?«
»Ach, ach, mein Nacken schmerzt und ...«
»Mein Name ist Tony.«
»Das haben Sie nie erwähnt.«
»Und ob ich das habe. Sie haben mich sogar schon so angesprochen.«
»Ach, ich bin alt, so alt.« Connies Stimme klingt brüchig, als sie lauter wird. »Ich bin zu alt für so was. Ich fühle mich nicht wohl.«
»Tut mir leid, aber Sie haben keine Wahl. Außerdem haben Sie zugestimmt.«
»Habe ich nicht.« Er macht einen Schritt auf sie zu. Als sein Schatten auf sie fällt, hört sie auf, den Kopf einzuziehen, und klammert sich nur noch stärker an dem Kissen fest. »Sie können mich nicht dazu zwingen, Sie zu malen«, sagt sie, wobei sie versucht, fest und entschlossen zu klingen. Er hebt die Hand. »Wenn Sie mich umbringen, wird es mit dem Bild erst recht nichts.«
Plötzlich macht er auf dem Absatz kehrt, mit einer so heftigen Bewegung, dass sie die Luft anhält, dann klettert er die Treppe hinunter ohne ein Wort. Jetzt ist es sehr kalt. Ihr Herz fängt wieder an zu schlagen. Ihr war nicht bewusst gewesen, dass es ausgesetzt hatte. Durch das Dachfenster dringt die salzige, auffrischende Luft. Der Himmel ist grau. Bald wird es wieder regnen, so verhält sich das Wetter zurzeit hier, Sonne am Morgen, Wolken am Nachmittag, Sturm in der Nacht. Ob er etwa endlich Leine zieht, einfach so? Bitte. Unten reißt er gerade sämtliche Schränke und Schubladen auf, als suche er nach etwas Bestimmtem. Jetzt wird die Küchenschublade aufgezogen, das erkennt sie an dem kratzenden Geräusch, und

wird wieder zugeknallt. Nicht klug, sie mit Gewalt zuzuschieben, weil sie sonst sofort wieder aufgeht, mit dieser Schublade muss man nämlich ganz sacht umgehen, man muss sich mit diesen kleinen Dingen in einem Haus vertraut machen, damit sie für einen arbeiten. Genau wie bei einem Menschen, ja, genau, wie bei Patrick, mit dessen Angewohnheiten man sich ebenfalls vertraut machen musste. Niemand sonst kannte ihn so gut, kein anderer hat ihn so verstanden.

Bitte geh jetzt, hau einfach ab.

Tentakelartig breitet sich der Schmerz in ihrem Rücken aus, bis in die Arme. Wenn er weg ist, wird sie dann jemals wieder ruhig schlafen können? Jemals wieder? Ja. Natürlich. Komm schon, was soll das. Über das Dach hüpft ein kleiner Vogel, sie kann das Scharren seiner Krallen hören. Das Leben würde wieder seinen normalen Gang gehen, das weiß sie, das Leben würde weitergehen. Bis zu dem Zeitpunkt, wenn sie der Meinung ist, jetzt sei es genug. Wovor sie nicht zurückschrecken wird, wenn die Schmerzen unerträglich werden, wenn es keinen Sinn mehr hat. Wieder kommt er die Leiter hoch, mit irgendetwas in der Hand. Eine Rolle Paketklebeband. »Strecken Sie die Hände vor.« Nach einem Zögern lässt sie das Kissen los und streckt die Hände von sich, mit den Handflächen nach unten. Gehorchen, etwas anderes bleibt dir nicht übrig, als zu gehorchen. Sie kann das Zittern nicht unterdrücken. Ihr Magen zieht sich zusammen. Das war's also, Schluss, aus, Ende.

»Nein, so.« Dabei klemmt er sich das Klebeband unter den Arm und faltet die Hände, als würde er beten. Sie macht es ihm nach. Dann kniet er sich vor sie hin, schiebt die Ärmel ihrer Strickjacke zurück und wickelt das Klebeband um ihre Handgelenke, einmal, zweimal, dreimal. Er legt

den Kopf schief, um es mit den Zähnen abzureißen. Dabei spürt sie seinen Atem auf der Haut, das Kitzeln seiner Haare. Das Klebeband sitzt fest und steif.
»Und jetzt die Füße«, sagt er. Sie streckt die Füße aus. Was kann sie schon tun? Es ist einfach lächerlich. Wozu sie fesseln? Doch sie kann sich weder körperlich noch verbal wehren, und wenn sie alles richtig macht, wird er sich bestimmt wieder beruhigen, wird erkennen, dass er... Blödsinn gemacht hat. Dann zieht er ihr die Schuhe aus, legt die Hände auf ihren Rock, um ihre Oberschenkel zusammenzudrücken, lässt plötzlich wieder los, wickelt das Klebeband um ihre Knöchel bis hoch zu den Schenkeln, wodurch die spitzen Knochen gegeneinander drücken, wickelt mehrmals darum und reißt es mit den Zähnen ab.
»Warum?«, sagt sie.
Patricks Gesichtsausdruck hat sich nicht verändert, während er zusieht, wie Connie gefesselt wird. Die Augen sind nichts weiter als flache Farbtupfer. Vor lauter Angst wird Connie ganz anders, jetzt ist es tatsächlich Angst, uneingeschränkt. Der Einzige, der hier agiert, ist dieser Junge, Tony, das ganze Licht im Raum scheint sich auf ihn zu richten.
»Können Sie aufstehen?«, fragt er. Kraftlos schüttelt sie den Kopf. Schon vorher war es ihr schwer gefallen, aufzustehen, vor lauter Erschöpfung und diesem Schmerz, jetzt würde sie nicht einmal einen Versuch wagen. Erneut zieht er einen Streifen von dem Klebeband lang und nähert sich damit ihrem Mund. »Nein... bitte...« Das würde sie nicht ertragen, bitte nicht.
»Muss doch verhindern, dass Sie schreien.«
»Ich werde nicht schreien. Versprochen. Wer könnte mich hier schon hören?«
»Na, ich. Ich würde sie hören, und das will ich nicht. Ver-

standen?« Jetzt ist sein Gesicht ganz nah vor ihr, eine junge, glänzende Haut, schwarze Pupillen, die deutlich von dem Weiß in seinen Augen abstechen.

»Würden Sie mir vorher noch meine Tabletten bringen, gegen die Schmerzen, gegen die Arthritis, und vielleicht etwas zu trinken. Ein Glas Whisky.« Er weicht zurück und sieht sie einen Augenblick lang an. »Bitte«, fügt sie hinzu. Langsam wandert sein Blick von ihrem Kopf zu den hilflosen Füßen, die gefesselt sind. Wortlos klettert er die Leiter hinunter. »In der Schublade«, ruft sie ihm nach, wobei sie das Zittern in ihrer Stimme nicht unterdrücken kann. Jetzt ist sie schon so weit, dass sie ihn anfleht. Noch nie hat sie jemanden angefleht, in ihrem ganzen Leben nicht. Mit den Tabletten und der Whiskyflasche kommt er wieder hoch.

»Wie viele?«

»Drei.« Die Tabletten sind ziemlich stark, und eigentlich dürfte sie nur eine nehmen, aber das hält sie schon aus. Vielleicht helfen sie ihr ja, das hier durchzustehen. Vielleicht ist die Dosis aber auch tödlich. Er klopft drei Stück heraus. Sie öffnet den Mund. Zunächst zögert er, dann beugt er sich aber doch vor und legt ihr vorsichtig, um ja nicht ihre Lippen zu berühren, eine der Tabletten auf die Zunge. Dann macht er die Flasche auf und hält sie ihr an die Lippen. Der Whisky schwappt heraus und fließt ihr über das Kinn, aber dennoch erwischt sie genug davon, dass sie dieses brennende Gefühl spürt, die Tablette, die in ihrem schmalen Hals hängen bleibt. Sacht gibt er ihr mehr zu trinken, auf eine beinahe zärtliche Art trotz seiner … seiner Gräueltat. Nachdem sie die letzte Tablette geschluckt hat, drückt er ihr das Klebeband auf den Mund. Fährt mit dem Daumen darüber, über ihre Lippen, die sich darunter ganz hart anfühlen.

»Morgen starten wir einen neuen Versuch«, sagt er. Mit aufgerissenen Augen, in denen Tränen schwimmen, sieht sie ihn an. Mehr kann sie nicht tun. Nichts, mit dem sie kommunizieren könnte, außer mit ihren Augen, aber er sieht nicht hin, blickt stattdessen zu dem Dachfenster. »Wir wollen ja nicht, dass Sie sich den Kältetod holen, oder?«, sagt er und zieht mit einem Ruck das Fenster zu. Dann hebt er seinen Schlafsack auf und stopft ihn um sie herum fest, zieht ihn über ihre Knie, schlägt ihre Füße darin ein, packt ihre Schultern darin ein. Wieder auf eine schon beinahe fürsorgliche Art, bis er dann nach unten geht und sie allein, gefesselt in der Kälte und dem dunkler werdenden Raum, zurücklässt.

Kapitel 9

Es ist eine Qual. Am meisten schmerzen ihre Fußknöchel. Wie sie es auch anstellt, sie kann einfach keine bequeme Position finden, und zudem wird der Schmerz in ihrem Nacken immer heftiger. Das eng aufliegende, kalte Klebeband über ihrem Mund scheuert die Haut wund. Konzentriert und bedächtig atmet sie durch die Nase, immerhin bekommt sie noch genügend Luft. Es gibt keinen Grund zur Panik. Sie wird nicht ersticken. Dadurch, dass ihre Handgelenke zusammengebunden sind, zieht es ihre Schultern nach vorn, was jetzt schon immer unerträglicher wird. Wie soll sie das nur bis zum Morgen aushalten, falls das wirklich die ganze Nacht so gehen sollte? Er kann sie unmöglich in diesem Zustand lassen, ganz gewiss nicht. Sie hätte ihm sagen sollen, dass sie es sich anders überlegt hat, als noch die Chance dazu bestand. Wieso nur dieser dumme Stolz? Wieso diese plötzliche Dickköpfigkeit? Ebenso gut hätte sie ihn hinhalten können und hätte dann bestimmt eine angenehmere Nacht als jetzt verbracht, wenn auch in diesem furchtbaren Bett, aber zumindest hätte sie sich darin frei bewegen können. *Aber ich lasse mich nicht einschüchtern*, brüllt eine Stimme in ihrem Innern, eine Stimme, die nichts von den körperlichen Schmerzen merkt oder merken will.

Plötzlich wird ihr ganz warm und schummerig vor Augen, überkommt sie schlagartig eine Art Schwindelgefühl, das sie normalerweise umfallen ließe, wenn das möglich wäre. Die Schmerztabletten beginnen zu wirken, Gott sei Dank. Er wird sie doch bestimmt nicht die ganze Nacht über in diesem Zustand lassen? Es kommt ihr vor, als schwebe sie direkt über dem Stuhl, und mittlerweile hat es angefangen zu regnen, graues Dämmerlicht hinter Bindfäden, ein schwaches Trommeln, Finger, die ungeduldig auf weichem Fleisch trommeln. *Wach auf, wach auf.* Patrick, der unten herumgeht – halt, nein, nicht Patrick, aber nach wie vor Schritte, Tabakrauch, das Pfeifen des Wasserkessels. Er behauptet, jemanden getötet zu haben. Ein Männerlachen, das hört sie, aber nicht von Patrick, der ist nämlich tot, und da hilft keine Herzmassage und auch keine Mund-zu-Mund-Beatmung. Sein Mund, als sie sich küssten, wie war das noch, wie wurde aus Freundschaft Liebe?

Das war einen Monat nach ihrem Geburtstag, vielleicht auch etwas früher oder später, spielt ohnehin keine große Rolle. Sie saßen im Wintergarten und aßen Salat, einen großen knackigen Kopfsalat, den Patrick gezogen hatte. Patrick, der Bier trank, oh Gott, es ging ihm wesentlich besser, nachdem er das Bierbrauen aufgegeben hatte, sagte: »Die Geschlechtsorgane von Pflanzen wachsen ständig nach, sie altern nicht, nicht wie bei Frauen, bei denen die Gebärmutter nach und nach verkümmert und die Eierstöcke irgendwann ihre letzten unfruchtbaren Eier ausstoßen.«

Bei diesem Satz zuckte Sacha zusammen und sah Connie an, wobei sie die Augen verdrehte. »Deshalb ist jede Blüte jung und frisch und kommt immer wieder zum Blühen. Das heißt, dass Blumen grundsätzlich mit neuem Zubehör ficken, in frischer, zarter Blüte.« Patricks bohrender Blick zu Connie, die den hochroten Kopf über den Teller senkt, um bloß keinem der beiden in die Augen sehen zu müssen. »Also kann man sagen, dass jede Blüte jungfräulich ist, selbst bei einer uralten Pflanze – dieser alte Magnolienbaum mit seinen brüchigen Zweigen und dem knorrigen Stamm ist der beste Beweis, weil er trotzdem jedes Jahr neue Blüten trägt, neue Geschlechtsorgane.«

»Schon gut, Paddy, das reicht«, herrschte Sacha ihn an, was sonst gar nicht ihre Art war.

»Red hat mir einen Heiratsantrag gemacht«, platzte Connie plötzlich heraus, wobei sie darüber genauso verwundert war wie die beiden. Eigentlich hatte sie sich vorgenommen, nicht darüber zu sprechen, es für sich zu behalten, indem sie sich seine Worte immer wieder im Stillen auf der Zunge zergehen ließ, wie eine süße Pastille, die sie in ihrem Mund verbarg.

»Connie!«

»Und was hast du ihm geantwortet?«, fragte Patrick, wobei er sich am Bart zupfte.

»Ich habe gesagt, vielleicht.«

»Oh.«

»Tja, das ist… das sind doch wirklich gute Neuigkeiten, stimmt's, Paddy?« Dabei warf sie ihm einen langen, beinahe warnenden Blick zu. »Obwohl du noch ziemlich jung bist, Connie.«

»Laut Patrick hat Jungsein nur Vorteile«, entgegnete Connie, indem sie jedes Wort schadenfroh betonte.

»Und was wird aus deiner Malerei?«, wollte Sacha wissen.

»Da ändert sich nichts. Schließlich hast du das Malen ja auch nicht aufgegeben.«

»Stimmt, da hast du Recht.«

Unvermittelt erhob sich Patrick, der ungewohnt still geworden war, und ging nach draußen, ließ Connie und Sacha mit ihrem Tee allein. Sacha schien das Ganze irgend-

wie peinlich zu sein. »Das hat ihn jetzt ziemlich mitgenommen«, sagte sie.
»Warum denn?«
»Na ja, wenn du heiratest, wirst du von hier fortgehen.«
»Mag sein, aber das wäre auch so der Fall. Früher oder später würde ich ohnehin weggehen, oder?«
Sacha stellte ihre Tasse ab und verhakte die Finger ineinander. »Er hätte es nun einmal gern gesehen, wenn du bleiben würdest.«
»Wie, für immer?« An den Efeublättern lief eine Spinne herab und krabbelte dann weiter über den Boden. Dort lagen überall welke Blätter herum und das, was in welken Blättern heimisch ist. Schon mehrmals hatte Connie sich vorgenommen, hier zu fegen, hatte es aber nie getan.
»Glaubst du denn, dass du Red liebst?«
»Ich glaube es nicht nur, ich weiß es«, erwiderte Connie, was überzeugter klang, als sie tatsächlich war. »Klar, wir müssen uns noch besser kennen lernen.«
»Dieser verfluchte Krieg«, meinte Sacha versonnen, bis sie lächeln musste. »Nun, gut. Ich wünsche mir nichts mehr, als dass ihr beide glücklich seid. Weil ihr ... ihr beide liegt mir nämlich besonders am Herzen. Und wenn es euch glücklich macht, was will ich da mehr verlangen?«
»Aber Patrick liegt dir doch auch am Herzen.«
»Natürlich. Noch Tee?« Dabei nahm sie die Kanne in die Hand. Irgendetwas war seltsam an ihr, eine leichte Röte auf ihren Wangen, eine innere Unruhe.
»Was ist los, Sacha?«
Sie hörte auf, mit dem Tee herumzuhantieren und lehnte sich zurück, holte tief Luft und stieß einen Seufzer aus. »Na schön. Patrick hat sich ... Hoffnungen gemacht.«
»Ich verstehe nicht ganz«, entgegnete Connie, obwohl sie es bereits ahnte.

»Er wollte, dass du zu ihm kommst.« Ja, jetzt war die Röte in Sachas Gesicht nicht mehr zu übersehen, und unruhig wanderte ihr Blick, mit dem sie einen gewöhnlich fest aus ihren braunen Augen ansah, hin und her, als könne sie Connie kaum ins Gesicht sehen. »Er hat gedacht, er hat gemeint, dass du das auch willst.«
»Zu ihm kommen …?«
»Ja.« In ihr stieg die Erinnerung an jenen Morgen hoch, ihren Geburtstag, als Patricks Schwanz sich unter dem Stoff seiner Hose gewölbt hatte und an sein freudiges Lachen, nachdem sie gefragt hatte, ob sie ihn berühren dürfte. Plötzlich spürte sie ein Zucken, tief in ihrem Bauch. Aber es war Red, der sie berührt und sie zum Leben erweckt hatte, Red.
»Oh. Aber er ist doch schon alt.«
»Gut, dass er das nicht gehört hat!«
»Und, und außerdem gehört er dir.«
»Lass das mal meine Sorge sein.« Mit verkniffenem Mund sah Sacha in ihre Tasse.
»Das heißt, es würde dir nichts ausmachen?«
»Mir würde es was ausmachen, wenn irgendetwas geschehen würde, das dir nicht recht ist. Verstanden?«
»Glaube schon. Aber trotzdem, ich liebe Red.«
»Ja, das ist auch gut so, vielleicht sogar besser. Ja.« Hastig stand Sacha auf.
»Und ist es nicht so, dass Patrick eher wie ein Vater für mich sein sollte?«
Klappernd sammelte Sacha die Teller ein, wobei sie sich eine Gurkenscheibe in den Mund steckte, die Patrick übrig gelassen hatte. »Ist schon gut.« Unvermittelt beugte sie sich vor und gab Connie einen Kuss auf den Kopf. »Ehrlich, vergiss das Ganze einfach. Zerbrich dir nicht den Kopf darüber. Ich jedenfalls freue mich für dich, und Patrick wird

sich sicher wieder beruhigen. Ich verspreche dir, dass er dann genauso froh darüber sein wird wie ich.«

Und was wurde aus der Liebe zu Red? Was geschah damit? Von den Pillen ist sie so benommen, dass Übelkeit in ihr hochsteigt, aber mit dem Klebeband über dem Mund kann sie sich nicht einmal übergeben, also versucht sie Ruhe zu bewahren. So übel ist ihr nun auch wieder nicht, und zumindest ist da diese Wärme, wobei sie nicht weiß, nicht beurteilen kann, ob diese von innen oder von außen kommt. Dieses Blut in ihren Wangen, als schäme sie sich vor sich selbst, wie das? Vermutlich wegen ihrer Lüsternheit damals, ein liederliches Flittchen, eine Schlampe, wenn nicht sogar schlimmer, das war sie damals. Und warum? Was hat sie wohl ein paar Tage später getrieben? In Gedanken bei Red, lag sie in ihrem Bett und presste die Beine zusammen, spielte an ihren Brüsten. Durch die offenen Vorhänge schien die Morgensonne auf ihre nackte Haut, während sie sich Reds Finger vorstellte, mit denen er die Lust in ihr entfacht hatte, an seine Lippen und seinen stämmigen Penis dachte. Und dann stand sie plötzlich auf und ging nach unten. Sie zog eine Jacke über ihr Nachthemd, schlüpfte in Sachas Stiefel und verließ das Haus, wobei sie wie damals die Tür offen stehen ließ, ihre Fußabdrücke auf dem Rasen hinterließ. Hoffte sie insgeheim, dass Patrick ihr folgen würde? Schwer zu sagen, jedenfalls kam er ihr tatsächlich nach. Er fand sie unter der Buche. Sie träumte gerade von Red, es war sicher Red, an den sie dachte, den sie wollte? Doch jetzt stand Patrick vor ihr. Im Schneidersitz saß sie unter dem Baum, den Rücken an den Stamm gelehnt. Erwartete sie jemanden? Mit großen Schritten kam er auf sie zu. »Das wird eine gewöhnliche Liebe werden«, sagte er mit zorniger Stimme.

»Was?«
»Wenn du ihn heiratest, werdet ihr ein Häuschen kaufen und vier Kinder bekommen, ich kann es mir bildlich vorstellen. Und du wirst die brave Ehefrau und Mutter spielen, und dein Talent wird einschlafen.«
»Wieso sollte es?« Sein Zorn löste Betroffenheit bei ihr aus. »Eine gewöhnliche Liebe, was soll das heißen?«
»Mit mir wäre es etwas Besonderes.«
»Aber eigentlich bist du doch für mich wie ein … eine Art Vormund.«
»Was heißt das schon? Lass es mich dir zeigen, Con, lass mich dir wenigstens zeigen, wie es sein kann.«
»Nein.« Sie zog die Knie an ihre Brust und verschränkte die Arme darum, schockiert, erregt, voller Scham, weil seine Worte sie innerlich zum Glühen brachten. Er begehrte sie, er begehrte sie sogar leidenschaftlich.
»Hat er dir deine Jungfräulichkeit genommen?«
»Nein … wir haben es noch nicht getan.«
»Du bist also noch nicht entjungfert.« Am liebsten hätte sie laut gelacht, so wie er das gesagt hatte. Jedoch kam er ihr mit dem Lachen zuvor und umarmte sie, presste sein Gesicht an ihre Brust. War das der Moment, in dem sie sich in ihn verliebt hatte? Er hatte Seiten an sich, die einfach lächerlich waren, aber dessen war er sich bewusst. Absichtlich machte er sich noch lächerlicher, als er ohnehin schon war, als wolle er eine Karikatur seiner selbst darstellen. Als eine Art Selbstschutz, indem er seinen Spott auf sich selbst richtete und damit alle anderen noch übertraf. Wenn man ihm in die Augen sah, musste man einfach gerührt sein. So viel Glanz, so viel Feuer, so viel Energie darin. Und gleichzeitig so verletzlich. Du wolltest ihn nicht verletzen oder desillusionieren. Stattdessen wolltest du, dass er mit dir schläft, und was für ein Liebhaber er

war, einfach unschlagbar, und dein ganzes Leben lang hast du nie aufgehört, ihn zu begehren. Selbst dann nicht, als er fort war.

»Ich bin eifersüchtig«, murmelte er in ihr Haar. »Ich kann es ja selbst nicht glauben, weil ich normalerweise überhaupt nicht eifersüchtig bin, aber jetzt bin ich es. Ich möchte nicht, dass dich ein anderer berührt.« In seiner Stimme lag eine Spur Erstaunen. Sie wusste nicht, was sie darauf sagen sollte, ließ es zu, dass er sie einfach an sich zog, spürte seine Hitze, seinen Unterleib, der sich an sie presste, das Klopfen seines Herzens. Sein Bart kitzelte sie an der Wange. »Bei dir kann ich nicht anders«, sprach er weiter. »Obwohl ich versucht habe, mich zu beherrschen, schließlich bist du noch ein Kind, in gewisser Weise bist du ein Kind ... aber ich sehe nur die Frau in dir. Noch nie habe ich eine Frau so begehrt wie dich. Noch nie.« Und während er so mit ihr redete, hastig und schwer atmend, schoben seine Hände ihr Nachthemd hoch, und sie ließ ihn gewähren.

Ohne Widerstand ließ sie sich von ihm auf den Boden drücken und ihre Beine spreizen. Er kniete neben ihr, erforschte mit den Händen ihren Körper, verschlang sie mit seinen Blicken, berührte sie beinahe ehrfurchtsvoll. Und tatsächlich löste er mit seinen Fingern ungeahnte Gefühle in ihr aus. Es kam ihr vor, als schwebe sie, sodass ihr die Art, mit der seine Hände und seine Zunge ihr wahre Lustströme bereiteten, beinahe unheimlich war, sodass sie sich völlig vergaß, nicht mehr wusste, wo oder wer sie war, nur ein zuckender Körper im Licht, dem ein dünner, hoher Schrei entfuhr.

Erst, als sie fast schon besinnungslos war, legte er sich auf sie und drang in sie ein. Der Schmerz schreckte sie kurz wieder auf, aber Patrick murmelte ihr voller Zärtlichkeit ins Ohr: »Schon gut, es ist gut, entspanne dich, sei ganz offen für mich«, und Stolz erfüllte sie, weil er sie als Frau nahm, er, dieser unglaubliche Liebhaber und Mann. Und bald ließ der Schmerz wieder nach und wich einem Gefühl der vollkommenen Einheit, mit ihm auf ihr und in ihr, mit seinem Gewicht, das sie mit der Erde eins werden ließ, mit sich eins werden ließ. Auf seinen Händen stemmte er sich hoch, um ihr in die Augen zu sehen, dann küsste er sie innig auf die Lippen.

Ja, sie liebte ihn, von ganzem Herzen. In diesem Moment war Red völlig ausgeblendet. Von diesem Morgen an bis zu dem Tag, an dem er starb, hörte sie nie auf, Patrick zu lieben. Aus ihnen wurde ein Liebespaar, ein richtiges Liebespaar. Kurz darauf begann er, nachts mit ihr das Bett zu teilen, wenn er nicht gerade an seinen Elixieren weiterarbeitete. Vom Bett aus horchte sie immer auf seine Schritte auf der Treppe, dann auf dem Flur, mit angehaltenem Atem, bis die Tür vorsichtig aufging und er hereinkam, ein großer Schatten in der Dunkelheit. Dann hörte sie das leise Rascheln seiner Kleider, die er abstreifte, spürte den kühlen Luftzug, wenn er die Laken anhob und zu ihr hineinschlüpfte, seine warme, warme Haut an ihrem ganzen Körper. Es war ein so herrliches, faszinierendes Gefühl, seine Wärme zu spüren, die samtene Weichheit seiner Haare und seines Bartes und seiner Lippen, die Art, wie er sie umschlungen hielt, als würde sie nicht allein ihm gehören, sondern der ganzen Welt.

In der Dunkelheit konnte sie nicht widerstehen, aber bei Tageslicht machte sie sich wegen Sacha Gedanken. Was immer sie auch gesagt hatte, wäre sie wirklich damit einverstanden? Mit Argusaugen versuchte Connie bei ihr eine Veränderung festzustellen, aber es war nichts zu erkennen, weder Kälte noch Sarkasmus. Vielleicht gab sie

sich ein wenig distanzierter, zog sich stärker in ihre Malerei zurück. Aber sie war nicht mürrisch oder unfreundlich.
Eines Morgens, nachdem sie, noch ganz verschlafen und nach Patricks Moschusduft riechend, aus dem Bett gekrabbelt war, ging Connie in die Küche. Dort traf sie Sacha, die an ihrer Staffelei arbeitete. Das Bild stellte das Küchenfenster dar, davor ein Berg Geschirr, ein Krug mit Wildkräutern, das sanfte Wogen der Blätter draußen vor dem Fenster. Von Anfang an hatte Sacha ihr das Atelier überlassen.
»Das ist aber nicht gerecht«, protestierte Connie, »schließlich ist es deins, dein Atelier.«
Sacha drehte sich um. Auf ihrer Wange war gelbe Farbe.
»Mir ist die Küche sowieso lieber«, entgegnete sie. »Hier ist es wärmer. Und es ist mehr mittendrin.« Es schien, als ob Sacha sich mehr und mehr ihrer Malerei verschrieb. Wenn sich keiner ums Essen kümmerte, tat sie es gelegentlich, indem sie nebenbei malte, während die Kartoffeln weich kochten oder die Pastete eine Kruste bildete, und anschließend, wenn sie ihr Essen kaute, begutachtete sie angestrengt ihre Leinwand.
»Ich fühle mich…«, begann Connie und unterbrach sich wieder.
Sacha legte den Pinsel zur Seite. »Möchtest du vielleicht heißes Wasser aufsetzen?«
»Ich fühle mich…«
»Was ist mit Red?« Connie zuckte zusammen. Sacha wartete einen Moment und füllte dann selbst den Wasserkessel. Dabei sah Connie auf ihren breiten Rücken, die ausladenden Schultern unter der braunen Wolle. »Was wirst du ihm sagen?«
Unglücklich hob Connie die Schultern. »Schon früher ist

er mit Patrick nicht klargekommen«, fuhr Sacha fort. »Ich möchte nicht wissen, wie er reagiert, wenn … nun, bring es ihm einfach schonend bei, Connie.« *Wie er reagiert, wenn …* Connie spürte das Bedürfnis, es laut zu hören, dass Sacha es laut aussprach, es in Worte kleidete, dieses Geheimnis, über das auf seltsame Weise hinweggesehen wurde und das wie ein klebriges Netz zwischen ihnen hing. Sacha stellte die Kanne auf den Tisch, streifte behutsam den Teewärmer darüber, ein gehäkeltes Ding, das mit Teeflecken übersät war. Zum ersten Mal blickte sie Connie direkt an.

»Wie er reagiert, wenn er erfährt, dass du und Patrick zusammen seid«, ergänzte sie. Connie versuchte Sachas Blick standzuhalten. »Hunger?«, meinte Sacha nach einem Augenblick und wandte den Blick ab.

»Mir gefällt der Kontrast zwischen diesen Kräutern und …« Connie nickte in Richtung Bild.

»Kann es sein, dass der Farbgeruch den Appetit verdirbt?«

»Oh Sacha … ich fühle mich so … Zuerst habe ich dir das Atelier weggenommen, und jetzt auch noch …«

»Könntest du den Tee einschenken?« Sacha ging wieder an ihre Staffelei und fügte einen Hauch Gelb hinzu, einen winzigen Tupfer auf eine abgebildete Tasse. Beim Anblick dieses glänzenden Flecks musste Connie sich auf die Lippen beißen. Darin spiegelte sich das Licht auf eine Art, dass plötzlich ein Muster entstand, ein Ausdruck, der das Ganze zusammenfügte.

Obwohl ihr eigentlich überhaupt nicht nach Tee zumute war, schenkte sie dennoch zwei Tassen ein, wobei sie vergaß, das Sieb zu benutzen, sodass auf der Oberfläche dunkle Blätter schwammen.

»Macht nichts«, meinte Sacha, während sie sich setzte und vorsichtig über den Tassenrand pustete. »Wegen mir brauchst du jedenfalls kein schlechtes Gewissen zu haben.«

»Dir macht das nichts aus? Und du vermisst auch nichts, weil er…«

»Wir haben es schon seit Jahren nicht mehr miteinander getrieben«, entgegnete Sacha und lachte, als sie Connies Gesicht sah. »Jetzt schau nicht so entsetzt! Ah, da kommt Betty.«

»Aber…« Connie verstummte. Wie ein Blatt, das langsam auf die Wasseroberfläche trudelt, ging ihr ein Licht auf. Zwar war immer die Rede davon gewesen, dass auch Sacha Affären hatte, aber Connie war in dieser Hinsicht nie etwas aufgefallen, sodass sie glaubte, das Ganze wäre eher theoretisch als praktisch zu verstehen. Aber natürlich, Betty. Betty mit ihren langen Beinen und dem lauten Lachen, die ständig von Bakewell herüberradelte, in der Küche saß und plauderte, an ihren Mahlzeiten teilnahm und gelegentlich auch übernachtete. Ganz klar, Betty war die Geliebte. Nie wäre Connie der Gedanke gekommen, dass es sich um eine Frau handelte. Also Betty. Es war ein kleiner Schock und zugleich eine Erleichterung. Das erklärte alles und machte sie frei. Connie starrte Sacha an, ihre stämmige Erscheinung, die so wenig glamourös und eher nüchtern wirkte, aber liebenswert. Ja. Natürlich.

Connie, die mittlerweile Durst und sogar Hunger verspürte, nippte an ihrem Tee. »Ich mache uns etwas Toast, wie wär's?«

»Aber da ist immer noch Red«, sagte Sacha, »ich mache mir wirklich Sorgen um ihn. Er wird sehr zornig sein, verletzt, enttäuscht. Er wird einen richtigen Hass auf…«

»Ich weiß.« Connie setzte sich wieder. »Aber er wird darüber hinwegkommen, oder? Nicht wahr? Schließlich kennen wir uns gar nicht richtig.«

»Also hast du dich entschieden.«
»Ich denke schon ... scheint so.«
»Du wirst also nicht weggehen, sondern bei Patrick bleiben.«
Connie nickte, überrascht darüber, dass die Entscheidung jetzt gefallen war.
»Nur eins noch«, meinte Sacha nach einer langen Pause, »mit Kindern darfst du nicht rechnen.«
»Oh?«
»Ja, Patrick ist zeugungsunfähig ... schwer zu glauben, was? Vermutlich deshalb, weil er als Kind einmal eine schwere Krankheit hatte. So treibt er sich herum und verschießt lauter Platzpatronen in sämtliche Richtungen.«
Hörbar schnappte Connie nach Luft, weil das gar nicht nach Sacha klang.
»Was soll's, mir ist das völlig schnuppe«, sagte sie schließlich. »Ich glaube, ich will sowieso keine Kinder.«
Sacha antwortete mit einem Lachen und machte sich ziemlich gewaltsam daran, Scheiben von einem Brotlaib abzuschneiden.

Auch ohne Kinder könnten sie miteinander glücklich sein, oder? Oder? Dennoch flüsterte manchmal eine leise Stimme: *Was wäre, wenn?* Manchmal taucht Red in ihrer Erinnerung auf, seine unschuldige Art. Dass er seine Hände nicht so geschickt wie Patrick zu nutzen verstand, lag nur daran, dass er nicht die Erinnerung an hundert andere Frauenkörper auf ihrem verfolgte. Wäre sie Red treu geblieben, hätte sie ihn geheiratet, was dann? Was für ein Leben hätte sie dann geführt? Vielleicht eins mit Kindern, jedenfalls ein völlig anderes Leben. Und sie würde jetzt nicht hier sitzen, über und über mit Klebeband verschnürt, so viel ist sicher, als Gefangene in ihrem eigenen Haus, mit diesem wahnsinnigen Kerl dort unten, der schon wieder alles auf den Kopf stellt, so wie es sich anhört. Er wird ohnehin nicht finden, wonach er sucht.

Aber dennoch, ein gewisses Bedauern ist da, jedoch weniger wegen dieses anderen Lebens, zumal sie nicht weiß, wie dieses ausgesehen hätte. Und manchmal spürt sie einen Stich im Herzen, wenn sie an das Gesicht von Red denkt, als ihm die Wahrheit klar wurde. Dabei hat sie es ihm nicht erzählt, zumindest nicht in Worten. Aber er hätte blind sein müssen, um nicht zu erkennen, wie sich die Dinge geändert hatten. Erst ein knappes Jahr später war er wieder zurückgekehrt. Es gehörte nicht viel dazu, um sich ein Bild von dem zu machen, was sich zwischen Patrick und Connie und Sacha abspielte, wie sich das Beziehungsgeflecht zwischen den dreien auf subtile Art verschoben hatte. Ein Blick in ihre Augen genügte. Was er darin las, dessen ist sie sich nicht ganz sicher, aber sie sah den Schmerz in seinen Augen, den Schmerz und den Hass. Und das war's dann. Er ging weg und damit auch das Leben, das sie zugunsten eines anderen verworfen hatte.

Tja, was soll's? So etwas passiert ständig. Keine Gewissensbisse, nein, nein und nochmals nein. Gewissensbisse sind wie Ratten, die an einem Herzen nagen. Oh, diese Schmerzen. Ihr Mund ist völlig ausgetrocknet, und wegen des Klebebandes fällt ihr das Schlucken schwer. Angestrengt versucht sie, die Lippen auseinander zu bekommen, spürt, wie die zarte Haut sich dehnt, als würde sie jeden Moment aufplatzen. Zudem geht von dem Klebeband ein Übelkeit erregender Geruch aus. Sie versucht zu sprechen. Natürlich funktioniert ihre Stimme noch, jedoch bringt sie nur quäkende Töne hervor, die keinen Sinn ergeben. Dann horcht sie in die Dunkelheit – dort unten ist es jetzt ziemlich still geworden. Mittlerweile ist es Nacht.

Patrick war ihr Leben. Vielleicht ist das ja das Ende, vielleicht muss es mit ihm aufhören. Erst wenn ein Leben zu Ende geht, sieht man, wie es war. Dabei bringt es nichts, dem nachzutrauern, was hätte sein können. Jetzt herrscht absolute Stille. Vermutlich ist er nach draußen gegangen, läuft am Strand entlang, bewegt seine Beinmuskeln, rudert mit den Armen, während der Regen auf sein langes blaues Haar fällt. Im Moment nieselt es nur ein bisschen, und der Wind frischt auf. Sie presst die Handflächen gegeneinander, wobei sie spürt, wie sich die Muskeln in ihren Oberarmen und in ihrer Brust zusammenziehen, oh, es tut so weh, hebt dann die Füße hoch, um die Beine auszustrecken, wackelt mit den Zehen, damit die Füße nicht einschlafen.
Das Klebeband stinkt und kneift und zwickt. Wenn er es abzieht, wird er diese dünne Haut zerfetzen. Wenn. Patrick ist völlig im Dunkeln. Vielleicht gelingt es ihr ja, ein wenig zu schlafen, in dieser Finsternis, warm eingepackt, in Gedanken vor- und zurückschwimmend, als wäre ihr Verstand ein großer warmer See. Ja. Sie lässt den Kopf auf die Brust sinken, spürt den Schmerz im Nacken, aber wie aus weiter Ferne, als läge das dicke Polster des Schlafsacks zwischen dem Schmerz und ihr. Zwischen ihr und dem nächsten Tag.

Kapitel 10

Stimmen. Was? Eine Frauenstimme? Aber alles ist still. Muss wohl ein Traum gewesen sein. War das etwa das Geräusch eines Wagens? Connie spitzt die Ohren, um zu horchen, um sich an das, was sie gehört hat, zu erinnern. In ihrer Erinnerung taucht ein Geräusch auf, das aber wie eine Rauchwolke in ihrem Kopf verblasst. Sinnlos schlägt ihre Stimme durch ihre versiegelten Lippen, ein dummer Reflex. Halt, was war das? *Denk nach.* Wie spät ist es? Wie viel Zeit ist vergangen? Die Tür? Hast du die Tür gehört? Oh diese Benommenheit, wie ein rötlicher Nebel. Irgendetwas Metallenes kommt ihr zum Hals hoch. Halt, atme durch, konzentriere dich, überlege.

Wegen all des Whiskys und der Tabletten und der Schmerzen und ihrer Steifheit kann sie nicht klar denken. Obwohl es längst nicht so schlimm ist wie erwartet, da der Nebel doch immerhin eine Wärme mit sich bringt, fast eine wohlige Behaglichkeit. Oder, wenn man so will, eine Betäubung. Noch immer zeichnet sich das Dachfenster von dem restlichen Raum heller ab, und auf dem Boden schimmern blass Papierränder. Unten ist es stockdunkel. Was bedeutet, dass da keiner ist, dass sie die Stimme nur geträumt hat. Wo steckt er? In der Dunkelheit lässt sich das Quadrat der Falltür als schwarzer Schatten erahnen. Kann genauso gut die Augen wieder zumachen, statt blöd in die Finsternis zu glotzen.

Was ist das? Diese Stimme?
Es war definitiv eine Stimme, die Stimme einer Frau. Aber wessen? Sie erwartet niemanden. Doch ab und zu kommt jemand vorbei, seien es Besucher oder Touristen, die sich an heißen Nachmittagen verirrt haben und nach dem Weg fragen oder um ein Glas Wasser bitten. Aber um diese Uhrzeit? Vielleicht ist ja doch jemand gekommen, die Biografin oder jemand anders, jemand, der ihr helfen kann. Sollte sich in diesem Fall unbedingt bemerkbar machen. Aber würde dann unten nicht das Licht angehen, wenn jemand da wäre?
Sie schlägt ihre Absätze auf den Boden, aber sogleich durchzuckt sie der Schmerz, jagt brennend an ihrer Wirbelsäule hoch bis zum Nacken. Automatisch schnappt sie nach Luft, was aber nicht geht, da ihr Mund verklebt ist, sodass sich in ihrer Brust eine panikartige Leere ausbreitet, gegen die ihr Herz schwach anschlägt. Hör auf damit, atme ruhig durch, denk nach.
Wäre das Mord, wenn er sie einfach so sterben lassen würde, oder Totschlag? Mit eiskaltem Lächeln. Und hohlem Blick. Ein hohler Mensch. Patrick. Nicht Patrick, der war nicht hohl, er war ihre große Liebe, ihr Leben. Er war alles andere als hohl. Ein hohler Mann mit lauter Stimme. Man konnte über seine Ideen lachen, was Männer auch taten, jedoch die meisten Frauen nicht. Nicht, wenn er sie mit diesem besonderen Blick ansah. Seine Art, mit der er sie alle in seinen Bann zog, wie sie so oft beobachtet hatte, nicht ohne Stolz, denn, was immer er auch mit ihnen anstellte, sie war diejenige, die er brauchte. Selbstverständlich stieg er mit ihnen ins Bett, verwöhnte sie, begeisterte sie, aber auf eine unpersönliche Art, wie Pollen, der auf das Stigma einer Blüte fällt. Nur ihr zeigte er seine Tränen und offenbarte seine Ängste, nur bei ihr suchte er Halt.

Warum zum Teufel hat dir das überhaupt gefallen, Connie, wer hätte sich schon das alles gefallen lassen?
Stimmen vor der Tür. Ja, kein Zweifel. Das Herz schlägt ihr bis zum Hals. Mit aller Kraft zwängt sie die Zunge durch die Lippen, nur die Spitze, drückt damit gegen das Klebeband. Horch. Befeuchte das Klebeband mit der Zunge und hör genau hin. Nach wie vor Stimmen, Irrtum ausgeschlossen. Die seine und... ja, die Stimme einer jungen Frau. Wieder gibt sie einen Laut von sich und stampft mit den Absätzen, aber der Schmerz ist unerträglich, Sterne tanzen vor ihren Augen, wenn die Nerven in ihren steifen Fersen bei jedem Schlag auf den Boden qualvoll vibrieren, Sterne, die bis zu ihrem fest verklebten Gesicht reichen.
Tür geht auf, Licht geht an, wirft einen trapezförmigen Schein durch die Falltür an die Decke und an die Wand. Gibt Patrick seine Augen zurück.
»Ich verstehe nicht...« Die Stimme der Frau.
»Mir geht es verdammt noch mal gegen den Strich, wenn man mir folgt.«
»...aber so war das nicht gemeint, ich habe gedacht, das wäre eine nette Überraschung.«
»In der Tat.«
»Du hast gesagt, du würdest dich melden. Und da ich gerade in der Nähe war, um meine Mutter zu besuchen, dachte ich...«
»Himmel.«
»Schließlich habe ich ja gewusst, wo du zu finden bist.«
»Sprich verdammt noch mal etwas leiser.«
Stille. Nach einer Pause wieder die Stimme des Mädchens, diesmal gedämpft. »Tut mir leid. Ich habe eben gedacht, es wäre nett, dich wiederzusehen.«
Wieder Stille. Connie stöhnt auf, so laut sie kann, aber

nichts geschieht. Dann hebt sie die Absätze, doch der Schmerz in ihrem Rücken ist zu viel, sie würde es nicht aushalten, sie nochmals auf den Boden zu schlagen. Alles wird gut, Con. Schließlich ist Hilfe da. Hör einfach zu und warte ab. Geduld.

»Und jetzt?« Seine Stimme klingt kampflustig, sodass sie sich ohne Zweifel dumm vorkommen muss, wer immer sie auch ist, die Frau dort unten in Connies Küche.

»Wenn es dir so sehr gegen den Strich geht, werde ich natürlich nicht hier bleiben…« und noch etwas, das in Gemurmel untergeht. Sprich lauter, Mädchen. Irgendwie klingt diese Stimme bekannt. Vielleicht jemand, der ihr in London begegnet ist, oder eine aus dieser vornehmen Gesellschaft? »Hab Wein und Blumen mitgebracht für… wo ist sie eigentlich?«

»Schläft.«

Was mag er wohl denken, was hier oben gerade in ihr vorgeht? Ist ihm nicht klar, dass sie mithören kann, dass sie sich bemerkbar machen, die Aufmerksamkeit auf sich lenken kann? Mit der Zunge erkämpft sie sich einen kleinen Spalt zwischen Lippen und Klebeband. Durch die Luft, die sie aus ihrem Mund presst, entsteht ein kehliger Ton, nicht gerade leise, jedenfalls laut genug, dass ihn das Mädchen hören kann.

»Können wir sie wenigstens in ein Glas… in Wasser… in eine Vase stellen?« Das Geräusch von Schritten, das Ploppen einer Flasche, die entkorkt wird. Dann das Ruckeln der Wasserleitung, Rauschen, das Knistern von Papier und ein schwacher, grünlicher Chrysanthemenduft. Vor Durst ein Brennen in der Kehle, das bis in die Eingeweide reicht. Die Tabletten und der Whisky und dieser Nebel scheinen sie regelrecht auszutrocknen.

Entsetzlicher Gedanke. Schnell wieder verdrängen. Er hat

gesagt, er hätte ein Mädchen umgebracht. Aber das war vermutlich nur ein Bluff.

Sie spricht gerade da unten, wobei ihre Stimme zu leise ist, als dass sie sie richtig verstehen könnte. Anscheinend fragt sie ihn irgendetwas über Schriftstellerei, über ein Buch. Also ist er doch Journalist oder Schriftsteller, und sie war im Glauben, er wäre keiner. Du lässt allmählich nach, Con. Vielleicht ist sein verrücktes Gehabe ja nur Maskerade? Um zu sehen, ob er für seine Zeitung an die Elixiere kommt – wie nennt man das doch gleich, einen Knüller. Aber wohl eine Spur zu clever – und falls alles nur vorgetäuscht ist, wozu dann die Fesseln? Gierig saugt sie die Luft durch die Nase und stöhnt erneut auf. Am liebsten hätte sie gerufen: *Lauf schnell weg.*

»Sieh mal, ich bin nicht… ruf ein Taxi… vielleicht sollte ich einfach…« Das Quietschen eines Stuhls über den Boden. Die Tür.

»NEIN!« Ein Brüllen, aber dann wird seine Stimme wärmer, ändert den Ton. »Nein, bleib. Entschuldige, Lisa. Ich freue mich wirklich, dich zu sehen. Steh nur nicht besonders auf Überraschungen. Wieder gut?« Langes Schweigen. »Wieder gut?«

Sie gibt ein kurzes Lachen von sich. »Was soll's, hab sowieso keinen Empfang auf dem Handy. Scheiße. Hier gibt's wahrscheinlich kein Telefon, oder doch?«

»Nein, sieht aus, als hingest du hier fest.« Die Tür schließt sich wieder.

»Oh Mann.«

»Und was sollen wir jetzt tun?«

»Schätze, wir sollten versuchen, das Beste daraus zu machen. Irgendwie fühle ich mich mies, weil ich hier so mir nichts dir nichts hereingeschneit bin – und das auch noch, wo sie schläft.«

»War doch cool.«
Das Klappern von Absätzen auf dem Linoleum. »Mir gefällt's hier, und dir? Vor allem diese Muscheln! Abgefahrene Idee, damit die Wände zu verzieren. Oder nennt man das Kitsch?«
»Tja.«
»Lass uns noch ein Gläschen trinken, ja? Erzähl mir von… aber nicht, dass sie aufwacht…« Ihre Stimme wird leiser. Das Kratzen eines Streichholzes an der Schachtel und der Hauch einer frisch angezündeten Zigarette.
Wieder ein lautes Stöhnen. Wieso hören die beiden sie nicht? Erneut verdichtet sich der Nebel, dieses Mal brauner und nicht mehr ganz so warm, aber immer noch stark genug, um den Schmerz zu dämpfen, der jetzt überallhin auszustrahlen scheint, in den Rücken, den Nacken, die Schultern, die Handgelenke, Fersen, Knöchel. Nein, bloß sich nicht ausschließlich darauf konzentrieren, jeden einzelnen Schmerz zu lokalisieren. Von unten dringt Licht herauf, sodass Patrick nicht mehr auf dem Porträt zu erkennen ist, sondern lediglich die Leinwand, neben der er ein Stück weiter zu schweben scheint. Der nach oben dringende Lichtschein taucht das Dachfenster unter dem Regen in ein leuchtend schimmerndes Dunkelblau. Auf dem Boden spiegelt es sich in der Form eines kleinen Sees wider, während dunkle Regentropfen schattenartig langsam über das Blau rinnen.
Von unten dringt weiter das Gemurmel der beiden zu ihr hoch, wobei sie nur gelegentlich das eine oder andere Wort aufschnappt, unterbrochen durch ein Lachen, weiblich, nervös. Horch doch, da ist gerade der Name des Mädchens gefallen. *Lisa*, schon einmal gehört. Zwar ist Tonys Stimme lauter, sagt aber nichts, was von Bedeutung wäre. Mit aller Kraft versucht Connie, sich zu konzentrieren, aber ihr Verstand lässt sie im Stich nach… nach alldem

hier, nach diesem Schock, genau, dabei kommt ihr der Ausdruck *unter Schock* in den Sinn, das dürfte genau auf sie zutreffen. Schock. Diese merkwürdige geistige Disziplinlosigkeit, diese Unkonzentriertheit, selbst jetzt, wo es um Leben oder Tod geht. Dennoch schwankt sie benommen zwischen Wach- und Dämmerzustand, wobei sie im wachen Zustand die Schmerzen spürt und im anderen nicht, was ist jetzt schlimmer? Hilflos, völlig hilflos. Also geh zurück, geh zurück in deiner Erinnerung. Sie strengt sich an, das flüchtige Bild von Patrick, der die Arme um sie schlingt, mit dem Gesicht an seiner atmenden Brust, warm, ganz warm und pochend, aber plötzlich wird es kalt, und es ist wieder weg.

Unten ist es jetzt ruhig. Wieder gibt sie einen Laut von sich, wobei der feuchte Spalt unter dem Klebeband durch ihre Atemluft größer wird, weil der Klebstoff sich weiter löst, bald, bald wird sie sich artikulieren können. In diesem Moment sagt das Mädchen, Lisa: »Was war das?«

»Was?«

»Da war doch was.«

»Unsinn.«

»Nein, kein Unsinn.«

»Wahrscheinlich die Benson, im Traum, oder ein Schnarcher. Keine Ahnung.«

»Seltsame Art zu schnarchen.«

»Komm mal her.«

»Tony!« Ein Kichern, fröhlich. Was treiben die beiden bloß? Connie summt laut vor sich hin, der einzige Weg, um sich bemerkbar zu machen, mit einem lauten Summen, sodass der Klebestreifen vibriert, ein unerträgliches Kitzeln an ihren Lippen, sie versucht, die gefesselten Hände zu heben, um sich von dem Klebeband über ihrem Mund zu befreien, aber die sind fest in dem Schlafsack

eingewickelt. Geduld, Geduld, wenn sie weiter mit der Zunge dagegen drückt und bläst und summt, wird sie ihren Mund bald frei bekommen.
»Das war nie und nimmer ein Schnarchen.«
»Hey, lass mich doch …«
»Nein, nicht jetzt. War das sie? Was ist hier eigentlich los?«
»Willst du etwa nicht?«
»Nein.«
»Weshalb bist du dann hier?«
»Tony, lass das, nicht.«
Mit voller Wucht knallt Connie die Absätze auf den Boden, woraufhin in ihrem Kopf ein Feuerwerk von Schmerzen explodiert, das wie ein Blitz den Dachboden hell erleuchtet, sodass sie verzweifelt versucht, sich aus dem Lehnstuhl zu stemmen, aber matt wieder zurücksinkt und, so laut sie kann, gegen diesen Horror aufstöhnt, der in ihre Ohren dringt, während ihr Herz im Takt mit den quälenden Stichen in ihren Fersen schlägt.
»Nein. Bitte nicht.« Lautes Poltern, ein Stuhl, der umfällt.
»Tony, nein, bitte nicht.«
»Halt dein verdammtes Maul.«
»Aah!« Ein überraschter Schmerzensschrei. Das kann nicht sein. Unverdrossen kämpft Connie weiter gegen den Klebestreifen über ihrem Mund an, aber er gibt kein Stück nach, zwar kann sie jetzt besser schreien, aber wozu soll das gut sein? Unten geht irgendetwas zu Bruch, ein Teller oder ein Glas, das klirrend auf dem Boden zersplittert. Bei dem Gedanken, dass die Scherben in weiches Fleisch dringen könnten, zuckt sie zusammen.
»Ist gut, ist gut, hör bitte auf damit… ich werde mich nicht wehren …« Die Stimme des Mädchens so hoch wie die eines Kindes.

»Das würde ich dir auch nicht raten, du Scheißnutte.«
»Bitte.« Jetzt weint sie. Ein Geräusch, als ob irgendetwas zerrissen wird. »Mami«, schluchzt sie, »o Gott.« Connies Augen füllen sich mit Tränen, sinnlos, so sinnlos. Ein Ächzen von ihm, oh bitte nicht, bitte, er ist dabei, sie zu vergewaltigen, er vergewaltigt sie gerade, und Connie kann nichts dagegen tun. Patrick schwebt über der Falltür, in klarem Dunkelblau mit Regentropfen, die durch ihn hindurchströmen. Connie blickt auf die leere Leinwand, aber von dort ist keine Hilfe zu erwarten, nichts als das leere Gesicht eines toten Mannes, der schon lange, lange unter der Erde liegt. Nichts, womit Connie ihn aufhalten könnte, und wenn er das Mädchen vergewaltigt, wird er es vermutlich auch umbringen. Wird sie beide umbringen. Jetzt ist der Nebel nicht länger warm, sondern eiskalt. Das Schluchzen des Mädchens und dazwischen die Männerstimme, ein Grunzen, ein richtiges Grunzen, wie ein Tier. Könnte Connie sich die Ohren zuhalten, würde sie keine Sekunde zögern, aber es gibt kein Entrinnen vor dem, was kommt. Sie lässt die Hände in den Schoß sinken und bettet sie auf das weich gefüllte Kissen, das alles ist, was sie noch hat, das und das Porträt von dem geschorenen Patrick.
Ein dumpfer Schlag, ein Knall. Es ist vorbei. Connie zittert, sowohl aus Angst als auch vor Kälte und wegen des Schocks, genau, *unter Schock*, richtige Zuckungen, die ihre Knochen gegeneinander reiben. Sind sie weg, beide? Oder nur er? Was ist mit dem Mädchen, ist sie noch da? Wie lange kann man eigentlich in der dunklen Stille sitzen, ohne einzuschlafen? Trotz ihres Entsetzens und ihrer Schmerzen nickt Connie tatsächlich ein. Hat sogar einen undeutlichen Traum mit Fischen. Wie kann sie nur nach alldem ein Auge zumachen? Als sie aufwacht, fühlt sie

sich sofort schuldig. Wie lange sie wohl weg war? Obwohl es noch Nacht ist, zwitschert irgendwo ein Vogel – allerdings wird der Himmel langsam hell. Also doch eine ganze Weile. Schwindelgefühl. Kein Nebel. Schmerzen. Eine klare Erinnerung an diese grauenvolle Nacht, jetzt, da der Nebel fort ist, wie Trümmer in der Sonne, eine Ruine, aus der sich Gestank emporhebt. Eine lange, unendliche Stille.

Dann hört Connie plötzlich das Geräusch der Tür, Schritte, spürt das Vibrieren des Bodens, als Tony den Fuß auf die Leiter setzt. Wie in Zeitlupe zieht der Schatten einer Möwe über das Dachfenster. Sie kauert sich immer mehr zusammen, wobei ihre Eingeweide sich ebenfalls zusammenziehen.

Und dann erscheint sein Gesicht, kalkweiß, mit roten Augen. Er sieht ihr nicht direkt in die Augen, sondern mustert sie mit einem Blick, als wolle er prüfen, ob sie noch am Leben ist. Seine Augen erinnern sie an ein Kind, das aus einem Albtraum erwacht ist und feststellt, dass dieser real ist und dass es ihn selbst fabriziert hat. Ohne ein Wort klettert er wieder hinunter. Dann hört sie, dass er sich dort unten mit irgendetwas abmüht, bis er plötzlich wieder in der Falltür auftaucht, mit dem Körper der jungen Frau, deren Kopf schlaff herunterbaumelt und deren blonde Haare auf seiner Schulter sich deutlich von seinen schwarzen abheben. Eine Sekunde lang ist sie von diesem Kontrast ganz gefesselt und schockiert über sich selbst, weil sie ausgerechnet darauf achtet. Er schleppt sie hoch, stemmt mit aller Kraft ihren Körper durch die Falltür, schiebt sie dann vom Rand weg. Der Saum ihres kurzen schwarzen Kleides ist zerrissen, an einem Bein schimmert weiß die Haut hervor, während das andere noch von einem schwarzen Nylonstrumpf bedeckt ist, zwischen

ihren Beinen baumelt schlaff das eine Bein der Strumpfhose wie eine grauenhafte Fehlgeburt. Ihre Wange schleift über den staubigen Boden und die toten Wespen.
Breitbeinig stellt Tony sich über das Mädchen, das auf dem Bauch liegt. »Hilfe«, bringt Connie hervor, sodass man es beinahe verstehen kann. Ihr Herz hämmert mit rasend kurzen Schlägen wie heruntertröpfelndes Wasser. Als er sich umdreht, sieht sie ihm in die Augen, aber es ist, als schaue sie durch die leeren Fensterhöhlen einer ausgebrannten Ruine, die nur noch aus Asche besteht. Er bewegt die Lippen, als wolle er etwas sagen, bleibt jedoch stumm. Beinahe, aber nur beinahe empfindet sie Mitleid mit ihm. Unvermittelt streckt er die Hände in Richtung Connie aus, die sich reflexartig duckt, die Augen zusammenkneift, sich so klein wie möglich macht, da der Moment offenbar gekommen ist. Aber er zieht lediglich den Schlafsack weg, breitet ihn auf dem Boden aus und rollt das Mädchen darauf. Danach verschwindet er, mit einem Türknallen, ist dieses Mal wirklich weg.
Doch Connie ist gefesselt, und Lisa ist vielleicht tot oder auch nicht, und alles, was Connie tun kann, ist, sinnlose Geräusche unter dem Klebeband hervorzubringen. Als die Sonne zum Vorschein kommt, strahlt der Raum in hellem Licht. Glanzvoll scheint sie auf die straff gezogenen Drähte aus Schmerz, die sich durch ihre Knochen ziehen. Jedes einzelne Staubkorn, jedes Insekt auf dem Boden wirft einen größeren Schatten als sein eigentlicher Umfang, die dünnen Schatten der zellophanartigen Flügel, Staubpartikel, die in der Luft glitzern. Wieder einmal ein herrlicher Morgen. Regungslos liegt das Mädchen da, das helle, flumsige Haar mit Blut verklebt, und es gibt nichts, absolut nichts, was Connie tun könnte.

Kapitel 11

Ziellos stapft Tony vor sich hin, kneift die Augen vor den hellen Lichtspeeren zusammen. Von dieser strahlenden Helligkeit tränen ihm die Augen, und die Sonne wirft lauter Lichtpfützen auf den geriffelten Sand. Wellen schwappen vor und zurück, vor und zurück, als wäre nichts geschehen. Schwer zieht der Rucksack auf seinem Rücken. Er dreht sich um und betrachtet die Fußspuren, die von den Dünen bis an den Strand führen. Was jetzt?

Gestärkte Laken. Das war's. Bleib dran, Tony, lass jetzt nicht locker. Immerhin hast du sie nicht umgebracht. Sie hat noch geatmet. Ein schwacher Atem an deinem Hals, als du sie hochgehievt hast. Warm. Du weißt, wie Leben riecht, und sie roch danach. Sie hat gekriegt, wofür sie gekommen ist, mehr nicht. Schlampe. Also Schluss damit. Ein kalter, klarer Morgen heute. Scheint ein schöner Tag zu werden. Aber doch, wie soll's weitergehen? Was nun?

Gestärkte Laken und saubere Klamotten und nichts wie weg. Keine gute Idee, einen Schritt zurück zu machen, aber... dort war es immerhin sicher. Auch ein Leben. Mit Donna nebenan und ihrem süßen, weichen Bett. Nichts, was einem gefährlich werden könnte. Nur ein Mädchenbett mit harmlosen Büchern daneben und der Bibel und all dem Zeug in ihrem Bad: Parfumfläschchen, Cremedosen, in die man den Finger tauchen und daran riechen

kann, dann die Sachen in ihren Schubladen, Unterwäsche, weiße Pantoffeln mit Hasenohren.
Er bückt sich, um eine Muschel aufzuheben, wobei der Rucksack ihn beinahe nach vorn wirft. Geht weiter, während er daran herumspielt, eine raue und trockene Außenschale, spiralförmig: vielleicht eine Wellhornschnecke? Ziemlich scharfe Spitze, drückt die Fingerkuppe so lange darauf, bis es schmerzt. Stolpert beinahe über eine Sandburg. Überrascht bleibt er stehen. Irgendwer mit einem Eimer und einem Spaten hat diese Burg gebaut. Aber wann? Für ein Kind ist sie zu gut, sie ist richtig groß und aufwändig gestaltet. Deutlich heben sich zahlreiche eimerförmige Sandklötze ab, von denen einige mit Zinnen versehen sind – vermutlich hatten sie einen dieser neumodischen Eimer dabei. Dabei taucht plötzlich das Bild vor ihm auf, wie er einmal mit einem Spaten auf einen Eimerboden schlug, um den Sand herauszuklopfen. Aber das hier ist perfekt. Keine einzige abgebrochene Kante. Dafür hat jemand richtig viel Zeit geopfert. Damit hat sich jemand richtig viel Mühe gegeben, hat es mit Muscheln verziert, mit diesen kleinen rosa-weißen, und mit saftig grünen Grasbüscheln. Aber wann war das, dass jemand hier war und diese Sandburg gebaut hat? Er hebt den Fuß, um sie zu zertreten. Nimmt ihn wieder herunter. Stattdessen steckt er seine Muschel oben drauf wie eine kleine Burgspitze und geht schnell weiter.
Lauter Segel dort draußen, ziemlich viele, vielleicht eine Regatta? Wie Flügel, pink, gelb, grün, auf die die Sonne scheint. Möwen über dem Wasser, die Luft so frisch wie … kalte Milch vor der Haustür mit diesen Kondenswasserperlen auf der Flasche, sodass man weiß, dass sie richtig kalt ist. Genau das ist es, was er jetzt braucht, was zu trinken, was Reines und Kaltes und Weißes, um seinen

brennenden, dunklen Magen zu füllen. All diese Flügel da draußen, so kunterbunt. Und diese Schulmilch, die immer neben der Heizung aufbewahrt wurde, sodass man warme Klumpen durch den Strohhalm zog. Wer war das noch mal, der so lange in seinen Halm geblasen hat, bis es aus der Flasche schäumte, schleimig weiß? Und dieser säuerliche Geruch von abgestandener Milch auf seinem Pulli. Nein.

Er braucht jetzt unbedingt etwas Kaltes, etwas absolut Reines. Seine Hände stinken nach Frau. Hat sie zwar unter dem Wasserhahn gewaschen, aber der Geruch ist nach wie vor da, unerträglich für ihn, ein dunkler, intimer Gestank. In der Hocke hält er sie ins Meer, aber der nasse Sand kriecht an seinen Turnschuhen hoch. Darf sie nicht unter Wasser setzen. Kann sie aber auch nicht ausziehen wegen seiner Schnittwunde am Fuß. Könnte vielleicht eine Runde schwimmen wie gestern, war das wirklich erst gestern? Gestern hat also jemand eine Sandburg am Strand gebaut. Und das lässt ihn nach Luft schnappen, vor lauter Einsamkeit.

Heißt das jetzt, dass alles vorbei ist? Dass es keine Elixiere gibt? Dass es keine Rettung gibt, nicht einen Funken Hoffnung? Und auch keine Sieben Stufen zur Glückseligkeit. Hat er daran denn überhaupt geglaubt, ernsthaft? Jetzt steht er erst recht vor einem Scherbenhaufen. Vor dem Nichts. Aber noch ist nichts Schlimmes passiert. Sie werden es überleben, und niemand wird ihn jemals finden, er ist ja nicht blöd, hat ihnen nicht seine Adresse gegeben, nein, blöd ist er wirklich nicht.

Patrick hat ihn fallen gelassen. Hat ihm das eingebrockt. Dieses ... dieses Fiasko, dieses abrupte Ende einer ... Suche. Und was nun?

Er sieht zu der Sandburg zurück, die in der frühen Morgensonne einen langen, kunstvollen Schatten wirft. Ihm bleibt nur die Flucht nach vorn. Mach einen Plan. Geh zum Dorf, nimm den Bus nach King's Lynn, dann in den Zug nach London, weiter mit der Bahn nach Brixton. Zu Hause. Sicher.

Und dann? Der einzige Sinn dieses Lebens bestand darin, zu warten. Was soll er bloß tun? Oh, was hat er nur angerichtet? Geh einfach weiter. Immer weiter.

Kapitel 12

Ohne den Blick von dem Mädchen zu lösen, kämpft Connie weiterhin gegen den Klebestreifen über ihrem Mund an, trotz der Schmerzen wie Stromschläge und trotz der Kraftlosigkeit in ihren Armen, drückt mit der Zunge von innen immer mehr frei, kratzt von außen mit ihren zusammengebundenen Händen, bis schließlich ein Fetzen so weit weghängt, dass sie nach Luft schnappen kann, sich artikulieren kann.

»Hallo«, sagt sie. Dabei klingt ihre Stimme selbst für ihre eigenen Ohren ganz fremd und heiser, trotz dieser kurzen Zeit. Dann pult sie so lange mit der Zunge herum, bis sich auch die andere Ecke löst.

»Lisa.« Keine Reaktion. Sie versucht es noch einmal, diesmal lauter. »Hallo, Lisa.«

Ein Stöhnen. O Gott sei Dank, das Mädchen ist am Leben. Mit einer neuerlichen Kraftanstrengung reißt sie wieder die Hände hoch und macht ihren Mund ein weiteres Stück frei. »Hallo, Lisa.« Ihr fällt nichts Besseres ein. Stöhnend und mit flatternden Augenlidern rollt sich das Mädchen etwas zur Seite, sodass Connie ihr Gesicht sehen kann. Ja genau, jetzt erkennt sie sie wieder, dieses rosige Mädchen, das damals mit dem Fotografen hier war. Stimmt, Lisa war ihr Name. Im Moment sieht sie aber nicht besonders rosig aus. Jetzt schlägt Lisa die Augen auf und blinzelt langsam zu Connie hoch, noch immer benommen.

»Ich bin's, Constance«, sagt Connie. »Erinnern Sie sich? Constance Benson. Wissen Sie, wo Sie sind?«
Das Mädchen antwortet nicht, liegt nur da, blinzelnd, wobei ihre Augen in der Sonne in einem sehr hellen Blau schimmern und ihre Wange dreckverschmiert ist. Hat sie etwa gerade die Lippen bewegt? Als die Stimme dann tatsächlich hörbar ist, klingt sie schwach und krächzend wie ein trockenes Papiertuch. »Ja. Weiß ich.« Mit unübersehbarer Mühe beginnt sie, sich vorsichtig zu bewegen, stemmt sich hoch in eine Sitzposition. »Au.« Mit der Hand greift sie an den Kopf, befühlt mit den Fingern das geronnene, verklumpte Blut in ihren Haaren, die immer noch feuchte Wunde. Dann hält sie die Finger, an denen etwas frisches Blut klebt, vors Gesicht.
»Er hat Sie nach oben geschleppt.«
»Oh, mein Kopf...«
»Es hat beinahe aufgehört zu bluten.«
»Aber es schmerzt wie die Hölle.« Darauf bricht sie in Tränen aus, sieht auf ihre Beine, das eine in schwarzes Nylon gehüllt, das andere nackt, mit blauen Flecken übersät, wobei es ihr wieder dämmert. »O Gott... dieser Bastard...« Erneut greift sie an ihren Kopf. »Wie das brennt. Dieser Bastard, dieser Schweinehund... und Sie, was...« Mit einem Mal erkennt sie Connies Elend. »Oh, aber... was hat er...?« Dann begibt sie sich auf die Knie und kriecht zu Connie hinüber. »Ich binde Sie los.« Sie streckt die Hand in Richtung Klebeband aus, das noch immer an Connies Oberlippe hängt.
»Am besten mit einem schnellen Ruck«, sagt Connie und schließt die Augen.
»Okay. Augenblick...« Das Band ist ab, und Connies Lippen brennen, als wäre ihr jemand mit einer Brennnessel darüber gefahren.

»Danke«, sagt sie, wobei ihr Tränen in die Augen steigen.
»Oh Sie armes Kind.«
»Mir ist übel.« Lisa kauert sich in der Hocke zusammen.
»Könnten Sie vielleicht nur noch ...« Dabei streckt Connie die Handgelenke vor, woraufhin Lisa sie bloß verständnislos anblickt. »Lisa.« Kraftlos zupft Lisa an einer Ecke des Klebebands herum.
»Helfen Sie mir einfach, wieder loszukommen, dann werde ich mich um Sie kümmern.«
»Ich versuch's ja.«
»Gut.«
»Wieso hat er das getan? Dieses Schwein. Und ich habe geglaubt ...« Erneut füllen sich Lisas Augen mit Tränen.
»Ist schon gut«, sagt Connie, wobei ihr bewusst ist, dass nichts gut ist. »Jetzt ist es ja vorbei.« Am liebsten hätte sie das Mädchen getätschelt, um sie zu beruhigen, wobei ihr plötzlich dieser unglaubliche Trost einfällt, der von Sachas Händen ausging, mit denen sie sich den Weg durch das Chaos ihrer Trauer bahnte, diese Hand, die das einzig Reale in diesem Moment war, das Einzige, woran sie sich klammern konnte.
Schließlich findet Lisa die Kante des Klebebands und zupft daran herum, doch sie unterbricht sich ungefähr jede Minute, um die Handkante gegen die Lippen zu pressen, als müsse sie ihr Entsetzen zurückhalten. »Alles wird wieder gut«, tröstet Connie sie erneut, »Sie müssen jetzt die Ruhe bewahren, das wird schon wieder«, wobei sie genauso sich wie auch Lisa damit meint. Das letzte Stück des Klebebands ist das schlimmste, ein brennender Schmerz, die Haut scheint beinahe mit dem Band verwachsen, es fühlt sich an, als würde sie gehäutet, sodass sie schon halb damit gerechnet hat, auf ihre offenen Adern zu sehen, wo vorher das Band klebte, statt auf wei-

ßes, gefurchtes Fleisch, leicht geschwollen, mit zornig roten Rändern.

»Danke.« Unglaublich, dieses Gefühl, wieder frei zu sein. Die Hände bewegen zu können. Sie biegt sie vor und zurück, wobei sie ein heftiges Kribbeln spürt, als das Blut hineinschießt. Dann reibt sie über die klebrigen Rillen, die sich gleichzeitig wund und taub anfühlen, streckt eine Hand aus, um Lisa über den Kopf zu streichen. »Ist ja gut«, sagt sie dabei, »ist gut, gut.« Lisa lässt den Kopf gegen Connies Knie plumpsen und quetscht mit von Tränen erstickter Stimme ein paar Worte hervor. »Es tut so weh, oh, wie weh das tut, dieses Schwein, dieses verdammte Schwein.« Geduldig hält Connie still, lässt das Mädchen sich ausweinen, betrachtet das dünne Blutrinnsal, das nach wie vor aus der Wunde sickert.

»Lisa«, sagt sie schließlich nach wer weiß wie langer Zeit, »Lisa, wir können nicht ewig hier oben bleiben. Sie könnten bestimmt einen heißen, süßen Tee vertragen und ich ebenfalls, wir müssen unbedingt… schnell machen.« Daraufhin hebt Lisa den Kopf und zuckt zusammen, gibt dabei ein seltsames Schluckgeräusch von sich. Vom Weinen sind ihre blauen Augen ganz gerötet, dazu mit irgendetwas Blauem verschmiert. Mit ihren Tränen hat sie Connies Rock bis auf die Strumpfhose durchnässt.

»Wenn Sie vielleicht nur noch…« Dabei deutet Connie auf ihre gefesselten Fußknöchel, worauf Lisa mit zuckenden Schultern und zitternden Händen versucht, das Klebeband abzumachen, was ihr aber nicht völlig gelingt. »Ziehen Sie mir die Strumpfhose aus«, schlägt Connie vor. Lisa stößt ein halbes Lachen aus, mit wildem Blick und weißen und roten Flecken im Gesicht, weiß von dem Schock und den Schmerzen, rot von all den Tränen. »Wie würdelos«, sagt Connie, als Lisa unter ihren Rock greift, um die

Strumpfhose herunterzuziehen, und als Connie die Hüften hebt, um ihr dabei zu helfen, brechen beide in ein hohes und hysterisches Gelächter aus, sodass Connie von ihrem eigenen wilden Gegacker entsetzt ist, außerdem schmerzen ihre arme, steife Schulter, der Rücken, der Körper, als sie vor lauter Lachen hilflos zuckt.

»Oh, ich mache mir gleich in die Hose«, keucht Lisa. »O nein…« Und kaum hat sie es ausgesprochen, merkt Connie, dass ihre Blase ebenfalls kurz vor dem Platzen steht, was sie die ganze Zeit über unterdrückt hat. Und erneut brechen beide in hemmungsloses Gekicher aus, wischen sich die Tränen aus den Augen und stöhnen vor Schmerzen, nach diesem furchtbaren Geschehen am ganzen Leib zitternd, aber dennoch unfähig, sich wieder einzukriegen. Connie kann nicht sagen, ob sie gerade lacht oder weint, da so oder so die Tränen reichlich fließen. Bis es Lisa gelingt, Connies Strumpfhose bis zu den Knöcheln herunterzuziehen, sie sacht umgekehrt über ihre Füße zu stülpen und schließlich wegzureißen. In diesem Moment stirbt das Gelächter.

Connie sieht zu, wie Lisa sich schwankend aufrichtet und auf einem Bein balanciert, um das andere in den leeren Strumpf ihrer arg zerrissenen Strumpfhose zu stecken. Dann überlegt sie es sich anders und zieht sie ganz aus. Hilflos dreht sie sich zu Connie um, mit weit aufgerissenen Augen und angsterfülltem Blick. Sie sieht noch so unglaublich jung aus, und trotz ihres mit Tränen und Make-up verschmierten Gesichts wirkt sie richtig babyhaft und pfirsichzart, mit Augen in dem blassesten Hellblau und doch blau. Dann geht sie zur Falltür, wo sie schwankend stehen bleibt, sodass Connie den Atem anhält und sie nicht aus den Augen lässt aus Angst, sie könnte ohnmächtig werden oder fallen.

Lisa zögert. »Meinen Sie, er könnte noch…« Ihre Stimme ist nur ein Flüstern.
»Nein, er ist nicht mehr da. Er ist weg. Ganz sicher. Vor einer Weile ist er abgehauen und hat uns allein zurückgelassen.« Damit wir krepieren, denkt sie bei sich.
Lisa klettert nach unten, den Blick auf Connie gerichtet, bis ihr Kopf in der Falltür verschwindet. »Oh, die ganzen Blumen«, seufzt sie. Währenddessen sieht Connie sich im Atelier um, zu Patrick hinüber, dessen Augen warm glänzen, ja, genau, in denen Mitgefühl liegt, dann auf den Boden, auf das Chaos dort, den Schlafsack, der jetzt blutverschmiert ist, die spiralförmigen Klebebandreste, Lisas Strumpfhose und ihre eigene wie zwei Hauthüllen und die Skizzen von Tony… die er zuvor zerknüllt und zertrampelt hat… Skizzen, die beinahe wieder ihre Lust aufs Malen geweckt haben. Ha!
Es fällt ihr schwer, sich aufrecht zu halten. Wegen der Schmerzen muss sie sich dazu zwingen. Selbst die kleinste Bewegung durchzuckt sie wie ein elektrischer Schlag. Aber sie muss es tun, muss nach unten gehen. Bei jeder einzelnen Sprosse hat sie das Gefühl, sie trete mit ihren armen Fußsohlen auf eine scharfe Klinge. Unten in der Küche steht sie fassungslos zwischen den Überresten eines weißen Chrysanthemenstraußes, schüttelt den Kopf angesichts dieser sinnlosen Zerstörungswut. Dann macht sie sich daran, den Wasserkessel zu füllen. Obwohl es ihr schon unerträgliche Schmerzen verursacht, wenn sie nur den Arm hebt, genießt sie doch die Freiheit, selbst so etwas Banales wieder tun zu können.
Fröstelnd kommt Lisa von der Außentoilette zurück. »Mir tut alles weh«, sagt sie. »Wie konnte er mir das nur antun? Wieso nur? Und die ganzen Blumen… die waren für Sie gedacht.«

»Erst genehmigen wir uns eine Tasse Tee«, meint Connie, »danach kümmern wir uns um unsere Wunden. Das mit den Blumen ist eine Schande. Aber trotzdem vielen Dank.« Sie schafft es nicht, sich zu bücken, um sie aufzulesen. Die Luft ist erfüllt von dem stechenden Duft ihres Saftes.
»Mir ist eiskalt.« Lisa setzt sich und legt den Kopf auf ihre über dem Tisch verschränkten Arme. Währenddessen dreht Connie die Flamme des Gasherds so weit wie möglich auf. »Ich hole Ihnen etwas zum Zudecken«, sagt sie. Verschwindet in dem finsteren, verhassten Zimmer, in dem der Boden nun wirklich nachgibt, weil ein Loch darin klafft, wahrscheinlich durch Tonys Gewicht verursacht. Oh, dieser moderige Gestank. Wäre sie in der Lage, die Kommode hinauszuschleppen, müsste sie es nie mehr betreten, könnte sie die Tür versiegeln. Vergiss es. Ein Schauder jagt ihr über den Rücken. Dann kommt sie mit einem Paar langer Wollunterhosen und einem alten roten Umhängetuch wieder, das sie Lisa um die Schultern legt. »Am besten, Sie ziehen diese Hose hier an, damit Ihnen an den Beinen nicht kalt wird.«
»Man soll sich nicht waschen«, sagt Lisa mit tonloser und erstickter Stimme, »wenn man vergewaltigt worden ist. Sonst kann man es nicht mehr beweisen. Aber ich weiß nicht... er ist nicht richtig...«
»Was?«
»Nicht richtig... in mich eingedrungen. Trotzdem sollte ich mich besser nicht waschen, oder?«
Connie überlegt einen Augenblick. »Keine Ahnung. Vermutlich nicht. Übrigens bin ich froh«, fügt sie hinzu. »Dass er Sie nicht richtig...« War es in Ordnung, das zu sagen, oder war das taktlos?
»Aber ich muss mich waschen, es ist so widerlich und klebrig.« Erneut kommen ihr die Tränen. »Oh, es tut so weh.«

Hilflos steht Connie da, ohne zu wissen, was sie tun soll, bis plötzlich der Wasserkessel zu pfeifen beginnt und sie sich dankbar der Aufgabe zuwendet, den Tee zuzubereiten.

»Für alle Fälle setze ich noch mal etwas Wasser auf, falls Sie sich doch noch waschen wollen.«

»Eigentlich müsste ich direkt zur Polizei gehen.«

»So, mit viel Zucker, für die Nerven.«

»Widerlich klebrig, wie konnte er nur? Schließlich habe ich ihn gemocht. Wieso bloß?«

»Weil er nicht ganz richtig im Kopf ist, meine Liebe«, antwortet Connie schroff.

»Aber ich hätte nicht ...«

»Hier, Ihr Tee. Lassen Sie das. Sie trifft keine Schuld. Ich habe alles mitgehört, wissen Sie.«

Lisa sieht auf, wobei sie ihren eigenen Kummer für einen Augenblick vergisst, kreuzt Connies Blick. »Mein Gott, das muss ja grauenhaft gewesen sein«, sagt sie.

Connie schüttelt den Kopf. Oh, dieser Schmerz im Nacken, wenn sie den Kopf bewegt. »Nicht so schlimm wie für Sie«, entgegnet sie.

»Ja.« Erneut zieht Lisa die Mundwinkel nach unten.

»Jetzt trinken Sie erst einmal etwas von dem Tee. Hab leider keinen Cognac da«, meint Connie bedauernd, »um die Nerven zu beruhigen. Aber dafür Whisky, der tut's in diesem Fall auch. Hier, trinken Sie.« Dabei kippt sie einen Schluck in Lisas Tee und dann in ihren eigenen. Ihr Blick fällt auf ihr letztes Weinglas, das zerbrochen auf dem Boden liegt. Alles um sie herum geht zu Bruch. Alles fällt auseinander.

Dann entdeckt sie ihre Schmerztabletten auf dem Abtropfbrett. Nur noch zwei übrig. Das heißt, sie muss zum Arzt, weil sie ohne nicht auskommt, besser kein Leben als eins ohne diese Tabletten, ohne jeden Zweifel, weil es immer schlimmer wird, die Krallen immer tiefer hineinbohrt, jede kleinste Bewegung zur Qual macht. Dabei kommt ihr etwas in den Sinn, ein neuer Gedanke, nicht doch … »Hier«, sagt sie, wobei sie das Fläschchen öffnet und Lisa eine Tablette entgegenstreckt. »Eine für Sie und eine für mich.«

»Wofür sind die?«

»Schmerztabletten. Ziemlich stark, nehmen Sie.«

Lisa legt sie in ihre Handfläche und starrt darauf. »Mir ist schlecht«, meint sie.

»Na los, schlucken Sie sie mit etwas Tee hinunter. Das wird Sie wieder auf die Beine bringen, Sie werden staunen.«

»Auf die Beine bringen«, wiederholt Lisa dumpf.

»Machen Sie schon.«

Daraufhin steckt Lisa die Tablette in den Mund und nimmt einen Schluck Tee, verschluckt sich kurz, dann legt sie wieder den Kopf auf den Tisch.

Auch Connie schluckt ihre Tablette. »Sehen Sie«, meint sie, »schon besser, nicht?«

»Ich bin hundemüde.«

»Nichts da«, erwidert Connie, »Sie können jetzt nicht schlafen.« Irgendwie meint sie sich zu erinnern, dass man mit einer Kopfverletzung nicht schlafen soll.

Lisa gibt ein leises Kichern von sich. »O Gott, das ist wie in einem abgefahrenen Traum.«

»Albtraum trifft es wohl besser.« Aus der Spüle fischt Connie einen Teebeutel, damit Lisa sich dort waschen kann. Sie brennt förmlich vor lauter Fragen. Aber jetzt ist nicht der geeignete Moment, um das Mädchen auszuquetschen, nicht jetzt. Sie müssen sich vielmehr genau überlegen, was sie nun tun sollen. Das heißt, Connie muss sich etwas überlegen, schließlich ist das Mädchen in kei-

nem guten Zustand. Sie könnte eine Gehirnerschütterung haben. Was ist jetzt das Richtige, und was ist fair, und wie vorsichtig muss sie sein? Nur gut, dass sie nicht richtig vergewaltigt worden ist. Zumindest ein kleiner Lichtblick. »Warum sind Sie überhaupt hier?«, fragt sie, wobei sie sich sofort auf die Zunge beißt.
Ohne den Kopf von der Tischplatte zu heben, fängt Lisa an zu reden. »Ich muss mir ständig vor Augen halten, dass ich es tatsächlich mit Constance Benson zu tun habe.«
»Nur Connie, bitte. Wollen Sie sich nicht aufrichten, meine Liebe, sonst nicken Sie mir noch ein.« Und was würde sie in diesem Fall tun? Mit Erster Hilfe hat sie sich noch nie ausgekannt, obwohl sie immer vorhatte, einen Kursus zu belegen, es aber nie in die Tat umgesetzt hat. Und jetzt hat sie nicht den blassesten Schimmer, wie sie sich am besten verhalten soll. Vielleicht sollte sie ihr etwas zu essen anbieten?
Tatsächlich richtet Lisa sich auf, die eine Gesichtshälfte leicht gerötet von dem Druck gegen den Tisch, die andere aschfahl. Mittlerweile hat die Wunde aufgehört zu bluten, und auf ihrer Stirn trocknet gerade ein langes Rinnsal.
»Für mich waren Sie immer eine Art… eine Art Heldin.«
»Ich?« Connie nimmt ihr gegenüber Platz, nimmt einen Schluck Tee, gute Idee mit dem Whisky, flößt ihr Kraft ein. »Ich eine Heldin? Tja… so was.«
»Als ich, ich weiß nicht mehr genau, ungefähr zwölf oder dreizehn war, hat mein Dad mich zu einer Ausstellung in Hastings mitgenommen, oder war das in…?«
»Vielleicht in Brighton?«
»Ja, genau, war das nicht im Royal Pavilion? Jedenfalls habe ich dort zum ersten Mal einige von ihren Porträts gesehen… einfach brillant, von da an wollte ich unbedingt auch Malerin werden.«

»Ach, Sie malen auch?«
»Nein. Kein Talent.« Lisa deutet ein Lächeln an. »Aber auch nicht das geringste. Trotzdem schlägt mein Herz für die Kunst, vor allem für die aus dem zwanzigsten Jahrhundert… besonders für Porträts… und dabei wiederum für Ihre. Ich vermute, Sie werden sich kaum erinnern… eher nicht.«
»Woran?«
»Nun ja, meine Dissertation war über Sie. Damals habe ich Ihnen sogar geschrieben… weil ich ein paar Fragen hatte…«
»Und, habe ich Ihnen geantwortet?«
Lisa schüttelt den Kopf, wobei sie sofort vor Schmerzen zusammenzuckt.
»Still jetzt. Sie sollten nicht so viel reden. Es tut mir übrigens leid, dass ich Ihre Briefe nicht beantwortet habe.«
»Schon gut. O Gott. Mir wird ganz komisch, liegt das an der Tablette? So schwummerig. Was sollen wir jetzt eigentlich machen?«
»Mit manchen Dingen habe ich es nicht so. Obwohl ich mir immer vorgenommen habe, all die Briefe zu beantworten, aber… außerdem waren manche darunter, die wirklich unverschämte Fragen enthalten haben. Aber Ihrer bestimmt nicht.«
»Seien Sie sich da nicht so sicher.« Lisa lässt ihren Kopf in die Hände fallen. Sie zittert am ganzen Körper.
»Sie ziehen jetzt diese Hose an«, meint Connie, »machen Sie schon. Oder möchten Sie sich vielleicht zuerst waschen?«
»Hängt davon ab, ob ich zur Polizei gehe oder nicht.«
»Und, tun Sie es?«
»Wäre ratsam.«
»Ja, er soll nicht so einfach davonkommen.«

»Nein, soll er nicht. Aber … allein die Vorstellung von dieser ganzen Fragerei und so, man wird ja förmlich gezwungen, sein gesamtes Sexualleben offen zu legen …«
»Trotzdem.«
»Ja, Sie haben Recht. Aber wir sitzen hier fest.«
»Uns bleibt keine Wahl, wir müssen ins Dorf.«
»Wir könnten es ja noch mal mit meinem Handy probieren, aber ich glaube nicht … Es ist in meiner Tasche.« Mit dem Kopf deutet Lisa auf ihre Handtasche, die über der Rückenlehne von Connies Stuhl hängt. Connie nimmt ein kleines pinkfarbenes Handy heraus und reicht es Lisa. Diese zieht eine Antenne heraus, drückt darauf herum, horcht hinein, wackelt damit, schüttelt den Kopf. »Nichts. Blödes, nutzloses Ding.« Dann schnappt sie sich die Hose und zieht sie über ihre bläulichen Beine.
»Sieht sogar ziemlich schick aus«, meint Connie, »warten Sie, ich hole Ihnen noch ein Paar Socken.« Sie geht wieder in das Zimmer und tastet sich vorsichtig über den einbrechenden Boden voran, um nach einem Paar Socken zu suchen. Keine Frage, die Kommode muss raus, dann kann sie diesen Raum einfach versiegeln. Und muss ihn nie mehr betreten.
Wieder pfeift der Wasserkessel, und sie dreht das Gas ab. »So, es ist jetzt heiß, wenn Sie möchten«, sagt sie. »Ich hatte glatt vergessen, dass sie Journalistin sind und keine Künstlerin. Wie geht's übrigens … wie war noch gleich sein Name? Ich meine den Fotografen.«
»Jason. Dem geht's gut.«
»Und Sie sind hier, weil … Sie wollten mehr wissen – über mich.«
»Eigentlich nicht.«
»Ihn habe ich auch die ganze Zeit gefragt, warum er hier ist, ob er Journalist ist …«

»Über ihn weiß ich so gut wie gar nichts, zwar hat er behauptet, er wäre Schriftsteller, aber ich habe da so meine Zweifel.«

»Trotzdem kennen Sie ihn, Sie haben ihn wohl schon vorher gekannt.«

»Ich bin einmal mit ihm ausgegangen.« Dabei schlägt Lisa die Augen nieder. »Was soll's«, meint sie schließlich, »jedenfalls muss ich mich unbedingt waschen, mir diesen Bastard abwaschen… und dann meine Haare… mein Kopf… was soll ich bloß tun?« Nervös verschlingt sie die Hände ineinander, dann sieht sie Connie an und schneidet eine Grimasse. »Und wissen Sie was? Ich habe ihn ausgerechnet bei ihrer Ausstellung kennen gelernt, und ich fand ihn sogar richtig nett.«

»Tja. Hier, heißes Wasser, da drüben ist Seife und ein Handtuch.« Connie hält inne, weil sie plötzlich bemerkt hat, wie abgegriffen und schmuddelig das Handtuch aussieht. »Ich lasse Sie jetzt für ein paar Minuten allein. Wenn Sie wollen, waschen Sie sich. Vielleicht fühlen Sie sich ja besser, wenn Sie sich wenigstens das Gesicht waschen.« Daraufhin öffnet Connie die Tür und tritt in den Sonnenschein hinaus. Welch herrliche Vormittage. Dann geht sie nach hinten zur Toilette, mit leisen Schritten und angehaltenem Atem, schließlich könnte er noch hier sein, sich irgendwo auf die Lauer gelegt haben, in irgendeinem Versteck. Aber da ist keiner. Sie geht durch das Gatter, das von dem friedlichen Auf und Ab des Meeres ganz verzogen ist. Die Luft ist süß, salzig, köstlich. Mühsam erklimmt sie die Dünen, wobei der Sand seitlich in ihre Pantoffeln rieselt, eine kühle Wölbung unter ihrem Spann. Oben lässt sie den Blick kreisen, hält angestrengt in jeder Richtung nach ihm Ausschau, nach irgendjemandem in diesem Fall. Doch kein Mensch ist zu sehen. Zwischen den Dünen kann man sich wunderbar verstecken, fällt ihr ein, als sie ganz nach oben klettert, wodurch sie selbst nicht zu übersehen ist. Sie wird sich nicht einschüchtern lassen, sie nicht. Sie bleibt stehen und sieht auf das Meer hinaus, Ebbe – und in der Ferne, wenn sie das richtig deutet, sind Segel. Eine Regatta. Aber wo ist er geblieben? Ist er doch weg, wirklich weg?

Das Beste wäre, sie würde zum Dorf radeln, bei dem Zustand, in dem das Mädchen ist, direkt zum Laden, von wo aus sie die Polizei, einen Arzt verständigen kann. Schließlich haben sie beide Hilfe bitter nötig. Dann wird man Tony schnappen und ihn wieder hinter Gitter stecken. Er ist gefährlich, absolut gefährlich, und mit ihren Skizzen, die ihn aus jedem Winkel darstellen, dürfte es der Polizei nicht allzu schwer fallen. Zudem dürfte er massenweise Fingerabdrücke hinterlassen haben. Aber sie kann nicht ins Dorf radeln. Sie kann Lisa unmöglich allein lassen, was, wenn er doch zurückkommt? Und, mal ehrlich, sie muss die Polizei nicht unbedingt in ihrem Haus haben. Dafür hat es auch bislang keinen Anlass gegeben. Es widerstrebt ihr, dass sie bei ihr herumschnüffeln könnten, nicht nach so langer Zeit. Besser, sie bringt Lisa ins Dorf, aber nicht jetzt, noch wäre das für sie zu anstrengend.

Keine Schmerztabletten mehr, und der Alkohol ist ebenfalls alle. Was dann? Ist das wirklich eine gute Idee? Ein gewisses Risiko ist dabei, ganz klar. Aber ist es das nicht wert?

Connie klettert wieder die Dünen hinab, stützt sich auf den Gatterpfosten, um den Sand aus ihren Pantoffeln zu klopfen, an deren Spitzen weiße Blüten kleben. Dabei vermeidet sie es, einen Blick nach hinten auf die Dünen zu werfen, mit all ihren unsichtbaren Mulden und Winkeln.

Kapitel 13

Späht zwischen diesen ganzen Plakaten und Postkarten in dem Schaufenster hindurch: Herbstzauber, Katzenglück, Kaminfeuer, Mutter und Kind, und da ist ja auch dieser Scheißtrottel, mit dümmlich hängender Unterlippe, der gerade mit höchstem Eifer irgendwelche Konserven auszeichnet. Niemand sonst zu sehen. Das schrille Klingeln der Ladentür, das sich wie das Motorengeheul bei einem Formel-1-Rennen in seine Ohren frisst, und diese Scheißtür, die scheppernd gegen eine Kiste voll klirrender Tizer-Flaschen kracht. Der Volltrottel sieht hoch, verzieht das Gesicht zu einem Lächeln. »Guten Morgen«, begrüßt er ihn. An seinem Pullover steckt ein selbst gebasteltes Namensschild. »Ich heiße Barry. Was kann ich für Sie tun?«, steht mit schwarzem Filzstift darauf.

»Guten Morgen, *Barry*.«

Tony spaziert durch die Reihen, entdeckt in einem Kühlschrank mit Glastür Milch, nimmt sich eine Tüte heraus, reißt sie auf und stürzt sie gierig hinunter, fast den ganzen Inhalt, in einem Zug. Tapfer behält Barry sein blubberiges Lächeln, aber sein Blick flattert nervös umher, sucht nach Hilfe.

»Müssen ganz schön Durst haben«, leiert er, als lerne er gerade das Lesen.

»Hatte«, verbessert Tony, »hatte Durst.« Geht ein wenig auf und ab. »Golden Virginia«, bestellt er. »Rizlas, Streich-

hölzer.« Beobachtet Barrys fetten Arsch in seiner türkisfarbenen Trainingshose, als er sich umdreht, um das Zeug zu holen. Wartet, nimmt sich das Zeug von der Theke und stopft es in seine Jacke.
»Haben Sie sie gefunden?«, fragt Barry.
»Wen?«
»Miss Benson. Die haben Sie doch gesucht, war's nicht so?« Tony schnappt sich einen Mars-Riegel.
»Wieso?«
»Das waren doch Sie, war's nicht so?« Er hat kleine, blasse Schweinsäuglein, die aber längst nicht so dämlich dreinschauen, wie Tony erwartet hat.
»Ich? Bin zum ersten Mal in der Gegend.«
Misstrauisch blinzelt Barry ihn an. Dann kichert er los. »Oh, Sie verarschen mich. Ich hab Sie doch schon mal gesehen.«
Erneut dreht er eine Runde durch den Laden, was für ein Dreckloch, und dann ausgerechnet noch Lebensmittel, was ist das hier eigentlich, ein beschissenes Spinnennest oder was? Reißt die Verpackung auf und beißt in das Mars, der süße Karamelbrei zieht an seinen Zähnen.
»Wann geht der nächste Bus?«, fragt er.
Barry schiebt seinen Ärmel zurück und wirft einen Blick auf seine Armbanduhr. Überlegt einen Moment. »Fünfundzwanzig vor elf«, meint er schließlich. »Den Bus haben sie verpasst, Abfahrt war um zwanzig vor zehn.«
»Wann der nächste geht, will ich wissen.«
»Ach so, der Nachmittagsbus, den meinen Sie. Der geht um fünf Uhr fünf.« Vor lauter Stolz auf sich selbst strahlt er geradezu. Angewidert wendet Tony den Blick ab. Sauber rasierte Wangen. Der Gestank von billigem Rasierwasser. Tragisch.
»Vergiss nicht, Barry«, Tony tippt sich an den Nasenflügel, »du hast mich nie gesehen.«

Mit einem Grinsen ahmt Barry die Geste nach. »Okeydokey«, meint er und, als Tony die Tür öffnet und erneut bei diesem schrillen Ping zusammenzuckt und die Tizer-Flaschen klirren, »das macht dann drei Pfund neunzig…«
»Schreib's auf die Rechnung«, ruft Tony und zieht die Tür hinter sich zu, wobei er noch einen kurzen Blick auf das schwammige, völlig verdatterte Gesicht erhascht. Das ihn auf dem ganzen Weg die Straße entlang nicht mehr loslässt. Wie ein kleiner Junge, der erkennen muss, dass der Weihnachtsmann gar nicht existiert. Scheiß drauf. Scheiße. Was ist nur los mit ihm? Macht auf dem Absatz kehrt, wieder diese Bimmel, bei der einem das Herz stehen bleibt, knallt das Geld auf die Theke, bevor der Trottel auch nur ein einziges Wort herausbringt, und schnell wieder raus.
Geht zügig, mit gesenktem Kopf, nichts wie weg hier… von diesem ganzen Dreck, diesem Chaos, diesem Schmutz, den Fehlern, der Verwirrung, den alten Weibern und den jungen mit ihrem Geruch und ihrem Lächeln und ihren wiegenden Armen. Sandburgen. Könnte er sich doch nur ins Bett legen, das Gesicht zwischen frischen Laken verbergen, das wär's, davor noch eine Dusche in seinem eigenen Bad, um sich diesen Geruch abzuschrubben, dieses schmierige, klebrige Gefühl an seinen Fingern, das ihn am liebsten laut aufschreien ließe, selbst das Gefühl, wenn er einen Finger an dem anderen reibt, ist einfach unerträglich. Geht mit gespreizten Fingern weiter, spürt die saubere Luft dazwischen. Beeren an den Sträuchern und ein Vogel, der hinter einer Dornenhecke zwitschert. Nichts wie weg, nach Hause, wo es sicher ist. Geh dorthin zurück, wo du sauber sein kannst und dich wieder wie du selbst fühlst. Wo du in Ruhe über alles nachdenken kannst.
Weiter, weiter, immer weiter die Straße entlang, bereit,

den Daumen auszustrecken, aber es kommt nichts, oder doch? Nur irgend so ein Idiot auf einem Fahrrad, mit einer Angelrute auf dem Rücken, der ihm ein »Morgen« zuruft, mehr nicht. Weiter, weiter, war das wirklich so weit? Dann auch noch diese Bullenhitze, um diese Jahreszeit dürfte es eigentlich nicht mehr so heiß sein. Brennende, stinkende Hände und Achselhöhlen, die wie verrückt jucken von diesem getrockneten... Zeug. Hält an für eine Zigarettenpause, lehnt sich dabei gegen ein Gatter, starrt ausdruckslos auf ein helles Stoppelfeld.
Der Rucksack auf seinem Rücken bringt ihn noch um. Heiß und drückend hängt der Himmel über ihm. Blau wie... weiß der Geier. Scheiße, sie war nicht tot. Keine von den beiden. Und was jetzt? Von der Milch stößt es ihm säuerlich auf.
Er muss wieder zurück. Was ist denn mit seinem schönen Plan? Hat die Zeit abgesessen, ein für allemal, hat wieder eine reine Weste, und jetzt hat er es schon wieder versaut. Er muss zurück und alles klarstellen. Genau. Muss zurück und sie zum Schweigen bringen. Noch weiß niemand was davon. Niemand weiß, dass er überhaupt hier war – bis auf den Schwachkopf im Laden, und dem hört sowieso keiner zu. Muss dem ein Ende setzen. Muss es zu Ende bringen. Tony lässt seinen Rucksack im Feld liegen, um schneller voranzukommen. Marschiert zurück in Richtung Haus. Marschiert zurück in Richtung Meer, über dessen gestochen scharfem Horizont sich ein Wolkenband gebildet hat. Blasses Tageslicht an diesem Morgen, blass wie... nicht wie Augen, o nein. Auf dem Rückweg setzt er seine Füße in seine eigenen, umgekehrten Fußstapfen, bis er an das Wasser gelangt. Der Strand ist bereits zu einem Teil überspült, sodass auch seine Fußspuren immer mehr verwischen. Die sich auflösenden Abdrücke füllen sich mit

Wasser, in der Form von Füßen, von Fischen. Auch der geriffelte Sand wird glatt gespült, bis auf hässliche Schlammklumpen. Diese werden über glatte Mulden und über eine Stelle mit einzeln verstreuten Muscheln geschwemmt, die Überreste der perfekten Sandburg. Auf der Wasseroberfläche wird das Licht so stark reflektiert, dass ihm ganz schwummerig vor Augen wird. Es blendet richtig. Als er sich umdreht, wird er sogar vom Sand geblendet, da sich das Licht in Millionen von Kristallkörnern verfängt. Er trottet weiter den Strand hoch, zurück zu Connies Haus, dem letzten Flecken auf dieser Erde.

Kapitel 14

»Mir gefallen die Muscheln«, meint Lisa. »Schon als ich das erste Mal hier war, sind sie mir aufgefallen.«

»Die Muscheln sind jetzt unwichtig, wir müssen uns so langsam etwas überlegen.«

»Sind die vom Strand?«

»Die kleinen schon, aber die großen dort nicht.« Dabei deutet Connie auf eine Reihe von riesigen Herzmuscheln und Trompetenschnecken. »Die hat Patrick mir geschenkt – und sie erfüllen nicht nur einen dekorativen Zweck.«

»Wie das?«

»Nun ja, sie haben eine bestimmte Funktion.«

»Welche?«

»Ich bewahre darin Sachen auf.«

»Was zum Beispiel?«

»Hören Sie, wir können nicht den ganzen Tag hier herumsitzen. Wir müssen endlich etwas unternehmen.«

»Ja.«

»Wenn Sie einverstanden sind, werde ich jetzt Ihre Wunde sauber machen und ein bisschen Salbe darauf tun.« In eine kleine Schüssel gießt Connie etwas Wasser, holt anschließend von draußen Toilettenpapier. Dann gibt sie etwas Salz in das Wasser, das soll doch antiseptisch wirken, oder? Mit dem lauwarmen Salzwasser tupft sie vorsichtig Lisas Wunde ab. An der Stelle sind die blonden Haare bräunlich verschmiert, aber das Loch ist nicht

ganz so schlimm, zumindest muss es nicht genäht werden. Sie drückt ein bisschen Salbe aus der alten Tube, eine widerliche Farbe, doch der Geruch wirkt irgendwie beruhigend.
»Was sollen wir denn machen?«
»Ich werde ins Dorf radeln und diese ganzen Telefonate erledigen, dann sind wir fürs Erste sicher.«
»Bitte nicht.« Lisa klammert sich an Connies Hand.
»Was?«
»Bitte lassen Sie mich hier nicht allein zurück. Was ist, wenn ...«
»Er wird nicht zurückkommen.«
»Woher wollen Sie das wissen?« Lisa lässt sie wieder los, und Connie nimmt den Kamm in die Hand und beginnt die feinen Haare zu kämmen, die so anders als seine sind, die von Tony. Wie Babyhaar. Nein, natürlich kann sie nicht sicher sein, dass er nicht zurückkommt. Aber was bleibt ihnen anderes übrig? Wäre Lisa doch nur fit genug, um gehen zu können, wäre ihre Kopfverletzung weniger schlimm, oder würde ihre Stimme etwas kräftiger klingen, oder hätte sie wenigstens etwas Farbe im Gesicht. Da gäbe es allerdings etwas, was ihr helfen könnte, was Lisa genügend Kraft geben könnte, um die Strecke zum Dorf zu bewältigen. Aber ...
»Connie«, sagt Lisa.
»Tut das weh?«
»Nein ... nein, es ist sogar angenehm.«
»Was ist es dann?«
»Ach ... vergessen Sie es.«
Stirnrunzelnd hebt Connie eine blonde Haarsträhne hoch, wobei ihr auffällt, dass ein schwarzes Haar aus dem Kamm auf Lisas Kopf gefallen ist. Mit spitzen Fingern klaubt sie es heraus, lässt es auf den Boden fallen. »Was?«, insistiert

sie, weil sie es nicht ausstehen kann, wenn man sie so im Ungewissen lässt.
»Das ist jetzt nicht der richtige Zeitpunkt.«
»Sagen Sie schon.« Aber Lisa bleibt stumm. Tropf, tropf, tropf. Muss unbedingt eine Dichtung für diesen Wasserhahn besorgen. Da ist noch so viel, was erledigt werden muss, eine ganze Menge.
»Haben Sie ihn immer geliebt?«
Connie schweigt.
»Es ist nur, weil die Frage mich schon eine ganze Weile beschäftigt. Wirklich immer geliebt?«
Connie lässt die Haare aus ihrer Hand fallen und setzt sich.
»Ich... ich glaube schon, ja.«
»Glauben?«
»Am Anfang war ich... ich weiß auch nicht, irgendwie... berauscht... Damals war ich noch so jung. Es war alles so neu für mich, so schmeichelhaft. Und danach... wissen Sie, er war so ein unglaublicher Liebhaber, einfach unglaublich.« Für einen Augenblick gerät sie ins Träumen, bis ihr wieder einfällt, was passiert ist.
»Tut mir leid«, sagt sie.
»Ist schon in Ordnung.«
»Nicht, dass das alles wäre, diese besondere Fähigkeit. So etwas kann auch ziemlich langweilig werden.«
»Langweilig?«
»Ja. So inszeniert, wissen Sie, manchmal kann auch ein weniger geschickter Liebhaber...« Bei der Erinnerung an Reds Blick schlägt sie die Augen nieder, dieser letzte Blick von ihm, bevor er sich abwandte, mit dem er zuerst sie und dann Patrick und dann wieder sie ansah und sich schließlich endgültig wegdrehte.
»Aber das war es nicht?«
»Nein, das war es nicht allein. Ich habe ihn regelrecht an-

gebetet – und ich war diejenige, die verstanden hat, was in ihm vorging, mir war klar, dass seine manchmal … idiotische Art nur Maskerade war und dass … ach, ich habe ihn einfach verstanden. Und das beruhte auf Gegenseitigkeit.«

»Angebetet, ein schönes Wort.« Lisa sinniert. »Obwohl es im Grunde nur eine andere Bezeichnung für Liebe ist.«

»Nein, viel einfacher. Nicht mehr, nicht weniger, sondern einfacher.«

»Immer?«

»Nein.« Über ihren scharfen Unterton ist Connie selbst verwundert.

»Nein?« Draußen bewegt sich etwas, sodass beide zusammenzucken und gleichzeitig auf die Tür starren, dann einen erschrockenen Blick wechseln. Danach ist es jedoch wieder still. Connie sieht auf die große Trompetenschnecke neben dem Herd. Vielleicht ist das ja das einzig Richtige. Und dieser blöde Wasserhahn hört nicht auf zu tropfen.

»Er hatte ständig was mit anderen Frauen«, sagt Connie, »aber wahrscheinlich wussten Sie das schon. Schließlich war er dafür bekannt.«

»Und hat es Ihnen was ausgemacht?«

»Natürlich hat es das, wäre das bei Ihnen nicht ebenso gewesen? Aber … das ist jetzt vergeben und vergessen. Was für einen Sinn hätte es, sich jetzt noch darüber aufzuregen? O Patrick. Wissen Sie, die Leute haben über ihn gelacht, er war eine richtige Schießbudenfigur … zumindest kam es mir so vor … und manchmal habe ich ihn auch nicht angebetet. Ich habe ihn geliebt, ja, von Zeit zu Zeit sogar wie eine Mutter ihr Kind. Wollte ihn beschützen, wollte ihm die Augen und Ohren verschließen vor … Sie wissen schon.« Während sie redet, ist es, als brächen nach

und nach Schollen splitternd von einem Eisberg weg, worüber sie Lisa völlig vergisst, die nur noch eine fahle Silhouette am anderen Ende des Tisches ist. »Irgendwann habe ich ihn selbst nur noch so gesehen, als einen Scharlatan, einen Schwindler, als exzentrischen Spinner. Sicher, er war exzentrisch, aber andererseits … er war alles andere als ein Scharlatan, das kann ich Ihnen versichern.« Als sie merkt, wie laut sie geworden ist, senkt sie die Stimme. Schüttelt ungläubig den Kopf angesichts ihrer eigenen Dummheit. »Er hat unerschütterlich an dem festgehalten, woran er geglaubt hat, und wenn man bedenkt, dass …« Sie blickt wieder zu der großen, rosafarbenen Trompetenschnecke hinüber. »Und er hatte Recht.«
Lisa ist ihrem Blick gefolgt. »Wenn man bedenkt, dass?«
Inzwischen ist die Sonne völlig von den dicker werdenden Wolken bedeckt. Jeden Moment wird Connie das Licht anschalten. Dann wird sie die Trommelschnecke von der Wand nehmen und das Fläschchen herausholen. Und sie und Lisa werden jede einen Tropfen nehmen, aber nur einen, da eine winzige Menge genügt, um ihnen die nötige Kraft für den Fußmarsch ins Dorf zu geben.
Connie konzentriert sich wieder auf Lisa. Ja, sie wird ihr das vorschlagen, weil sie einfach irgendetwas unternehmen müssen. Sie können nicht so lange hier herumsitzen, bis es dunkel ist. »Was haben Sie gerade gefragt?«
»Ach, nichts.«
»Bitte.«
»Ich kann nicht. Das wäre ziemlich dreist.«
»Sagen Sie schon.«
»Ich habe mich nur gefragt, ob … ob ich vielleicht, ob Sie sich damit einverstanden erklären würden, dass ich ihre Biografie schreibe.«
»Ah.« Connie geht zu dem Abtropfbrett und nimmt sich

von dort ein Messer. Dann macht sie sich an der Trompetenschnecke zu schaffen, indem sie die Messerspitze darunter ansetzt und dreht.
»Was haben Sie vor?«
»Sie werden schon sehen. Also eine Biografie, hm?«
»Genau. Das wäre... Mir fällt nichts ein, was ich lieber täte.«
Draußen ertönt plötzlich der grelle und bedrückende Schrei eines Vogels. Beide zucken zusammen. »Nur eine Krähe«, sagt Connie. Dann knipst sie das Licht an und legt die Riesenmuschel auf den Tisch. »Über ein Buch ließe sich reden«, meint sie, »lassen Sie mich darüber nachdenken.«

Kapitel 15

Den Rücken gegen die Wand gelehnt, geht Tony in die Hocke, um Luft zu schöpfen. Um seine Fassung wiederzugewinnen. Überall dieses Gestrüpp, Gräser, Scheißhaufen, ein Vogelkadaver mit rot hervorstechenden Rippen. Das ist also deine Chance, Tony. Geh da rein und mach reinen Tisch, sind doch nur zwei schwache Frauen, bring es hinter dich, womit auch immer, mit einem Messer oder einer Axt oder meinetwegen auch mit einem Nylonstrumpf. Oder mit den bloßen Händen. Fast alles eignet sich als Mordwerkzeug. In wenigen Augenblicken kannst du es sauber hinter dich bringen, wenn du den Mumm dazu hast. Dann kannst du wieder zurück nach London und von vorn anfangen. Anfangen. Von vorn. Was denn, was ist?

Wie aus dem Nichts ein gellender Schrei. Himmel. Eine Scheißkrähe, mit schweren schwarzen Flügeln, schwarze Flügel, Vorhänge, Haare. Verflucht. Ganz cool, ist doch nur ein Vogel.

Er richtet sich wieder auf, wobei es heftig in seinen Beinen kribbelt, als das Blut in die verkrampften Muskeln zurückschießt. Alles ist von einem weißen Schimmer umgeben, eine Art Licht wie Sonnenschein, nur überall. Richtig blendend, wie Salz. Alles, was zu tun ist, ist, um das Haus herumzugehen, durch die Tür, wobei er von dem Überraschungseffekt profitieren dürfte, und dann mit Gewalt zu-

zuschlagen, was sich nicht vermeiden lässt. Danach nichts wie weg. Könnte die Hütte auch abfackeln. Überlegt fieberhaft, was darin ist, muss vorher Patrick rausholen, unbedingt. Patricks Porträt und Patricks ganzes Zeug, doch der Rest kann verbrennen. Die Leichen der Frauen und der übrige Plunder. Aber Patrick hat ihm das doch eingebrockt, also soll der Scheißkerl auch brennen. Nein. Wenigstens das Porträt? Aber wie? Zu groß, um damit zu rennen, und zu auffällig. Bei der Vorstellung, wie er mit dem Porträt im Bus, im Zug sitzt, muss er beinahe grinsen. Also auffällig oder was? Aber eine Leinwand kann man herausschneiden und zusammenfalten.
Seinen Kram lässt er auf dem Boden liegen und schleicht leise an der Hauswand entlang, wobei er vorsichtig einen Fuß vor den anderen setzt. Drinnen scheint es ruhig zu sein. Vorbei an der Toilette mit ihrem fauligen Gestank, vorbei an dem Vorrat an Gasflaschen, dem klapprigen Fahrrad mit den Spinnweben im Körbchen. Die Krähe folgt ihm, schwerfällig hüpfend, wobei sie mit ihren Krallen mehr Krach macht als er mit den Füßen.
Es ist affenkalt. Keine Sonne mehr, warum dann dieses helle Glühen, wie lauter Heiligenscheine? Unvermittelt peitscht ihm eine Regenböe ins Gesicht. Er drückt sich wieder mit dem Rücken gegen die Wand und schielt vorsichtig durch das Küchenfenster daneben. Nichts zu sehen, kauert sich davor, presst das Gesicht gegen die mit Salz und Sand gepuderte Scheibe. Während er angestrengt versucht, etwas zu erkennen, geht plötzlich das Licht an. Das träge Schaukeln der Glühbirne. Die Benson, die sich hinsetzt. Und Lisa, die irgendwas um die Schultern hängen hat, irgendeinen alten Lumpen, der wohl mal eine Decke war. Darüber in deutlichem Kontrast die blonden Haare, sodass sie im ersten Moment ganz weiß aussehen, wie

bei einer alten Frau, eines Tages wird sie sowieso so eine alte Schachtel wie die Benson sein. Eine verschrumpelte alte Hexe. So werden sie alle, wenn sie überhaupt so lange leben.
Ein Klirren wie von einem Löffel, der umgerührt wird, lässt ihm das Wasser im Mund zusammenlaufen. Komisches Gefühl, wie ein gekrümmter Finger, der zwischen seinen Rippen pult. Irgendeine gute Frau irgendwo in einem anderen Leben, heißer Tee und Löffelbiskuits. Weg damit, wird nie sein. Diese verdammte Krähe, die ihn ständig mit ihren dreckigen Flügeln streift, während sie um seine Füße herumhüpft. Verpiss dich. Er zielt mit der Fußspitze und trifft sie, als sie gerade davonfliegen will, wobei eine Feder herunterfällt und sie einen Schrei ausstößt wie ein altersschwaches, knirschendes Getriebe. Daraufhin hebt Lisa ruckartig den Kopf und starrt direkt zum Fenster. Tony lässt sich auf die Knie fallen. Ob sie ihn gesehen hat? Plötzlich ein heißes, feuchtes Gefühl im Darm, als hätte er sich in die Hose geschissen. Nicht doch. Du wirst doch nicht, hörst du wohl? Das lässt du mal schön bleiben. Werd jetzt bloß nicht schwach. Halt es, halt es. Okay. Wartet. Wartet. Beugt sich langsam wieder hoch, sieht durch das Fenster, sie sitzen immer noch da, unverändert. Haben nichts mitgekriegt. Hübsche Haare in diesem Licht. Diese sanfte Wölbung ihres weichen Nackens. Aber es ist okay, sieh einfach nur hin. Dieser offene Blick, der einen darin versinken lässt. Sie ist okay.
Lisa hält eine Tasse an die Lippen. Dunkle Flecken auf ihrem Haar, dort, wo es geblutet hat. Himmel. Lauter Sachen auf dem Tisch. Eine Muschel? Die Benson, die etwas hochhebt und redet. Lisa, mit geneigtem Kopf, aufmerksam zuhörend, ein leichtes Stirnrunzeln. Worauf wartest

du noch, Tony? Bring's hinter dich, ein für allemal. Und fang von vorn an. Bist nicht Manns genug, um da reinzugehen, was? Ziehst lieber wieder den Schwanz ein? Na bitte, wenn du meinst, wirst schon sehen, wohin dich das bringt. Magen knurrt, denkt an den Eintopf, warm und braun und sättigend. Sieht sich in einer Schlange vor einer Kelle mit einem grauen Brei darin, orangefarbene Bohnen, wässrige Tomaten. Rülpsen, Furzen, stinkender Lärm, Krawall in den Ohren, den Eingeweiden, dem... Herzen. Nur zwei kleine Axthiebe. Das ist es nicht – es ist das Licht und die Hitze und die beiden Frauen vor ihrem Tee. Kann das nicht auslöschen. Hau einfach ab. Lass sie in Ruhe.

Du enttäuschst mich, Tony.

Er will sich gerade wegdrehen – aber – worauf schauen die beiden da? Beugt sich vor. Lisa, die der Benson was aus der Hand nimmt, es zwischen Zeigefinger und Daumen hält, es genau betrachtet. Nein. Das kann nicht sein. Unmöglich, außer sie ist eine beschissene Lügnerin, diese Benson, ja, wieso auch nicht? In Lisas Hand das, wonach er die ganze Zeit gesucht hat, zwischen ihrem weißen Zeigefinger und Daumen. Kann das wirklich sein?

Nein.

Aber was sonst. Was?

Tony stürmt ins Haus. So. Zwei erstarrte Gesichter, wie in Zeitlupe. Der Geruch von welken Blumen, Essen, Gas. Er meidet die hellblauen Augen.

»Was ist das?«

Nichts. Zwar scheint die Benson was sagen zu wollen, bringt aber nichts heraus. Lisa verschränkt die Hände über der Brust. Mit einer Hand hält sie das Fläschchen umklammert.

»Was ist das?« Immer noch nichts. Mit knirschenden

Schritten geht Tony über die Blumen auf den Tisch zu. »Das sind die Elixiere, stimmt's, stimmt doch? Wo waren die?«
Doch die Frage erübrigt sich. Sein Blick fällt auf die große Muschel, auf ihre pinkfarbenen schimmernden Lippen, die spöttisch zu grinsen scheinen. Mit hartem Griff packt er die zarte Schulter der Benson. Himmel, sie hat Knochen wie ein verdammter Vogel. Rot um ihren Mund herum, von dem Klebeband. Packt Lisas Handgelenk, das Miststück lässt nicht los, biegt ihre Finger nach hinten, und wenn er sie ihr brechen muss, ist ihm scheißegal.
»Geben Sie es ihm.« Die Stimme der Benson.
»Ich werde es *euch* gleich geben.« Das lässt ihn selbst zusammenzucken, wie pathetisch, am liebsten würde er sie auf der Stelle umbringen, damit keiner weiß, dass er das mit so einem… drohenden Pathos gesagt hat. Aber die Drohung hat bereits gewirkt. Nicht besonders pathetisch. Ganz und gar nicht. Die Benson zittert sogar am ganzen Körper. »Das sind die Elixiere. Du hast mich nach Strich und Faden verarscht.«
»Ja. Ich habe Sie nach Strich und Faden verarscht.«
»Wenn du jetzt auch noch witzig sein willst…« Aber er weicht zurück. Ihm dämmert es wie ein riesiger, warmer Sonnenaufgang, dass er am Ziel ist. Das ist es, wonach er gesucht hat. Jetzt hat er, was er wollte. Also hat Patrick ihn doch nicht im Stich gelassen. Er hat die Elixiere, zumindest eines. Egal, er hat es. Verfluchte Scheiße, er hat es.
»Das nehme ich«, sagt er. »Ist das alles? Wo ist der Rest?«
»Das ist alles, was noch übrig ist. Sie können mir glauben oder nicht, aber es ist die Wahrheit.«
»Dann gehört es jetzt mir.«
»Es ist die Siebte Stufe«, sagt sie.
In seiner Hand fühlt sich die Flasche etwas warm an. Wagt

einen Blick auf Lisa, deren helle Augen dunkel blitzen. *Die Siebte Stufe.*
»Gegen so einen großen starken Mann wie Sie können wir eh nichts ausrichten, um Sie aufzuhalten.« Die Benson hat ihre Fassung wieder, Mann, die hat vielleicht Nerven. Sieht ihn mit diesen hellen Wage-es-nicht-Augen an. Was soll's, scheiß auf sie, scheiß auf alle beide. Kann nicht mehr länger warten, will nicht. Nimm das, dann wirst du sehen, was als Nächstes passiert. Dann ist diese Frage beantwortet. Das hier ist für dich, Tony, von Patrick. Du hast es geschafft, hast es tatsächlich geschafft. Bist hergekommen, hast es gefunden. Himmel, es ist wahr, es ist real, es ist hier. Kann dieses Gefühl in der Hand, dieses reale Fläschchen, noch immer kaum fassen, als er damit die Leiter hochklettert. Jetzt schüttet es aus allen Wolken, wird sich das da draußen nicht antun. Strömender Regen auf dem Dachfenster, aber scheißegal.
Horch – nein, sie sind ihm nicht gefolgt, sind mucksmäuschenstill. Vielleicht ein leises Murmeln. Ziemlich finster, also knipst er die Lampe an. Versucht, den Deckel von der Flasche abzuschrauben, ist irgendwie verklebt, mit Wachs, von dem Flocken unter seinem Fingernagel hängen bleiben. Was für ein Saustall hier oben, überall Klebeband und Strumpfhosen und die Skizzen, die er sich nicht einmal richtig angesehen hat. Ach, und da, Patrick, der lächelt, ihm sogar zuzwinkert, oder? Endlich. Seltsames Licht, das von ihm ausgeht, eine Art Schimmer. Ein Heiligenschein. Die sind jetzt wohl in Mode. Na dann, mal sehen.
Tony schraubt den Deckel ab. Dann quetscht er sich in den Lehnstuhl der Benson und versucht angestrengt, die verblichene Schrift auf dem Etikett zu entziffern. *Elixier 7*, steht darauf. *Glückseligkeit. Glückseligkeit* – und dazu noch

in Patricks Schrift. Kann es kaum fassen. Er grinst, schüttelt den Kopf, grinst erneut. Jetzt ist es also so weit. Endlich, schlussendlich. Die Siebte Stufe. Glückseligkeit. »Cheers, Kumpel«, prostet er Patrick zu, setzt das Fläschchen an die Lippen, zögert kurz, wie viel eigentlich? Himmel Herrgott, ist doch jetzt scheißegal, kipp das Zeug einfach hinunter, mach schon … schluck es … bis zum letzten Rest …

Kapitel 16

Connie presst den Handrücken vor den Mund. Noch immer ganz wund von dem Klebeband, nach wie vor leicht verklebte Härchen. Doch gleichzeitig verziehen sich ihre Lippen zu einem vagen Lächeln. Lisa reißt die Augen auf. Aber keine von beiden sagt etwas, sie horchen nur, hören das Klicken der Lampe, als diese angeschaltet wird, das Knarren der Dielen. »Cheers, Kumpel«, sagt Tony und dann ... eine lange Stille. Ein Stöhnen. Ahnungsvoll nickt Connie mit dem Kopf. Lisa öffnet den Mund, aber Connie legt den Finger auf die Lippen. »Geduld«, flüstert sie. »Es wird alles gut, nur etwas Geduld.« Beide lauschen Tonys leisem und anhaltendem Stöhnen, das nur kurz dauert, wie jemand, der die größten Wonnen erfährt, jemand, der alle Hemmungen fahren lässt, der sich in seinem persönlichen Himmel befindet. Und plötzlich ist deutlich seine Stimme zu vernehmen. »O Himmel, so schön, o Himmel, o Patrick, so verdammt schön ... ver ... dammte ... Scheiß ... Glück ... se ... lig ... keit.«

Danach Stille. Connies Herz pocht laut und unruhig, was ist das, was sie empfindet? Erleichterung / Erlösung? Und dann Lisas Gesicht, ein einziges Fragezeichen, beinahe drollig. Wieder dieses Bedürfnis, im unpassenden Moment schallend loszulachen. Und rasende Bilder der Erinnerung, die ihr den Atem verschlagen, weil es genauso war, ganz genauso. Gut, die Worte waren ein wenig anders. Natürlich war Patrick nicht so vulgär, und doch... sie war dabei, sah, wie Patricks Gesicht sich vor ihren Augen veränderte, von alt zu jung, von faltig zu glatt und schön.

In der heißen, glitschigen, sirupartigen Sonne, die durch das Dachfenster schien, hatten sie sich an einem Julinachmittag geliebt. Bis Patrick gemeint hatte, es wäre Zeit. Connie hatte sich geweigert, als Erste das Elixier zu nehmen. Dabei hatte sie nicht zugeben wollen, dass sie Angst hatte, hatte nicht die Stimmung verderben wollen, das Liebesglühen, das immer noch von ihren Körpern ausstrahlte, sodass es beinahe wie ein Zittern in der Luft zwischen ihnen zu sehen war. »Das wird noch außergewöhnlicher werden als das eben«, hatte er versprochen, wobei er über ihre Hüfte streichelte. »Allerdings ist es etwas riskant«, hatte er hinzugefügt. Sie sagte, sie würde erst abwarten, wie es sich bei ihm auswirkte, dann würde sie es selbst nehmen. Aber als sie gesehen hatte, was geschah, unmittelbar, überwältigend, glückselig, endgültig, tat sie es nicht. War damals noch nicht bereit zu sterben, nicht einmal mit ihrer großen Liebe. Schuldgefühle seit jenem Tag, weil ihre Nerven versagt hatten, keine ständigen Schuldgefühle, sondern Stacheln und Spitzen des Skrupels, die sie immer völlig unerwartet trafen. Obwohl sie sicherlich hundertprozentig richtig gehandelt hatte.

»Beim letzten Mal«, sagt sie zu Lisa, nachdem sie wieder Luft geholt hat, »stand ich fassungslos vor dieser Schönheit.«

»Wie?«

»Bei Patricks letztem Experiment.«

»Wie?«

»Patrick hat diese Mischung angerührt und...«

»Was passiert da oben gerade?«

»Er wird sterben.« Ungläubig starrt Lisa sie über den Tisch hinweg an. »Damit hat das Experiment geendet. Ich habe Ihnen ja gesagt, dass es nicht ungefährlich ist, aber ich dachte, wenn wir uns nur mit einem Hauch davon die Lippen benetzen, dann … aber jetzt ist es ja vorbei.«

»Connie.« Lisas Pupillen sind jetzt so groß, dass man kein Weiß mehr sieht.

»Als er starb, sah er so schön aus. Ich meine Patrick. So jung. Danach habe ich ihn rasiert.«

»Was?«

»Während unserer gemeinsamen Zeit wollte ich ihn immer mal rasieren. Und ich wollte, dass er diese Haare abschneidet. Und als er da so saß, wie ein junger Gott auf seinem Stuhl, konnte ich nicht widerstehen, nur, um zu sehen, wie er dann aussehen würde.«

»Wie auf dem Porträt«, sagt Lisa.

»Ja, danach habe ich das Porträt gemalt.«

»Deswegen sieht er darauf so merkwürdig aus und so jung … und … und … glatt.«

»Richtig erkannt, meine Liebe.«

»O mein Gott.« Lisa gibt ein Lachen von sich, das sich wie ein Husten anhört. »Das ist so … das ist einfach verrückt. Ich kann das kaum glauben …«

»Inzwischen müsste er tot sein, denke ich.« Beide sehen zu der Falltür hoch.

»Und Sie wollten uns das guten Gewissens schlucken lassen?«

»Eigentlich habe ich es mir für meinen Abschied aufbewahrt. Eine schöne Art zu sterben. Doch nach Ihrem … Martyrium und auch meinem habe ich gedacht, dass uns ein winziger Tropfen auf den Lippen wieder aufmuntern könnte. Ich hatte bestimmt nicht vor, uns umzubringen.«

Auf ihrem Stuhl starrt Lisa Connie an, verdaut das Ganze, wobei sie so lange an den Lippen nagt, dass Connie schon befürchtet, sie würde sie blutig beißen.
»Das ist also aus Patrick geworden. Er hat sich quasi vergiftet?«
Connie überlegt einen Moment. »Na ja, so hart würde ich es nicht ausdrücken.«
»Aber er hat etwas genommen und ist daran gestorben.«
»Ihm war das Risiko bekannt. Und dennoch ist er es eingegangen.«
Lisa legt die Stirn in Falten, wickelt versonnen eine Haarsträhne um den Finger. »Aber trotzdem, Connie, warum weiß dann niemand, was mit ihm geschehen ist? Wieso haben Sie erzählt, er wäre verschwunden?«
Connie schweigt. Ihre Hand zerknautscht das kleine Kissen in ihrem Schoß, das, das sie aus Patricks Hemd genäht und mit seinem Bart und seinen Haaren gefüllt hat. »Damit hätte ich ihn endgültig zum Gespött der Leute gemacht. Zwar war er das bereits, aber... können Sie sich vorstellen... seine... seine Vision war dadurch endgültig fehlgeschlagen.«
Lisa runzelt die Stirn. »Kann sein.«
»Und der Witz ist, der allergrößte Witz dabei ist, dass dieses Zeug... die Elixiere... in der Tat unglaublich waren, dass sie wirklich eine Veränderung bewirkt haben... genau, wie er gesagt hat, sie haben so gewirkt, wie er gesagt hat, aber wer, wer hätte ihm denn geglaubt? Wenn sogar ich meine Zweifel hatte...«
»Dennoch war es nicht vorgesehen, dass sie tödlich wirken.«
»Nein, selbstverständlich nicht. Er hat einfach die falsche Dosis genommen. Dazu hätte er noch weitere Experimente durchführen müssen.«

»Hätte nicht jemand anders damit weitermachen können? Um sein Werk zu vollenden?«

Connie schüttelt den Kopf. »Nein, meine Liebe, nein. Er war einfach ein Unikum. Glauben Sie mir, wenn ich Ihnen sage, dass niemand seiner Logik hätte folgen können. Außerdem hat er selten etwas dokumentiert. Hat alles hier drin behalten.« Dabei tippt sie sich an die Schläfe. »Hinterher habe ich die ganzen Reste ausprobiert, in den Tagen nach seinem Tod, als Trost, wissen Sie, um mir über diesen ... Verlust hinwegzuhelfen ... und es war genauso, wie er gesagt hat ... Freude, Ausgewogenheit, Euphorie, alle sieben, außer Glückseligkeit. Letzteres habe ich nicht genommen, aus ersichtlichen Gründen.« Sie wirft einen Blick an die Decke.

Wieder langes Schweigen. Mit einem Mal hat Connie ein unheimliches Verlangen nach einer weiteren Tasse Tee. Sie könnte literweise Tee trinken. Jetzt sind sie sicher, absolut sicher. Dieser Wahnsinnige ist glücklich gestorben. Kein Grund mehr, die Polizei zu rufen. Sie steht auf, um den Wasserkessel aufzusetzen.

»Sie können sich jetzt waschen«, sagt sie.

Wie aus einer Trance schüttelt Lisa sich. »Wie bitte?«

»Nun ja, das mit der Polizei hat sich jetzt wohl erledigt, oder?«

»Sollten wir nicht ...«

»Was?« Mit einem freudigen Woosch geht die Gasflamme an.

»Nun, denen seinen ... Tod ... melden. Falls er tot ist. Sollten wir nicht besser mal nachsehen?«

»Keine Angst, der ist mausetot. Ich sehe keine Veranlassung dazu, die Polizei zu verständigen.«

»Aber ...«

»Menschen verschwinden ständig.« Connie gibt Teebeutel

in die Kanne. »Wenn Sie hungrig sind, da ist noch leckerer Eintopf übrig.« Als sie sich umdreht, bemerkt sie, dass Lisa sie mit einem eigenartigen Blick anstarrt. »Was ist?«

»Constance, was haben Sie mit Patrick gemacht?«

»Für alle Fälle wärme ich den Eintopf schon mal auf.«

»Ich meine, nachdem Sie ihn rasiert und das Porträt gemalt haben. Was haben Sie dann gemacht?«

Connie stellt die Kanne auf den Tisch und stopft ihre Pfeife.

»Was?«

Dann gießt sie Tee in zwei Tassen und zündet die Pfeife an. »Zucker?«, fragt sie, wobei sie drei Löffel in jede Tasse kippt und umrührt. Den brauchen sie jetzt, Blutzucker, nach dem ganzen Stress und dem Schock.

»Es gibt Dinge, die nimmt man in eine Biografie mit hinein und andere wiederum nicht.«

»Korrekt. Also was?«

»Ist das ein Versprechen, meine Liebe?«

Lisa seufzt. »Ja.«

»Wenn ich einmal tot bin, können Sie schreiben, was Sie wollen, aber noch ist es längst nicht so weit.«

»Ich habe Sie schon verstanden.«

»Na schön. Er liegt unter den Dielen.«

»Was?« Lisa erhebt sich halb von ihrem Stuhl.

»Nicht hier. Da drin.« Connie nickt in Richtung Schlafzimmertür.

»Oh mein Gott.«

»Ich habe ihn vergraben, verstehen Sie, unter dem Sand unter den Dielen, bestimmt mehrere Fuß tief.« Connie zieht an ihrer Pfeife, ein liebliches, tiefes Gurgelgeräusch, süßer, stechender Rauch in ihrer Mundhöhle. Es gibt immer noch diese kleinen Freuden. Mit entgeistertem Blick setzt Lisa sich wieder.

»Trinken Sie Ihren Tee.«
Geistesabwesend nimmt Lisa einen Schluck. »Oh«, sagt sie schließlich, »das heißt, Sie haben die ganze Zeit praktisch auf ihm gelebt, all die Jahre über?«
»Seither habe ich nie mehr darin geschlafen, bis auf einmal.« Die Erinnerung an diese furchtbare Nacht in dem feuchten und schimmeligen Bett wie eine Gefangene mit diesem armen Wahnsinnigen hier draußen jagt ihr einen Schauder über den Rücken.
Mit beiden Händen umfasst Lisa ihre Tasse und nippt daran. Auf ihrer weißen Stirn ziehen sich Furchen, während sie überlegt. »Gut… nehmen wir also an, dass er, Tony… tja, tot ist, was machen wir mit ihm? Ich meine, wenn wir schon nicht die Polizei benachrichtigen.«
Connie sieht auf die Schlafzimmertür.
»Nein! Das können wir nicht tun.«
»Ich sehe keinen Grund, weshalb nicht.«
»Constance, das ist verrückt.«
Connie zuckt die Achseln. Ihr Nacken schmerzt. Aber es renkt sich alles wieder ein, wie so üblich, man muss nur Geduld haben. Danach ins Dorf, vom Laden aus telefonieren, einen Termin beim Arzt vereinbaren, Taxi für Lisa rufen, und dann kann sie endlich nach Hause. Das Ende eines Zwischenfalls, danach kann sie in Ruhe nachdenken. Auch wenn Lisa noch so nett ist, solange sie im Haus ist, kann Connie nicht richtig nachdenken. Dabei gibt es so viel zum Nachdenken, so viel, worüber sie Bilanz ziehen muss. Es hat sich so viel verändert. Muss allein sein, kann keinen klaren Gedanken fassen, wenn noch jemand im Haus ist. Mittlerweile hat sie sich an die Einsamkeit gewöhnt, und das ist keine schlechte Angewohnheit. Da gibt es schlimmere.
»Wären wir dann nicht… ist es nicht illegal, unter Um-

ständen könnte man uns dafür drankriegen. Wegen Mordes.«

»Ach, ich bitte Sie, meine Liebe, seien Sie vernünftig. Beide wissen wir, dass es kein Mord war. Wenn Sie eine, wie nennt man das doch gleich, autorisierte Biografie über mich schreiben wollen, dann dürfen Sie, wir, kein Wort über diese ganze ... unglückliche Angelegenheit verlieren.«

»Aber ...«

»Und nach dem, was er Ihnen angetan hat ...«

»Und wenn sie die Leiche entdecken und fragen, warum wir nicht ...«

»Wie denn?«

»Wie was?«

»Wie sollen sie denn die Leiche entdecken? Wieso sollten sie ausgerechnet hier suchen?«

»Schließlich habe ich ihn ebenfalls hier gefunden.«

»Irgendwie bezweifle ich, dass er anderen Leuten davon erzählt hat.«

»Kann sein, aber ...«

»Jetzt essen wir erst einmal was von dem Eintopf, um uns zu stärken. Und danach gehen wir hoch und holen ihn runter. Wenn wir ihn dann irgendwie unten haben, können Sie mir dabei helfen, ihn zu begraben. Wenn ich es kann, können Sie es auch. Und dann radle ich zum Laden und rufe Ihnen ein Taxi. Und Sie können nach Hause fahren und Ihr Buch schreiben.«

»Das hört sich alles so einfach an.«

»Wozu das Haar in der Suppe suchen, wenn es gar keins gibt?«

Lisa öffnet den Mund und schließt ihn dann wieder.

»Und schließlich müssen wir lediglich im Sand graben«, sagt Connie. »Das schaffen wir schon, meine Liebe.« Dabei tätschelt sie Lisas Hand.

Als der Eintopf zu kochen beginnt, hebt sich klappernd der Deckel der Kasserolle und lässt einen Hauch warmen Essensduft entweichen. Connie steht auf, um die Flamme abzudrehen.

Aufrecht sitzt Tony in dem Lehnstuhl. Mit weit aufgerissenen Augen starrt er direkt Patricks Porträt an. Sein Gesicht ist ein einziges, seliges Lächeln. Zweifellos ein schönes Gesicht. Vorsichtig nähert Connie sich ihm und drückt seine Augenlider zu, um diesen furchtbar glückseligen schwarzen Glanz zu verdecken. Hinter ihr presst Lisa die Hand auf den Mund, weil sie würgen muss.
»Ist schon gut«, sagt Connie. »Er ist tot.«
»Aber ... ich habe noch nie ...«
»Eine Leiche gesehen?«
Lisa nickt, kreidebleich, beide Hände über den Mund geschlagen. Sie zittert am ganzen Körper.
»Vergessen Sie nicht, was er Ihnen angetan hat«, sagt Connie. »Halten Sie sich das immer vor Augen. Das wird er jetzt nie wieder tun.«
Lisa kniet sich auf den Schlafsack, das Gesicht völlig hinter den blonden Haaren versteckt. Connie sieht wieder Tony an. Natürlich ist es traurig, wenn ein junger Mann stirbt, und mit ihm diese Frische, diese Kraft, Würde, diese starken Knochen, die herrlichen Haare. Doch in solchen Situationen darf man nicht den Kopf verlieren. Steif beugt sie sich hinunter, um das braune Fläschchen aus seiner immer noch warmen Faust zu nehmen, wobei ihr Blick auf Patricks krakelige Schrift auf dem Etikett fällt, die gerade noch leserlich ist. *Elixier 7*, steht darauf. *Glückseligkeit.* Mit geschlossenen Augen lässt Connie ihre Gedanken schweifen. Ihre Lippen auf seinem Lächeln, als sie versuchte, ihm wieder Leben einzuhauchen, die Hand auf

dem stillstehenden Herz. Wie sehr sie ihn doch geliebt hat. Ja, ja, das hat sie.
Sie schaut zu Lisa. »Wenn Sie so weit sind, meine Liebe«, meint sie, »werden wir ihn nach unten bringen.«

Kapitel 17

Schräg scheint die Dezembersonne durch das Fenster und lässt Lisas Haar wie Distelwolle aussehen. »Sind Sie soweit für die Abfahrt?«, sagt sie. »Ist das auch wirklich alles?« Dabei deutet sie mit dem Kopf auf den kleinen Koffer und die zwei Kisten, die fertig gepackt neben der Tür stehen.
»Was sollte ich schon mit all dem Zeug anfangen?« Connie macht eine ausladende Geste durch den Raum mit dem schiefen Tisch, dem angeschlagenen Geschirr, dem Gasherd.
»Stimmt eigentlich.«
»Außerdem ist meine neue Wohnung möbliert. Mit Heizung. Ich werde mich ganz schön umgewöhnen müssen. Noch einen Tee, bevor wir fahren?«
»Falls dafür noch Zeit ist.« Lisa sieht auf ihre Armbanduhr. »Ist das für Sie nicht ein komisches Gefühl, Weihnachten woanders zu verbringen?«
Connie füllt den Wasserkessel und lauscht zum letzten Mal dem Ruckeln in den Rohren, dem wild hervorspritzenden Wasserstrahl. Komisch ist wohl leicht untertrieben. Zwar versetzt es ihr einen kleinen Stich, aber sie wird nicht traurig sein, von hier wegzugehen. Letzte Nacht hat sie kein Auge zugemacht, aus Angst davor, zu träumen. Sollte Lisa sie fragen, ob sie traurig sei, wird sie das verneinen.
»Und, wie ist sie?«

»Meerblick, Dachgeschoss, leider ohne Aufzug, aber ich hoffe, dass ich die Treppen noch schaffe.« Ein Kratzen in ihrer Stimme. Die Tatsache, dass sie wohin zieht, wo es komfortabler ist, bedeutet nicht das Ende, geschweige denn den Anfang vom Ende. Erweck bloß nicht diesen Eindruck. So alt ist sie nun auch wieder nicht.
»Ja, aber gefällt sie Ihnen?«
»Na ja, ich meine, Meerblick. Und einkaufen kann ich auch direkt um die Ecke. Und hinter dem Haus wächst ein herrlicher Goldregen. Vor allem im Frühling sieht das fantastisch aus, dieses wilde Gelb. Dazu ist es hell. Warm. Was will ich mehr?« Obwohl die Frage ironisch klingt, ist sie ernst gemeint. Es gibt wirklich nicht mehr viel, was ihr fehlen könnte, zumal es unmöglich ist, die Zeit zurückzudrehen und einen anderen Weg einzuschlagen oder die Toten wieder zum Leben zu erwecken. Mittlerweile ist das Gas fast alle, sodass es nur noch schwach strömt, mit hellblauen Flämmchen, aber vielleicht gerade noch genug, um einen Wasserkessel zu erhitzen.
Lisa setzt sich oder eher lässt sich auf einen Stuhl sinken.
»Alles in Ordnung, meine Liebe?« Mit einem Blick stellt Connie fest, wie blass sie auf einmal ist, wie fahl ihre Apfelbäckchen geworden sind.
»Doch, doch. Nein, ich glaube, es ist nur alles gerade wieder hochgekommen. Sie wissen schon. Allein dadurch, in diesem Raum zu sein.« Ihr Blick wandert kurz zur Schlafzimmertür und wieder zurück. »Zurzeit bin ich noch in Behandlung. Aber trotzdem… wieder hier zu sein, da kommt es einfach wieder hoch.«
Obwohl Connie nichts darauf entgegnet, stimmt sie ihr im Stillen zu, und genau aus diesem Grund muss sie ebenfalls von hier fort. Der Arzt hat gemeint, sie bräuchte eine warme Umgebung, die besser ausgestattet ist, doch

im Grunde ist es ihre Erinnerung, die sie von hier vertreibt. Das Wissen darüber, was dort unter dem Sand liegt, eine Leiche auf dem Skelett eines anderen. Und dann noch ein braunes Fläschchen, das sie hinterhergeworfen hat. Solange nur Patrick dort lag, ging es noch, aber mittlerweile hat sie richtige Albträume, die sie die ganze Zeit für sich behalten hat, dumme, richtig dumme Albträume, in denen zwei Skelette sich umarmen, wobei das Schlimmste daran das Geräusch der Knochen ist, dieses leise Klappern, dieses innige Aneinanderreiben. Ob Lisa wohl auch Albträume hat? Aufmerksam mustert sie ihr Gesicht, kann aber keine Anzeichen erkennen. Langsam nehmen ihre Wangen wieder ein bisschen Farbe an, in dem mittlerweile vertrauten Gesicht des Mädchens, das ihr zur Freundin geworden ist. Zumindest denkt Connie, dass sie in ihr eine Freundin gewonnen hat. Einen Monat nach diesem… Martyrium war sie zu Besuch gekommen, den Vertrag für die Biografie und eine Flasche Champagner im Gepäck. Und dazu noch ein Geschenk für Connie, ein funktionierendes Handy. Auf dem sie sie regelmäßig angerufen hat, und jetzt ist sie wieder hier mit einem Mietwagen, um Connie zu ihrem neuen Zuhause zu bringen.

Mit einem Ploppen geht das Gas aus.

»Mist!«, flucht Connie. »Verdammt noch mal. Wie wäre es stattdessen mit einem Drink? Nur einen winzigen Tropfen zum Abschied. Ist ohnehin nur noch ein Schluck übrig.«

»Jetzt haben Sie so lange hier gelebt…«

»Wie das nun mal so ist«, schwatzt Connie so dahin. Sie verteilt den letzten Rest aus der Whiskyflasche auf zwei Tassen. »Cheers.«

Lisa hebt die Tasse hoch. »Cheers.«

Beide schweigen. Noch einmal lässt Connie den Blick durch den Raum schweifen, wobei die kalte Wintersonne mit grausamer Deutlichkeit den ganzen Dreck und die Fäulnis zum Vorschein bringt. Schon komisch, wie man jahrelang mit so etwas leben kann, ohne dass es einem richtig bewusst ist, und mit einem Mal … mit einem Mal wird einem das alles zu viel. Wie immer tropft der Wasserhahn und tropft und tropft. Jetzt braucht sie auch keine neue Dichtung mehr zu besorgen. Zumindest etwas.

»Haben Sie wieder was gemalt?«, fragt Lisa.

Als Antwort schenkt Connie ihr ein Lächeln.

»Das ist ja großartig, Connie.«

»Ja.« Mit dem Daumennagel fährt Connie durch eine tiefe Rille in der Holztischplatte. Den Tisch wird sie allerdings vermissen. »Seltsam, jetzt, da ich wieder damit angefangen habe, ist es mir ein Rätsel, wie ich jemals damit aufhören konnte. Es kommt mir so … so richtig vor. Und wie herrlich, wieder mit all den Farben arbeiten zu können. Um die Wahrheit zu gestehen, ich ärgere mich über mich selbst, dass ich so viel Zeit verschwendet habe. Dreißig verdammte Jahre. Wie in Trance.«

»Gott. Das ist alles so seltsam.« Lisa legt die Hand flach auf die Tischplatte. »Das Leben. Ich meine dieses … dieses furchtbare … aber wenigstens haben Sie dadurch wieder angefangen zu malen, schon merkwürdig, erstaunlich, ich finde gar keine passenden Worte dafür.«

»Bitte jetzt bloß nicht sentimental werden …«

»Keine Angst.«

Von draußen ist sanftes Meeresrauschen zu hören, schmatzend und seufzend. Alles wird gut werden, denn Connie braucht in ihrer neuen Wohnung nur das Fenster zu öffnen und die Ohren zu spitzen, um es auch dort zu hören und zu sehen, dieselbe gute alte Nordsee, derselbe Rhythmus. Außerdem hat sie dort einen Fernseher. Sie wird sich wirklich ganz schön umgewöhnen müssen.

»Tja, was soll's.« Als Lisa sich erhebt, fährt der Stuhl scharrend über den Boden und fällt schließlich um. Sie richtet ihn wieder auf. »Lassen Sie uns Ihr Gepäck in den Wagen bringen.«

»Ach, da fällt mir ein, Patrick ist noch oben und …«

»Schon verstanden. Ich gehe ihn holen.« Lisa wendet sich zur Leiter.

»Nein, bitte, ich möchte das selbst machen«, fährt Connie dazwischen, wobei sie sich insgeheim verflucht. Ihre Hände sind ganz feucht, als sie die Leiter umklammert. Sie war sich unschlüssig gewesen, was sie machen sollte, aber so ist es ganz sicher falsch. Sie hätte ihn einpacken sollen, ihn vor Lisa verstecken sollen, vor allem jetzt. Es wird sie aufregen, ihr einen Schock versetzen. Was hatte sie sich bloß dabei gedacht? »Sie warten hier unten«, sagt sie, doch Lisa lässt sich nicht abhalten.

Connie steigt zu dem hellen Raum hoch. Kalt und frostig klar fällt das Licht auf die zwei Gesichter. Auf Patrick und jetzt auch auf Tony. Als sie oben ist, schnappt Lisa hörbar nach Luft. Das Gesicht füllt die gesamte Leinwand aus, blaues Haar, die lebensechten, fein modellierten Gesichtszüge, mit einer Art hungrigem Ausdruck und offenem Mund, als würde er gerade sprechen. Jedoch die Augen, es sind vor allem die Augen, auf die Connie besonders stolz ist, sodass sie ihr selbst Furcht einflößen, und das bereits, als sie sie malte. Sie funkeln geradezu, man könnte fast sagen, in ihnen brennt ein Feuer. Tiefschwarze Augen mit hellen Reflexen, ein kaltes, gieriges Funkeln.

»Setzen Sie sich«, sagt Connie. »Ich hätte Sie vorher warnen sollen. Tut mir leid.« *Du dumme alte Kuh, du dummes, blödes, taktloses altes Weib.*

»Nein.« Lisa geht auf das Gemälde zu, als würde sie schlafwandeln. Dann streckt sie einen Finger aus, um die gemalte Wange zu berühren.

Connies Fingernägel bohren sich in die Handflächen. Was, wenn das Mädchen es zerstört, es mit einem Messer zerstückelt, die Leinwand in Fetzen reißt, und man könnte ihr dabei nicht einmal den geringsten Vorwurf machen? Vielleicht fällt sie ja auch einfach bloß in Ohnmacht, und was würde Connie dann tun?

Doch – »Es ist unglaublich«, sagt sie schließlich atemlos.

»Oh.« Erleichtert lässt Connie sich in den Lehnstuhl sinken, da ihre Knie sich wie Wackelpudding anfühlen.

»Ja, einfach … brillant. Er wirkt so … Ich bin zwar nur ein Laie, aber trotzdem finde ich, dass …«

Connie lässt den Blick von Tonys furchtbaren Augen zu Patricks Augen und dann wieder zu Lisa wandern, die ganz dicht davor steht und intensiv ihre Arbeit betrachtet. Dabei fühlt sie sich wie damals als junges Mädchen, als sie zum ersten Mal aufgeregt das Urteil der anderen abwartete, als Sacha und Patrick zum allerersten Mal ihr Werk inspizierten. Und dieses Mädchen zittert immer noch in ihr.

»Mir fällt ein Stein vom Herzen, dass Sie das nicht aus der Fassung gebracht hat. Ich hatte es Ihnen vorher sagen müssen …«

»Nein, nein, schon gut.« Langsam fährt Lisa mit dem Finger über das gemalte Gesicht. »Seltsam«, meint sie, wobei es klingt, als hätte sie soeben eine Entdeckung gemacht, »wäre er nicht tot, würde ich ihn hassen, aber so, tja, vielleicht ist es ja gerade deshalb, weil er tot ist, dass ich keinerlei Hass verspüre, was nicht unbedingt zu erwarten war.«

»Nein, allerdings nicht.«

Langsam schüttelt sie den Kopf. »Irgendwie wirkt es, als würde ein Riss durch ihn hindurchgehen, so wie Sie ihn gemalt haben. Hier kann man es genau sehen«, dabei berührt sie seine Augen, »ein richtiger Riss. Vorher ist mir das bei ihm nicht aufgefallen... so von Angesicht zu Angesicht, aber jetzt...«

Genau das und nichts anderes wollte Connie hören, sodass sie für einen Moment sprachlos ist. Es klappt noch. Sie hat es nicht verlernt. Nichts auf der Welt hätte ihr eine größere Freude bereiten können als das. »Ja«, sagt sie schließlich, »das ist es, genau das habe ich in seinen Augen gesehen. Armer Kerl.« Verlegen wirft sie Lisa einen flüchtigen Blick zu. »Das sollte natürlich keine Entschuldigung sein für das, was er getan hat...«

»Schon gut. Ich bin froh, dass er jetzt tot ist, aber ich bin auch...« Sie lässt sich lange Zeit, bevor sie fortfährt, und Connie weiß genau, was sie gleich sagen wird. »Ich bin froh darüber, wie er gestorben ist.«

»Zufrieden«, schnaubt Connie. »Ja, meine Liebe, ja.«

Plötzlich schrumpft die Helligkeit in dem Raum zusammen, als eine Wolke die Sonne bedeckt. Gemeinsam stehen sie vor Tonys Porträt und betrachten den blauen Schimmer seiner Haare, das furchtbare Leuchten seiner Augen, schwarz mit blauen Splittern, dieses eiskalte Glitzern, das ihm einen genialen Anstrich verleiht.

Mit jeweils einer Fingerspitze bedeckt Lisa seine Augen. »Einfach unglaublich«, wiederholt sie. Dann greift sie hoch, um die Bilder von der Wand zu nehmen, zuerst Tony, dann Patrick, und trägt sie anschließend nach unten.

Connie bleibt allein in dem Raum zurück. Zitternd schlingt sie die Arme um den Oberkörper. Irgendwie kann sie es noch immer nicht glauben, dass jetzt der Moment gekommen ist, wo sie tatsächlich fortgeht. Ihr Blick schweift über den schmutzigen gelben Lehnstuhl, den Boden, der mit hart gepanzerten kleinen Kadavern von Motten, Bienen und Wespen übersät ist, den zwei nackten Nägeln in der Wand.

»Ich pack das Zeug schon mal in den Wagen«, ruft Lisa hoch. »In Ordnung?«

»Ja, meine Liebe, ja.«

Connie steigt durch die Falltür, die Leiter hinab, Sprosse für Sprosse für Sprosse. Auf halbem Weg hält sie inne, schließt die Augen, um Patricks Lächeln vor sich zu sehen.

»Auf Wiedersehen, mein Geliebter«, flüstert sie.

editionLübbe

Die Kunst des Erzählens

BERNARD GALAND
DER GESANG DER ENGEL / *Roman*

Aus dem Französischen von Hans Scherer
251 Seiten, gebunden in Leinen mit Schutzumschlag
ISBN 3-7857-1521-8

Sie glaubt an Gott. Er glaubt an »Das Sein und das Nichts«. Und der Leser wünscht sich nichts sehnlicher, als dass diese unmögliche Liebe möglich wird...

Ein Blick aus den grünen Augen von Marie, und schon ist es um Alexandre geschehen. Der abgeklärte Philosophieprofessor und die eigenwillige Malerin, zwei Menschen, wie sie unterschiedlicher nicht sein könnten, verfallen einander hoffnungslos – wie einst Héloïse und Abaelard.

Ein intelligenter, subtiler und überaus sinnlicher, um nicht zu sagen erotischer Roman von Frankreichs preisgekröntem Autor, dem Philosophieprofessor Bernard Galand.

HELEN DUNMORE
DIE STIMME DES MEERES / *Roman*

Aus dem Englischen von Claudia Geng
347 Seiten, gebunden in Leinen mit Schutzumschlag
ISBN 3-7857-1526-9

Was es heißen kann, wenn die Vergangenheit einen einholt, bekommt die 38-jährige Richterin Simone hautnah zu spüren, als ein aus dem Gedächtnis verbannter Liebhaber aus ihrer Jugend sich mit Briefen und verhängnisvollen Fotos bei ihr meldet. Doch der Erpresser will kein Geld ...

Dunmores neuer Roman ist eine Liebesgeschichte, ein Thriller, eine Studie über den Menschen und seine Seele und zugleich ein Essay über die Macht der Erinnerung, die Natur der Vergangenheit und über die Verantwortung, die man trägt. Einfach großartig!
THE DAILY TELEGRAPH

HELEN DUNMORE
IM ERSTEN LICHT DES TAGES / *Roman*

Aus dem Englischen von Claudia Geng
285 Seiten, gebunden in Leinen mit Schutzumschlag
ISBN 3-7857-1501-3

Nina und Isabel, zusammengeschweißt seit Kindertagen durch den plötzlichen Tod ihres kleinen Bruders. Was sie voneinander wissen, kann ihr Leben zerstören ...

Ein psychologisch ausgefeiltes Schwesternporträt, ein Drama um eine Liebe, wie es sie so grenzenlos und so widersprüchlich nur zwischen Geschwistern gibt.
KÖLNER STADTANZEIGER

Ein faszinierender Roman.
FREUNDIN

Überwältigend sinnlich. Ein Lesegenuss.
DIE WOCHE

RAMON SAIZARBITORIA
BEKENNTNISSE EINES BETROGENEN EHEMANNS / *Roman*

Aus dem Baskischen von Michael Bauer
316 Seiten, gebunden in Leinen mit Schutzumschlag
ISBN 3-7857-1522-6

»Der Name meiner Frau war Flora. Die schwerwiegende Entscheidung, sie zu töten, traf ich an dem Tag, an dem ...«
... mit entwaffnender Ehrlichkeit berichtet Floras »Witwer«, wie es zu dem Mord an seiner Gattin kam. Eine bitter-süße Beziehungskomödie voller Ironie. Aber nicht nur, denn Ramon Saizarbitoria bietet neben der Einsicht in das turbulente Leben eines außergewöhnlichen Paares die unvergessliche Begegnung mit einigen typischen Vertretern des eigenwilligen baskischen Volkes.

Ein Roman voll schwarzem Humor, der die Absurdität des Ehekrieges auf die Spitze treibt.
EL CORREO ESPAÑOL

CARME RIERA
INS FERNSTE BLAU / *Roman*

Aus dem Katalanischen von
Petra Zickmann und Manuel Pérez-Espejo
475 Seiten, gebunden in Leinen mit Schutzumschlag
ISBN 3-7857-1519-6

Ein meisterhaft inszenierter Roman um ein dramatisches historisches Ereignis auf Mallorca, in dem durch die große und nuancierte Erzählkunst der Autorin das Wirken von Juden, Aristokraten, Kaufleuten und Inquisitoren Ende des 17. Jahrhunderts auf der Insel zu neuem Leben erwacht.

Vielen Dank für dieses Buch.
IN ASPEKTE, ZDF

Eine überaus gelungene Verbindung von Lyrik und Historie, von Fantasie und Realität, von Zorn und Heiterkeit.
ROSA REGAS IN »EL PAÍS«

editionLübbe

Gesamtverzeichnis

Eli Amir	SHAULS LIEBE
Rafael Arozarena	MARARÍA
Tonino Benacquista	DAS SEIFENOPERN-QUARTETT
Andrea Camilleri	DIE FORM DES WASSERS
Andrea Camilleri	DER HUND AUS TERRACOTTA
Andrea Camilleri	DER DIEB DER SÜSSEN DINGE
Andrea Camilleri	DIE STIMME DER VIOLINE
Andrea Camilleri	DAS PARADIES DER KLEINEN SÜNDER
Andrea Camilleri	DAS SPIEL DES PATRIARCHEN
Marie-Pierre de Cossé-Brissac	DIE TEMPEL VON MADURAI
Christine Daure-Serfaty	DIE LIEBENDEN VON GOUNDAFA
Helen Dunmore	IM ERSTEN LICHT DES TAGES
Helen Dunmore	DER DUFT DES SCHNEES
Helen Dunmore	DIE STIMMES DES MEERES
Bernard Galand	DER GESANG DER ENGEL
Giovanna Giordano	ZAUBERFLUG
Lesley Glaister	DIE STUNDE DER GLÜCKSELIGEN
Jim Harrison	LICHT ÜBER DEM LAND
Marga Minco	NACHGELASSENE TAGE
Katherine Pancol	MONTROUGE, NACHT
Giorgio Pressburger	DIE BEIDEN ZWILLINGE
Irina Ratuschinskaja	DIE FRAUEN VON ODESSA
Carme Riera	INS FERNSTE BLAU
Ramon Saizarbitoria	BEKENNTNISSE EINES BETROGENEN EHEMANNS
Johano Strasser	EIN LACHEN IM DUNKELN
Barry Unsworth	EIN HAUS IN UMBRIEN
Francisco José Viegas	DAS GRÜNE MEER DER FINSTERNIS
Elie Wiesel	DIE RICHTER